PATRICIA ANTHONY

KALTE VERBÜNDETE

Roman

Aus dem Amerikanischen
übersetzt von
ROSEMARIE HUNDERTMARCK

Deutsche Erstausgabe

WILHELM HEYNE VERLAG
MÜNCHEN

HEYNE SCIENCE FICTION & FANTASY
Band 0605352

Titel der amerikanischen Originalausgabe
COLD ALIENS
Deutsche Übersetzung von Rosemarie Hundertmarck
Das Umschlagbild malte Karel Thole

Redaktion: Wolfgang Jeschke

Erstausgabe by Harcourt Brace Jovanovich, Publishers, Orlando
Mit freundlicher Genehmigung der Autorin
und Thomas Schlück, Literarische Agentur, Garbsen
(# T 34417)

Printed in Germany 1995
Umschlaggestaltung: Atelier Ingrid Schütz, München
Technische Betreuung: M. Spinola
Satz: Schaber Satz- und Datentechnik, Wels
Druck und Bindung: Elsnerdruck, Berlin

ISBN 3-453-09426-3

1. Kapitel

Herbst, in der Nähe von Çsaverovka, Ukraine

Die über ihnen dahinrasende Rakete hörte sich an wie zerreißendes Papier. Es war ein großer Lärm, ein Geräusch, wie Gott es erzeugen mag, wenn er den Himmel entzweireißt.

»Major Schcheribitski!« rief Generalleutnant Baranjk und tauchte in dem Augenblick aus seinem BRDM-Scout auf, als das graubraune Gras vor ihm in Flammen aufloderte. Einen Herzschlag später, hinterherhinkend wie der Donner einem fernen Blitz, kam das dumpfe *Bum-bum* der Einschläge. Die als zarte Pünktchen auf dem Gras-Ozean verteilten ukrainischen Fahrzeuge gerieten in einen Sturm aus Rot und Schwarz, einen plötzlich niederprasselnden Hagelschauer aus Flammen und tiefkehligem Getöse. *Nein, das gibt es nicht,* dachte Baranjk. Nichts war am richtigen Platz. Die Arabische Nationalarmee hätte irgendwo östlich von ihm und zwischen seinem eigenen Regiment und dem von Generalleutnant Ilschenko eingeklemmt sein müssen. Er selbst hätte dem Feind in die Flanke fallen, nicht ihm direkt in die Schußlinie fahren sollen.

Baranjks BTR-80-Schützenpanzer waren immer noch voll besetzt; der größte Teil der Infanterie gab wehrloses Kanonenfutter ab. Die gepanzerten BMPs, die mit ihnen fuhren, hatten ihre Sagger-Raketen abgeschossen. Weiße Kondensstreifen zerkratzten den Himmel.

Oben flog ein weiteres verirrtes feindliches Geschoß mit lautem Pfeifen vorbei und zerriß Baranjks Schlachtpläne wie Seidenpapier.

»Schcheribitski!« rief er und hob den Feldstecher an die Augen.

Die Apokalypse beherrschte das Feld. Die meisten seiner Panzer hatten angehalten, um ihre Positionen zu berichtigen, so daß sie sich der Stadt am Horizont zugekehrt hatten. Einige bewegten sich blind, stießen verwirrt zusammen. Ihre Kommandanten waren entweder in Deckung gegangen oder tot. Die Schützenpanzer und BMPs rollten vorwärts, setzten sich vor die beiden Panzer-Bataillone und fuhren geradenwegs in den starken Gegner hinein.

»Befehlen Sie der Infanterie, sich zurückzuziehen!« Baranjk senkte das Glas rechtzeitig, um den bestürzten Ausdruck auf dem pockennarbigen Gesicht des Majors wahrzunehmen.

»Ich komme nicht zu den Wagen durch, Herr Generalleutnant«, erwiderte er. »Sie sind zu weit vorausgefahren, und die Araber schneiden sie ab.«

Zu weit voraus, wiederholte Baranjk im Geist benommen. Ja, zu weit voraus. Seine Infanterie war irgendwie vor seine Panzer geraten. Wenn sie so weitermachte, brauchte sie den Feind nicht mehr zu fürchten. Die ukrainischen Geschosse würden sie umbringen.

Baranjk kroch das Deck von Schcheribitskis T-80 zu dem eckigen Turm hinauf.

Der drahtige kleine Major folgte ihm, hielt ihn fest. »Kommen Sie herunter, Herr Generalleutnant. Die Araber haben sich jetzt auf uns eingeschossen.«

Heftig befreite sich Baranjk aus Schcheribitskis Griff. Er faßte die geschlossene Luke, richtete sich auf und hob das Glas an die Augen.

Die Araber hatten das erste Panzer-Bataillon dichtgedrängt beieinander gefunden, und jetzt erhellten seine Scheiterhaufen das Feld. Wie verschreckte Kaninchen waren die Panzer des zweiten Bataillons an Ort und Stelle erstarrt. Wenigstens schossen sie zurück und hatten Nebel losgelassen. Aber ein launischer Wind fegte den Rauch hin und her und behinderte die Sicht der Kommandanten dahinter ebenso, wie er den Feind verwirrte.

Wenn Baranjks Panzer blind waren, so war seine Infanterie taub. Die BMPs und Schützenpanzer, die den Rückzugsbefehl nicht gehört hatten, rasten auf die feindliche Artillerie zu.

Oh, erklangen Baranjks Gedanken in einem unheimlichen Friedhofsflüstern, *wie traurig.* Sein Regiment hatte nichts anderes gehört als den heutigen Tagesbefehl: Es solle diesen Nachmittag angreifen. Unter schwerem Beschuß konnte und würde es nicht flexibel sein. Es waren gute ukrainische Soldaten, die Söhne guter Mütter. Sie taten, was ihnen gesagt worden war.

Major Schcheribitski kam zu ihm heraufgeklettert. »Herr Generalleutnant? Wie lauten die Befehle?« fragte er.

Dieses eine Mal wußte Baranjk keine Antwort. Der verärgerte Wind trug ihnen Gerüche zu, den sauren des Herbstes und den stechenden von Kordit. Durch den Feldstecher beobachtete der Generalleutnant, wie seine Panzer stehenblieben und seine Infanterie dem Untergang entgegeneilte.

Dort, in der südlichen Stadt Grebonki lag die ANA, die Arabische Nationalarmee, versteckt, Iraner und Iraker zusammen mit vertrauteren Killern: Usbeken, Aserbaidschanern und moslemischen Kosaken. Diese unberechenbaren Kinder der Roten Armee, seine früheren Kameraden, würden sie alle ermorden.

»Herr Generalleutnant! Herr Generalleutnant!« rief ein Unteroffizier vom Boden her. Baranjk löste seine Augen von dem Feldstecher und blickte nach unten. »Unteroffizier Sgurski von der Aufklärung«, verkündete der Mann. »Ich habe versucht, es meinem Hauptmann zu sagen, aber er wollte nicht zuhören, Herr Generalleutnant.«

»Jetzt nicht!« fuhr Baranjk ihn an. Sgurski erbleichte, und plötzlich vergaß Baranjk seinen Zorn. Er bemerkte, wie jung der Unteroffizier war, wie glattwangig und frischgesichtig und unschuldig. Was muß Sgurski für ein guter Soldat sein, dachte Baranjk. So höflich war er, einer stolzen Mutter Sohn. »Sprechen Sie.« Der Generalleutnant mäßigte seine Lautstärke. »Wenn es wichtig ist, sagen Sie es mir.«

Der Unteroffizier, der unter den vereinigten Blicken Baranjks und des Majors in Verlegenheit geriet, trat von einem Fuß auf den anderen. »Ich bin aus Grebonki, Herr Generalleutnant. Und ich habe versucht, meinem Hauptmann mitzuteilen, daß die Stadt südlich von uns Çsaverovka ist. Wir sind sieben Kilometer von dem Punkt entfernt, den der Hauptmann für unsere Position gehalten hat.«

Baranjks Kopf schnellte zu der Schlacht herum. Auch ohne das Glas sah er, daß es eine Niederlage war. Durch seine Brust, durch die Fußsohlen spürte er das dumpfe Baßdröhnen der Granaten. Rauch kringelte sich der wolkenlosen Schale des Himmels entgegen: Grauer Rauch von den Nebelwerfern der Panzer, schwarzer Rauch von den brennenden T-80ern.

»Ich kann die Artillerie einsetzen.« Major Schcheribitskis Stimme klang entmutigt und unsicher.

»Sinnlos«, flüsterte Baranjk. Das Kreischen einer Granate riß ihm die Worte vom Mund.

»Wie bitte, Herr Generalleutnant?« Der Major legte eine Hand ans Ohr.

»Sinnlos!« rief Baranjk, der seine Stimme wiedergefunden hatte. »Die Geschütze sind immer noch auf den Lafetten, und es erfordert mehr als dreißig verdammte Minuten, sie aufzustellen! Schicken Sie diese Panzer vor! Befehlen Sie ihnen anzugreifen!«

Um sieben Kilometer von der richtigen Position abgekommen, und dazu eine Infanterie, die so nackt und ungeschützt war wie ein Babypopo. Sieben Kilometer, und die Karten waren alle verkehrt.

»Herr Generalleutnant!« überschrie der Major den Lärm. Eine Granate schlug ungemütlich nah ein, und Schcheribitski zuckte zusammen. »Herr Generalleutnant! Haben Sie ›Angreifen‹ gesagt?«

Baranjk drehte sich so schnell um, daß der kleine Major rückwärtsstolperte und beinahe gestürzt wäre. »Ja! Angreifen!« Er sah den ungläubigen Gesichtsausdruck des Majors und brüllte: »Geben Sie nicht mir die Schuld, sondern den Russen! Wir haben um Hilfe gefleht, und was geben sie uns? Überholte, fehlerhafte sowjetische Landkarten!«

Der Major kniff die dünnen Lippen zusammen. Einen Augenblick später rief er etwas zu dem Verbindungsmann hinunter.

Der Generalleutnant hob den Feldstecher wieder an die Augen. Was er sah, verwirrte ihn. Anfangs dachte er, der Boden selbst bewege sich. Die braune Erde wogte wie ein schwellendes Meer. Als ihm klar wurde, was sich da abspielte, verließ ihn alle Hoffnung, sogar die magere Hoffnung auf ein Unentschieden.

»Rückzug!« befahl Baranjk und kletterte von dem Panzer hinunter.

Schcheribitski folgte ihm. »Herr Generalleutnant, nur die Panzer können uns hören. Die anderen ...«

Baranjk fuhr zu ihm herum. »Das ist eine Menschenwoge! Zurück!«

Leise, zweifelnd sagte der Major: »Aber unsere Infanterie ...«

»Ich weiß.«

Baranjk konnte nichts tun, Schcheribitski ihm nichts Vernünftiges sagen. Baranjk wußte alles. Er wußte, daß seine Infanteristen tot waren, daß die Schlacht verloren war, daß Pogrebnjaks und Ilchenkos Divisionen sich nicht halten konnten. Die Araber würden nach Kiew hineinrollen, alles wegen eines Fehlers um sieben Kilometer, alles, weil ein Hauptmann nicht hatte auf einen Unteroffizier hören wollen.

»Ich befehle Ihnen, den Rückzug anzuordnen«, sagte Baranjk. Die Gelassenheit, die der Niederlage folgte, überraschte ihn. Er müßte voller Kummer sein, dachte er. Er müßte sich Vorwürfe machen. Statt dessen fühlte er, wie sich Frieden herniedersenkte, fühlte die eigenartige Gelassenheit der Verzweiflung. »Tun Sie es jetzt, Herr Major, und tun Sie es schnell.«

Der Major schnippte mit den Fingern, und ein Feldwebel kam mit einem Funkgerät gerannt. »Wohin ziehen wir uns zurück, Herr Generalleutnant?«

»Nach Westen«, antwortete Baranjk, ohne einen bestimmten Ort im Sinn zu haben. Es gab keine Stelle, wo sie sich hätten verstecken können, nur Stellen, zu denen sie fliehen konnten. Nach einer Pause kletterte er auf das hintere Deck seines BRDM und stieg durch den Panzerturm ein.

Auf seinem Sitz stehend, beobachtete Baranjk, wie das, was von seinen Panzern übrig war, aus einem Nebel herauszurollen begann, der knapp fünf Kilometer von dem tödlichen menschlichen Meer entfernt lag.

»Schcheribitski?« rief Baranjk, kurz bevor er sich von dem Schlachtfeld entfernte.

Der Major sah von seinem Funkgerät hoch. »Herr Generalleutnant?«

»Befehlen Sie den Leuten, daß sie nicht anhalten sollen, um Verwundete aufzunehmen.«

Der kleine Major bekam einen hohlen Blick, als starrten seine Augen aus einem Totenschädel heraus. »Aber die Araber machen keine Gefangenen, Herr Generalleutnant.«

»Das weiß ich«, antwortete Baranjk.

Fünfundvierzig Minuten später, ein gutes Stück

außerhalb des Sicht- und Hörbereichs der Schlacht, entdeckte Baranjk, wie flüchtig, wie zerbrechlich der Friede der Niederlage sein kann. Drei Panzergrenadier-Bataillone, dachte er. Ein Panzer-Bataillon. Von den 2250 Männern, die er in die Schlacht geführt hatte, waren wenigstens 1500 gefallen.

Seine Gelassenheit zerbrach. Aus purer Erschöpfung versuchte er nicht, die Tränen zu unterdrücken. Die Achtung vor den Toten verwehrte es ihm, sein Gesicht zu bedecken.

2. Kapitel

Frühling, CRAF-Kommando, Trás-os-montes, Portugal

Obwohl er an diesem Morgen verschlafen hatte und sich in genau zwei Minuten hatte anziehen müssen, blieb Sergeant Gordon Means plötzlich auf der Veranda seiner Unterkunft stehen. Er neigte den Kopf auf die Seite und lauschte auf das tiefe, zornige Grollen aus dem Süden. Da stand er, die unvorschriftsmäßigen Nikes nicht zugeschnürt, das Arbeitshemd schlampig unter den nicht zugeschnallten Gürtel seiner Kampfanzughose gestopft, und fragte sich, ob die Basis angegriffen werde und ob er sein M-16 holen gehen oder sich unter seinem Bett verstecken solle.

Über den von Nebel verhüllten, nach Kiefern duftenden Hof schlenderten zwei britische Offiziere; der eine kaute noch an einem Stück Toast. Sie kamen an Gordon vorüber.

Juhu, Jungs, wir stehen unter Beschuß, hätte er am liebsten gerufen. Jesus Christus. Hatten sie nichts gehört?

»... Ball ging genau zwischen den Füßen des Torhüters durch«, sagte der britische Captain zu dem Major. Es klang, als befinde er sich nicht in einem Krieg, sondern als wolle er Sprecher bei der BBC werden.

Das tiefe Grollen kam wieder. Gordon kämpfte gegen den Impuls an, in Deckung zu rennen. *Oh,* dachte er und erkannte das Geräusch als das, was es war. Er kam sich mehr als nur ein bißchen dumm vor.

Donner. Nichts als Donner. Sein rasender Herzschlag beruhigte sich langsam wieder.

Als er sich stark genug fühlte, um zu gehen, verließ

er die Veranda und trabte zum Bunker. Auf dem Landeplatz stand ein Apache-Hubschrauber. Kondenswasser tropfte an seiner schlanken, grünlichen Hülle herunter. Die Sonne, noch unter dem östlichen Horizont, übergoß den verhangenen Himmel mit grauem Licht. Im Westen liebkosten Federboas aus Nebel die Schultern der Berge.

Gordon blickte auf die Uhr und sah, daß es schon nach sieben war. Wieder kam er zu spät zum Dienst.

Sich beeilend nahm er immer zwei Stufen der vier Zementtreppen auf einmal, bis er tief in den neonbeleuchteten Eingeweiden des Bunkers war. Er rannte einen olivgrün getünchten Flur entlang, an den anderen Drucktüren vorbei und blieb vor der dritten von oben rechts stehen. Nun vollführte er sein allmorgendliches Ritual. Er machte einen Hüpfer, holte mit dem rechten Bein kräftig aus und traf die schlecht eingehängte und oft widerspenstige Tür unter dem Knauf. Sie sprang auf und knallte gegen die Wand.

Gordon landete in geduckter Karate-Killer-Positur im Eingang und erstarrte. Jemand saß in seinem Zimmer. Und nicht einfach irgend jemand. Gordons erhobene Hände umrahmten das ernste, von keinem Lächeln erhellte Gesicht Colonel Pelhams.

»Da sind Sie ja«, bemerkte der Colonel.

Gordon nahm automatisch Haltung an. Dabei rutschte ihm die Hose auf die knochigen Hüften. Er fing sie ein, bevor sie weiterrutschen konnte.

»Die Araber haben einen weiteren Satelliten gekillt«, teilte der Colonel ihm mit.

Gordon, der gerade seinen Stoffgürtel zuschnallte, blickte hoch. Pelhams rundes Gesicht zeigte genau die Farbe halbbitterer Schokolade, an den Schläfen mit weißem Zucker bestäubt. Wäre sein Ausdruck freundlicher gewesen, hätte er einem Hershey-Elfen geähnelt.

»Wir haben den Laser-Impuls wieder bis in die Pyrenäen verfolgt«, fuhr Pelhem fort. »Er ist Ihnen entgangen.«

»Oops. Das tut mir leid, Sir. Aber, mit Verlaub, wenn ich etwas Unterstützung bekäme, wären die Laser wohl leichter zu erwischen.«

»Überzeugen Sie die Franzosen, Sergeant«, gab Pelham trocken zurück. »Sie brauchen die Franzosen bloß davon zu überzeugen, daß die Araber da oben sitzen. Sie erzählen Centcom-West immerzu, die Araber feuerten von der spanischen Seite aus, nicht von ihrer.«

Einen Augenblick lang herrschte Schweigen. Gordon konnte das schwache Klack-klack von Stendhals Einheit aus dem anderen Zimmer hören. Er fragte sich, wohin Stendhals CRAF wohl unterwegs sei und ob es überleben werde.

»Schließen Sie die Tür«, sagte Pelham.

Gordon schob die Tür an und gab ihr einen Schubs, so daß sie mehr oder weniger zu war. Als er sich umdrehte, musterte der Colonel ihn. Gordon wünschte, er könne seine Nikes verstecken, wünschte, er sei ein paar Minuten eher zur Arbeit erschienen, wünschte, er sei nicht in Kung-Fu-Manier durch diese Tür gekommen.

»Setzen Sie sich«, befahl der Colonel.

Die einzige andere Sitzgelegenheit im Raum war die an den Kontrollen seines CRAF. Gordon hockte sich voller Unbehagen auf den gepolsterten Sessel und wandte schnell die Augen von den Drahtkorb-Handschuhen und der schwarzen Plastik-Brille ab.

Er haßte es, bei der Arbeit mit dem Roboter beobachtet zu werden, obwohl er, wenn er die Brille auf hatte, nichts sehen konnte als das, was das CRAF sah, nichts hören konnte als das, was die Mikrophone des CRAF auffingen. Es war, so meinte er, wie mit dem Sex. Damit beschäftigt, konnte er ebenfalls blind und taub für die Außenwelt sein, und trotzdem würde er nicht wollen, daß jemand sich Notizen über das machte, was er tat.

»Der Munitions-Produktmanager von Mitsubishi ist hier. Er wird Sie überwachen.«

Gordons Kopf fuhr zu dem Colonel herum.

Pelham mußte die Panik in seinem Gesichtsausdruck bemerkt haben, denn er lächelte. Es war nicht viel von einem Lächeln, aber der Krieg verlief so kläglich, daß dies vermutlich alles war, was Pelham fertigbrachte.

»Regen Sie sich nicht auf«, riet er Gordon. Die Stimme des Mannes ahmte die halbbittere Schokolade seines Gesichts nach: Sie war dick und dunkel und glatt. »Das ist nur die übliche Vertragsnehmer-Neugier. Ich habe ihm erzählt, was die Leistung angehe, seien Sie wahrscheinlich der Beste.«

Klugerweise fügte er dem Kompliment nichts weiter hinzu. Pelham saß da, die Hände über dem straffen, mit Tarnstoff bedeckten Bauch verschränkt, und sah Gordon auf eine Weise an, wie ein Psychiater einen neuen Patienten betrachten mochte.

Als das Schweigen zwischen ihnen peinlich wurde, fragte Gordon: »Wann wird er mich überwachen, Sir?«

»Von heute an. Beantworten Sie alle seine Fragen. Behandeln Sie ihn mit der gebotenen Höflichkeit.« Der Colonel stand auf. Wie gewöhnlich hielt er seine ganzen mageren sechs Fuß kerzengerade; sein geneigter Kopf war das einzige Zugeständnis an die niedrige Decke des Raums.

»Ich habe die Zielvorgabe in Ihren Computer eingegeben. Der Lunch wird Ihnen natürlich gebracht werden. Dies ist eine Till-Kill-Mission.« Plötzlich wurde sein Ausdruck weicher. »Sie sind wieder zu spät gekommen. Haben Sie gefrühstückt?«

»Jawohl, Sir. Tut mir leid, Sir. Mir war nicht nach Frühstück«, log Gordon, der nicht zugeben wollte, daß er nicht rechtzeitig wach geworden war, um in der Kantine vorbeizuschauen.

»Erledigen Sie diesen Laser, Sergeant.« Pelhams Blick, schwer von der Verantwortung, die er trug, ruhte auf Gordon. »Und zwar schnell. Wenn die Araber unser letztes Super-Schlüsselloch abschießen und entdecken, daß Sie immer noch am Leben und aktiv sind, könnten sie zwei und zwei zusammenzählen. Sie werden auf den zivilen AT&T-Satelliten schießen, und dann werden Sie kein funktionstüchtiges CRAF* mehr haben.«

Auf dem Weg hinaus klopfte der Colonel gedankenverloren Gordons Schulter. Er kämpfte mit der Tür, bis sie sich öffnete. Als er fort war, steckte Gordon die Hände in die Handschuhe seines Angriffsfahrzeugs und schob sich die undurchsichtige Brille über das Gesicht. Zur Stärkung seiner Moral summte er das Lied des CRAF-Corps.

In den Pyrenäen

Es war, als erwache er an diesem Morgen zum zweitenmal oder als habe Gott die Welt erschaffen: Erst war da Dunkelheit. Dann ruckte Gordon zweimal mit dem Kopf nach rechts und aktivierte die Einheit.

Er war tief im Wald. Irgendwo zu seiner Rechten tirilierte im Nebel eine Lerche. Er ließ die Füße in die Kontrollschuhe gleiten, fand sie blindlings und drückte das Gaspedal nach unten. Das CRAF erwachte zum Leben. Das Summen seines Atommotors war so leise, daß der Vogel nicht zu singen aufhörte.

Den Kopf nach links kippend, stellte Gordon das globale Positionierungssystem an. Die limonengrüne Karte des militärischen Satelliten legte sich über den

* CRAF: Computerisiertes Robotisches AngriffsFahrzeug

nebelverhüllten Wald. Unten links in seinem Sichtfeld signalisierte seine Software, alle Waffensysteme seien betriebsbereit.

Da war er also. Jawohl, Sir. In den Bergen gleich unterhalb der Stadt Bagnères-de-Luchon. Wie ein vorsichtiges Licht blinkte ein gelber Punkt am Eingang des Tals. Da steckte vermutlich der Impuls-Laser, zusammen mit einer Kompanie wütender Araber.

Gordon bewegte die Füße und brachte den klaviergroßen Roboter aus dem Graben, den er am Abend zuvor für ihn ausgehoben hatte. Das Moskitosummen des Motors erhob sich zu einem schwachen Quietschen. Der Vogel hörte mitten in der Strophe auf zu singen.

Wie die Ingenieure behaupteten, besaßen CRAFs keinen Tastsinn, und trotzdem fühlten alle Operatoren etwas. Sie redeten manchmal darüber, aber nur unter sich. In diesem Augenblick konnte Gordon das knotige Rückgrat des Berges unter den Ketten des Roboters spüren, und er spürte den bauchweichen, mit Kiefernnadeln bedeckten Löß dazwischen. Er hatte die Artillerie-Granate gespürt, die sein erstes CRAF getötet hatte. Manchmal meinte er, mit ihm gestorben zu sein.

He, he, Ma, hatte er an seine Mutter geschrieben, die irgendwo in Arkansas in einem Flüchtlingslager lebte. *Ich bin heute gestorben.*

Nicht so gestorben, wie er es vor zwei Jahren geglaubt hatte, an Hunger und Durst in der Nebraska-Wüste, die der Treibhauseffekt geschaffen hatte. Nein. Er war schnell und hart gestorben, in einem Ausbruch von heißer Luft und Granatsplittern in den regendurchweichten Pyrenäen.

Es hatte Wochen gedauert, bis er über den Verlust der Einheit gesprochen hatte. Danach hatte er mit anderen CRAF-Freaks über das Erlebnis gewitzelt, aber nur ein bißchen. Fast ein Jahr später beunruhigte es ihn immer noch. Das diamantgepanzerte CRAF war eine heroische Erweiterung seines schmächtigen Körpers, ein Superman-Doppelgänger aus Titan und Stahl. Es war – auf gewisse Weise – seine bessere Hälfte.

Sorgsam, vorsichtig fuhr er den Berg hinunter, bis er in Sicht der Straße kam. Dort blieb er mit dem Motor im Leerlauf stehen. In das schmale Asphaltband hatten sich die gezähnten Abdrücke von Panzern eingeprägt.

Er strengte die Ohren an, aber es gab nicht viel zu hören, kein Brummen von Dieselmotoren, keine Stimmen. In der stillen Luft lag der Nebel dick über einer emailgrünen Weide.

»Gefääährlich, tödlich«, flüsterte er. Die um den ganzen Kopf gehende Brille schloß alle Geräusche des Kommandoraums aus, auch seine eigenen. Er sang in der Stille weiter: »Eine Rakete zwischen die Backen geklemmt …«

Es müßte irgend etwas zu hören sein, dachte er. So weit entfernt lag das Dorf nicht, nur eine Meile weiter westlich. Das Muhen von Kühen, das Klingeln von Ziegenglöckchen hätte bis zu ihm dringen müssen.

»Ro-o-boter-Freaks.«

Sacht, zweifelnd drückte er den Fuß auf das Gaspedal. Eine halbe Meile die Straße hinauf fand er eine Leiche.

Eine alte Bauersfrau. Schwarzes Umschlagtuch. Graues Haar, das sich gegen die Tyrannei der Haarnadeln aufzulehnen begann. Sie lag auf der anderen Seite der Straße, der Kopf ruhte auf dem Arm, der Körper war zusammengerollt wie im Schlaf. Einmal kräftig blinzelnd aktivierte Gordon seine Teleskopsicht. Über ihr Gesicht krochen Fliegen.

Wieder blinzelte er schnell, und es war mehr eine Reaktion auf die Überraschung als ein Befehl. Seine Sicht kehrte zu ›normal‹ zurück, und plötzlich war sie nur eine alte Frau, die sich entschlossen hatte, sich an

Ort und Stelle hinzulegen und eine Mütze voll Schlaf zu nehmen.

Es war kein Blut an ihr zu sehen. Keine Wunden. Ihre Augen standen offen, ihre Lippen bildeten ein Fischmaul. Das Gesicht zeigte ein staubiges Blau.

»Szene eins, Akt eins der *Nacht der lebenden Toten*«, flüsterte Gordon, obwohl er sich selbst nicht sprechen hören konnte, obwohl er wußte, daß er vierhundertundfünfzig Meilen weit weg war.

Nervös fuhr er weiter. Wo es ein Gasopfer gab, mußte es weitere geben. An der nächsten Straßenkrümmung fand er sie, über eine von gelben und weißen Butterblumen bedeckte Weide verteilt. Ganz Bagnères-de-Luchon war da. Die Arabische Nationalarmee hatte die Bewohner offenbar auf die Blumenwiese getrieben. Und sie hatten dort gestanden und gewartet und sich gefragt, was als nächstes kommen werde.

Der Tod war gekommen. Anscheinend hatten nur ein paar das Rätsel frühzeitig gelöst und versucht, dem Sprühregen des Hubschraubers zu entkommen. Sie lagen auf der Fahrbahn, sie hingen über Zäunen, sie waren in das süße Gras des Straßengrabens gefallen. Ein gelber Hund fraß an einer Leiche.

»Brr, Stephen King erledigt Frankreich«, flüsterte Gordon.

Plötzlich jaulte der Hund auf und rannte davon, und dabei sah er erschreckt zu dem Feld hin.

Gordons Herz machte einen Dreisprung. Was hatte den Hund verscheucht? Er drehte sich um. Zuerst glaubte er, es sich einzubilden, der Morgen war so neblig, das Ding, das sich auf der Weide bewegte, so undeutlich. Es war ein kaltes Ding, und es war neonblau.

Er blinzelte. Mit einem Klick kam die Wiese nah heran. Das blaue Licht war wirklich. Nicht viel heller als der Nebel, schwebte es von Leiche zu Leiche wie ein Schmetterling zwischen Blüten.

Das Licht blieb stehen. Gordon hatte das unheimliche Gefühl, es beobachte ihn. Eine Art winterlicher Mattigkeit drückte ihn nieder, die gleiche friedliche Stimmung, die einem Tod durch Erfrieren vorausgeht. Die Augen fielen ihm zu. Im Hintergrund seiner Gedanken hörte er schwach das monotone *Tap-tap-tap* von Graupeln, die gegen ein Fenster prasseln.

Er riß sich aus dem Halbschlaf, und seine Augen öffneten sich in Dunkelheit. Unabsichtlich hatte er das CRAF abgeschaltet.

Gordon keuchte. Heftig riß er zweimal den Kopf nach rechts. Das Sichtfeld kehrte zurück. Das blaue Licht war näher gekommen, es war dicht am Zaun, und er spürte seine Neugier ebenso, wie er die Arme und Ketten seines Roboters spürte.

»Raketen scharfmachen!« schrie er.

Das Display erschien. Das blaue Licht stand genau im Mittelpunkt der Zielvorrichtung.

Die Wörter RAKETEN SCHARF, RAKETEN SCHARF marschierten in Rot über das Sichtfeld.

Gordon berührte den Stift im kleinen Finger seines linken Handschuhs und versuchte, ihn in Kontakt mit dem Daumen zu bringen. Seine Hände zitterten wie die eines Trunkenbolds mit Delirium tremens. O Gott. Er hatte nicht genug Kraft, um die Finger fest genug zum Schießen zusammenzudrücken.

Das Ding kam noch näher, schwebte durch den Zaun wie ein Geist. Das Geräusch in Gordons Gehirn wurde lauter, das *Tap-tap-tap* autoritärer, es war jetzt mehr Hagel als Graupeln. Gordon fürchtete, da, wo er saß, zu erfrieren, und dann würde der Offizier vom Dienst ihn zur Lunchzeit finden, Arme und Beine von Eis umschlossen, der Mund zu einem letzten, luftlosen Schrei geöffnet wie bei den Vergasten.

Eine Gruppe von Anemonen beugte die schweren

Köpfe, als das Licht über sie hinwegglitt. Es flog über die Leiche eines Teenagers, zauste sein Haar, seine Kleider.

Endlich fand Gordons Daumen die Ausbuchtung an seinem kleinen Finger, endlich wurde er ein bißchen ruhiger. Er zog sich um ein paar Fuß zurück, um das Licht in der Zielvorrichtung zu bewegen. Aus dem Augenwinkel sah er, daß die Finger des Roboters die Feuerposition seiner Hand nachahmten. Die Stahlhand zitterte ebenfalls.

Eine Explosion aus Licht und Lärm. In dem Chaos kratzte etwas über seine Wange, kniff ihn in den Nasensattel.

»Nicht schießen!« rief Colonel Pelham. »Um Gottes willen, nicht schießen!«

Gordon wollte sich aus seinem Kommandositz winden, aber eine weibliche MP fing ihn mit festem Griff ein. Vor seinen verblüfften, ungläubigen Augen war die kastenförmige Computer-Einheit des CRAF, die leere olivfarbene Wand. Sie hatten ihm die Brille zu schnell abgenommen; er fühlte sich aus seinem Körper gerissen. Er krümmte den Rücken, und seine Stirn stieß mit der Wange der MP zusammen.

»Beruhigen Sie sich«, knurrte die MP.

Der Kontrollraum war voll von Menschen, und Colonel Pelham zog Gordon die Handschuhe so schnell aus, daß die Drähte ihm die Haut zerkratzten.

»Speichern Sie das!« verlangte jemand scharf.

Immer noch benommen, drehte Gordon sich nach der Stimme um. Ein untersetzter Orientale in einer schwarz und gelben Mitsubishi-Windjacke erwiderte seinen Blick.

»Helfen Sie dem Mann«, sagte der Orientale. »Sie haben ihn zu abrupt aus der CRAF-Realität geholt.«

Gordons Ohr brannte von der Brille. Warmes Blut lief ihm den Hals hinunter.

Der Mann von Mitsubishi ließ die Diskette aus

dem Laufwerk springen und reichte sie dem Colonel.

»Holen Sie meine Einheit«, sagte Gordon, aber niemand hörte ihm zu. Kein Wunder. Seine Zunge und sein Mund waren geschwollen, seine Worte kamen undeutlich.

»Meine Einheit.« Sie hatten sein CRAF draußen im Feld stehengelassen, draußen auf der gottverdammten Straße, verwundbar gegen den Angriff dieses kalten blauen Lichts.

Pelham steckte die Diskette in die Tasche und betrachtete Gordon neugierig. Alle starrten sie ihn jetzt an, der Repräsentant des Vertragnehmers, der Colonel, die MP.

»Sie haben es zugelassen, daß dieses Ding meinen Roboter erwischt hat«, sagte Gordon, und zu seiner Schande begann er zu weinen.

Im Licht

Lieutenant Justin Searles erwachte jäh und fand sich auf einem Sitz mit hoher Lehne wieder. Eine Decke war um ihn geschlungen. Abgesehen von dem schwachen Brummen des Motors war das Innere des Busses schwer von Stille, von dieser klebrigen, spätabendlichen Stille, in der sich nichts bewegt.

Am Nachthimmel vor dem Fenster übergoß ein angeschwollener Mond die Wüste mit Fischbauchlicht. Justin starrte hinaus. Wo war er? Das war eine alte, seit langem bestehende Wüste. Arizona. Vielleicht New Mexico. Das Schaukeln des Busses und der muffige Geruch lange verschlossener Räume lullten ihn wieder ein.

Er schloß die Augen und träumte von dem hartnäckigen *Tap-tap* kalter Fingernägel an seinem Schlafzimmerfenster. Es klang, als verlangten die Toten Einlaß.

Sich nach vorn werfend, riß er sich aus dem Halbschlaf. Ihm war, als habe er diesen Traum früher schon gehabt, und ihm war, als sei er nie ganz aus ihm erwacht. Sein Herz führte in seiner Brust eine Heavy-Metal-Rock-Nummer auf, und sein Atem ging hart und schnell und schmerzhaft. In Panik blinzelte er in die von Kartoffelchiptüten und Zeitschriften besudelte Dunkelheit.

Auf einem Platz am Gang nahe der Tür schnarchte ein älterer Mann leise, den Mund offen, die Hand um ein Taschenbuch mit verbogenem Rückgrat gelegt. Leselampen umgaben die Köpfe der schlafenden Passagiere mit Heiligenscheinen, als verpenne die kleine Gruppe das Pfingstwunder.

Justins Herzschlag verlangsamte sich. Der Schmerz in seiner Brust ließ nach. Über die Schulter spähend, bemerkte er noch jemanden, der wach war. Das Mädchen hatte braune Haare und große braune Bonbon-Augen.

Ein amerikanisches Mädchen, dachte er. Als sein Gehirn diese Worte bildete, flackerte ihr Lächeln und erstarb.

Irgendwo prasselten Eiskörner gegen felsigen Boden. Sie schlugen so laut auf, daß Justin sich am liebsten die Ohren zugehalten hätte. Statt dessen zog er seine Decke bis zum Hals hoch und sah gerade rechtzeitig aus dem Fenster, um eine Sternschnuppe orangefarben über den Himmel blitzen zu sehen.

»Hallo. Mein Name ist ...«, sagte eine Stimme.

Er drehte sich um. Das Mädchen saß neben ihm, nur konnte er sich nicht ums Verrecken erinnern, daß er den Platz gewechselt hätte. *Aber das muß ich doch getan haben, oder?* fragte er sich selbst. *Ich muß den Platz gewechselt und es vergessen haben, das ist alles.*

Ihre Stirn krauste sich vor Nachdenken und glättete sich wieder. »Ann«, sagte sie nach einer Weile, als habe sie sich gerade erst zu dem Namen entschlossen und finde ihren Entschluß bezaubernd. »Mein Name ist Ann. Wohin fahren Sie?«

»Ich...« Er konnte sich nicht erinnern. Er konnte sich nicht erinnern, wohin er wollte. »Ich denke, hier stimmt etwas nicht«, zischte er.

Das Klappern des gefrorenen Regens war so aufdringlich, daß er darüber vergaß, was er sonst noch hatte sagen wollen. Es war so laut, daß er sich fragte, ob er das Innere seines Schädels morgen früh mit Eis bedeckt vorfinden werde.

Er wandte sich wieder dem Fenster zu und sah von neuem den orangefarbenen Schmierer am Himmel.

Nein. Dieses brennende Ding war kein fallender Stern. O Gott. Es war eine abstürzende F-14.

»Lesen Sie mir Ihr Buch vor«, sagte Ann.

Ihre Stimme erschreckte ihn. Er sah auf seine Hände nieder und bemerkte, daß er eine Dienstvorschrift der Navy mit den Worten STRENG GEHEIM in Weiß auf dem dunkelblauen Einband hielt.

»Lesen Sie es mir laut vor.« Sie lehnte sich zutraulich an ihn.

Er öffnete das Buch auf der ersten Seite.

KAPITEL EINS, stand da in großen Grotesk-Buchstaben.

Und darunter war gedruckt:

MAYDYAY
MAYDAY
MAYDAY

Vor Furcht erschauernd, knallte er das Buch zu. An seiner Schulter starrte das Mädchen ihn an.

»Was ist denn?« fragte sie. Plötzlich begann ihr Gesicht zu sacken, die Züge verliefen, als sei die darunterliegende Struktur so knochenlos wie die einer Schnecke.

Justin tat sein Bestes, um sich aus seinem Sitz zu befreien, aber die Decke hielt ihn fest. »Herr Jesus! Ich bin nicht in einem Bus. Wo bin ich?«

Sie legte ihm die Hand auf den Arm. Ihr Fleisch fühlte sich breiig, eisig an. »Gleich. Ich möchte, daß Sie mir jetzt Ihr Buch vorlesen.«

Er stöhnte und wand sich. Das Buch fiel von seinem Schoß.

»Haben Sie keine Angst«, sagte sie zu ihm. »Wir werden Ihnen nichts tun.«

Der Bus schaukelte von einer Seite zur anderen wie ein Schiff auf langgezogenen Wellen. Der Busfahrer kam den Gang herunter; er hielt sich an den Sitzlehnen fest.

»Was ist los, Junge?« fragte er ärgerlich. Er hatte Hängebacken, und das Gerüst seines Schädels war in Fett beinahe begraben. Und Justin wußte, er wußte es ganz sicher, daß seine Hand, sollte er es wagen, die Wange des Mannes zu berühren, in dieses gummiartige Fleisch einsinken würde.

»Möchtest du sie nicht ficken?« fragte der Fahrer.

Der fette Fahrer, das knochenlose Mädchen hatten ihn auf seinem Platz am Fenster in der Falle. Er drehte sich um, sah hinaus, ob sich irgendwo ein Fluchtweg böte.

Die F-14 kam in flammender Glorie herunter, zwei Fallschirme wie Zwillingspusteblumen hinter sich.

»Nimm sie mit nach hinten«, sagte der Busfahrer. »Da sind leere Sitze, und niemand sieht hin. Du kannst sie ficken, soviel du willst. Du kannst ihr das Gehirn ausficken.«

Stöhnend riß Justin seinen Blick von dem Fenster los und wandte ihn dem Mädchen zu. Er erstarrte. Hinter den leeren Augen spürte er die fremdartige, kalte Gewitterfront ihrer Gedanken.

Manchmal kam es Gordon vor, als wolle die Army ihm vor allem das Warten beibringen. Nachdem er von seinem Kommandositz gezerrt worden war, hatte man ihn in einen kleinen, fensterlosen Raum gebracht, wo er eine Stunde lang saß. Er hatte Zeit, über seine Situation (beschissen) und seine Blase (voll) nachzudenken.

Im Nebenzimmer machte jemand Kaffee, und bald erinnerte der Duft ihn daran, daß er das Frühstück ausgelassen hatte.

Schließlich kam eine MP zu ihm, dieselbe MP, mit deren Gesicht er zusammengestoßen war. Sie lächelte nicht. Gordon auch nicht. Mit einigem Kummer bemerkte er, daß ihre Wange sich purpurn färbte.

Er bat darum, und sie führte ihn den Flur hinunter und ließ ihn das Bad benutzen. Sie bot ihm keine Tasse Kaffee an, und sie sagte kein Wort vom Lunch. Als er aus dem Klo herauskam, brachte sie ihn geradenwegs in Colonel Pelhams leeres Büro und ließ ihn dort zurück.

Gordon war wütend. Er war dabei gewesen, eine Rakete in – was? Eine optische Illusion? – zu schießen. Ganz bestimmt würde man ihn psychiatrisch untersuchen lassen.

Deprimiert saß er da und studierte das Zimmer. Hinter dem hochlehnigen Sessel des Colonels waren Landkarten an die Wand geheftet. Die roten Pfeile, die die Bewegungen der ANA darstellten, waren im wesentlichen ein Marsch, der aus Hunger unternommen wurde, ein Exodus aus der Treibhaushitze. Gordons Augen folgten der verzweifelten Reise der Araber nach Norden durch Spanien, durch Almería, Valencia, Barcelona. Ein kleinerer roter Pfeil stach vom Schwarzen Meer nach Bukarest hoch, wo die Syrer zum Stehen gekommen waren. Von Osten kam der größte und bedenklichste der roten Pfeile. Er fegte nordwärts über die Karpaten, verlor einen Teil seiner Breite bei dem tragischen Kampf durch die Ukraine und ergoß sich dann nach Polen. Nein, der Krieg verlief nicht gut, und selbst wenn Gordon nicht fähig gewesen wäre, aus den Karten die Niederlage herauszulesen, hätte er sie in der schalen Luft von Colonel Pelhams Büro riechen können.

Das Geräusch der sich hinter ihm öffnenden Tür veranlaßte Gordon, aufzustehen und den Sessel zu verlassen. Er grub den rechten Zeh in das Linoleum und fuhr zu einem zackigen militärischen Gruß herum. Nur zweierlei war daran verkehrt: Das Quietschen, das seine Nikes beim Drehen machten, und die Tatsache, daß nicht Pelham eingetreten war. Mit der rechten Hand an der Augenbraue sah sich Gordon dem Mann von Mitsubishi gegenüber.

Schnell ließ er den Arm sinken. Für einen Augenblick musterten die beiden Männer einander. Als sich der Augenblick dem Punkt der Peinlichkeit näherte, verbeugte Gordon sich. Er neigte den Kopf, und gleichzeitig streckte der Orientale die Hand aus. Beinahe hätte Gordon den Daumen ins Auge gekriegt.

»Ich bin Toshio Ishimoto«, sagte der Japaner in einem abgehackten, wie Morse klingenden Knattern.

Gordon richtete sich schnell genug auf, um zu sehen, daß Ishimoto seine Hand zurückzog und mit einer kleinen Verbeugung antwortete.

Bei dem Repräsentanten der Firma lag der Schwerpunkt niedrig; sein Körper sah aus, als könne er unmöglich umkippen. »Ich freue mich darauf, mit Ihnen zusammenzuarbeiten, Sergeant.«

Bevor Gordon etwas erwidern konnte, trat Pelham ein. Hastig salutierte Gordon von neuem.

»Rühren.« Pelham schloß die Tür sorgfältig hinter sich. »Und hinsetzen.«

Gordon hockte sich auf die Kante des Army-Stuhls

mit der harten Lehne und dem harten Sitz. Pelham ließ sich mit einem müden Seufzer in seinen Sessel fallen. Ishimoto blieb stehen, die Hände auf dem Rücken verschränkt, und er sah mehr nach Army aus, als Gordon für sich selbst jemals erhoffen konnte.

Pelham zog eine Schublade auf, nahm einen kleinen Recorder heraus und stellte ihn auf den Schreibtisch.

»Erzählen Sie uns alles«, sagte Pelham.

»Ja, Sir«, antwortete Gordon. »Was möchte der Colonel hören?«

»Ihre Eindrücke«, erklärte Ishimoto. »Von dem Augenblick an, als Sie das blaue Licht sahen.«

Gordon setzte sich gerader hin. Das blaue Licht. Also war es doch kein Produkt seiner Phantasie gewesen. »Ich hatte Angst, Sir.«

»Warum?« wollte Pelham wissen.

»Warum, Sir?« Überrascht von der Frage, sah Gordon von Ishimoto zu dem Colonel. Keiner von beiden gab ihm einen Hinweis. »Also, es war unheimlich, Sir.«

»Unheimlich?« fragte Pelham.

»Ja, Sir. Und überall lagen diese Leichen. Ich meine, eine Minute lang dachte ich, ich hätte mich in die Wiederholung von einem alten John Carpenter-Film auf Kanal 27 eingeschaltet.«

Pelham seufzte, schüttelte den Kopf und sagte zu dem Repräsentanten des Herstellers: »Sergeant Means ist unser Experte hier für Comics und Science Fiction.«

»Wie angemessen.« Ein aufflackerndes Grinsen erhellte die finstere Samurai-Miene. »Hatten Sie den Eindruck, das Licht handele intelligent?« fragte Ishimoto plötzlich in seinem Maschinengewehr-Knattern.

Bei der Frage fiel Gordon der Unterkiefer herunter.

»Hatten Sie diesen Eindruck, Sergeant?« faßte Pelham nach. »Wir haben die Aufzeichnungen. Jetzt möchten wir Ihre subjektive Meinung hören.«

»Nun, ja, Sir. Ich meine, ich habe nicht darüber nachgedacht. Ich glaubte nur ...«

»Nur was, Sergeant?« Pelham beugte sich vor.

»Ich glaubte, es betrachte mich mit Neugier.«

Ishimoto und Pelham wechselten Blicke.

Nach einer Weile fragte Gordon: »Sir?«

»Ja?« gab Pelham zurück.

»Was ist mit meiner CRAF-Einheit, Sir?«

»Sie ist in Sicherheit. Mr. Ishimoto hat sie in Dekkung geschickt.«

Gordon schoß dem Repräsentanten des Herstellers einen Blick zu. Wenn man jemand anderem erlaubte, seine Einheit zu benutzen, war das ein bißchen so, als erlaube man ihm, seine Freundin zu benutzen. »Danke«, murmelte Gordon.

»War mir ein Vergnügen«, erwiderte Ishimoto.

»Können Sie uns sonst noch etwas erzählen, Sergeant?«

Gordon vergaß das Protokoll vollständig. Er schüttelte einfach den Kopf.

»Na gut. Sie werden kein Wort über diese Besprechung oder das, was Sie heute gesehen haben, verlieren. Sie werden es gegenüber den anderen Operatoren nicht erwähnen. Haben Sie verstanden?«

Gordon sah Pelham in die braunen Augen. »Jawohl, Sir.«

»Und wenn Sie diesem Objekt wieder begegnen, werden Sie es als freundlich gesonnen behandeln.«

»Okay«, sagte Gordon. »Es ist also ein Objekt, okay, Sir? Das ist cool. Und ich werde es als freundlich gesonnen behandeln. Wenn es kommen und sich mit meinem CRAF paaren will, werde ich meinen Schwanz für es heben, ich bitte den Colonel um Verzeihung. Aber, gottverdammt noch mal, ich meine, wenn ich nicht darüber sprechen soll, darf ich nicht wenigstens erfahren, was es war?«

Von neuem wechselten die beiden anderen Männer Blicke, und dann sahen sie beide Gordon an.

Ishimoto übernahm es, zu antworten. »Wir wissen nicht, was es war.«

Ganz ruhig, ganz langsam streckte Pelham die Hand aus und stellte den Recorder ab. »Sie können gehen, Sergeant.«

Gordon war so froh darüber, das Büro verlassen zu können, daß ihm etwas erst später zu Bewußtsein kam: Er besaß seine Streifen noch, und deshalb konnte er nicht allzu schlimme Scheiße gebaut haben. Und erst nach dem Lunch, viel zu spät, um umzukehren und den Colonel zu belästigen, erinnerte er sich an das seltsame Geräusch, das das blaue Licht in seinem Gehirn gemacht hatte, an dieses Prasseln wie von Graupeln.

Zentrales Army-Lazarett, Badajoz, Spanien

Werde Kinderärztin, hatte ihre Mutter ihr geraten. *Oder spezialisiere dich auf Geburtshilfe. Das ist das Tätigkeitsfeld für eine Frau.* Auch jetzt noch, dachte Rita Beaudreaux, könnte sie in die Vereinigten Staaten zurückkehren und eine Praxis für Allgemeinmedizin aufmachen, Kindern die Rotznasen abwischen und Furunkel an den Hintern der arbeitenden Klasse aufstechen. Der Rat ihrer Mutter ging dem weiblichen Captain der Nationalgarde durch den Kopf, während sie das Mikrophon von oben herunterzog und auf das Fußpedal trat, um den Recorder anzustellen.

»Die Leiche ist die eines gut ernährten Mannes zwischen neunzehn und fünfundzwanzig Jahren.«

Das Skalpell in der Hand, starrte sie den verstümmelten weißen Jungen an. Welchen Rat mochte *seine* Mutter ihm gegeben haben?

Sei vorsichtig, war am wahrscheinlichsten, aber sein

Job hatte diesen Jungen gezwungen, ungehorsam zu sein.

»Eine schwere Verletzung hat den unteren Teil des Gesichts abgetrennt«, sprach sie in das Mikrophon. »Die Zunge ist ein paar Zentimeter über dem Zungenbein abgerissen. Die rechte Augenhöhle ist leer, die Siebbeinhöhlen liegen frei.«

Sie hielt inne, bevor sie fortfuhr: »Kein Blut in der Wunde vorhanden.«

Kein Blut. Ob das Mikrophon das Beben in ihrer Stimme aufgefangen hatte? Das eine intakte Auge des Jungen auf dem Tisch spießte sie eine Sekunde lang auf.

Als er verwundet worden war, hatte er vielleicht schreien wollen, aber mehr als ein Gurgeln hatte er nicht zustandebringen können. Ein Zischen. Der Gaumen und die sämtlich intakten Zähne bildeten einen blassen Spitzbogen über den Trümmern eines fehlenden Kiefers, eine groteske Halbkathedrale. Rita senkte den Blick auf seine Brust.

»Im Zentrum des Brustbeins befindet sich ein Loch von sieben Millimetern Durchmesser. Die Ränder des Loches sind sauber und scharf abgegrenzt.«

Als sei es mit einem Backförmchen ausgestochen worden, dachte sie.

Sie räusperte sich und setzte hinzu: »Kein Anzeichen einer Quetschung.«

Zu ordentlich für ein Kugelloch. Davon hatte sie in ihren sechs Jahren als Gerichtsmedizinerin im Bellevue genug gesehen. Nein, ein von einer Feuerwaffe verursachtes Trauma zermantschte die Muskeln, verflüssigte Fett.

Ihr Skalpell schnitt durch den Leichnam. Das Fleisch gab einen eigentümlichen Laut von sich, als zerreiße Seide. »Die Muskelhaut zeigt Zeichen von Austrocknung.«

Die darunterliegenden Muskeln der Leiche hatten

die Farbe von marmoriertem Käse. Rita folgte dem sauberen, perfekt kreisrunden Loch durch das brüchige Balsaholz-Brustbein, bis sie zu dem leeren Herzbeutel kam. Das Loch, das den Tod des Jungen verursacht hatte, war klein, aber durch es hindurch hatte etwas oder jemand den Aorta-Bogen glatt entzweigeschnitten und das faustgroße Herz herausgehoben.

Es gab keinen Geruch. Es hatte kein Tier an der Leiche gefressen. Natürlich nicht. Alle Flüssigkeiten, alle roten Blutkörperchen waren verschwunden.

Eine Krankheit? fragte sie sich zum drittenmal. Aber keine ihr bekannte Krankheit konnte in dieser Weise auf den ganzen Körper zuschlagen. Das mußte auch die Army gedacht haben, weil man sich nicht die Mühe gemacht hatte, ihr einen sauberen Raum und ihre eigene sterile Luftversorgung zu geben. Trotzdem blieben die Bedenken irgendwo in dem dämmerigen Medizinstudium-Teil ihres Gehirns. Bei den Vorlesungen über Onkologie hatte sie sich Klumpen in ihren Brüsten vorgestellt, und in der Kardiologie hatte sie ängstlich auf das gelegentliche Flattern ihres Herzens gewartet. Während sie jetzt das Fleisch des Leichnams betrachtete, fühlte sie, wie ihre Haut auszutrocknen und sich zu spannen begann.

Ein chemischer Kampfstoff? Vielleicht war er auch jetzt noch aktiv. Vielleicht konnte er ihre Handschuhe durchdringen. Ihre Finger juckten.

Unmöglich. Keine Krankheit, keine Chemikalie konnte Muskeln und Knochen durchbohren, um ein lebendes Herz herauszusaugen.

Von neuem berührte sie das Entsetzen auf dem Gesicht des Jungen. Könnte ihr eigenes Gesicht dieses Entsetzen zeigen? Und unter ihrer milchkaffeefarbenen Haut würde ausgedörrtes milchkaffeefarbenes Fleisch liegen.

»Nun?«

Die Stimme erklang hinter ihr. Beinahe hätte sie ihr Skalpell fallengelassen. Sie fuhr herum und stand von Angesicht zu Angesicht ›Loon‹ Lauterbach gegenüber. Der Supreme Allied Commander in Europe, der oberste Kommandeur der alliierten Streitkräfte der NATO in Europa, kurz ›Saceur‹ genannt, sah in seinem Tarnanzug schmucker aus als die meisten Männer in Ausgehuniform.

»Verdammt!« fuhr sie ihn an. »Schleichen Sie sich nie wieder so an mich an!«

Lauterbach blinzelte überrascht, dann lachte er. »Rühren«, sagte er.

»Scheiße«, murmelte sie und wandte sich wieder der Leiche zu. Sie hörte Lauterbachs sich nähernde Schritte. Er stellte sich neben sie, blickte nach unten. Die meisten Leute, sogar von der Army, hätten dazu nicht die Nerven gehabt.

»Ich habe gedacht, Sie seien in Portugal«, bemerkte sie.

»Bin heute nachmittag hergeflogen.« Der kleine, kahl werdende Vier-Sterne-General hob den Blick nicht von der Leiche. »Was hat ihn getötet?«

»Das weiß ich nicht.«

»Ist es möglich, daß die Granatsplitter-Verletzung das angerichtet hat?«

Rita begann mit dem Einschnitt vom Steißbein aus und machte das Bein des Autopsie-Y ein paar Zoll höher als normal. Sogar die Gedärme, stellte sie fest, waren dehydriert. Ein bißchen Staub trieb im Gleißen des Lichts nach oben. Zellularer Staub, kremig hell. Sie trat nachdenkend zurück. Lauterbach blieb stehen.

»Nun?«

»Ich weiß es nicht«, antwortete sie.

»Dieser Soldat war gestern noch am Leben. Was könnte ihm dies angetan haben?«

»Nichts«, sagte Rita.

»Aber etwas hat es getan.«

»Eine richtige Austrocknung reduziert die Masse, und davon gibt es hier kein Zeichen. Sehen Sie ihn sich an. Sehen Sie ihn sich gut an, General«, befahl sie. »Er ist immer noch ein pausbäckiger Junge. Wenn er mumifiziert worden wäre, würden diese Wangen eingesunken und hohl sein.«

Bei dem letzten Wort sandte ihr Lauterbach einen scharfen Blick zu. Seine gelblich-braunen Augen verrieten kein Gefühl, sie waren wie die Augen eines Pumas, eines Wolfs. »Sie bekommen nicht genug Schlaf.«

»Sie auch nicht«, schoß Rita zurück.

Sein Ausdruck veränderte sich, sein Blick wurde unstet. »Ich fliege heute abend nach Polen. Es ist wichtig für mich, Bescheid zu wissen. Hat der Granatsplitter ihn getötet?«

Rita betrachtete die Wunde. Der Junge hatte blitzartig sein halbes Gesicht verloren. »Wenn er früh genug ärztlich betreut worden wäre, hätte er weitergelebt.«

Lauterbachs Mundwinkel senkten sich vor Abscheu. Sie konnte beinahe seine Gedanken lesen: *Wofür?* »Nehmen Sie an, daß er sterben wollte?« fragte er ruhig.

Rita musterte den General neugierig. Sein Gesicht war so müde, daß er beinahe schon krank war. Krieg ist ein Blutegel, ein Lebensaussauger. Er findet seine Opfer auf dem Schlachtfeld, wo der Tod leicht kommt, und auch in den Bunkern, wo er das nicht tut.

Lauterbach suchte als Kommandeur den Kontakt. Er flitzte von einer Front zur anderen und ermahnte seine erschöpfte Armee. Vielleicht war es sein höchster Wunsch, sein Flugzeug werde abstürzen. Der weiße Junge auf dem Tisch aus rostfreiem Stahl mußte sich nach einem solchen verzweifelten Frieden gesehnt haben.

»Ja. Ich bin überzeugt, er wollte sterben«, versicherte sie ihm.

Der General nickte. »Dann ist es so, als sei er von freundlichem Feuer getötet worden.«

»Von freundlichem?«

»Von liebendem Feuer.« Seine Stimme war so leise, daß sie durch das Geräusch der zirkulierten Luft aus den Röhren kaum zu hören war.

Arlington, Virginia

Linda Parisi mühte sich mit ihrem Koffer von der Bushaltestelle nach Hause. Der Auftritt in Boston hatte sie fertiggemacht: zu wenig Geld, zu viele fremde Leute. Sie waren nach ihrem Vortrag zu ihr gekommen, die Augen groß vor Hoffnung und verzweifelter Erfindung, um ihr zu erzählen, auch sie hätten mit den Eridanern gesprochen und wie die Eridaner ihr Leben völlig verändert hätten, bla, bla, bla.

Sie hinkte die Betonstufen des Wohnhauses aus roten Ziegeln hoch, schwankend unter dem Gewicht ihres verbeulten Samsonite.

Vielleicht, dachte sie, würde irgendeine ritterliche oder beeindruckbare Seele sie hören und herauskommen, um ihr zu helfen. Doch so laut und langsam sie sich auch weiterschleppte – sie ließ den Koffer absichtlich gegen die Wände schlagen –, niemand eilte zu ihrer Rettung herbei.

Der Eingang des Wohnhauses war dämmerig und unordentlich. Vor ihrer angeschlagenen Stahltür focht sie den üblichen Kampf mit den Schlüsseln aus: Zwei für die Zwillingssicherheitsschlösser, einen für das normale Schloß.

Drinnen stellte sie fest, daß ihr Pudel aus Rache für ihre Reise auf den Teppich gekotzt hatte. Ein Stück weiter entdeckte sie das volle Ausmaß der Wiedervergeltung des begriffsstutzigen Hundes. Lacy hatte seinen Wassernapf umgestoßen und den Küchenfußboden mit durchweichten und zerbröckelnden ›Kibbles and Bits‹ bedeckt.

Das Lämpchen des Anrufbeantworters blinkte. Auf dem Weg zu dem vollgestopften Schrank, wo der Besen war, drückte Mrs. Parisi die Wiedergabetaste des Telefons.

»Rufen Sie mich an«, sagte die Maschine.

Sie holte Handfeger und Kehrblech und trug sie in die Küche, als das Telefon piepte und die nächste Botschaft ankam.

»Es ist mein Ernst«, sagte dieselbe Stimme. »Rufen Sie mich an.«

»Oh, weißt du, was du mich kannst?« antwortete sie und ließ die Gereiztheit los, die sie über das ganze Wochenende in Schach gehalten hatte. »Ja, genau das kannst du.«

Mrs. Parisi kannte die Stimme natürlich. Mit schmerzenden Füßen blieb sie im Eingang zur Küche stehen und betrachtete das Chaos. Lacy saß da und wedelte mit dem Schwanz, offensichtlich zufrieden mit seinem Werk.

Piep. »Rufen Sie mich zu Hause an, rufen Sie mich bei der Arbeit an. Rufen Sie mich einfach an. Unser Leben ist in Gefahr.«

Seufzend fegte Mrs. Parisi das Futter zusammen und beförderte es mit Hilfe des Kehrblechs wieder in Lacys Schüssel. »Lecker, lecker«, sagte sie mit giftigem Lächeln.

Bevor sie ihren Verleger anrief, zog Mrs. Parisi ihre Pumps mit den kleinen Absätzen aus. Dann machte sie es sich auf dem Sofa gemütlich, hob den Hörer ab, drückte die Eins und lauschte den abgehackten, unmelodischen Tönen, mit denen das Telefon automatisch wählte.

»Tau Ceti Publications«, zirpte die Empfangsdame.

Das Mädchen hörte sich sehr dämlich und sehr jung an.

»Ist Tad Ellis da?«

»Er spricht auf einer anderen Leitung«, sagte das Mädchen. »Kann ich ihm etwas ausrichten?«

»Hier ist Linda Parisi ...«

»Oh!« Das Mädchen erschrak so, daß ihre Stimme ganz den kecken Klang verlor. Sie klang älter und sogar intelligent. »Ich weiß, er möchte mit Ihnen sprechen, Mrs. Parisi. Bitte bleiben Sie am Apparat.«

Mrs. Parisi wurde mit Musak erfreut, der Interpretation des Valium String Quartets von *Evergreen*. Dann erklang die Tenorstimme von Tad Ellis. »Das Pogrom hat angefangen«, meldete er.

Mrs. Parisi antwortete nicht. Sie spürte Schmerzen in ihrem Ellbogen und dachte über das unverdauliche Hundefutter nach, das Ellis ihr gerade vorgesetzt hatte.

»Sind Sie noch da?« fragte Ellis schließlich.

»Natürlich.«

Der Internal Revenue Service? fragte sich Parisi. *Das Justizministerium?* Was glaubte der dumme Ellis wohl, wer diesmal hinter ihnen her war?

»Hier waren zwei Männer in dunklen Anzügen«, fuhr Ellis fort. »Sie erkundigten sich nach Ihnen. Sie erkundigten sich nach Ihren *Büchern*.«

Mrs. Parisis Blick wanderte zu dem Regal, wo *Begegnung mit den Eridanern, Der eridanische Weg* und *Im hellen eridanischen Licht* aufgestellt waren.

»Es geht los, Linda«, sagte Ellis in verschwörerischem Flüsterton. »Sie wollten Ihre Adresse und Telefonnummer. Ich gab ihnen Ihre alte, aber früher oder später finden sie Sie bestimmt. Sie sind *sehr* daran interessiert, was wir über UFOSs wissen. Sie haben Gene abgeholt. Sie sind bei Sally gewesen.«

»Ach du meine Güte.«

»Hören Sie mir zu?«

»Ja, mein Lieber. Das tue ich.«

»Verlassen Sie die Stadt«, verlangte Ellis mit fester Stimme, legte auf und ließ Mrs. Parisi dem Summen der unterbrochenen Verbindung lauschen. Sie legte den Hörer hin und wandte sich an den sie beobachtenden Hund.

»Dummköpfe, Lacy«, teilte sie ihm seufzend mit. »Diese Branche ist gesteckt voll von Dummköpfen.«

Centcom-Ost, Warschau, Polen

Generalleutnant Valentin Baranjk sah von seinem Gekritzel auf und begegnete dem Blick des deutschen Kommandanten Kurt Weiderhausen. Der Deutsche war jung, wahrscheinlich nicht älter als fünf- oder sechsundfünfzig; also konnte er sich nicht mehr an den Großen Patriotischen Krieg erinnern. Trotzdem, Deutsche waren in diesem Punkt empfindlich. Sein glattes Gesicht verriet Unbehagen. Woran mochte das liegen? fragte sich Baranjk. Am Fortgang des Ostfeldzugs oder an der Tatsache, daß der Amerikaner zu spät kam, oder einfach daran, daß sich Weiderhausen an der Spitze einer neuen Invasion Polens wiedergefunden hatte, wenn es auch eine freundliche war?

Andre Tschajowski machte dagegen einen stillvergnügten Eindruck. Der Saceur-Ost spielte mit seiner Kaffeetasse und lächelte, er lächelte, als erinnere er sich an irgendein Lied aus seiner Kinderzeit. Wie Baranjk wußte, ist es leichter, eine erfreuliche Stelle in den eigenen Erinnerungen zu finden und den Verstand dort unterzubringen. Er selbst hatte sich das Nacherleben der Kindheit zur Gewohnheit gemacht, um die Erinnerung an Kiew zu bannen.

Dort war ihm alles abhanden gekommen, alles: Sein Seelenfrieden, sein guter Name, seine Armee. Die Schlacht war außer Kontrolle geraten, die Truppen waren ihm wie Wasser durch die unfähigen Finger geronnen. Nachts, wenn Baranjk die Augen schloß, hörte er das Quietschen der Panzer, das Krepieren der Geschosse. Und er sah, an den rauchdunklen südlichen Himmel gemalt, das Glühen des in Flammen stehenden Kiew.

Ein Adjutant, der den Amerikaner anmeldete, riß Baranjk aus seinem Tagtraum. Verdrießlich bemerkte er, wie der Deutsche und der Pole hochblickten. Sie starrten die Tür an, als sollten Gott und Seine Erzengel ihren Einzug halten. *Zu blöd,* dachte Baranjk. Niemand, nicht einmal die Amerikaner, konnte sie retten.

»Meine Herren«, grüßte der eintretende Amerikaner mit einem Nicken. Lauterbach war ein intelligent aussehender, kleiner, schmächtiger Mann, zu klein, dachte Baranjk, um ein Krieger zu sein. Er kämpfte auch klein und schlau wie eine fallenbauende Spinne, schoß zu den seltsamsten Zeiten aus seinem Loch hervor. Die Araber zupften und zerrten ohne Wirkung an ihm, als sei er irgendwie in ihre Kleider geschlüpft.

Noch bevor der Amerikaner sich setzte, stürzte er sich in einen Schnellfeuer-Monolog, als sei ihm noch deutlicher als den Männern im Raum bewußt, daß die Zeit ihnen davonlief.

»Vor zwei Tagen haben wir einen Piloten verloren«, berichtete der amerikanische General. »Einen Lieutenant junior grade, Justin Searles. Er flog eine alte Super Tom. Sie wurde von der Flak getroffen und stürzte ab. Er und sein Radar-Mann stiegen gleichzeitig aus. Der Radar-Mann schaffte es zum Boden. Searles nicht. Wenn wir dem Radar-Mann glauben sollen, haben die Woofer ihn sich geschnappt.«

Baranjks Blick wanderte zu den anderen Kommandanten am Tisch hin. Der Deutsche wirkte besorgt, doch das war sein üblicher Gesichtsausdruck. Der Pole war völlig verblüfft.

»Dann beobachten sie nicht nur«, bemerkte Tschajowski.

»Nein.« Der Amerikaner verschränkte die Hände auf dem Tisch. Den Kaffee, den der Adjutant ihm eingoß, ignorierte er. »Wir müssen sie als Mitspieler betrachten. Aber das heißt nicht notwendigerweise, daß sie Feinde sind.«

»Die Verstümmelungen?« fragte Weiderhausen. »Haben Sie die auch?«

Lauterbach nickte.

»Wenn sie unsere Soldaten töten …«

»Dessen sind wir nicht sicher«, fiel der Amerikaner schnell ein. »Die Verstümmelungen mögen eine Art von Gnadentod sein. Sie nehmen nur die Schwerverwundeten. Außerdem sind ebenso viele Araber verstümmelt aufgefunden worden. Wir dürfen nicht vergessen, daß wir es mit der Mentalität von fremden Lebewesen zu tun haben …«

»Sie gehen von fremden Lebewesen aus«, stieß Baranjk hervor. »*Sie* gehen davon aus, Herr General. Vielleicht glauben wir übrigen etwas anderes.«

Lauterbach sah ihn mit ehrlicher Anerkennung an. »Die Lichter sind extraterrestrische Schiffe. Und die Wesen, die sie kontrollieren, sind uns in der Technologie um Jahrhunderte voraus. Wenn Sie auf sie schießen lassen, könnte sich dies als die unglücklichste Entscheidung herausstellen, die Sie je getroffen haben.«

Baranjk riß den Blick von Weiderhausens hellblauen Augen los und richtete ihn wieder auf die gleichmütigen haselnußbraunen des Amerikaners. »Diese Woofer haben mit dem Krieg nichts zu tun. Sie irritieren nur. Wo bleibt unser Nachschub? Man kann Flugzeuge nicht mit Pisse fliegen.«

»Niemand hat Treibstoff«, teilte der Amerikaner ihm ruhig mit. »Und der Gibraltar-Damm hält unsere Tanker dem Mittelmeer fern. Wenn Sie Öl wollen, warum gehen Sie dann nicht zu Ihren alten Genossen in Rußland? Sibirien ist reich an Öl.«

Baranjk schnaubte und schüttelte den Kopf. »Die Russen haben meine Ukraine für ihre eigene Sicherheit verschachert. Sie wollten mir keine exakten Landkarten geben, warum sollten sie mir Öl geben? In der Zwischenzeit verlieren wir einen Krieg.«

»Ich sage immer noch, unsere beste Chance ist, die Woofer dazu zu bringen, daß sie auf unserer Seite kämpfen«, erklärte Lauterbach.

»Wenn Sie darauf bestehen, daß sie fremde Lebewesen sind«, gab der Ukrainer zurück, »wie können wir mit ihnen kommunizieren? Es gelingt uns nicht, die Araber zu verstehen. Wie sollen wir kleine blaue Lichter verstehen?«

»O Valentin«, seufzte der Amerikaner. »Ich denke, ich verstehe die Araber. Sie haben einfach Hunger.«

Baranjk fegte den Treibhauseffekt mit einer Handbewegung beiseite. »Sollen sie Dreck fressen.«

Der Amerikaner preßte die Lippen zusammen. »Ich dachte, genau das haben wir zu tun versucht.«

Ein kurzes, nachdenkliches Schweigen im Raum. Der Pole nahm noch einen Schluck Kaffee. Der Deutsche starrte ins Leere. Lauterbach betrachtete den Tisch.

»Ich habe Mitgefühl für die Opfer des Hungers«, sagte Baranjk, als die Stille unerträglich wurde. »Die Chinesen haben zum Beispiel gelitten, aber sie fangen keine Kriege an.«

»Nein, sie sterben sehr ruhig, die Chinesen«, murmelte Tschajowski.

Vom Ende des Tisches kam Lauterbachs Stimme, die kaum mehr als ein müdes Flüstern war. »Jeden Tag verhungern eintausend Amerikaner.«

Baranjk bemerkte das Zucken im Gesicht des Deutschen, des Polen. Die Amerikaner hatten ihre Hungersnot, aber Europa hatte seinen Krieg. In Baranjks

Augen hob die eine Schuld die andere auf. Die Amerikaner hatten keine Lust zu kämpfen, obwohl sie ihre besten Kommandanten, ihre Soldaten, ihre Zauberwaffen geschickt hatten. Die Invasion fand nicht in Amerika statt. Und wenn es zum Schlimmsten kam, konnten sie sich verabschieden und nach Hause gehen.

»O Gott. Sehen Sie nicht, wie traurig das ist?« Der Amerikaner breitete die Arme aus. »Diese fremden Lebewesen sind durch den Weltraum gereist und finden uns, wie wir verhungern, wie wir uns gegenseitig umbringen. Ja, es hat Verstümmelungen gegeben. Das leugne ich nicht. Vielleicht fehlt ihnen das Konzept des Todes. Oder vielleicht denken sie von ihm höher als wir.« Seine müden Augen wanderten von einem der Männer am Tisch zum anderen. »Manchmal frage ich mich, ob sie sich abgestoßen fühlen, weil für uns das Leben so billig ist.«

3. Kapitel

In der Nähe von Calhan, Colorado

Sie waren von Texas aus losgefahren und in Missouri zurückgeschickt worden. Die Not hatte sie westwärts getrieben. Gleich hinter Topeka war sein Pa gestorben, und er hatte ihn neben dem Highway begraben, die harte Erde mit einer Brechstange losgewühlt, sich die Hände an den von der Sonne versengten Steinen verbrannt.

Erst als die Staatspolizei ihn außerhalb von Colorado Springs anhielt, kam Jerry zu Bewußtsein, daß ihm der Raum zum Weiterfahren ausgegangen war.

Zu Jerrys Rechter lag ein improvisiertes Flüchtlingslager, der armselige Alptraum einer Unterkunft, alles Blech und Zeltplanen und Sperrholz. Es hockte auf dem beigen Wüstenboden, beinahe von der gleichen Farbe wie der Sand, und stank nach Hitze und Scheiße und Tod. Hinter dem Polizisten des Staates Colorado mit den Bermuda-Shorts und der verspiegelten Sonnenbrille erstreckte sich ein großes Stück Wüste. In der hellen Ferne saßen blau-purpurne Wolken auf dem Boden.

»Wird es regnen?« fragte Jerry den Polizisten ehrfürchtig.

Der Mann hörte auf, laut aus dem Colorado-Gesetzblatt Nr. 236 zu lesen, und spähte über die Schulter. »Hä?«

»Regnen. Sehen Sie die Wolken da?«

»Scheiße. Das sind keine Wolken.« Der Polizist lachte. »Das sind Berge.«

Den Rest von dem, was der Polizist vorlas, hörte Jerry nicht mehr. Er hatte zuviel damit zu tun, die

Berge anzusehen. Es war, als blicke man in das Gesicht Gottes.

»He! He!« sagte der Polizist schließlich und wedelte mit der Hand vor Jerrys Gesicht herum. »Bist du hier bei mir, oder was ist?«

»Jawohl, Sir.« Es war heiß, genauso heiß wie in Texas. Das war ein langer Weg dafür, dachte Jerry, daß er der Hitze nicht entkommen war. Er bemühte sich, weder auf die Berge noch auf die nackten Beine des Polizisten zu starren. Einen Polizisten in kurzen Hosen hatte er noch nie gesehen.

»Ist dieser Lastwagen für Propangas ausgestattet?«

Jerry versuchte, den Ausdruck hinter der Spiegelbrille zu erkennen. »Ja, Sir.«

»Wie alt bist du übrigens, zum Teufel?«

»Achtzehn«, antwortete Jerry schnell, sich um drei Jahre älter machend.

»Du hast einen Führerschein?«

»Wie bitte?«

»Eine Lizenz, daß du dieses Ding fahren darfst. Paßt du überhaupt auf, Junge?«

»In Texas konnte man nirgendwo eine bekommen.« Diesmal sagte Jerry die Wahrheit. Wieder sah er über die Wüste hinweg zu den blauen Bergen hin. Sie waren kühl und schön und fern wie die Gesichter von Frauen in Zeitschriften. »Kann ich nicht weiterfahren?« fragte er ganz plötzlich, woraufhin der Polizist ein vorsichtiges Stirnrunzeln zeigte. »Ich bin schon so lange unterwegs.«

Der Polizist war fertig damit, den Strafzettel auszustellen, und drückte ihn Jerry in die schweißnasse Hand. »Wir können dich hier nicht unterbringen. Fahr wieder nach Hause.«

»Das kann ich nicht«, erklärte Jerry fest.

»Du wirst hier sterben, Junge.«

»Das werde ich, verdammt noch mal, in Texas auch.«

Bei Jerrys Ton blickte der Polizist auf. »Na gut. Dann fahr deinen gottverdammten Schrotthaufen ins Lager und stell dein Zelt bei dem übrigen Texas-Pack auf. Du wirst sehen, daß es mir scheißegal ist.« Damit stapfte er zu seinem solarbetriebenen Wohnmobil. Jerry ging die Frage durch den Kopf, ob er eine Klimaanlage darin habe. Wahrscheinlich. Sein Hemd hatte nicht an der Haut geklebt wie Jerry das verschwitzte T-Shirt.

Jerry leckte sich die Lippen, ging zu seinem Lastwagen zurück und brachte nach ein paar Versuchen den Motor in Gang. Er fand eine Stelle fünfzig Yards von den anderen Flüchtlingen entfernt und schlug sein Zelt allein auf.

Komisch, wie einsam er sich fühlte, seit sein Alter gestorben und in einem flachen Grab vierhundert Meilen weiter hinten begraben war. Jerrys Pa war als Mann nichts Besonderes gewesen, er war nicht einmal als Gesellschaft etwas Besonderes gewesen, aber seine Abwesenheit gab ihm ein seltsames Gefühl, ähnlich der Leere im Kiefer, wenn man einem einen Zahn gezogen hat.

Die Sonne versank hinter den westlichen Bergen. Jerry machte sich daran, sein Abendessen aus Bohnen und Dörrfleisch zuzubereiten. Die Himmelsschüssel über ihm verdunkelte sich zu einem zarten Violett. Als die Sterne herauskamen, schlenderte ein Mädchen von seinem Zelt herüber und setzte sich zu ihm.

Sie war in seinem Alter, vermutete Jerry, oder ein bißchen älter, und sie saß mit gespreizten Beinen da. Er versuchte wegzugucken, aber der Anblick ihrer nackten Beine zog ihn an, wie es die Berge getan hatten. Der Wind frischte auf. Er trug vom Lager schwache Fetzen von Stimmen und den dichten, erdigen Geruch von Abwasser herbei.

»Woher kommst du?« fragte sie schließlich.

»Von Texas.«

»Das war aber gar nicht klug von dir, herzukommen«, höhnte sie. »Wir begraben hier jeden Tag Leute.«

Jerrys Hand erstarrte auf dem Löffel. »Sie sterben?« fragte er.

»Klar doch. Sonst würde man sie doch nicht begraben, Dummkopf.«

»Oh.« Sie hatte eine so scharfe Zunge, daß er sich fürchtete, sie zu fragen, woran sie starben.

Das Mädchen musterte ihn. Ihre Beine waren mager und ihre Augen zu groß, wie die Augen einer Eule oder eines anderen nächtlichen Raubtiers. »Ich besorge es dir für einen Teller Bohnen«, teilte sie ihm mit.

Der Wind peitschte die Flammen hierhin und dahin und schickte Funken wie Glühwürmchen in die Dunkelheit.

»Ich besorge es dir gut.«

Sie zog den Rock zu den Hüften hoch, und zwischen diesen mageren Beinen waren Schatten, so geheimnisvoll wie der Abend. Er sah schnell weg, hinein in das flackernde Feuer.

Jerry träumte natürlich von Frauen, aber er träumte von Augen so blau wie Seen, von Haaren dunkel wie Regen, von kühler und wasserglatter Haut. Dieses Mädchen sah wie etwas aus, das die Wüste ausgehustet hatte. Sie machte ihm ein bißchen Angst.

»Ich würde es gern tun«, sagte sie.

Im Feuer kroch Rot über schwarze Holzkohle. Der Rauch roch sauber und stechend, als stamme er von einem Nadelbaum. »Ich werde dir so ein paar Bohnen geben.«

»Ich würde es wirklich gern tun«, flüsterte sie.

Als die Bohnen gar waren, gab Jerry dem Mädchen davon, nur um es loszuwerden. Dann lag er eine Weile allein unter der staubigen Plane.

Im Lager war es ruhig, alle Kochfeuer waren gelöscht. Jerry erhob sich von seiner Decke. Er erschauerte ein bißchen in der Kälte der Wüstennacht. Dann ging er in den Sand hinaus und starrte nach Westen.

Ich könnte zu Fuß hingehen, dachte er. Vielleicht morgen früh in den Bergen sein. Dort würde es Nadelbäume und die klaren Bäche geben, die er in den Zeitschriften-Anzeigen gesehen hatte.

Wenn er an einen Ort gelangte, wo es regnete, überlegte Jerry, könnte er leicht von dem Land leben. Er wußte, in diesen Bächen konnte man die Fische sehen, unten in dem transparenten Wasser, wie unter einer Glasscheibe. Moos würde dort wachsen und Farne, so fein wie die Hand einer Dame.

Im Süden segelte eine einzelne dicke Gewitterwolke über die Wüste, gelbe Blitze tobten in ihrem Bauch. Er hatte schonerförmige Wolken ebenso über den Llano ziehen sehen, die ihre Ladung an Feuchtigkeit zu anderen, grüneren Orten brachten. Er meinte, ein kaltes Neonblau aufleuchten zu sehen. Tief in seinem Innern hörte er das beinahe vergessene Prasseln, mit dem kühler Regen fällt.

Erinnerungen an Kühle und Feuchtigkeit trieben ihn. Er machte ein paar träumerische Schritte südwärts, und das Prasseln hörte auf.

Jerry blieb stehen, und der Zauber verschwand. *Regen,* dachte er. *Irgendwo regnet es.*

Vielleicht morgen oder übermorgen würde er zu Fuß nach Colorado Springs gehen.

Arlington, Virginia

Ein amtliches Klopfen an der Haustür riß Linda Parisi aus dem Schlaf. Sie fühlte in der Dunkelheit, daß Lacy zusammenzuckte und aus dem warmen Plätzchen sprang, das er sich auf der Bettdecke gemacht hatte. Bis das zweite entschlossene Klopfen ertönte, war der Hund voll wach und bellte.

Ächzend hievte Linda ihren steifen Körper aus dem Bett. Sie schlurfte an die Tür und drehte auf dem Weg das Licht im Wohnzimmer an. Durch den Spion sah sie zwei Männer in dunklen Anzügen im Flur warten.

»Mrs. Parisi?« rief der eine.

»Was bin ich doch bescheuert«, flüsterte sie dem kläffenden Pudel zu. Die Männer hatten wahrscheinlich gesehen, wie ihr Licht anging.

Konnte Tad dieses eine Mal recht haben? War ein Mann, der Spione unter dem Bett sah, fähig, mehr als die Produkte seiner eigenen Einbildung zu sehen?

»Mrs. Parisi? Wir wissen, daß Sie da sind.«

Die Stimme des Mannes klang sachlich, sogar freundlich. Mrs. Parisi nahm Lacy auf ihren guten Arm, fummelte mit den Schlüsseln herum und öffnete die Tür so weit, wie die Kette es zuließ.

»Es ist sehr spät.« Sie achtete darauf, daß ihre Stimme angenehm, aber tadelnd klang. Das war der Ton, den sie beim Internal Revenue Service benutzte.

Alles, was sie von dem ersten Mann sehen konnte, war ein braunes Auge und ein Stück von einem dunklen Anzug. »Wir sind von der Army Intelligence.« Er drückte seinen Ausweis an den Spalt in der Tür. »Wir würden gern mit Ihnen sprechen. Dürfen wir hereinkommen?«

»Wenn Sie vielleicht vorher angerufen hätten ...«

»Sprechen Sie jetzt mit uns, oder sprechen Sie später mit uns, Madam«, fiel der zweite Mann ein. »Wir werden die ganze Nacht hier stehenbleiben, wenn es sein muß.«

»Nun gut«, gab sie nach. »Halten Sie Ihre feurigen Pferde zurück. Gestatten Sie mir nur, mich präsentabel zu machen.«

Sie patschte ins Schlafzimmer, nahm ihren alten Frottee-Bademantel aus dem noch nicht ausgepackten Koffer und machte auf dem Weg hinaus die Tür fest vor Lacys Nase zu.

Sie löste die Kette. »Entschuldigen Sie die späte Stunde«, sagte einer der Männer. Sie waren beide groß, jung und verdächtig gepflegt, genau die Sorte von gespenstischen Klonen, die sich Tad Ellis hätte zurechtphantasieren können.

Sie warteten nicht darauf, daß sie hereingebeten wurden. Der eine trat vor ihr Bücherregal und begann, die Titel zu überfliegen. Der andere ging zu ihrem Kaffeetisch, öffnete einen Aktenkoffer und setzte sich unaufgefordert auf ihr Sofa mit dem Blumendruck.

»Wir wollen Auskunft darüber.« Der Mann mit dem Aktenkoffer legte Fotos auf der gläsernen Tischplatte aus.

Mrs. Parisi zog ihren Bademantel enger zusammen. Sie erinnerte sich an diese Fotos besser als an das Gesicht ihres längstverstorbenen Mannes. Es waren die Aufnahmen, die sie von den eridanischen Schiffen gemacht hatte.

»Ach du meine Güte.« Sie ließ es verwirrt klingen, weniger wie die UFO-Forscherin, die sie hatten sprechen wollen, und mehr wie die alte Witwe, nach der sie aussah. Hilflosigkeit, das hatte sie in ihrem Leben früh gelernt, kann man phantastisch zum eigenen Vorteil einsetzen. »Sie haben meine Bücher wohl nicht gelesen?«

»Wir haben sie eingehend studiert«, erklärte der Mann am Bücherregal. »Was wir wissen wollen, ist, ob Sie mit diesen Aliens sprechen können.«

»Nun ...« Sie hielt inne. Ihre Gedanken rasten. Sie beugte sich vor und sah sich die Fotos an. »Wenn ich es könnte, was sollte ich ihnen denn sagen?«

Der Mann auf dem Sofa sammelte die Bilder ein und legte sie wieder in seinen Aktenkoffer. »Das wird Ihnen der Supreme Allied Commander of Western Europe sagen, wenn Sie nach Spanien kommen.«

Mrs. Parisi blinzelte. Sie sah den Mann auf dem Sofa an. »Spanien?«

»Bitte, ziehen Sie sich an. Packen Sie Ihre Sachen. Keine Bange, die Army wird ihre Wohnung in Ordnung halten.«

Er stand auf und ließ den Aktenkoffer zuschnappen. *Keine Bange,* hatte der lächerliche Kerl gesagt? Aber in Spanien tobte ein Krieg.

Lacys Bellen, das aus dem Schlafzimmer kam, wurde hysterisch und schrill. Lacy war ein Tier, das sich leicht aufregte, und Mrs. Parisi wußte, wenn sie den Raum in diesem Augenblick beträte, würde sie ihren Liebling ziellos im Kreis herumrasen sehen. Genauso ging es ihr mit ihren Gedanken.

»Oh, ich weiß nicht, ob ich das tun kann«, zierte sie sich.

Ebenso wie die Männer von der Army Intelligence die gleiche Art von Anzügen trugen, besaßen sie auch die gleiche Art von Augen. Harte, kalte Augen. »Gemäß der Bestimmungen des Kriegsrechts nehme ich Sie fest«, sagte der Mann am Bücherregal. »Bitte packen Sie jetzt Ihre Sachen. Wenn wir es für Sie tun müssen, werden wir bestimmt einiges vergessen, das Sie brauchen werden.«

Mrs. Parisi gab den Kampf mit einem Seufzer auf, nickte und ging ins Schlafzimmer, wobei sie sorgfältig darauf achtete, daß Lacy nicht entwischte. Also. Man stelle sich so etwas vor! Ihr Ruhm hatte sich so verbreitet, daß der Supreme Allied Commander of Western Europe mit ihr reden wollte. Was er wohl sagen würde, wenn er herausfand, daß die Fotos ein Schwindel waren?

Zentrales ANA-Kommando, Barcelona, Spanien

Oberst Qasim Abdel Wasef, bei der Truppe unter dem Spitznamen ›Saiqah‹ bekannt, fühlte sich entschieden nicht wie ein Donnerkeil. Müde fuhr er seinen Fiat über das Kopfsteinpflaster der Straßen – er zog es vor, das Kommando über sein eigenes Leben und sein eigenes Auto zu behalten, statt es an einen analphabetischen algerischen Fahrer abzutreten.

Trotz seiner Erschöpfung, trotz der Schrecklichkeit des Krieges ertappte Wasef sich dabei, daß er lächelte. Auf der spanischen Seite der Pyrenäen hatte der Sonnenschein die vertraute diamantene Eigenschaft von Alexandria. Die Kanten waren schärfer als auf den regnerischen französischen Berghängen, und die warme Brise erinnerte ihn an Zuhause.

Die Straße war voll von neuen Truppen, von Männern, die frisch vom Schlachtfeld kamen und ausgehungert waren. Wasef fuhr an einem Gemüsemarkt vorbei, der bereits seiner Waren beraubt war. An einer Straßenecke standen zwei libysche Unteroffiziere und stachen mit ihren Bajonetten in eine Melone. Das dünne Fleisch teilte sich, und Saft floß heraus, der den Gehsteig wie helles Blut befleckte.

Wasef blickte schnell weg. Es hatte in letzter Zeit zu viele Tote gegeben. Die Franzosen hatten ihm bei Gerona Halt geboten, und dabei waren zehntausend gefallen. Und Lauterbach, der amerikanische General, knabberte an den Fersen seines Infanterie-Bataillons.

An den zerbombten Ruinen des Museu Maritim bog Wasef nach rechts ab und fuhr an der grünen Grasfläche am Moll de Bosch vorbei. Die Blumen, stellte er betrübt fest, waren zertrampelt worden. Panzerspuren schändeten den Rasen. Im Rückspiegel erhaschte er einen Blick auf die zerschmetterten Türme der Seilbahn, die über den Hafen geführt hatte.

Zu schade, dachte er bitter. Der Gibraltar-Damm hatte nicht nur das steigende Mittelmeer drinnen, er hatte auch die Schiffe der Alliierten draußen gehalten. Nichts hatte Südeuropa vor dem arabischen Vorrücken geschützt. Nichts. Und jetzt lief der Krieg, nicht das Meer in Barcelona zur Flut auf und rollte in Brechern aus Metall an.

Wasef parkte seinen Wagen auf der Passiq de Colom und bahnte sich durch eine dichte Menge von lauten, schlecht gekleideten Soldaten, die Befehle erwarteten, einen Weg in das westliche Kommandozentrum.

Auf dem Weg nach oben zu General Rashid Aziz Sabrys Büro teilte er die Aufzugkabine mit einem jungen Soldaten mit marokkanischen Insignien auf den Schultern. Der Junge aß ein Töpfchen Aprikosen-Gesichtsreiniger mit Cräckern; wahrscheinlich hielt er es für eine Art westlichen Feinschmecker-Dip. Wasef überlegte, ob er ihn aufklären solle, doch der glückliche Gesichtsausdruck des Jungen hielt ihn davon ab.

Der Oberst stieg im fünften Stock aus. Im Vorzimmer beschimpfte ein algerischer Leutnant einen libyschen Sergeanten mit voller Lungenkraft. Soviel Wasef aus der Tirade entnehmen konnte, hatte der Sergeant in seinem Zimmer ein Feuer angezündet, weil er ein Stück Fleisch hatte braten wollen.

Keiner von beiden blickte zu Wasef hin, als er um sie herumging. Der Leutnant war zu wütend, der Sergeant zu beschämt.

Wasef klopfte bei dem Kommandanten an und wartete auf eine Antwort. Es kam keine, deshalb trat er unaufgefordert ein und überraschte seinen ägyptischen Landsmann beim Lesen von Frontberichten. Der korpulente, bärtige General bemerkte seinen Oberst und stand auf. Sabry wies auf die geschlossene Tür und die lautstarke Strafpredigt dahinter.

»Du siehst, wir sind ein Pöbelhaufen«, sagte der General mit schmerzlichem, schiefem Grinsen.

Wasef salutierte, aber Sabry winkte ab.

»Sie stehlen Waren aus Läden«, fuhr Sabry fort. »Sie ermorden Ladenbesitzer. Es ist ein schrecklicher Krieg, wenn wir Kaufleute erschießen.«

»Hänge sie«, schlug Wasef vor und nahm Platz.

Sabry seufzte. »Wenn wir sie wegen Dummheit hängen wollten, müßten wir sie alle hängen. Es sind hauptsächlich junge Burschen, unsere Soldaten. Schafhirten und Mechaniker.«

»Nicht genug Mechaniker«, meinte Wasef. »Bei weitem nicht genug für unsere Panzer.« Er sah aus dem Fenster und fing einen unerwarteten, herzzerreißenden Anblick des Mittelmeers ein.

Sabry war seinem Blick gefolgt. »Es erinnert mich an Alexandria; dich nicht auch?« fragte er. »An das Alexandria der Zeit, bevor Ägypten starb und der Nil ein Rinnsal wurde.«

»Sie hätten teilen sollen«, sagte Wasef bitter. Er drehte sich um und sah, daß der General ihn nachdenklich musterte.

»Den Nil?« fragte Sabry.

»Das Essen.«

Das Gebrüll aus dem Vorzimmer hörte auf. Entweder war der Leutnant fertig damit, den Sergeant zur Schnecke zu machen, dachte Wasef, oder er hatte ihn erwürgt.

In der Stille konnte Wasef das leise Seufzen des Generals hören. Essen war ein altes Argument, jetzt ein rein akademisches Argument. Trotzdem blieb Wasef dabei: »Die Treibhaus-Hitze war ein völkermordender Plan der Industrienationen. Sie hofften, wir würden uns verhalten wie die Chinesen und nicht zurückschlagen.«

»Das ist doch nicht dein Ernst«, gab der General sanftmütig zurück. »Du hast dich doch wohl nicht von der Paranoia der Massen anstecken lassen, Oberst. Niemand hat die neuen Wüsten gewollt.«

»Nein.« Wasef weigerte sich, den Vorwurf wegzustecken. »Die Sünde der westlichen Staaten war einfach, daß es ihnen egal war.«

Sabrys Handbewegung bedeutete ihm, daß der General das Thema zu wechseln wünschte. Er erkundigte sich: »Wie steht es um die Straßen über die Berge?«

»Sie sind sicher«, antwortete Wasef. Er schob eine Erinnerung an Leichen beiseite, die auf einer von Butterblumen übersäten Wiese lagen wie Kinder, die auf der Bettdecke eingeschlafen sind. »Wenn wir den letzten militärischen Satelliten unbrauchbar gemacht haben, können wir mit den Truppenbewegungen beginnen. Dein Plan ist brillant. Die Franzosen sind selbstgefällig. Sie werden nicht mit einem Flankenangriff rechnen.«

»Gut, gut«, stimmte der General mit vagem Nicken zu. Wasefs Kompliment ignorierte er. »Es ist besser, wenn unser unvermeidlicher Sieg schnell kommt, als daß wir ihn mit einer Zermürbungstaktik erzielen. Besser für beide Seiten.«

»Die Amerikaner haben eine neue Waffe«, teilte Wasef dem General mit.

Sabry verzog das Gesicht, als habe der Oberst einen schrecklichen faux pas begangen.

»Eine Aufklärungswaffe, glaube ich«, fuhr der Oberst fort. »Bisher hat sie nicht auf uns geschossen.«

Sabry zog die Hände seine schwärzlichen Wangen hinunter. »Wir wissen von dem kleinen, ferngesteuerten Fahrzeug. Das wirst du doch sicher nicht meinen.«

»Nein, General. Ein Luftfahrzeug ohne Piloten.«

Der General wuchtete seinen massigen Körper aus dem Sessel, ging ans Fenster und sah aufs Meer hinaus. Eine weiße Taube flog von der Straße hoch und flatterte über den dunkelblauen Himmel wie ein weggewehter Fetzen Papier.

»Ein blaues Licht«, ergänzte Wasef, zu dem Rücken des alten Mannes sprechend.

Sabry murmelte etwas in das offene Fenster, aber der auffrischende Wind blies die Worte weg. Wasef hob den Kopf und trank die Brise in sich hinein, als seien seine Lungen ebenso durstig wie das Niltal.

»Wie bitte, General?« fragte Sabry.

Der General drehte sich um und sah ihn an. In Sabrys rundem, bärtigem Gesicht las Wasef Müdigkeit, aber keinerlei Überraschung. Was das blaue Licht auch sein mochte, der General hatte bereits davon gehört.

»Habt ihr auf das Licht geschossen?« erkundigte Sabry sich.

»Ja, General.«

Sabry schloß kurz die Augen, öffnete sie wieder. Sie blickten traurig. »Habt ihr es getroffen?«

»Bisher noch nicht, General.«

»Schieße nicht wieder auf das Licht, Oberst«, sagte Sabry. »Ich bin überzeugt, daß das blaue Licht nicht den Amerikanern gehört. Tatsächlich denke ich, es gehört niemandem, den wir kennen.«

Dulles Airport, Virginia

Zackzack, hatte man sie aus ihrer Wohnung geholt. Zackzack, hatte man sie zum Flughafen gefahren. In Dulles versuchte Mrs. Parisi, die Agenten in ein Gespräch zu verwickeln, aber das Paar war anscheinend nicht interessiert.

»Ich hatte einen Jungen beauftragt, für meinen Hund zu sorgen«, erzählte sie dem grünäugigen Agenten. »Ich hatte ihm gesagt, ich sei am Sonntag zurück. Gott allein weiß, wie Lacy sich etwas zu fressen beschaffen wird.«

Der Mann warf einen irgendwie mitfühlenden Blick in ihre Richtung. Der Agent mit den grünen Augen war der nettere, sagte Mrs. Parisi sich. Derjenige, der leichter zu bearbeiten war.

»Machen Sie sich keine Sorgen, Madam. Wir wissen

über den Hund Bescheid. Wir haben Vorkehrungen getroffen«, versicherte er ihr.

»Er muß auch ausgeführt werden. Ach du meine Güte, er kann ein solches Durcheinander anrichten.«

Der Mann schenkte ihr ein nichtssagendes Lächeln und wandte sich ab. Aufmerksamkeit und Mitgefühl waren ihm ausgegangen.

Büffel, dachte sie gereizt. Mrs. Parisi war eine Meister-Manipulatorin. Ihre Streifen in Niedlichkeit hatte sie sich schon als Kind verdient, und als Teenager war sie durch ihren Sex Appeal zum Offiziersanwärter aufgestiegen. Jetzt, wo sie an Jahren vorgerückt war, hatte die Gebrechlichkeit ihr eine überwältigende neue Waffe gegeben. Es frustrierte sie, wenn sie eine Niederlage erlitt.

Ihr Blick wurde von dem Fenster und den in der Dunkelheit aufgereihten Flugzeugen angezogen. Sie konnte diese Männer nicht herumkriegen, und in dreiundzwanzig Minuten würde sie – zackzack – nach Spanien speditiert werden. Eben noch hatte sie in ihrer Wohnung geschlafen, und nun war sie auf dem Weg nach Europa. Es benahm einem den Atem.

Den Atem.

Ein listiges Grinsen zupfte an ihren Mundwinkeln. Die beiden Agenten saßen angespannt da, betrachteten den Flughafen, als dächten sie, die ANA oder die Eridaner könnten sich an sie heranschleichen.

Mit einem kaum merklichen Keuchen – es war wichtig, daß sie nicht übertrieb – führte Mrs. Parisi die Hand an die Brust.

Der nettere Agent sah zu ihr hin, und sein Gesichtsausdruck wandelte sich von Leere zu Beunruhigung. »Geht es Ihnen auch gut?« erkundigte er sich.

»Oh, bestens«, versicherte sie ihm mit gepreßter Stimme. Und begann, nach Atem zu ringen.

Der Agent winkte dem zweiten Mann. »Kevin«, sagte er.

Durch die halbgeschlossenen Augen sah Mrs. Parisi den anderen Mann aufspringen. Wartende Passagiere blickten in ihre Richtung.

Mrs. Parisi mußte ein siegesbewußtes Grinsen unterdrücken, als der grünäugige Agent sich seinem Partner zuwandte und ihn mit zufriedenstellender Aufregung anfuhr: »Rufen Sie einen Krankenwagen.«

In den Pyrenäen

Gordon fand den Laser nicht. Was er fand, war ein T-72-Panzer neben der Straße, Motorhaube offen und keine Soldaten in der Nähe.

Durch den Schirm der Bäume sah er etwas Blaues aufblitzen.

Das blaue Licht war dagewesen, als er sich eingeschaltet hatte, und es war seitdem bei dem CRAF geblieben, war ihm gefolgt wie ein scheuer herrenloser Hund.

Das Licht ignorierend schob sich Gordon durch das Unterholz parallel zur Straße. Auf der Kuppe eines Hügels in der Nähe eines ausgebrannten Bauernhauses gabelte sich der Weg. Eine aus Schotter und Erde bestehende Spur führte nach Westen, eine andere, noch holperigere, nach Osten. Er fuhr das CRAF vorwärts und prüfte den Boden.

Es gab keine Raupenabdrücke mehr, denen er folgen konnte. Aber Reifenspuren. Große. Das Zeichen des in Brasilien hergestellten Laser-Einsatzfahrzeugs. Die Reifenspuren wanden sich ostwärts, geradenwegs den Berg hinauf.

Gordon ruckte mit dem Kopf nach links, um das Display abzurufen. Die Straße nach Spanisch-Vielia war etwa eine Meile entfernt. Eine gute Straße, sah er, eine anständige französische Autobahn. Das LEF folgte ihr nicht. O nein. Es mußte dem schwierigen

Weg folgen, den Ziegenpfad hinauf nach Pico de Forcanada.

Was soll das, zum Teufel? Haben sie sich verfahren? fragte Gordon sich.

Er spähte den freien grasbewachsenen Hang hinauf. Was das LEF erkommen hatte, war eine matschige Wiese mit Kuhfladen.

Man konnte nicht sagen, was sich auf der anderen Seite dieses Hügels befand. Es mochte eine lange Fahrt werden, und sein Magen und seine Blase sagten ihm, daß es Zeit für eine Pause war. Er lenkte das CRAF auf die Rückseite einer zerstörten Scheune und begrub es in einem Misthaufen. Zwei Guernsey-Kühe und der blaue Rover sahen ihm neugierig zu.

CRAF-Kommando, Trás-os-Montes, Portugal

Gordon schloß die Augen und spürte den eigentümlichen sensorischen Ruck, als das CRAF den Motor abstellte. Er nahm Handschuhe und Brille ab, stand auf, streckte sich. Offensichtlich war die Pause schon vorbei. Sein Essen stand, talgig und kalt, auf dem Seitentisch.

Er riß die verklemmte Tür auf und ging bis zum Ende des Korridors, wo der Aufenthaltsraum lag. Nach einem Besuch der Toilette machte er am Kühlschrank halt und nahm sich eine Dose Coke. Im Gefrierfach entdeckte er neben dem Eiswürfelbehälter einen verborgenen Schatz an Snickers.

Auf der eisharten Schokolade herumkauend, latschte er zu seinem Zimmer zurück. Vor dem offenen Eingang zu Stendhals vollgestopftem Kommando-Zentrum blieb er wie angewurzelt stehen.

Offensichtlich war sie mitten in einem schwierigen Zug. Sie hatte den Kopf in den Nacken geworfen,

Schweiß strömte ihr über das Gesicht. Ihre behandschuhten Hände griffen in der Luft umher.

Nicht alle Operatoren hatten etwas dagegen, beobachtet zu werden. Stendhal, überlegte Gordon, genoß es. Ihre Tarnbluse stand wie gewöhnlich von oben bis unten offen und zeigte ihr Army-Unterhemd. Der olivfarbene Stoff zwischen ihren kleinen Brüsten hatte dunkle Schweißflecke, und ihre Brustwarzen hatten Habt-acht-Stellung eingenommen.

Nur weil sie ihn nicht sehen konnte, wagte Gordon es, sie zu betrachten. Stendhal wollte, wie er wußte, die Aufmerksamkeit der anderen Jungs, nicht seine schüchterne Verehrung.

Er war so in den Anblick Stendhals versunken, daß er den Mann von Mitsubishi nicht kommen hörte, bis der Repräsentant neben ihm stand. Gordon riß den Blick von Stendhals Brustwarzen los und wäre beinahe an einem Stück Snickers erstickt.

Ishimoto folgte der Richtung von Gordons lüsternen Blicken und hob eine Augenbraue.

»Sie ist gut«, stellte der Japaner fest.

»Hä?«

»Eine gute Operatorin. Ich überwache auch sie.«

Gordon preßte die Lippen zusammen und nahm sich zusammen, damit sein Blick nicht wieder zu Stendhal abglitt.

»Sie haben Ihre Einheit in einem Misthaufen vergraben«, sagte Ishimoto.

»Ja.«

Ishimotos gleichmütiger Gesichtsausdruck zerbrach, seine Lippen bogen sich zu einem Lächeln nach oben. »Ein sehr kluges Manöver. Wenn Sie gegessen haben, werden Sie ihnen den Hang hinauf folgen?«

»Ja«, antwortete Gordon. Dann erinnerte er sich an seine Army-Manieren und verbesserte sich zu: »Ja, Sir. Natürlich werde ich den Hügel als Deckung benutzen, aber, zum Teufel, die Araber könnten gleich auf der anderen Seite sein. Und ich möchte unbedingt wissen, wohin diese Hubschrauber geflogen sind.«

»Ah.« Ishimoto nickte. »Die Hubschrauber mit dem Nervengas.«

»Ja, Sir.«

Sie standen da und sahen sich an. Schwarze Wimpern bildeten einen Baldachin über den ausdruckslosesten Augen, die Gordon je vorgekommen waren. Ishimoto anzusehen, war irgendwie, als sehe er seinem eigenen CRAF ins Gesicht.

Gleich innerhalb der Tür grunzte und schnaufte Stendhal sich zu irgendeiner Craf-Manöver-Klimax hinauf. Plötzlich lächelte sie, seufzte erschöpft. Sie ließ die Arme sinken.

»Das blaue Licht«, bemerkte Ishimoto.

Gordon wandte den Kopf schnell von dem zusammengesunkenen glücklichen Mädchen ab. »Sir?«

»Es folgt Ihnen. Warum?«

»Ich weiß es nicht, Sir.«

»Wenn *ich* das CRAF bediene, geht der … der Woofer, wie wir ihn nennen, weg. Wenn Sie das CRAF bedienen, kommt er zurück.« Jetzt zeigte das Gesicht des Japaners einen Ausdruck, aber Gordon war sich nicht sicher, ob es Argwohn oder Neid war.

»Er hat einfach an mir Gefallen gefunden, nehme ich an, Sir.«

Ishimoto nickte und ging zum Überwachungsraum davon, nachdem er einen letzten Blick auf die Brüste geworfen hatte. Nach einem Augenblick des Nachdenkens machte sich auch Gordon wieder an die Arbeit.

In den Pyrenäen

Mist fiel von dem Geschützturm wie feuchter brauner Schnee. Gordon wendete in dem schlammigen Hof und blickte sich um. Die Guernseys hatten sich eine andere Unterhaltung gesucht, aber Rover war da. Er schwebte etwa einen Fuß über dem nassen Gras.

Während er das Licht beobachtete, spürte Gordon das *Tap-tap* beginnen, ein Geräusch, als klopfe jemand an die Basis seines Gehirns.

»Laß das«, sagte er.

Das Trommeln von Regentropfen beruhigte sich zu einem kalten, schmollenden Zischen.

Gordon trat sacht auf den Gashebel und rollte den langen, offenen Hang hinauf. Unterhalb der Kuppe hielt er an, um seine Geschützrohre zu heben. Als der jenseitige Hang in Sicht kam, bemerkte er, daß die Wiese leer war. Die schweren Reifenspuren des LEF verschwanden in einer Kurve nach rechts.

Gordon drehte den Kopf. Rover schwebte in ein paar Yards Entfernung. »Wo sind sie hingegangen, Boo-Boo?« fragte er.

Die einzige Antwort war das unheimliche Wispern von fallenden Graupeln.

Im Licht

Ann und Justin waren ganz hinten im Bus auf der langen Sitzbank. Er benutzte seine Decke als Kissen, und Ann war auf ihm und ritt ihn zum Höhepunkt. Er kam, das Stoßen seiner Hüften verstärkte sich. Er packte sie an dem hochgeschobenen Rock und preßte sie auf seine Lenden, und er spürte die kalte Schwammigkeit ihrer Taille darunter.

Im nächsten Augenblick spürte er ein Erbeben, eine plötzliche Erleichterung. Aber es war kein richtiges Vergnügen dabei.Sein nasses Glied glitt heraus, als Ann sich erhob. Sie kroch von ihm und zog ihren Rock herunter. »Willst du mir dein Buch vorlesen?« fragte sie höflich.

Benommen setzte er sich auf und bemerkte, daß

sein Reißverschluß offenstand. Er hätte seinen Spezialanzug und einen Helm tragen müssen, aber beides war irgendwie verschwunden. Er machte seine Hose zu, während draußen vor dem Fenster eine F-14 in der Wüste abstürzte und zwei Fallschirme über den verdrehten Skeletten verbrannter arabischer Panzer niedergingen.

»Ich bin abgestürzt«, flüsterte er dem Mädchen zu.

»Was?«

»Ich erinnere mich jetzt. Ich bin abgestürzt.«

»Lies mir dein Buch vor«, bat sie.

»Mein Name ist Justin Searles, Lieutenant junior grade Justin Searles. Und ich bin mit meiner F-14 abgestürzt.«

»Lies mir jetzt dein Buch vor, Justin.«

Er schob sie weg. »Herr Jesus! Ihr habt mich gefangengenommen.«

Die Arabische Nationalarmee mußte ihn gefangengenommen und unter Drogen gesetzt haben. Justin hämmerte gegen das Fenster, versuchte, hinauszugelangen, und der Busfahrer kam zurück und wollte wissen, was los sei.

»Immer mit der Ruhe, Junge«, sagte der Busfahrer.

Draußen sauste die Wüste vorbei. Ein brennendes Ölfeld loderte am Horizont wie eine Nachtblume.

»Immer mit der Ruhe, Junge. Möchtest du sie noch mal ficken?«

Ann griff nach seinem Penis und beugte sich vor. Justin stieß ihr heftig den Ellbogen gegen die Brust. Sein Arm tauchte in sie ein, ging durch ihren pinkfarbenen Pullover, durch kaltes Blut und kittweiche Knochen, bis die Rückenlehne ihn aufhielt.

Justin schrie.

»Jetzt hast du es geschafft«, bemerkte der Busfahrer.

Er hatte es geschafft. Gott. Er hatte es geschafft. Er wußte, da gab es etwas, an das er sich erinnern müßte, aber der schreckliche Lärm der Hagelkörner trieb jeden Gedanken aus seinem Gehirn.

»Was willst du?« fragte Ann. »Was würde dich glücklich machen?«

Er packte das genarbte Polstermaterial des Sitzes vor sich und hielt sich fest, als gelte es sein Leben. »Bitte, laßt mich nach Hause gehen«, flehte er.

In den Pyrenäen

Unterhalb von Gordons Blätterversteck war der riesige Traktor des Impuls-Lasers im Schlamm steckengeblieben. Ein Zug, Gott sei Dank keine Kompanie, nur ein Zug stand um das Fahrzeug herum. Die Männer kratzten sich am Arsch und fragten sich offensichtlich, wie sie aus dieser Scheiße herauskommen sollten.

Nahebei machte ein palestinensischer Unteroffizier einem libyschen Obergefreiten die Hölle heiß. Der Obergefreite, sah Gordon mit seiner Teleskopsicht, sah verwirrt auf eine Landkarte nieder.

»Raketen scharfmachen«, flüsterte Gordon. Auf seinen gesprochenen Befehl hin erwachte der Schirm flackernd zum Leben. Er führte den Daumen an seinen Mittelfinger, und die Wörter RAKETE 1 ZIEL ERFASST leuchteten in Rot auf.

Bevor Gordon die Finger zusammendrücken konnte, glitt etwas Blaues durch sein Sichtfeld.

»Jesus, abbrechen! Abbrechen!« schrie Gordon. Der arabische Zug sprang unterdessen auf seine kollektiven Füße.

Überall rannten Araber, griffen sich ihre AK-47er, griffen sich ihre Granatwerfer. Der Unteroffizier hörte auf, den Obergefreiten anzuschreien, und schrie seine Männer an. Ein Soldat schoß so schnell auf das blaue Licht, daß er sein Gewehr überhitzte und es eine

Ladehemmung bekam. Der Fahrer des LEF warf sich auf seinen Sitz und ließ den Motor an. Das riesige Maul des Lasers schwang blindlings in Gordons Richtung.

»Oh, Scheiße! Holt den Stuntman!« rief Gordon. Rover glitt über dem Boden hin und her, zog immer noch Schüsse der Handfeuerwaffen auf sich, blockierte immer noch Gordons Ziel.

Und dann zeigte der Unteroffizier. Er zeigte den Hang herauf genau auf das CRAF.

Ping-ping. Kugeln prallten von Gordons diamantharter Außenhaut ab. Sie fegten durch die Äste. Ein grüner Regen von Pflanzenteilen ging nieder.

»Geschützrohre senken!« befahl Gordon. Er hoffte, seine empfindlichen Rohre retten zu können.

Weiter unten hatte der Unteroffizier mehr oder weniger Ordnung in seine Männer gebracht. Sie lagen auf dem Bauch im Schlamm und schossen herauf, schickten ihre Kugeln abwechselnd in Rover und in Gordon.

Gordon schob die Füße in die Kontrollen, setzte zurück und rammte das Heck des CRAF gegen einen jungen Baum. Der Baum fiel auf den Geschützturm; Blätter baumelten Gordon vor den Augen wie der Schleier einer Dame.

Auf der schlammigen Wiese richtete der Unteroffizier seinen Granatwerfer in aller Ruhe auf Gordon ein. Äste mitschleifend, trat Gordon das Gaspedal durch. Aber gerade als er über den Rand der Kuppe war, explodierte sein Sichtfeld in rotem Feuer und braunem Dreck.

»Jesus Christus! Verflucht! Sie haben mich schon wieder umgebracht!« schrie er. Aber einen Herzschlag später, als er Felsen und Bäume vorbeirasen sah, merkte er, daß das CRAF immer noch funktionierte. Es hatte nur den Halt verloren und stürzte in ein Bachbett.

Er schlug mit großer Gewalt und lautem Platschen mitten im seichten Wasser auf und kam auf der Seite liegend zur Ruhe. Von Panik erfaßt, trat er aufs Gaspedal. Das CRAF sprang über das steinige Bett, den es verfolgenden Arabern knapp hundert Yards voraus.

4. Kapitel

Centcom Ost, Warschau, Polen

Seit seiner Kindheit liebte Baranjk die Stunde vor dem Sonnenuntergang. Diese Vorliebe machte ihn, wie er wußte, zu einem Sonderling: Die meisten Menschen ziehen den hellen Sonnenschein um die Mittagszeit vor.

Zarte Dämmerung breitete sich wie Rauch über die Felder. Schatten streckten sich geschmeidig über den Boden. Auf dem Land kommen im Zwielicht die Kühe bimmelnd nach Hause. Vögel fliegen ihrem Nest zu. Dämmerung, das ist ein Gefühl, als setze sich der hektische Tag zu einem guten Essen und einem warmen Feuer nieder, als habe er nun Muße, sich zurückzulehnen und die Füße auf einen Schemel zu legen.

Draußen vor dem prärevolutionären Palast, in dem Centcom-Ost untergebracht war, verweilend betrachtete Baranjk sinnend eine Gruppe von Birken und fühlte, wie sein Herz ruhig wurde.

Die sich hinter ihm öffnende Tür warf ein Rechteck aus goldenem Licht über den Garten. Er drehte sich um und erblickte die kompakte Gestalt des Saceur-West, der auf ihn zuschlenderte.

Jetzt, dachte Baranjk, würde die Stimmung zerstört werden. Der Amerikaner würde sich fröhlich geben, wie es die Amerikaner immer waren. Er würde einen Witz machen und zu laut lachen und Baranjk für angekränkelt halten, weil er nicht mit ihm lachen wollte.

Das geschah nicht. Lauterbach stellte sich einfach neben ihn und blickte über die Wiese hinweg auf den Kampineska-Wald.

Der Wind flirtete mit ihnen, zupfte am Jackett des Amerikaners, an der Bluse von Baranjks Kampfanzug. Der Ukrainer meinte, einen Hauch von Whisky von Lauterbach aufzufangen, leicht und süß wie ein harmonisch zusammengestelltes Parfum.

»Erzählen Sie mir von den Atomwissenschaftlern«, bat der Amerikaner mit einer Stimme, die beinahe so leise war wie die Brise. »Welche werden vermißt?«

Die Nacht brach schnell herein. In dem ersterbenden Licht war der Amerikaner nur noch undeutlich zu sehen. Er hätte ein polnisches Familiengespenst sein können, das in der Dunkelheit des Gartens spukte, oder ein kummervolles ukrainisches Gespenst, das Baranjk selbst verfolgte.

»Wir wissen es nicht. Als der Zusammenbruch kam, war es schwierig, auf dem laufenden zu bleiben«, antwortete er.

Der Amerikaner gab ein Grunzen von sich, ein Weder-hier-noch-da-Grunzen. In der Dunkelheit sah Baranjk ihn eine Hand zum Mund heben. Er hörte das Klirren von Eis, hörte ihn schlucken. Lauterbach hatte sein Whisky-Glas mitgebracht.

»Von der CIA verlautet, daß etwa fünf Jahre vor Ausbruch der Feindseligkeiten zwanzig Top-Experten in den Osten gegangen sind.«

Baranjk schnob verächtlich durch die Nase. »Die CIA.«

»Sicher, zugegeben. Die meisten geheimdienstlichen Ermittlungen sind Blödsinn. Aber wenn es doch wahr sein sollte, hätten die Araber Zeit gehabt, Bomben und das Trägersystem dazu zu bauen. Dann sind diese sieben Taktischen von der Liste der alten Roten Armee abhanden gekommen. Der Treibstoff ist bestimmt nicht mehr gut, aber die Raketen können wieder instand gesetzt werden.«

»Wenn es nun …«, begann Baranjk und sah schnell zur anderen Seite. Die Frage war so schändlich und so furchterregend, daß man besser das Gesicht abwandte, wenn man sie stellte. »Wenn es nun so aussieht, als gehe der Krieg verloren? Würdet ihr tatsächlich in Erwägung ziehen, Atomwaffen auf europäischem Boden einzusetzen?«

Baranjk hörte Eis gegen das Glas klirren. »Das ist eine Entscheidung, die der Präsident treffen muß«, sagte der Amerikaner.

Aus der Stille in der Birkengruppe schrie eine Eule. *Sie ist früh dran zum Jagen,* dachte Baranjk. Vielleicht suchte sie nach einem Partner. Das Lied der Eule klang so einsam wie das Pfeifen eines nächtlichen Zuges.

»Gottverdammt«, flüsterte Lauterbach. »Da.«

Baranjk drehte sich um. Es war gerade noch hell genug, um zu erkennen, daß Lauterbach ihm etwas hinhielt. Er nahm es. Ein Buch, dachte er überrascht und ließ die Hände über den glatten Einband gleiten.

»Lesen Sie es«, sagte Lauterbach. »Dann denken Sie darüber nach, was ich bei der Konferenz gesagt habe.«

Das Buch war zu groß, um in die Tasche zu passen. Deshalb drückte Baranjk es an den Magen und faltete die Hände darüber wie ein Chorknabe. »Das werde ich.«

»Versprechen Sie es mir«, bat Lauterbach. Dann lachte er. Es war überhaupt kein amerikanisches Lachen, sondern ein leises, trauriges, ukrainisches, ein so trauriges Lachen, daß es ein notwendiger Teil des Abends zu sein schien. »Ich weiß, Sie glauben nicht an sie, aber sie sind da draußen. Und sie sind klüger als wir. All das Wissen, um das wir bloß zu bitten brauchten. Denken Sie an das Wunder.«

Der Amerikaner ging, und Baranjk war mit der Nacht allein. Er sah die Eule davonfliegen, die hellen Schwingen ausgebreitet wie ein Todesengel.

Auf der Straße wurde der Motor eines Jeeps gestartet. Die abgeschirmten Scheinwerfer waren geschlitzte Zwillingsaugen. Baranjk machte kehrt und ging in die grandiose Eingangshalle des Kommandozentrums zurück. Drinnen blieb er stehen und sah sich den Einband des Buches an. *Der eridanische Weg* von Linda Parisi, stand da.

Fairfax-Krankenhaus, Fairfax, Virginia

Man hatte an Mrs. Parisi angemessen herumgestochert. Internisten und Kardiologen hatten über ihrer Brust gemurmelt. Sie hatten sie für eine Weile an einen Monitor gehängt und ein EEG gemacht. Natürlich fanden sie nichts, und so steckten sie sie schließlich in ein Zimmer, nur um während der Nacht ein Auge auf sie zu halten. Sie hatte vorher gewußt, daß sie das tun würden.

Kurz vor der Morgendämmerung stand sie auf und schlich an den kleinen Schrank. Wie sie vermutet hatte, waren ihre Sachen verschwunden, nicht aber die ihrer Zimmergenossin, die unter Beruhigungsmitteln schlief. Während Mrs. Parisi das zeltförmige purpurfarbene Kleid und die Sandalen herausnahm, ließ die andere Frau keinen Schnarchlaut aus.

Das Kleid hing natürlich an Mrs. Parisi, denn anders als die fette Sau von einer Zimmergenossin hatte sie stets darauf geachtet, ihre Figur zu halten. Ein Blick in den Ankleidespiegel zeigte ihr, daß die weinrote Farbe ihr auch nicht schmeichelte.

In der Tasche ihrer Zimmergenossin fand sie einen Führerschein, der auf eine gewisse Sally Glenndarning ausgestellt war. Eine Discover-, eine Visa- und eine MasterCard. Und Sally hatte einhundertundfünfunddreißig Dollar in ihrer Brieftasche gelassen, eine schreckliche Versuchung für eine Stationshilfe.

Mrs. Parisi steckte Sallys Brieftasche wieder in die

Handtasche, schlang sich den unhandlichen, baumelnden Plastikbeutel über die Schulter und schlich auf Zehenspitzen zur Tür.

Mrs. Parisi war immer eine sorgfältige Planerin gewesen. Die ganze Nacht hatte sie flüchten wollen, doch ihr war klar gewesen, daß sie bis vier Uhr früh würde warten müssen.

Um drei Uhr morgens fangen die Körperprozesse an, sich zu verlangsamen. Die Augenlider werden schwer, das Herz schlägt ruhiger. Zwischen drei und vier hören die meisten Menschen, die sterben müssen, friedlich auf zu atmen. Die Lebenden jedoch liegen um drei in tiefem Schlaf und eine Stunde später im Koma.

Sie spähte aus der Tür und sah, daß der eine Agent in seinem Sessel ein paar Fuß weiter den Flur hinunter schlief. Der andere war nirgendwo zu sehen.

Die Zehen einrollend, damit sie nicht aus den zu großen Sandalen rutschte, ging Mrs. Parisi zur Treppe. Sie hinkte drei Stockwerke hinunter und kam in der Eingangshalle an. Niemand, nicht einmal der uniformierte Wachposten, sah sie das Haus verlassen.

Sie wanderte drei lange Häuserblocks entlang, bevor sie eine Telefonzelle fand. Sallys AT&T-Karte benutzend, wählte sie die Nummer von Tad Ellis in Maryland.

»Hä? Was?« meldete sich Tad nach dem dritten Läuten verschlafen.

»Wachen Sie auf und hören Sie zu.«

Mrs. Parisi hörte ein Rascheln am anderen Ende der Leitung. Wahrscheinlich Tads Bettdecke. »Linda?« mümmelte er.

»Ja. Jetzt hören Sie genau zu. Ich möchte, daß Sie losgehen und mir einen Wagen mieten. Noch besser einen Wohnwagen.«

Tad war mittlerweile wach genug, um zu husten. Wie bei den meisten starken Rauchern war es das, was zu tun er sich beim Aufstehen am meisten wünschte. Mitten in seinem Anfall gelang es ihm, zu sagen: »Aber es ist vier Uhr *früh.*«

»Gehen Sie zum National Airport. Dort werden rund um die Uhr Wagen vermietet. Bringen Sie Geld mit, Tad. Mindestens tausend. Gehen Sie zu so vielen Geldautomaten, wie Sie müssen.«

»Es ist nicht der Geldautomat«, erwiderte Tad gähnend. »Die *Karte* bestimmt das Kredit-Limit. Ich kann an einem einzigen Geldautomaten soviel bekommen, wie ich will.«

»Oh. Ist das richtig, Lieber?« fragte Mrs. Parisi mit geheuchelter Bewunderung für die fiskalische Tüchtigkeit des Jungen. Nichts verabscheute sie mehr, als korrigiert zu werden, und deshalb setzte sie hinzu, um Tad eine einprägsame Lektion in guten Manieren zu erteilen: »Dann machen Sie am besten zweitausend daraus. Ich werde ein Taxi nehmen und ...« – sie dachte einen Augenblick lang nach – »zum Lincoln-Denkmal fahren. Erwarten Sie mich dort.«

Ja, sagte Mrs. Parisi zu sich selbst. Das Lincoln-Denkmal. Das paßte perfekt zu Tads klischeehaftem Sinn für Abenteuer.

»Hören Sie zu, Tad?«

»Jesus, Linda! Kann das nicht bis neun warten?«

»Tad«, erklärte sie ernst, »die Army Intelligence ist hinter mir her. Man will mich nach Spanien bringen. Hören Sie, was ich sage, Lieber? An die Front. Man wird mich zwingen, alles zu erzählen, was ich weiß.«

»O mein Gott«, keuchte er, und Mrs. Parisi war sich sicher, daß Tad nicht nur endlich voll wach war, sondern daß sie auch alle die richtigen Paranoia-Knöpfe gedrückt hatte. »Drogen. Folter. Sie werden alles aus Ihnen herausbringen.«

»So ist es«, stimmte sie zu und kam sich mehr als nur ein bißchen dumm vor, wie sie in Sally Glenndarnings absurdem Zeltkleid und den ungeschickt breiten Sandalen dastand. »Sie müssen mir helfen, Tad.« Dunkel setzte sie hinzu: »Etwas anderes würden die Eridaner nicht verstehen.«

Zentrales Army-Lazarett, Badajoz, Spanien

Dr. Rita Beaudreaux hob den Kopf vom Mikroskop und rieb sich die Augen, vor denen alles verschwamm. Neben ihr lagen die Proben von dem Loch im Brustbein. Das Loch hatte die Zellen so sauber getrennt, daß sie wie Kartons in einem Lagerhaus gestapelt waren. Nichts – kein Laser, kein Skalpell, nichts – hätte eine so ordentliche Inzision machen können.

Sie hörte hinter sich die Tür aufgehen. Ihr Kopf fuhr herum, und ihr Herz begann zu rasen, als fürchte sie, etwas Übernatürliches zu erblicken.

Es war nur Lieutenant Colonel Martinez. Der kleine, schwärzliche Offizier hatte die Hände in die Taschen seiner Tarnjacke gesteckt, und es sah nicht so aus, als erwartete er, daß sie salutierte. »Hei, Rita«, sagte er. »Es ist spät.«

Sie brummte als Antwort. Ihre Gedanken waren noch bei den Proben.

Martinez ließ sich in einen der hartlehnigen, vinylbezogenen Sessel fallen. »Sie haben festgestellt, daß die Zellstruktur des Lochs in der Brust unbeschädigt ist«, sagte er.

Sie starrte die Proben in idiotischer Ungläubigkeit an. Es war so spät am Abend und sie war so müde, daß sie sich einen Augenblick lang fragte, ob sie es ihm bereits erzählt habe. Vielleicht hatten sie ein ganzes Gespräch geführt, das sie vergessen hatte.

»Es hat andere Verletzungen wie die da gegeben«, erklärte er. »Wir haben sie von einem anderen Pathologen untersuchen lassen.«

»Andere Verletzungen?« Rita hob den Kopf so

schnell, daß ihr schwindelig wurde. »Was hat sie verursacht?«

Martinez' Azteken-Gesicht verzog sich zu einem verlegenen Halblächeln. Er war Spanier, aber mindestens um drei Schattierungen dunkler als sie. »Aliens«, antwortete er.

Hätte sie den Ernst in seinen Augen nicht gesehen, sie hätte gelacht.

»Passen Sie auf«, sagte er zu ihr. »Ich weiß, Sie haben nicht viel von einem Soldaten an sich. Das hat keiner von unseren Reserve- und Garde-Ärzten. Ihr seid nicht gut darin, Befehle entgegenzunehmen.«

»Aber Aliens?« fragte sie grinsend. Er war von der umgänglichen Sorte, der Lieutenant Colonel. Er hatte sich mit einem Haufen von Untergebenen abfinden müssen, die ihn gewohnheitsmäßig auf versteckte oder gar nicht sehr versteckte Art daran erinnerten, daß sie nicht nur gebildeter waren als er, sondern auch besser bezahlt. Manchmal tat er Rita leid.

»Aliens. Ich schicke Sie nach Lérida, um sie zu studieren.«

Sie blinzelte. Erst dachte sie, sie habe ihn nicht richtig verstanden oder er spreche von einem anderen Lérida, einem in Portugal oder in Nordfrankreich. »Ist es das Lérida in der Nähe der Pyrenäen?«

»Richtig. General Lauterbach möchte einen Pathologen, der sich die Leichen an Ort und Stelle ansieht. Ich habe für Sie einen Zug abgeordnet und Ihnen eine Veteranin gegeben, Lieutenant Helen Dix. Hören Sie, Rita, ich weiß, Sie werden das richtig auffassen: Pochen Sie ihr gegenüber nicht auf den höheren Dienstgrad. Wenn Dix Ihnen einen Vorschlag macht, fragen Sie nicht erst lange, warum. Streiten Sie nicht mit ihr herum, wie Sie es mit mir tun. Dafür wird keine Zeit sein.« Mitgefühl lag auf seinem Gesicht mit den breiten Wangenknochen.

»Allmächtiger Gott, Colonel! Da draußen werden

Menschen erschossen!« Die Furcht machte ihren Ton barscher, als sie beabsichtigt hatte, und Martinez wurde blaß. Sofort bedauerte sie es. In ihrem ganzen Leben hatte ihre scharfe Zunge die vertrieben, an denen ihr etwas lag.

»Sie werden manchmal unter Beschuß sein, ja.« Er hielt seine Stimme leise und ruhig und beruhigend, wie Ärzte es tun, wenn sie schlechte Nachrichten für einen Patienten haben. »Aber Dix ist ein ausgezeichneter Front-Lieutenant. Halten Sie den Kopf unten, und sie wird Sie durch alle Schwierigkeiten bringen.«

Rita holte tief Atem, um den netten Martinez nicht wieder zu beleidigen. Aber sie war wütend, wütender auf die Army-Bürokratie als sie je auf den Feind gewesen war. »Sie haben doch sicher jemanden bei der regulären Truppe, den Sie schicken können.«

Er klopfte mit der Hand auf Luft – ein Vorschlag, kein Befehl – um ihren Protest in Schach zu halten. »Es ist nicht meine Entscheidung. General Lauterbach hat es angeordnet. Er mag Sie. Er hat Vertrauen zu Ihnen.«

Rita wandte sich ab und betrachtete finster das Mikroskop. »Wenn er mich so gern hat«, fragte sie, »warum schickt er mich dann zum Sterben hinaus?«

In den Pyrenäen

Gordon hatte das CRAF eine weite Strecke gefahren. Der arabische Hind, der nach ihm suchte, lag zwei Meilen zurück. Er konnte sein Motorengeräusch hören, ein fernes Grummeln im Nachtwind. Das Heckmotor-Abteil mit Schlamm bedeckt, um nicht von Infrarot entdeckt zu werden, machte Gordon eine kurze Pause.

Er döste mit offenen Augen, ein Trick, den CRAF-Operatoren schnell lernten. Schließe die Augen für mehr als dreißig Sekunden, und der Roboter schaltet sich von allein ab.

Gordon war jetzt im Halbschlaf. Das Plätschern des Baches lullte ihn ein. Die Nachtsicht hatte sich bei Sonnenuntergang automatisch eingestellt, und die Felsblöcke auf der anderen Seite des Baches waren verschwommene grüne Klumpen.

Ein Vogel weckte ihn mit einem scharfen, beunruhigenden Schrei aus dem Schlaf. Ein paar Minuten später kam ein Reh zum Trinken herunter, und Gordon bewegte den Kopf, um es zu beobachten. Es ging wieder, und ein dunstiger Regen begann zu fallen.

Als er das Glühen durch das Bachbett kommen sah, verkrampfte Gordon sich. Zuerst glaubte er, der arabische Zug habe ihn doch noch gefunden.

Es war Rover.

Das Licht tanzte vergnügt wie ein dummer, freundlicher Hund über die Steine auf ihn zu.

»Geh weg!« flüsterte er.

Rover hielt an, schwebte auf der Stelle. Das Geräusch des Hubschraubers verwandelte sich aus einem umbestimmten Brummen in ein leises Flattern.

»Verdammt noch mal, geh weg!« zischte Gordon.

Er streckte den Arm nach draußen, faßte ein Stämmchen und zog es über das Vorderteil seiner Einheit. Ein paar Yards weiter hopste Rover auf und ab, ein Ballon am Ende einer Schnur.

Wop-wop. *WOP-WOP.* Der Hind war genau über Gordon, er flog dicht über den Baumwipfeln dahin. Plötzlich erhellte sich die nördliche Seite des Baches in den kränklichen Tönen von Nachtsicht-Grün.

Von oben kam ein Geräusch, als sei etwas Schweres und Weiches aus großer Höhe herabgefallen, das Geräusch einer ATGM, die ihr Rohr verließ. Instinktiv schloß Gordon die Augen. Eine Sekunde später traf die Rakete mit einem Comic-Buch-KABLAM auf, daß Gordon die Ohren klangen. Schlamm und

Steinchen prasselten auf die ungeschützte Hülle des CRAFs.

Als Gordon die Augen wieder öffnete, sah er, daß beide Lichter verschwunden waren. Der klare Bach schickte einen Wasserfall in einen frisch aufgewühlten Krater.

Lincoln-Denkmal, Washington, D.C.

Die aufgehende Sonne verwandelte den spiegelnden Teich zu einer Farbe, die Mrs. Parisi bezaubernd vorgekommen wäre, hätte sie nicht so ungeduldig gewartet.

Es sah Tad ähnlich, sich zu verspäten.

Der Morgen war von pfirsichfarben zu golden fortgeschritten, als der Verleger in einem Elektro-Chevy vorfuhr und bremste.

Tad rauchte Kette. Sein kleines weibisches Gesicht war verkniffen. »O mein Gott, Linda«, fiel er über sie her. »Geht es Ihnen auch wirklich *gut?*«

»Haben Sie das Geld mitgebracht?« fragte sie.

Er reichte ihr einen dicken Umschlag. Sie öffnete ihn und sah hinein: Der folgsame Junge hatte alle zweitausend besorgt. Die Noten, das sah sie mit einem Blick, waren ziemlich neu, aber nicht auffallend neu.

»Was haben Sie *vor?*« jammerte Tad.

Sie bemerkte sein zerzaustes blondes Haar und verzog angewidert den Mund. Sich präsentabel zu machen, war doch wohl das Mindeste, was der Mann hätte tun können. Ob er den Wohnwagen mit diesem zu Berge stehenden Haar gemietet hatte? »Nun, ich verreise, mein Lieber.«

»W*ohin* denn?«

»Ich halte es für das Beste, wenn Sie es nicht wissen. Sie könnten es unabsichtlich verraten.«

Tads blaßblaue Augen flitzten zu dem Verkehr auf der Constitution Avenue. »O Gott«, stöhnte er halblaut. »Sie werden mich auch erwischen. Niemand kann wissen, was ich unter der Folter sagen werde.«

»So ist es recht.« Mrs. Parisi reichte ihm die Handtasche. »Hören Sie zu. Ich möchte, daß Sie das hier ins Fairfax-Krankenhaus zurückbringen und es einer Sally Glenndarning geben. Sagen Sie ihr, ich sei ihr so dankbar, daß sie mir ihr Kleid geliehen hat, und ich hoffte, sie werde mich nicht anzeigen.«

Tad riß die blauen Augen auf. Eine Sekunde lang wirkte er richtig intelligent und wach. »Anzeigen? O Gott. Was ist mit dem Wohnwagen?«

»Für den werden wahrscheinlich Sie bezahlen müssen. So haben die Eridaner es mir gesagt.«

»Okay«, erwiderte er düster. »Ich habe den hübschesten gemietet, den sie hatten. Er wird teuer sein«, setzte er hinzu.

»Tad, bitte erinnern Sie sich daran, daß die Eridaner das Konzept des Geldes nicht kennen. Und Sie dürfen sich nicht beklagen. Sie spüren auch das, wie Sie wissen.«

Immer noch verdrießlich, nickte Tad.

»Aber, nur um Ihnen zu zeigen, daß ich Sie liebe und Ihnen vertraue, lasse ich Ihnen meinen Hund da.«

Sie riß demonstrativ die Tür auf. Nach kurzem Zögern kletterte er heraus.

»Können Sie mich am National absetzen?« fragte er so jämmerlich, daß sie beinahe geneigt war, ihn hinzubringen. Aber ihr war klar, es war am besten, wenn sie frühzeitig auf der Straße war, bevor der starke Verkehr einsetzte.

Sie schob sich hinter das Lenkrad, knallte die Tür zu und sah zu ihm hinaus. Wirklich, der Junge brauchte einen Kamm und noch ein paar Stunden Schlaf. »Nehmen Sie sich doch ein Taxi«, schlug sie vor und drehte den Zündschlüssel.

Der Motor sprang mit leisem Summen an. Die Anzeigen des Armaturenbretts leuchteten auf; der Benzintank war voll. Mrs. Parisi fuhr davon und ließ Tad auf dem Parkplatz zurück. Da stand er und sah ihr verloren nach.

Als Mrs. Parisi über die Arlington Memorial Bridge fuhr, ließ sie das Fenster hinunter, um wenigstens ein bißchen von dem Zigarettengestank hinauszubekommen.

Tad war so dumm. Wenn er in seinem Kopf ein Gehirn hätte, was nicht der Fall war, hätte er sich gesagt, daß sie westwärts fahren wollte. Dort gab es ein Netzwerk von Fans. Irgendwer würde sicher so freundlich sein, ihr eine Wohnung zu mieten. Es würde eine Menge Taschengeld geben. Und vielleicht konnte sie, wenn es jemals wieder anständig schneien sollte, sogar Skilaufen gehen. Sie hatte gehört, daß es gute Pisten rund um Colorado Springs gab.

In der Nähe von Calhan, Colorado

Jerry Casey sortierte hinten in seinem Lieferwagen die Decken und Kleidungsstücke. Als er fertig war, ging er nochmals alles sorgfältig durch. Ein Knoten des Entsetzens zog sich in seinem Bauch immer enger zu.

Sein Essen und sein Wasser waren verschwunden.

Es war heiß, und schon fühlte sich sein Mund wie Watte an. Im Osten lugte die Sonne über die Ebene und machte aus dem Sand einen trüben, glitzernden Spiegel.

Ein Stück entfernt im Lager waren die Kochfeuer bereits angezündet worden, und der berauschende Duft von Kaffee mischte sich mit dem Gestank nach altem Urin und Scheiße.

Er nahm seinen Becher und ging zu dem nächsten

Zelt. Vor der Eingangsklappe nähte eine hohläugige Frau ein Kind in ein Leichentuch ein. Die Beinchen der Leiche waren bedeckt, aber das Gesicht war immer noch frei. Die Haut zeigte ein kränkliches Grau, die gleiche Farbe wie das zerlumpte Laken, in dem sie das Kind beerdigen würde.

Die Frau blickte auf. Ihre Augen waren wie Lecks am Grund eines schattigen Brunnens. »Etwas zu trinken?« fragte sie.

Ihre Frage verwirrte ihn. Dann ging ihm auf, daß sie seinen Becher bemerkt hatte. »Ja, Madam«, antwortete er. »Jemand hat mein Wasser gestohlen.«

Ihr Gesicht bestand ganz aus trockenen Graten und Tälern, das Fleisch war so dünn, daß man die darunterliegenden Knochen sehen konnte. Ein harter Wüstenboden von einem Gesicht. »Du mußt aufpassen, was du hier trinkst. Mein Junge hat nicht aufgepaßt«, sagte sie wütend.

Siehst du jetzt, was passiert ist? hätte sie ihren Sohn vielleicht angeschrien, wenn er sie irgendwie noch hätte hören können. *Siehst du, was passiert, wenn du nicht tust, was dir gesagt wird?*

Der trockene Wind spielte mit dem Leichentuch, klappte es über den ordentlich gefalteten Händen der Leiche hin und her. Das Flattern störte Jerry mehr als sonst etwas, weil er wußte, das Kitzeln konnte nur ein Toter aushalten. Ein beinahe überwältigender Drang packte ihn, zuzufassen und das Laken festzustecken. »Ja, Madam.«

»Von nichts können sie die Finger lassen, diese Kinder.« Sie schüttelte den Kopf.

»Es tut mir leid«, versicherte er ihr, aber anscheinend hörte sie nicht hin.

»Bist du von weither gekommen?« Sie starrte jetzt über die Wüste hin, schaukelte ein bißchen vor und zurück.

»Von Texas.«

»Wir kommen aus Oklahoma, aber für diese verdammten Colorado-Polizisten sind wir alle texanisches Pack.«

Jerry wollte weg von der Frau mit dem Totenschädel-Gesicht. Doch er konnte nicht gehen, ohne noch etwas zu sagen. An seine eigene Ma erinnerte er sich nicht ganz deutlich, aber er erinnerte sich an die Manieren, die sie ihm beigebracht hatte. Das einzige Problem war, ihm fiel nichts ein, was er hätte sagen können.

»Du bist allein, habe ich gesehen. Ein Junge wie du. Das ist nicht richtig.«

»Mein Pa ist unterwegs gestorben.«

Sie blickte auf ihren Sohn und das flatternde Laken mit ein wenig Überraschung nieder, als habe sie vergessen, daß er tot war. »Nun, du wirst wahrscheinlich Wasser wollen. Nimm dir etwas von meinem«, bot sie ihm an und deutete mit einem Nicken zu dem Zelt hin. »Es ist abgekocht.«

»Ja, Madam. Ich danke Ihnen vielmals.« Jerry wandte sich von der Leiche des Jungen ab und zog die Zeltklappe auf. Drinnen schliefen zwei Kinder. Das Gesicht des einen kleinen Mädchens war knochentrocken, seine Wangen waren hochrot, als habe es Fieber.

Leise ging Jerry zu der Waschschüssel, tauchte seinen Becher in das Wasser und trank. Das Wasser schmeckte schal, wie es abgekochtes Wasser immer tut. Ohne die Kinder in ihrem Schlaf zu stören, verließ er das Zelt wieder.

Die Frau nähte immer noch.

»Ich danke Ihnen, Madam«, sagte Jerry noch einmal.

Die gefalteten Hände des Jungen verschwanden in dem Laken. Noch ein paar Augenblicke, und das Gesicht würde bedeckt sein, und Jerry dachte, das wäre dann nur gut.

Die Frau sah von ihrer Arbeit nicht auf. »Du bist ein guter Junge«, sagte sie.

In den Pyrenäen, oberhalb von Bagnères-de-Luchon

Oberst Wasef sah in das Bachbett hinunter und auf die Zerstörung, die seine Männer angerichtet hatten. Die Einwirkung des Wassers, bemerkte er, hatte die scharfen Kanten des Kraters bereits geglättet, so daß es aussah, als sei der Fehler vor Jahren begangen worden und die Erde habe ihn beinahe schon vergessen.

»Qasim«, begann sein Hauptmann und Jugendfreund entschuldigend. »Mein Bruder ...«

Wasef winkte müde ab. »Ich werde General Sabry versichern, daß ihr es beim besten Willen nicht wissen konntet. Seid ihr sicher, daß ihr das Fahrzeug getroffen habt?«

»Der Hubschrauber-Pilot ist überzeugt davon. Er hat nichts gesehen, was sich entfernte.«

Wasef betrachtete die kleinen Raupenspuren, die flußabwärts führten. »Irgend etwas hat sich entfernt«, knurrte er.

Er drehte sich um und sah, daß Yussif kummervoll die Lippen zusammenpreßte. Yussif war ein so pausbäckiger Mann, daß er aussah wie ein gescholtenes Kind. »Laß das«, sagte Wasef.

Der Gesichtsausdruck des Hauptmanns wandelte sich zu Bestürzung, und Wasef erklärte lachend: »Mach kein solches Gesicht. Man könnte meinen, du wärst in der Schule und der Lehrer habe dich gerade aufgerufen.«

Hauptmann Mustafa grinste. Ein positives Zeichen. Wasef wußte, wie schwer es war, die Moral der Männer aufrechtzuerhalten. In Ägypten starben Frauen und Kinder. Wasef hatte seine eigene Frau Zahra auf der staubigen Flucht vor den Seuchen in Sinnûris verloren. Aber Yussifs Familie war in Kairo gewesen, fiel ihm ein. Bestimmt war sie in Sicherheit.

Er dachte daran, den Hauptmann nach seiner Familie zu fragen, fand jedoch nicht den Mut dazu. *Bald,* dachte Wasef, bald würden sie einen neuen Vorstoß nach Frankreich hinein machen. Die östliche Armee würde durch Polen und dann durch Deutschland vordringen. Die beiden Fronten würden sich treffen, Hammer und Amboß. Und, auch wenn es für ihn selbst zu spät war, die anderen Männer konnten ihre Familien aus dieser sandigen Hölle herausholen.

»Ich habe einen Zug flußabwärts geschickt.« Yussif zeigte mit der Hand. »Der Hubschrauber hat gesucht, aber das Blätterdach ist so dicht, daß der Pilot nichts sehen konnte. Ich habe den T-72 zur Garonne befohlen. Der Bach mündet in die Garonne.«

Wasef nickte. »Ein guter Plan. Sehr gut.« Er sah die Freude auf Yussifs Gesicht, ein unwichtiger Hintergrund für die störenden Erinnerungen an Zahra.

»Wir werden den Roboter erwischen, Oberst.«

»Ja. Natürlich werdet ihr das.«

Bevor sie gingen, sah Wasef noch einmal in das Bachbett hinunter und unterdrückte einen Schauder. Es gab nicht viel, was Oberst Qasim Wasef fürchtete. Aber dies. Dies jagte ihm eine Todesangst ein.

Da war der Krater, greifbar und wirklich wie die Steine, ohne Spuren ringsumher, daß jemand hier zu Tode gekommen war. Doch etwas anderes als der Roboter war in die Bodensenke hineingegangen und nicht wieder herausgekommen.

Allah mußte sie dafür bestrafen, daß sie die Wüste verlassen hatten, dachte er. Daß sie die Frauen, die alten Männer, die Kinder ihrem langsamen Tod überlassen hatten. Wasef überlief es kalt bei dem Gedanken, daß General Sabry sich vielleicht irrte. Vielleicht waren die blauen Lichter keine UFOs, sondern eine Art Racheengel.

Eine ruhige Stimme sagte: »Machen Sie schon. Rufen Sie Ihre Mutter an.«

Es wurde plötzlich still. Lieutenant Justin Searles ließ die Hand von den Augen sinken und sah, daß er in einem dieser Rasthäuser für Busse stand. Zu seiner Rechten war ein öffentliches Telefon. Vor ihm eine lange Bar, wo schweigende Passagiere, reglos wie ausgestopfte Tiere, sich über ihre Kaffeetassen beugten. Es roch nach Zwiebeln und Fett.

»Ruf deine Mutter an«, sagte Ann.

Justin ging zum Telefon und merkte, daß er einen Vierteldollar zwischen Zeigefinger und Daumen hielt. Er steckte die Münze in den Schlitz und wählte die alte Nummer.

»Hallo, Justin«, erklang eine Stimme im Hörer.

Die Stimme war weiblich; es war nicht die seiner Mutter.

»Mom«, sagte er trotzdem. Er fühlte sich gar nicht mehr wie ein Kampfpilot. Er hatte solche Angst, daß seine Stimme brach wie die eines kleinen Jungen. »Mom. Wo bin ich?«

»Ganz in der Nähe. Stell dir dein Zuhause nur in Gedanken vor. Stell es dir sehr, sehr genau vor.«

Er dachte an Florida, an das niedrige, massive rosa Haus, den Mangobaum im Vorgarten, den Limonenbaum hinten. Das dicke, süße, grüne Gras und die grauen Gewitterwolken am feuchten Himmel.

Aber so war Florida nicht mehr, oder?

»Sie werden dich nach Hause gehen lassen«, sagte seine Mutter freundlich, »wenn du ihnen dein Buch vorliest.«

Er knallte den Hörer auf die Gabel und starrte das Telefon entsetzt an.

O süßer Jesus. Die ANA hatte ihn, und er würde niemals nach Hause gehen können. Die Araber hatten ihn am Kanthaken, und alles, was er ihnen sagen durfte, war sein Name, sein Dienstgrad, seine Nummer, und er konnte sich nur an zwei Drittel davon erinnern.

Er sah durch das Panoramafenster des Restaurants. Aus dem dunklen Himmel stürzte eine brennende F-14 ab, umringt von den blauen Lichtern der Woofer.

»Gut analysiert«, lobte eine ihm bekannte Stimme.

Er drehte sich um. Da stand Lieutenant Commander Harding.

»Name, Dienstgrad und Nummer.« Der XO, der stellvertretende Kommandeur, nickte. Er trug seine weiße Uniform, und unter seinen Armen waren riesige Schweißflecke. Es war immer schwer, in der Wüste kühl zu bleiben. »Ich will Ihnen was sagen, Lieutenant«, fuhr er fort. »Sie haben diese Prüfung bewunderungswürdig durchgestanden. Trinken wir eine Tasse Kaffee miteinander.«

Harding hielt ihm seine große Hand hin. Justin ergriff sie. Die Handfläche des Mannes war fest und trocken. Licht spielte auf dem kahl werdenden Schädel des XOs und auf den bossierten Ankern seiner Messingknöpfe.

»Eine Prüfung, Sir?« fragte Justin. Er fürchtete sich, es nicht zu glauben.

Der XO schlug ihm auf den Rücken. »Klar, Junge.« Seine Stimme war so freundlich, daß Justin am liebsten geweint hätte. »Erinnern Sie sich nicht an die Prüfung? Nun, ich vermute, die Drogen wirken immer noch bei Ihnen. Wir wollen diese Tasse Kaffee trinken und die Spinnweben wegfegen.«

In Justins Gehirn waren keine Spinnweben. Da war nur zerstreutes Eis, so glatt, daß seine Gedanken immerzu ausglitten.

Justin setzte sich auf einen Hocker neben einem Glasbehälter mit Donuts. Die Kellnerin schob eine weiße Tasse und Untertasse vor ihn.

Untertassen. Er starrte sie an. Etwas nagte und knabberte an den Rändern seiner Erinnerung.

»Sind Sie vielen Woofern begegnet, Sohn?« fragte der Lieutenant Commander und nahm einen vorsichtigen Schluck aus seiner dampfenden Tasse.

»In letzter Zeit immerzu«, erwiderte Justin und riß seinen Blick von der Untertasse los. Die Kellnerin glotzte ihn an. Etwas an ihren kalten Augen, ihrem breiigen Gesicht erinnerte ihn an Ann.

Der XO sagte: »Erzählen Sie mir Ihre Geschichte. Jeder hat eine Woofer-Geschichte, nicht wahr?«

Der Löffel des XOs erzeugte einen melodischen, frostigen Ton an dem dicken Material der Tasse.

»Das erstemal, als mein Radar-Mann einen auf seinem Schirm sah, hätte er sich vor Angst beinahe in die Hose gemacht.« Justin lachte in die plötzliche leere Stille hinein. »Dann kam er soweit, daß er ihr verschwommenes Echo identifizieren konnte, und sie machten ihm keinen Kummer mehr. Ich habe gesehen, wie sie von meinen Flügelspitzen wegflogen und mir folgten wie ein Hund, als seien sie neugierig oder so etwas.«

»Oh?« fragte der stellvertretende Kommandeur mit einem seltsamen, schlaffen Lächeln. »Sie halten sie für neugierig?«

»Ja, Sir. Sie sind wie große freundliche Hunde.« Justins Kaffee war stark und heiß. Er nahm einen Schluck und verbrannte sich den Gaumen. »Wenn wir landen, macht mein Flügelmann Witze darüber. He, Justin, sagt er, an deinem Schwanz hat ein blauer Woofer geschnüffelt, ein Woofer mit einem Steifen von zwanzig Fuß.«

Mit aller Wucht traf ihn der Gedanke, daß sein Flügelmann vor mehr als zehn Minuten abgeschossen worden war. Hinter ihm schrie Tyler: »Woofer im Anflug!«, aber Justin hatte zu viel wegen des Flaktreffers zu tun, den sie vor einer Weile in den Backbordmotor bekommen hatten, er kämpfte gegen die Unbeweglichkeit des Steuerknüppels und gegen dieses verrückte Gefühl, das Flugzeug holperte über eine löcherige Straße.

MAYDAY

MAYDAY

MAYDAY

»Aussteigen«, sagte Justin und drehte sich um. Er erwartete, seinen Radar-Mann zu sehen. Statt dessen war Lieutenant Commander Harding da.

»Sie sind ausgestiegen?« fragte Harding liebenswürdig und hob eine Augenbraue.

»Ich mußte. Wir verloren Hydraulik«, rechtfertigte sich Justin. War das wirklich der Fall gewesen? Oder hatte der Treffer mit zu dem Test gehört? Er kreiselte mit dem Schemel herum und sah aus dem Panoramafenster hinaus. Über die Wüstenberge strich die rote Punkt-Strich-Punkt-Linie von Leuchtspurgeschossen dahin. Düppelstreifen funkelten im Dunkeln. Von einem verzweifelten, fliehenden Flugzeug fielen rotheiße Leuchtbomben wie bunte Perlen von einer zerrissenen Halskette.

»Sehen Sie in Ihren Kaffee«, forderte der stellvertretende Kommandeur ihn auf.

Justin sah hinein. Die Innenseite der Tasse war ein grüner Radarschirm, und bei zwölf Uhr war ein dichtes Muster aus weißen Blips. Verschwommene Phantome.

Woofer.

»Für was halten Sie sie?« fragte der XO.

Justin brach der Schweiß aus. Hinten in seinen Nasenlöchern saß das Gespenst eines Gestanks, der Geruch nach brennender Isolierung. »Ich weiß es nicht, Sir.«

»Schlagen Sie es in Ihrem Lexikon nach.«

Justin hielt ein Buch in der Hand. WEBSTERS COLLEGE-LEXIKON stand auf dem Einband. Darunter war gedruckt: STRENG GEHEIM.

Es waren nicht die Wörter, die die Erinnerung wachriefen. Es war etwas anderes. Vielleicht das kalte Blau der Augen des stellvertretenden Kommandeurs, vielleicht das wintrige Prasseln in seinem Gehirn.

Er erinnerte sich an die Zahlen auf seinem Monitor, die bis zum Minimum der kontrollierbaren Eigengeschwindigkeit rückwärtsliefen, an die Art, wie die Nase des Flugzeugs sich nach unten zu senken begann.

Oh, er erinnerte sich.

Er erinnerte sich an Tylers Schrei: »Was machst du, Searles? Bist du wahnsinnig?« und an den Handgriff, mit dem er den Gesichtsschutz herunterzog und die automatische Auslösung des Schleudersitzes einleitete. Explosionsartig flog die Kabinenhaube davon, wurde von dem hurrikanähnlichen Wind weggerissen. Tyler wurde zuerst hinausgeschleudert. Eine Sekunde später schoß auch Justin nach oben. Sein Spezialanzug füllte sich mit Luft, die Ges, die auf ihn einwirkten, nahmen ihm den Atem.

Er erinnerte sich, daß er das Flattern des sich über ihm entfaltenden Fallschirms gehört hatte, er erinnerte sich, gesehen zu haben, wie die F-14 auf die dunkle Erde unten zustürzte. Und ganz nebenbei bemerkte er, daß eine Art von Licht ihn blau malte. Seine Fallschirmgurte waren blau. Seine Handflächen waren blau. Und an seiner Schulter war etwas Kaltes.

Etwas Wißbegieriges.

»O Herr Jesus!« schrie Justin. Er sprang von seinem Schemel an der Theke und rannte zu dem Fenster, wo eine F-14 in Flammen abstürzte und ein Woofer sich seine langsam fallende Beute angelte.

Er schleuderte seinen Körper durch das Fenster, durchbrach das papierdünne Glas. Auf der anderen Seite der zerschmetterten Scheibe hatte die Luft nicht diesen Wüstengeruch nach versengtem Metall und auch nicht den nach schweißfeuchten Socken wie das

Land in der Nähe des Golfs. Statt dessen war die Luft blau und feucht und januarkalt, und plötzlich erkannte Justin über jeden Zweifel hinaus, über das unerschütterliche Selbstvertrauen eines Kampfpiloten hinaus, daß es Dinge gab, die er besser nicht wußte.

In den Pyrenäen, unterhalb von Bagnères-de-Luchon

Gordon hatte sein CRAF ins Unterholz gefahren, hatte eine Stunde geschlafen, etwas gegessen und war zur Toilette gegangen. Jetzt war er wieder wach und rannte, rannte, so schnell er konnte.

Der Hubschrauber war immer noch hinter ihm her. Er hörte ihn von Zeit zu Zeit ganz nahe. Wenn er über ihn wegflog, grub er sich in den Schutt am Bachufer ein und versteckte sich, so gut er konnte.

Am Morgen hatte er versucht, Buschwerk hinter sich her zu ziehen, um seine Raupenspuren zu verwischen, aber die Furchen im Schlamm wirkten verdächtig. Er hatte es aufgegeben, sich zu verstecken, und war geflohen, denn eins war klar: Wenn der Hubschrauber dicht hinter ihm war, würde die Laser-Mannschaft nicht weit sein.

Gordon brach keine Geschwindigkeitsrekorde. Das Bachbett wurde steiniger, und er konnte nicht schneller fahren als halsbrecherische zehn Meilen in der Stunde.

Die Hänge der Senke waren so steil, daß er kaum über sie hinwegsehen konnte. Gott allein wußte, was sich da oben befand. Vielleicht eine Straße. Mit Lastwagen. Ein BTR-80 voller Soldaten.

Er hatte die ganze Sache falsch berechnet. Die Ufer zu beiden Seiten waren reiner, purer Schieferton. Wenn er versuchte, sie zu erklimmen, würde er umkippen, und Gordon wollte keine Zeit damit verlieren, auf dem Rücken zu liegen.

Nicht jetzt, wenn er gejagt wurde.

Der Bach verbreiterte sich. An einer Biegung hatten sich tote Äste und Schutt von einem Hochwasser angehäuft. Gordon rollte ein bißchen weiter und hielt erschrocken an.

Er war an dem verdammten Fluß, der Garonne, herausgekommen.

Gott verdammt noch mal, dachte er, sah entgeistert auf die kochenden Stromschnellen und sagte sich, daß er würde umkehren und es mit der Laser-Mannschaft auskämpfen müssen.

Er wendete. Die Raupen klirrten gegen die Steine. Er sah zum gegenüberliegenden Ufer hinauf und erstarrte.

Ein T-72 rollte den Hang herunter. Das Bild war wie in einem guten Film unheimlich deutlich, der Tarnanstrich auf der Armierung, das klaffende schwarze Loch der 125-mm-Mündung. Das Gras. Gordon konnte jeden einzelnen verdammten Grashalm sehen, jedes beschissene grüne Blatt, jede Kiefernnadel. Er konnte die dunklen Augen des Panzerkommandanten sehen, der im Turm stand, und, o Gott, er konnte auch alle Geräusche hören – das war entschieden Dolby Sound. Das gedämpfte Quietschen, als der Turm sich drehte und ihn anpeilte. Einen Vogel, der irgendwo im Gebüsch sang.

»Raketen scharfmachen!« schrie Gordon und riß sich aus seiner Trance. Sein Monitor erwachte zum Leben, dazu die Ankündigung: FUNKTIONSSTÖRUNG.

»Was, zum Teufel, ist los mit dir?« brüllte er, aber die Software arbeitete bereits an dem Problem. Die Zielerfassung ging aus. Eine schematische Darstellung ging an.

GESCHÜTZVERSCHLÜSSE VERKLEMMT, meldete der Monitor nach einer Sekunde Pause.

O Christus. Das war der Schlamm. Beim Eingraben

in der Uferwand hatte er unabsichtlich die Geschützverschlüsse festgekleistert.

Gordon riß das CRAF herum und platschte ohne Rücksicht auf die Steine bachabwärts. Hinter sich hörte er das Quietschen der Kanone, die ihn weiter in der Zielerfassung behielt.

Keine Zeit, um fortzulaufen. Keine Zeit, um nachzudenken. Diese gottverdammten Geschosse durchschlugen die Panzerung. Auf diese Entfernung würde der angereicherte Uran-Stiefel ihn trotz der Diamantplattierung wie einen Käfer zerquetschen. Er setzte schnell zurück, prallte heftig gegen einen Felsblock und sah Brocken davonfliegen. War der Dreck von den Geschützverschlüssen abgefallen? Doch soviel Glück hatte er nicht.

Und dann fragte er sich, warum der Panzer nicht geschossen hatte. War vielleicht die automatische Ladevorrichtung verstopft?

Gordon sah hin. Der Panzerkommandant hatte keinen Helm mehr auf. Sein Kopf war auf den ausgestreckten Arm gesenkt. Die Kanone zielte auf eine Stelle, wo Gordon noch vor einem Augenblick gewesen war.

Gordon fuhr durch das seichte Wasser nach links. Das Kanonenrohr folgte ihm nicht. Der Panzer stand da oben ganz still, zielte auf die Bodensenke, als sei er die Statue eines mit der Hand auf etwas zeigenden Mannes.

Sieh doch, hätte der Panzer sagen können. *Sieh doch.*

In den Rückwärtsgang schaltend, sprang Gordon wie eine Flipperkugel von dem Schieferton-Ufer.

RAKETEN 4–8 EINSATZBEREIT, meldete die Anzeige.

Nach rechts rollend, schob Gordon sich so nahe er konnte an die Biegung im Bach heran, um einen besseren Blick auf das gegenüberliegende Ufer zu erhalten.

Der Panzerkommandant hatte das Gesicht leicht

nach oben gedreht. Sein Kinn ruhte auf dem metallenen Deck. Seine dunklen Augen standen offen, und seine Haut hatte die Mandelfarbe des Hotpoint-Kühlschranks im Bunker. In seiner Stirn befand sich ein sauberes, vollkommen kreisrundes, absolut blutloses Loch.

Aus der eingetretenen Friedhofsstille schloß Gordon, daß der Kanonier und der Fahrer ebenfalls tot waren.

Er blieb perplex stehen. Sein CRAF wartete geduldig auf den Schießbefehl, der überflüssig geworden war. Gordon starrte hin, bis seine Augen vor Müdigkeit tränten, bis ein blaues Aufblitzen am Rand seines Schirms seine Aufmerksamkeit auf sich lenkte.

Rover war wieder da. Das blaue Licht schwebte neben dem leblosen Panzer, glücklich wie ein Hund, der eben die Morgenzeitung hereingeholt hat.

Im Licht

»Lesen Sie mir das Buch vor«, verlangte Harding.

Justin Searles sah in seinen Schoß nieder und strich sanft über den kahl werdenden Kopf des XO. Seine Finger hinterließen Abdrücke in dem Schädel. *Klack-klack. Klack-klack.* Die Beleuchtung im Innern des Busses war matt, und die Geräusche, die der Wagen an den Stahlschienen erzeugte, waren beruhigend.

Lächelnd schlug Justin die erste Seite auf.

»Kapitel eins«, las er vor. »Vorgehen bei Begegnungen mit UFOs.«

Die Worte waren bedeutungslos. Justin sah sie und sprach sie aus. Aber Harding gefiel das Buch anscheinend. Der XO machte es sich bequem und seufzte zufrieden.

Auf den Plätzen in ihrer Nähe saßen der Busfahrer und die Kellnerin und Ann, die Augen groß und dunkel vor Staunen, als erzähle Justin ihnen eine ganz faszinierende Geschichte.

Justin las vor.

Sein Verstand war ein Albatros, der über den Schnee lief und sich mit seinen langen, unbeholfenen Flügeln in die Luft warf. Der Wind fing ihn und trug ihn in die düsteren Wolken, wo es keine Raketen, keine Flak gab.

Justin sah von seinem Buch auf und lächelte in den gefrierenden Regen der auf ihm ruhenden Blicke.

5. Kapitel

CRAF-Kommando, Trás-os-Montes, Portugal

Etwas quetschte Gordons Oberarm. Dem Befehl gehorchend schloß er die Augen. Das CRAF stellte den Motor ab. Gordon zog sich die Brille herunter und sah Pelham neben sich stehen, Ishimoto dahinter. Die beiden atmeten schwer, als seien sie den ganzen Weg vom Überwachungsraum gerannt.

»Aufstehen«, befahl Pelham.

»Aber, Sir …« Sein CRAF stand irgendwo da draußen, nur die Hälfte seiner Raketen war einsatzbereit, vor sich hatte es die Garonne, hinter sich die Laser-Mannschaft. Und Pelham forderte ihn auf, *seinen Platz zu verlassen?*

Er wollte protestieren, doch Pelham hatte sein strenges Colonel-Gesicht aufgesetzt, eine finstere Miene, die jede Ähnlichkeit mit einem freundlichen Hershey-Elf ausradierte.

»Sie sind hierfür nicht als Geheimnisträger klassifiziert, Sergeant. Raus! Betrachten Sie sich als abgelöst.«

Die militärische Ausbildung gewann wie ein gedankenloser Instinkt die Oberhand. Gordon befreite seine Hände von den Kontrollen und sprang auf. Schnell setzte Ishimoto sich und legte die Handschuhe an.

»Sir …«, begann Gordon.

Pelham fuhr mit kalter, harter Stimme auf ihn los: »Gehen Sie raus! Das ist ein Befehl.«

Gordon zuckte zurück. Er riß die verklemmte Tür auf. Noch einmal drehte er sich um, und er sah, wie der Mitsubishi-Vertreter seine Brille aufsetzte.

Gordon stieg die vier Treppen hoch. Erst mitten auf dem nebligen Hof traf ihn die volle Wucht des Geschehens. Er blieb stehen, in seinem Gehirn eine stumme Klage um einen Verlust.

»Hei«, sagte eine weibliche Stimme.

Gordon drehte den Kopf und sah Stendhal neben sich stehen.

»Hör zu. Pelham hat mich zur Sau gemacht«, sagte sie. Ihre Uniformbluse stand offen, der Wind zerrte daran, so daß Gordon der Blick auf ihre Brustwarzen immer wieder gestattet und verwehrt wurde.

»Du kennst die CRAFs besser als sonstwer, und ich dachte, nun, wenn du gerade nichts anderes zu tun hast, könntest du mir vielleicht ein paar Tips geben.«

Gordon hörte nicht zu. Er spürte, wie sein Zorn sich von einem kleinen, zahnlosen Ding zu etwas Riesigem mit Fängen und Klauen auswuchs.

Ishimoto hatte noch nie ein CRAF in den Kampf geführt. Er hatte keine Ahnung von Taktik, und er würde auf die kleinen Exzentrizitäten der Einheit nicht vorbereitet sein. Jeder Roboter fühlte sich auf seine eigene Art anders an. Gordons CRAF war nervös, brauchte eine leichte Berührung des Gaspedals, einen festen, langsamen Druck auf der Bremse.

Stendhal sah ihn komisch an, und Gordon wußte, er sollte jetzt etwas sagen. Aber alles, was aus seinem Mund kommen wollte, war ein Schrei.

»Geht es dir nicht gut?« fragte Stendhal.

»Doch. Sicher.«

Gordon war immer der Überzählige gewesen, der Einzelgänger, der Junge, den die Mitschüler zusammenschlagen. In seiner Kinderzeit hatte Nintendo ihm die Möglichkeit gegeben, stark, mutig, tödlich zu sein. Dann war das CRAF gekommen und hatte diesen Traum zur Wahrheit werden lassen.

»Ich belästige dich ungern, aber wäre es dir jetzt

recht? Oder nach dem Essen? Vielleicht könnten wir sogar zusammen in die Messe gehen oder so etwas. Ich brauche wirklich Hilfe.«

Gordon machte kehrt, ließ Stendhal, die ihm mit offenem Mund nachsah, stehen und rannte die Treppen zum vierten Untergeschoß des Bunkers wieder hinunter.

Überrascht blieb er im Eingang des Überwachungsraums stehen. Er war leer.

»Colonel?« rief er und ging hinein.

Fünf Schirme sahen aus ihren Halterungen an der Decke auf ihn herunter. Nur zwei waren angestellt. Auf dem ersten brach sich jemand Bahn durch das Gestrüpp neben einer Bergstraße. Der andere Schirm zeigte eine Nahaufnahme von einem Schieferton-Ufer und einer Roboterhand, die eine dicke Baumwurzel umklammerte. Das Bild wackelte, und Wassertröpfchen legten sich auf die Kameralinse.

Der Schauder, der Gordon überlief, fühlte sich an wie Eissplitter. Das auf dem zweiten Schirm waren Aufnahmen von seinem CRAF. Ishimoto wollte versuchen, die Garonne zu durchschwimmen.

Ist er vollkommen verrückt geworden? fragte Gordon sich. Seine Panik verwandelte sich in Hysterie.

»Colonel Pelham!« rief Gordon und drehte sich zu der offenen Tür um. Dann erblickte er etwas, das ihn an Ort und Stelle bannte: Um Rover besser analysieren zu können, hatte man an den Monitor seines CRAFs ein Außenthermometer und einen elektromagnetischen Zähler angeschlossen.

Wieder sah er auf den Schirm. Ishimoto hatte die Diagnostik des CRAFs aufgerufen. ALLE GECHÜTZVERSCHLÜSSE IN ORDNUNG, meldete sie.

Das CRAF fing an, sich Hand über Hand weiterzuziehen. Das Bild wackelte weniger, und plötzlich hatte das CRAF sich vom Ufer gelöst. Es sank auf ebenen Boden und sprang auf seinen steifen Mc-

Phearson-Stützbeinen weiter. Seine Kamera zeigte genau die Senke hinunter.

»O Mann, o Mann«, murmelte Gordon vor sich hin. Ob er wollte oder nicht, er mußte die Geschicklichkeit des Mitsubishi-Vertreters bewundern. Jesus. Der hatte Nerven. Ishimoto hatte die Geschützrohre in den Fluß getaucht, um den Schlamm abzuwaschen.

Jetzt war Gordon fasziniert. Er sah das CRAF das Bachbett hinaufrollen, die Raketen scharfgemacht und abschußbereit. Ishimoto der Furchtlose zog aus, die Laser-Mannschaft zu vernichten.

Die Bäume und Felsen verschwanden so plötzlich vom Schirm, daß Gordon unwillkürlich einen Schritt zurück machte und gegen einen fahrbaren Stuhl stieß.

Der Monitor war blau. Er zeigte nichts als ein leuchtendes Neonblau.

Das Bild wackelte wieder, als habe Ishimoto das CRAF von neuem in die Stromschnellen der Garonne getaucht. Gordon sah nach unten. Die Zahlen auf dem Digital-Thermometer fielen: 53, 37, 16. Die Nadel der elektromagnetischen Anzeige sprang in den roten Bereich.

»Colonel Pelham!« schrie Gordon und rannte aus dem Raum. Im Flur blieb er wieder stehen, weil ihm einfiel, daß es nur einen einzigen Ort gab, an dem der Colonel sein konnte – daß es nur einen Notfall gab, der ihn aus dem Überwachungsraum hatte wegführen können. Gordon raste den Flur entlang zur Herrentoilette.

Er riß die Tür mit soviel Schwung auf, daß sie mit dem Geräusch einer Howitzer gegen die Wand knallte.

Niemand stand an den Stehbecken. Aber zwei Füße waren unter der Tür einer der Kabinen zu sehen. Die abgesackten Hosenbeine eines Tarnanzugs rahmten schlaff die reglosen Knöchel.

»Colonel Pelham?« rief Gordon.

Es dauerte lange, bis eine Antwort kam, als hoffe der Eigentümer der Füße, Gordon werde weggehen. »Ja?« fragte der Colonel schließlich.

»Sir, ich war eben im Überwachungsraum. Der Woofer greift Ishimoto an.«

Aus der Kabine kam das Geräusch von hektisch flatterndem Papier. Ein *People*-Magazin fiel auf die Fliesen.

»Ich komme sofort!« rief Pelham mit hoher, angespannter Stimme.

Gordon ging wieder in den Flur. Einen Augenblick später riß Pelham die Tür auf und stürmte heraus. Sein Gesicht war grimmig und angespannt.

»Wo ist er?« bellte der Colonel. »Ist er okay?«

»Das weiß ich nicht, Sir«, gestand Gordon und setzte sich in Laufschritt, um Pelham einzuholen.

Vor Gordons Tür blieb Pelham stehen, stemmte die Schulter an das grüngestrichene Metall und schob. Die Tür sprang auf, und Gordon lugte um Pelham herum.

Ishimotos Rücken war gekrümmt, sein Körper verkrampft. Gordon schob den Colonel zur Seite, stolperte ins Zimmer und faßte Ishimotos Oberarm. Der Mann zitterte so heftig, daß die Leitungsdrähte der Handschuhe das Geräusch klappernder Zähne erzeugten.

»Abschalten!« schrie Gordon, obwohl ihm klar war, daß Ishimoto ihn nicht hören konnte. »Schalten Sie das CRAF ab!«

Der Japaner achtete nicht auf den schmerzenden Druck von Gordons Fingern.

Pelham holte tief Atem. »Wir holen ihn besser heraus.«

Gordon riß dem Mitsubishi-Vertreter die Brille vom Gesicht und zerrte ihn aus dem Sessel. Ishimoto landete mit dumpfem Aufprall auf dem Boden.

»Entschuldigung, Sir«, sagte Gordon zu dem erstaunten Pelham, kletterte in den Sessel und zog die Handschuhe über. »Aber ich werde mein CRAF aus dieser Scheiße herausholen.«

In den Pyrenäen

In dem Augenblick, als Gordon die Brille auf hatte, spürte er die durch Mark und Bein gehende Kälte, hörte er in seinem Gehirn das donnernde Prasseln von Graupeln.

»Hau ab!« rief er Rover zu.

Plötzlich waren da wieder Bäume, der ruhige Bach plätscherte über die Steine. Ein paar Yards entfernt hüpfte Rover durch die Luft, und der Lärm in Gordons Kopf wurde zu einem kalten Zischen.

»Du wirst meine Kontrollen mit diesem elektromagnetischen Scheiß ausbrennen, du Arschloch!«

Den Arm hebend, überprüfte Gordon die feinen, dreifingrigen Klauen seiner Einheit. Das Metall war mit einer dünnen Rauhreifschicht überzogen, die jetzt in der Sonne verdunstete.

»Bleib hinter mir.« Gordon schwang zweimal den Arm, um Rover wegzuscheuchen. Nach ein paar Augenblicken, in denen das blaue Licht entweder verwirrt gewesen war oder geschmollt hatte, schwebte es an Gordons Heck und blieb dort.

Gordon fuhr aus dem seichten Wasser des Baches. Rover hielt Abstand und hopste hinter dem CRAF her. Erst später – viel zu spät, um noch etwas zu unternehmen – erkannte Gordon, welche Chance er sich hatte entgehen lassen. Stendhal hatte ihn angesprochen. Und er war so unhöflich gewesen, daß sie wahrscheinlich nie wieder mit ihm reden würde.

Justin erwachte. Harding und der Busfahrer sahen ihn an. »Das war ein interessantes Buch«, meinte der Busfahrer. »Danke, daß du es uns vorgelesen hast.« Seine Augen waren dunkel, leuchtende Löcher in seinem schwammigen Gesicht.

Harding setzte sich so dicht neben Justins Oberschenkel, daß Justin die Kälte seines Körpers spürte. »Erzählen Sie uns jetzt von dem Krieg«, schlug er vor.

Draußen vor dem Fenster sauste die Nacht vorbei. Die F-14 war fort, meilenweit zurückgelassen. Justin wickelte sich in die Decke. »Es ist kalt hier drinnen«, sagte er zu niemandem im besonderen.

»Möchten Sie lieber Ann von dem Krieg erzählen?« erkundigte Harding sich.

Das Geräusch der Graupeln war leiser geworden, war nur noch ein beruhigendes Zischen wie das Lied der Reifen auf einer nassen Straße. »Nein«, sagte Justin.

»Wir können sie rufen, wenn du möchtest«, teilte der Busfahrer ihm mit.

Tief in seiner Decke zitterte Justin. Ihm war, als hätten sich seine Knochen in Eis verwandelt und könnten durch nichts und nirgendwo wieder aufgewärmt werden. »Sie geht mir auf die Nerven«, murrte er.

»Das tut mir leid.« Das spärliche Licht funkelte auf Hardings kahlem Kopf und seinen Messingknöpfen. »Wir dachten, sie würde Sie ruhig machen.«

»Sie geht mir nur auf die Nerven«, versicherte Justin.

Harding legte Justin eine kraftlose Hand auf den Arm. »Dann werden wir ihr sagen, daß sie wegbleiben soll. Würden Sie gern den Bus fahren?«

»Würdest du das gern tun?« Der Busfahrer beugte sich eifrig vor.

»Ja«, antwortete Justin. »O ja, das täte ich sehr gern.«

Er war auf dem hohen Metall-und-Plastik-Sitz. Vor seiner Windschutzscheibe breitete sich die sternenbedeckte Autostraße aus. Harding und der Fahrer waren neben ihm. Sie grinsten.

»Los«, ermutigte der Fahrer ihn. »Los, Sohn, bring ihn nach oben.«

Justin drückte die Gangschaltung langsam nach vorn, spürte das Grollen der Motoren durch seine Beine, sein Rückgrat. Der Bus schoß die bestirnte Straße hinunter. Als Justin meinte, genug Geschwindigkeit gewonnen zu haben, zog er das Lenkrad an den Bauch. Der Bus stieg in die Nacht hinauf.

»Gefällt Ihnen das?« fragte Harding.

Justin lächelte so breit, daß er nicht antworten konnte. Euphorie hielt die Worte in seiner Kehle fest, als habe er sich an Freude überfressen. Vor ihm schlossen sich die Sterne zusammen, verschmolzen in der Mitte der Windschutzscheibe. Einen Augenblick später nahmen sie einen wunderschönen zarten Blauton an.

»Wohin möchten Sie gern fliegen?« erkundigte Harding sich.

Die Geschwindigkeit des Busses wie einen frohen Schmerz in der Brust, betrachtete Justin die in Blau verwandelten Sterne. »Nach Florida«, antwortete er.

»Dann fliegen Sie hin. Fliegen Sie ruhig hin. Und wenn Sie in Florida angekommen sind, werden Sie uns dann von dem Krieg erzählen?«

»Wenn ich Florida erreichen kann«, flüsterte Justin, »werde ich Ihnen alles erzählen, was ich weiß.«

Centcom-Flugplatz, Badajoz, Spanien

Das M-16 unbeholfen zwischen den Beinen eingeklemmt, betrachtete Rita Beaudreaux die Kartons mit Vorräten rings um sie und lauschte auf das Geräusch der warmlaufenden Sikorsky.

»Lieber Gott«, flüsterte sie. Ihre Stimme ging in dem zornigen Heulen der Rotoren unter, und das war Rita nur recht, sie wollte nicht, daß der Pilot sie hörte. Als Ritas Mutter noch lebte, hatte sie oft gemurrt, sie habe ihr Mädchen nie etwas gelehrt. Aber zwei unvergeßliche Lektionen hatte sie ihr eingeprägt. Erstens: Bügele immer mit dem Strich des Gewebes. Zweitens: Bete immer laut.

»Wenn du mich aus dieser Situation herausholst, lieber Gott«, versprach Rita, »werde ich wieder zur Kirche gehen. Wirklich, das ist mein Ernst. Amen.«

Gott würde nicht viel Zeit bleiben, es geschah alles so schnell. Noch ein Augenblick oder so, und sie würde in der Luft sein, und zwei Stunden später würde sie durch die Minenfelder bei Lérida marschieren. Ihre Finger spielten mit dem dicken metallenen Zusatzgerät unten an der Mündung ihres M-16-Gewehrs. Ein Granatwerfer. Irgendein Idiot hatte ihr einen Granatwerfer gegeben. Und niemand machte sich die Mühe, sie zu fragen, ob sie gern eine Gebrauchsanweisung hätte.

Das Schreien der Rotoren über ihr mäßigte sich zu einem trägen Winseln.

»Rita?«

General Lauterbach kletterte in das Passagierabteil.

»Sind Sie okay?« fragte der General.

Rita kreuzte die Finger und wartete auf ein Wunder.

Nach einem flüchtigen Rundblick setzte sich Lauterbach auf einen Karton mit der Aufschrift MRW – HAMBURGER PIZZA. Er nahm den Helm ab und legte ihn sich auf den Schoß.

»Ich bin froh, daß ich Sie vor Ihrem Abflug noch erwischt habe«, sagte er.

Vor Ihrem Abflug. Ritas religiöser Glaube sank in den Agnostizismus zurück.

Lauterbach beugte sich zu ihr hinüber und sah sich

ihr Gewehr genau an. »Wie ich bemerke, hat Ihnen irgendwer einen Granatwerfer gegeben«, lachte er.

»Ja. Als sei ich ein richtiger Soldat oder so etwas«, gab sie trocken zurück.

Sein Lächeln erstarb. »Etwas ist im Gange. Etwas Wichtiges.« Seine gelblich-braunen Augen zeigten den ruhigen Blick eines Löwen, der hochmütig eine Gazelle mustert. »Ich muß wissen, ob es einen Weg gibt, diese fremdartigen Verstümmelungen nachzumachen.«

»Nein«, sagte Rita. »Das habe ich Ihnen bereits gesagt. Nichts, das ich kenne, könnte so etwas fertigbringen.«

Lauterbach nickte. »Ich verstehe. Ihre Befehle sind geändert worden.«

Rita hielt den Atem an.

»Ich werde es bei unseren arabischen Freunden mit ein bißchen psychologischer Kriegführung versuchen. Wenn Sie auf Verstümmelungen stoßen, möchte ich, daß Sie die Araber liegenlassen. Den verstümmelten Amerikanern, die man für Araber halten könnte, sollen die Uniformen ausgezogen und durch Uniformen, die Sie von nicht verstümmelten toten Arabern nehmen, ersetzt werden. Verstehen Sie?«

Rita fuhr sich mit der Hand durch ihr kurzes, lockiges Haar. Sie merkte, daß sie schwitzte. Schwitzte wie ein Schwein. »Nein, General, das verstehe ich nicht.«

»Die Verstümmelungen kommen selten vor, etwa bei einem Prozent der Toten. Sie und die Männer des Zuges können das machen. Die Araber tragen keine Hundemarken, deshalb sollte die List glücken. Wenn Sie die Amerikaner ausziehen, vergessen Sie nicht, auch Socken, Unterwäsche, einfach alles zu entfernen. Ich bezweifele, daß die arabischen Ärzte genau genug hinsehen werden, um Unterschiede in zahnärztlichen Arbeiten festzustellen. Wenigstens hoffe ich das.«

»Sie wollen, daß ich Leichen schände?« fuhr Rita auf. »Was ist denn das für ein Befehl?«

»Nicht schänden …«, begann der General.

Sie ließ ihn nicht ausreden. »Was ist mit den Eltern dieser amerikanischen Jungs? Mit ihren Frauen? Herr im Himmel, General, hat der Treibhauseffekt uns schon so weit verändert?«

Lauterbach starrte sie mit offenem Mund an. Schließlich gelang es ihm, beschwichtigend zu sagen: »Es lag nicht in meiner Absicht, Sie aufzuregen.«

»Sie haben mich nicht aufgeregt«, gab Rita zurück. »Sie haben mich beleidigt.«

Er legte seine Hand, drahtig und warm, auf ihre. »Wir verlieren diesen Krieg«, sagte er. »Unsere Waffenvorräte sind gering. Wir können nicht aufrüsten, wir können einen Krieg nicht ohne Treibstoff führen. Rita, um Gottes willen.« Er sprach so leise und so intensiv, daß sie keine andere Wahl hatte, als ihm zuzuhören. Sie hätte diese Stimme noch aus einer Entfernung von Meilen gehört. Es war eine Stimme, die alliierte Soldaten von Lissabon bis Warschau zum Weinen bringen konnte.

»Wenn wir keine Hilfe bekommen«, versicherte er ihr, »ist unsere Kapitulation unvermeidlich.«

Er zog seine Hand als erster zurück. Seine Finger strichen über ihre. Sie fragte sich, ob es eine zufällige oder liebevolle Geste gewesen sei.

»Wissen Sie, wie man mich nennt?« fragte er mit traurigem, schiefem Lächeln. »Den Irren. Wissen Sie, warum?«

Zurückhaltend schüttelte Rita den Kopf.

»Alle halten sie mich für verrückt. Gut. Sollen die Araber das glauben.« Ein wahnsinniges Glitzern war in Lauterbachs gelben Augen, ein hartes, topasfarbenes Funkeln, das ihr Angst machte. »Niemand glaubt mir, Rita, aber da draußen sind Aliens. Gott hat uns einen zusätzlichen Joker gegeben. Gott hat uns ein Wunder gegeben. Und ich halte es in der Hand.«

Die Rotoren drehten sich träge. Draußen in dem verhangenen Tag raste eine Humvee mit dröhnendem Motor über die Startbahn. Ein Soldat rief einem anderen etwas zu, Lachen in der Stimme. Die Brise, die zur offenen Tür hereinkam, roch süß, aber sie erhellte die Atmosphäre im Hubschrauber nicht. Rita spürte das Gewicht der Luft auf ihren Schultern. Sie war dick und suppig wie die falsche Umwelt in einem Aquarium.

»Ich möchte für mein Leben gern mit diesen Aliens reden.« Das überraschende Tremolo seiner Stimme verriet Lauterbachs Verlangen. »Aber wenn ich mit den Lichtern kommunizieren könnte«, sagte er, »ist es möglich, daß sie uns nicht helfen würden. Vielleicht verstehen sie nicht, was ein bewaffneter Konflikt ist.«

Dann schenkte der General ihr ein unerwartetes, entwaffnendes Lächeln, und zu ihrer äußersten Verwunderung zwinkerte er ihr zu. »Vielleicht können wir den Arabern jedoch weismachen, daß die Lichter unsere Partei ergriffen haben. Das kann doch nichts schaden, oder?«

In den Pyrenäen, unterhalb von Bagnères-de-Luchon

Irgendwer hatte ein primitives Symbol auf den T-72 gemalt, bemerkte Oberst Wasef. Ein Zeichen, um Dämonen abzuwehren.

Der Panzerkommandant mußte fast aus der Luke heraus gewesen sein, als der Schlag fiel, denn er war teilweise hinausgeschleudert worden. Er lag halb über dem Deck, die Augen vor Überraschung weit aufgerissen. Das blutlose Loch in seinem Kopf ging bis zur anderen Seite durch. Eine unmögliche Wunde am Rand des Lächerlichen, eine Wunde, die einer

Person in einem Comic hätte zugefügt worden sein können.

Schritte näherten sich, und Wasef fuhr zusammen. Es war nur Hauptmann Mustafa. Schnell entfernte Wasef die Furcht aus seinen Zügen, doch er wußte, daß Yussif sie gesehen hatte.

Das Gesicht des Hauptmanns war so angespannt, daß auch sein Freund Mühe haben mußte, die Furcht in Schach zu halten.

»Der Motor ist nicht abgestellt worden.«

»Nein, Oberst.«

Die beiden lauschten auf das aufgeregte Brummen des Dieselmotors. Der Motor des T-72 hatte ein Tunen nötig, dachte Wasef, und aus der Rauchwolke an der Rückseite des Fahrzeugs, die nach Kohlenstoff und unverbranntem Treibstoff stank, schloß er, daß er wahrscheinlich auch eine Generalüberholung brauchen konnte. Alle die Fahrzeuge waren alt, die Flugzeuge, die Lastwagen, alles. Nur Spucke und Draht hielten die arabische Armee zusammen.

»Jemand sollte den Motor abstellen«, sagte Wasef zu dem Hauptmann.

Yussif wurde blaß. Das Blut wich so stark aus seinem Gesicht, daß die Haut Leichenfarbe annahm.

Mustafa fürchtete sich nicht nur, er war gelähmt vor Angst.

»Ich werde es tun«, erbot sich Wasef schnell und wünschte, er hätte sich nicht freiwillig gemeldet.

Er ging an dem Eingang des Fahrers vorbei, kletterte hinauf und spähte an dem toten Kommandanten vorbei in die Luke. Auf dem Boden des Panzers lag der Richtschütze. Er hatte eine seltsame gelbliche Farbe, den Ton von verdorbenem Ziegenkäse.

Manchmal ist Allah unerwartet freundlich. Der T-72 tuckerte noch einmal und verstummte. Der Sprit war ihm ausgegangen. Erleichtert stieg Wasef auf das Gras hinunter.

»Könnte das blaue Licht amerikanisch sein?« fragte der Hauptmann.

»Ich denke nicht«, meinte Wasef. »Wenn die Amerikaner eine solche Waffe besäßen, hätten wir jetzt alle die Farbe von Käse und Löcher durch unseren Körper.«

Yussif beugte sich zu ihm und flüsterte ihm ins Ohr: »Ja. Wenn einer eine solche Waffe besitzt, benutzt er sie, um Armeen zu vernichten, nicht einen einzelnen Panzer.«

Wasef nickte nervös.

»Aber das Licht folgt dem amerikanischen Roboter«, fuhr Yussif fort und wies in die Senke hinunter. »Siehst du die Raupenspuren?«

Ja, dachte Wasef. Das blaue Licht war nicht amerikanisch, und doch hatte es irgendeine besondere Beziehung zu den Alliierten, eine Beziehung, die zu verstehen Wasef nicht schlau genug war. Frustriert betrachtete er die Abdrücke.

»Der Roboter ist aus der Senke herausgekommen«, berichtete Yussif. »Die Laser-Mannschaft wird ihn erledigen.«

Und dann was? fragte Wasef sich. Am liebsten hätte er dem Hauptmann gesagt, er solle die Männer abziehen und zur Basis zurückschicken.

»Die Leute haben Angst«, gestand Yussif. »Sie sind zumeist Analphabeten und abergläubisch. Wenn sie einmal glauben, die Amerikaner würden von Dschinns beschützt, werden sie nicht mehr kämpfen.«

»Abergläubisch, ja«, bestätigte Wasef geistesabwesend. Sein eigener Abschluß als Elektro-Ingenieur stellte keine Isolierung gegen eine so unbegründete und primitive Furcht dar. Bevor die mordende Hitze nach Ägypten kam, hatte er sich als ein Glied in einer langen stolzen Kette betrachtet, die bei den Erbauern von Gizeh begann, den schmutzigen Algeriern überlegen, intelligenter als die zurückgebliebenen, schafehütenden Libyer war. Jetzt war er sich nicht mehr so sicher. Die kannten wenigstens die Methoden, nach denen man mit dem Übernatürlichen umgeht.

Sein Blick ging über die Männer des Zuges hin, die bei einem Baum standen, so weit von dem Panzer entfernt, wie sie konnten, ohne dafür angeraunzt zu werden. Keiner hatte sich hingesetzt, keiner gehockt. Sie befingerten ihre Waffen und sahen nervös auf der Lichtung umher.

Wasef räusperte sich.

»Was, Bruder?« Yussif beugte sich vor, um jedes Wort der Weisheit, jeden Hinweis aufzufangen. Der treue Yussif, dachte Wasef liebevoll, würde von einer Klippe springen, wenn er dazu aufgefordert würde. Aber ebenso wie dem Rest der Armee mußte man ihm den Weg zeigen, der den Berg hinaufführte.

Wasef sah den Hauptmann ermutigend an. »Sag den Männern, diese Todesfälle sind ein Beweis dafür, daß wir mit den Mächten der Finsternis kämpfen. Sag ihnen, da Allah groß ist, wird die gerechte Sache siegen.«

Yussif lächelte, als sei ihm eine großzügige und unvorhergesehene Absolution zuteil geworden. »Ja, Qasim. Allah ist mein Zeuge, wir werden siegen.«

Im Licht

Er fuhr den Bus durch den Rand der Nacht in den Tag hinein. Unten, im hellen, gleißenden Licht erstreckte sich Florida. Sein weißer Sand war ein Kreidestrich zwischen dem Kobaltblau des Meeres und dem Emailgrün des Landes. Justin sah seine Heimat, und seine Hände umklammerten das Lenkrad so fest, daß sie zitterten.

Auf einer kleinen Seitenstraße in einem ruhigen Viertel von Boca Raton brachte er den Bus nach unten und parkte ihn vor einem Haus aus rosa Schlackensteinen.

»Möchten Sie nicht hineingehen?« fragte der stellvertretende Kommandeur.

Justin sah aus dem Busfenster. Das Haus war genauso, wie er sich erinnerte: Der Mangobaum mit seinem dicken Stamm und seinen breiten Blättern beherrschte den Vorgarten, das Beet mit Jasmin und Paradiesblumen gleich dahinter stand in Blüte. Ein Ozean aus Smaragdgrün brandete gegen das Pflaster an.

»Du hast diesen weiten Weg zurückgelegt«, meinte der Busfahrer. »Möchtest du deine Mutter nicht besuchen?«

Die Bustüren öffneten sich, und Justin stieg aus. Die Palmblätter über ihm, stellte er fest, klapperten im Wind. Er bückte sich, hob eine abgefallene Kokosnuß auf, drückte sie an seine Brust und strich mit den Händen über ihre glatte, grüne Oberfläche.

Florida roch noch genauso. Üppig und feucht und grün, als ob die Luft selbst anfangen wolle zu blühen. Über den Dächern der Häuser in der Richtung zum Meer sammelten sich blaugraue Wolken, deren Anblick zugleich alltäglich und verheißungsvoll war.

»Gefällt Ihnen das?« fragte der stellvertretende Kommandeur. »Ist es das, was Sie sich gewünscht haben?«

Ohne zu antworten, ging Justin um das Haus zum Garten. Da war die Veranda mit dem Fliegengitter, an die er sich erinnerte, dort der in Knospen stehende Limonenbaum. Und da stand seine Mutter und hängte Wäsche auf die Leine.

»Mom«, sagte er.

Sie drehte sich um und lächelte ihn an. Die Gesichtszüge blieben nicht lange genug stabil für ein Wiedererkennen. Ihre Nase wurde kurz, dann lang. Ihr Mund gruppierte sich mehrere Male unentschlossen um. Ihr Haar wandelte sich chamäleonartig von Braun zu Pfeffer-und-Salz zu Weiß.

»Wie ich sehe, hast du Freunde mitgebracht«, sagte sie. Auch ihre Stimme konnte sich nicht entscheiden, sie wechselte vom Alt zum Sopran und wieder zurück. Der Klang war ganz verkehrt. »Komm ins Haus, da kriegst du Milch und Kuchen.«

Er trottete hinter ihr her, ein Küken, das unausweichlich in der Gravitation der Glucke gefangen ist. Die Fliegengittertür, die ständig hätte geölt werden müssen, quietschte genauso, wie er sich erinnerte. Die Küche war auch die gleiche: ganz Sonnengelb und Weiß.

»Du hast mir gefehlt.« Justin setzte sich an den Küchentisch. Zu seiner Linken sah er den Busfahrer, der den Stuhl verkehrt herum gestellt und die Arme auf die Metallstange der Rückenlehne gelegt hatte. Zu Justins Rechter saß Harding, die Finger über dem Bauch verschränkt.

Da stand die Zuckerdose, an die er sich aus seiner Kinderzeit erinnerte, die Keramikdose mit den aufgemalten Blumen. Die Kokosnuß in seinem Schoß, sah Justin seiner Mutter zu, wie sie vier Teller herunternahm und zum Tisch trug.

»Hörst du das?« fragte er seine Mutter.

Sie sah ihn neugierig an, und ihre Augen wurden von Blau zu Braun zu Schwarz. »Was denn?«

»Dieses klopfende Geräusch in den Palmen.«

»Das ist nur der Wind«, meinte seine Mutter.

»Ja«, stimmte er zu. »Nur der Wind.«

Sie goß Milch in vier Gläser und stellte den Schokoladenkuchen auf den Tisch.

»Justin wollte uns eben vom Krieg erzählen«, teilte Harding der Mutter mit.

»Ach ja, Lieber?« sagte seine Mutter.

Die Palmen im Vorgarten rasselten wie eisige Kastagnetten. Justin sah in das Gesicht seiner Mutter hoch und stellte fest, daß ihre Augen jetzt grün waren.

»Wie ist denn der Krieg?« fragte sie.

Nun sahen ihn alle an, der Busfahrer und Harding und seine Mutter. Das Klappern der Palmen war so laut, daß er kaum denken konnte.

»Ich habe die ganze Zeit Angst«, flüsterte er.

Die Luft in der Küche war kalt und dick. »Erzähl es mir«, bat seine Mutter.

Er erinnerte sich an Flugzeuge, aus denen Flammen schlugen, die in anmutigen orangefarbenen Kurven über der Wüste abstürzten, ganz wie die Sternschnuppen, bei denen er sich früher etwas hätte wünschen können. Das Schlimmste, dachte er, waren die nächtlichen Landungen, der Flugzeugträger unten in der Dunkelheit, eine beleuchtete Briefmarke in der Unendlichkeit des Meeres. Der Flugzeugträger war ein so winziges Ding, daß er sich immer wieder wunderte, ihn gefunden zu haben. Manchmal, wenn die Wellen hoch gingen, stellte er sich vor, daß der Haken nicht griff und sein Flugzeug sich überschlug und auf das Deck krachte.

Seinen Körper um die Festigkeit der Kokosnuß wickelnd, sagte er: »Ich wünschte, ich könnte nach Hause gehen.«

Er zuckte zusammen, als Hardings breiige Hand ihn berührte. »Sie *sind* zu Hause«, behauptete der stellvertretende Kommandeur.

Aber Justin hatte sich an das erinnert, was er am meisten zu vergessen wünschte: Boca Raton, wie es wirklich war. Bei Flut, wußte er, schwammen Fische durch die leeren Häuser, krochen Krabben durch die Gärten, und Mauern und Zäune standen wie Riffe gegen den Ansturm der langen Brecher.

»Ich wünschte, ich könnte nach Hause gehen«, flüsterte er, und weder Hardings Berührung noch die kühle Stimme seiner Mutter waren ihm ein Trost.

Pelham hatte ihm nicht befohlen, seinen Platz zu verlassen, deshalb machte Gordon weiter, fuhr langsam und vorsichtig den Hang hoch. Rover tanzte hinter dem CRAF her, hielt sich außer Sicht.

Gordons Geschützrohre waren aufgerichtet, seine Raketen scharf. Er fuhr mit dem Daumen auf dem Feuerknopf.

So ein Pech, dachte er, als er um eine Biegung des Baches bog und ein Trupp Araber schon auf ihn wartete.

Da war der Junge mit dem Granatwerfer, der das CRAF seelenruhig ins Visier nahm, da waren die übrigen, keine dreißig Yards entfernt, und sie hatten sich, so gut sie konnten, zwischen den Felsblöcken versteckt. Und hier war Gordon mit aufgerichteten Geschützrohren, bereit für den letzten Kampf.

Es war eine Wiederholung von Dodge City.

Bevor Gordon eine Chance hatte zu reagieren, sprangen ein paar AK-Kugeln von seiner Außenhaut ab. Die Überraschung drückte seinen Daumen auf den Knopf.

Rakete Eins startete mit ohrenbetäubendem Zischen. Das CRAF schaukelte auf seinen Federn. Das Gleißen der Treibladung blendete Gordon; einen Augenblick später machte die Explosion ihn taub. Noch bevor das CRAF sich wieder stabilisiert hatte, noch bevor er sehen konnte, wohin er fuhr, drehte er nach rechts ab, hoffend, daß er dem Vergeltungsschlag entkommen würde.

Es gab keinen. Er sah in den klaren Bach hinunter und bemerkte, daß sich sirupartige rote Fäden durch das Wasser zogen. Komisch, wie sich Blut mit Wasser mischt, dachte er. Komisch, wie schön es ist. Es erzeugte zarte Schnörkel wie mit dem Pinsel eines Malers.

In den Haufen zerfetzter Leichen kam Bewegung. Langsam, mit Pausen kroch ein Mann darunter hervor. Er zog die roten Bänder seiner Eingeweide hinter sich her. Rover trieb an Gordon vorbei und ließ sich so leicht wie ein Pusteblumenflaum auf dem Soldaten nieder. Als sich das blaue Licht einen Augenblick später erhob, bewegte der Mann sich nicht mehr.

»Komm zurück!« rief Gordon, gleichzeitig in Verlegenheit gesetzt und von Übelkeit gepackt, als habe er seinen Hund dabei erwischt, daß er das Kaninchen eines Nachbarn beutelte.

Rover schwebte zu Gordon und machte ein paar Fuß vor ihm halt. Gordon hörte ein kaltes, fragendes Rasseln im Kopf.

»So etwas darfst du nicht, verdammt noch mal!« rief er. »Scheiße, das ist ... Jesus, das ist ...«

Der tote Soldat hatte jetzt eine komische Mandelfarbe, und auf seinem Gesicht lag ein Ausdruck verblüffter Erleichterung.

6. Kapitel

In der Nähe von Lérida, Spanien

Rita kletterte aus der Sikorsky und schleppte sich mühsam über das Rollfeld. Der Matchsack war schwer, und irgendwie geriet ihr das M-16-Gewehr ständig zwischen die Beine.

Hinter einer Chinook stand eine absurd kleine Soldatin neben einem Humvee mit aufmontiertem Maschinengewehr. Das mußte Helen Dix sein, sagte Rita sich, und es schoß ihr durch den Kopf, ob der weibliche Leutnant Probleme habe, Uniformen in Größe 3 zu finden.

»Capt'n Beaudreaux?« fragte der Leutnant, als Rita in Hörweite kam.

Es dauerte einen Augenblick, bis Rita daran dachte, den Gruß der dienstgradniedrigeren Offizierin zu erwidern.

»Ich bin Lieutenant Dix. Freue mich, Sie an Bord zu haben«, sagte die Frau mit starkem Georgia-Akzent.

Rita erschrak. Lauterbach war ein Mann voller Widersprüche. Ein Mann, der soviel Verstand hatte, daß er sie in einen von einer Frau geführten Zug steckte, und doch so dumm war, zu vergessen, daß es sich bei der Zugführerin um eine Frau aus den Südstaaten handelte!

»Danke, Lieutenant, ich weiß das zu schätzen.« Sie machte sich darauf gefaßt, einigen guten, altmodischen Vorurteilen zu begegnen. »Ich werde versuchen, Ihnen aus dem Weg zu bleiben.«

Obwohl zierlich, hätten Dix' drahtige Unterarme natürlicher bei einem Jungen ausgesehen. Ihre jeansblauen Augen hatten diesen Blick in die Ferne, den man bei Frontsoldaten antrifft.

Dix blinzelte und schien eine geringere Brennweite einzustellen. »Woher stammen Sie?« erkundigte sie sich.

»Ursprünglich aus Louisiana ...«

Plötzlich lächelte Dix. »Ist es möglich? Aus dem Süden. Gott sei Dank. Kommen Sie, Capt'n. Wir müssen ein ganzes Stück fahren.«

Überrascht, daß sie mit so echter Herzlichkeit willkommen geheißen wurde, stieg Rita in den Humvee. Wie sie sah, hatte Dix für ihren Zug eingekauft. Der Boden vor dem Beifahrersitz und die Rückbank waren voll von Obsttüten.

»Das da ist unser Spezialist Jimmy Hoover.« Dix wies mit dem Kopf in die Richtung des Maschinengewehrs. Der junge, knochige Hoover saß mit dem Maschinengewehr zwischen den Beinen da.

Dix drehte den Zündschlüssel, startete den Motor und radierte auf ihrem Weg aus der Basis Gummi von den Reifen.

»Haben Sie auch Ihre Hormonpillen genommen, Madam?« fragte Dix und nahm die Augen von der Straße.

Rita blickte weiter geradeaus. Sie sagte sich, bei der Geschwindigkeit, mit der sie fuhren, solle wenigstens einer in dem Humvee aufpassen. »Bitte, nennen Sie mich nicht Madam«, bat sie mit gepreßter Stimme. Sie nahmen eine Kurve zu schnell, die Kotflügel streiften eine Yucca und eine dichte Mauer aus blühenden Kakteen.

»Ich bitte um Verzeihung, Capt'n, aber wie soll ich Sie nennen?«

»Rita. Einfach Rita.« Sie schossen jetzt eine Gerade hinunter. Eine weiße Ziege entkam knapp dem Überfahrenwerden.

»Gut, Rita. Haben Sie nun Ihre Hormonpillen genommen? Ich meine, wenn es auch nicht gerade das Schlimmste ist, was einem passieren kann, wenn man seine Periode an der Front kriegt, kommt es doch ziemlich dicht danach.«

»Ich habe sie nicht genommen... das heißt, niemand hat mir welche gegeben...«

»Scheiße. Sind die Männer nicht alle gleich?« Mit dieser rhetorischen Frage faßte Dix in ihre Bluse und holte ein Plastikfläschchen hervor. »Sie übersehen immer das Wesentliche. Mein früherer Freund? Er meckerte dauernd, daß ich zuviel Geld für Tampons ausgäbe, als ob sie Juwelen oder so etwas wären. Da. Sie können eine davon nehmen, Schätzchen. Eine Feldflasche steht irgendwo da unten auf dem Boden.«

Rita nahm das Pillenfläschchen. Gerade befreite sie die Feldflasche von einer Tüte mit gelben spanischen Kirschen, als der Humvee langsamer wurde.

Erschrocken hob Rita den Kopf. Dix fuhr jetzt mit grimmigem Gesicht und gab acht, daß sie die Flüchtlinge am Straßenrand nicht streifte.

Es waren Hunderte. Vielleicht Tausende. Alte Männer an Stöcken. Schmutzige Kinder, die sich an die Hände ihrer Mütter klammerten. Sie marschierten westwärts, alle mit den gleichen leeren Gesichtern, alle von der gleichen Staubschicht umhüllt. Eine Kolonne wandernder Geister. Eine Menschenmasse, die sich mit der gemeinsamen stumpfen Entschlossenheit von Herdenvieh vorwärtsbewegte.

Rita fiel ein Mann in einem Westenanzug auf, der einen Korb mit Kleidern trug. Hätte er nicht so erschöpft, so verzweifelt ausgesehen, sie hätte geglaubt, daß er nach einem langen Arbeitstag auf dem Weg zur Wäscherei sei. Als der Humvee vorüberfuhr, folgten seine Augen ihm, heiß und hartnäckig.

»Woher kommen sie?« fragte Rita. Es waren so viele, man hatte den Eindruck, ganz Spanien entleere sich.

»Aus den kleinen Städten hier herum. He!« sagte der Lieutenant mit munterer Stimme. »Ich habe gehört, Sie kennen General Lauterbach. Ist er ein solcher Eisenfresser, wie alle behaupten?«

Eisenfresser? dachte Rita. Komisch. Diesen Ausdruck hatte sie nie mit dem General in Verbindung gebracht. »Nicht, daß es mir aufgefallen wäre«, antwortete sie.

»Hm. Vielleicht ist er zu Ihnen einfach netter als zu seinem Stab.«

»Man hat mir gesagt, ich hätte das volle Vertrauen des Generals, was auch immer das bedeuten mag«, erklärte Rita zurückhaltend. Wann würde der Marsch heimatloser Spanier enden?

»Nein, Schätzchen«, entgegnete Dix lachend. »Ich hörte, er *mag* Sie. Daß er das ist, was die Mädchen in der Robert E. Lee Highschool ›verliebt‹ nannten.«

Rita schluckte die Mens-Ex-Pille und verschloß die Feldflasche wieder. Ihre Gedanken wanderten zu dem Gespräch im Hubschrauber zurück, zu Lauterbachs Hand, die sich auf ihre legte. »Das bezweifele ich.«

»Nun, ich habe es geradenwegs von Major Tubbs, der hat es von Lieutenant Colonel Martin, und der hat es von dem großen Mann selbst gehört, daß wir Sie wie Steuben-Kristall behandeln sollen. Ist das nicht die romantischste Geschichte, die man je gehört hat? Steuben-Kristall. Und da erwartete ich jemanden von der Junior-Liga, kein zähes Frauenzimmer mit einem Granatwerfer auf dem Gewehr.«

Rita runzelte die Stirn. »Ich bin dem General einfach durch meine Forschungsarbeit wichtig. Mehr steckt nicht dahinter.«

Der Lieutenant nahm die Augen von der Straße und maß Rita mit einem wissenden Blick. »Genau das, was Lt. Colonel Martin sagt. Tatsache ist, Lt. Colonel Martin hörte, daß General Lauterbach besonderes Interesse an Ihnen hat und daß Ihre Sicherheit und Ihr Wohlergehen dem General von allergrößter Bedeutung sind. Von allergrößter Bedeutung, sagt er, als ob, wenn Ihnen etwas zustoßen sollte, mir der Kopf heruntergerissen würde. Schätzchen, wenn das keine Liebe ist, sieht es Liebe doch sehr ähnlich.«

Rita dachte daran, wie sie den General kennengelernt hatte. Sie hatte in einem Flugzeug-Hangar die Knochen von fünf Männern sortiert, die in einer APC verbrannt waren. Zwei der Leichen waren zu der für Brandopfer typischen Boxerhaltung verkrümmt. Die anderen drei waren verkohlte Stücke.

Sie erinnerte sich, daß sie die Zahnschemata und Krankenberichte ausgebreitet und eben die eine Leiche nach einer alten Spiralfraktur des Schienbeins identifiziert hatte, als jemand den Hangar betrat.

Sie hörte die Schritte und blickte auf, aber da sie nichts Wichtiges an dem Besucher im Schatten entdeckte, arbeitete sie weiter.

»Sie nehmen sich dafür viel Zeit«, meinte der Mann. »Warum begnügen Sie sich nicht mit ungefähren Anhaltspunkten, wie es die anderen Ärzte tun?«

Sie drehte sich um. »Sie werden die Identifizierungen bekommen, wenn ich sage, daß Sie sie bekommen. Angehörige werden diese Leichen begraben, und sie werden nicht um irgendeinen Fremden weinen wollen.«

Er machte einen Schritt vorwärts ins Scheinwerferlicht, und ihr fielen zwei Dinge zugleich auf: Das entwaffnende Lächeln auf seinem Gesicht und die vier Sterne auf seinem Kragen. »Wie ist Ihr Name, Captain?« fragte der General liebenswürdig.

»Doktor«, schoß sie zurück. »Doktor Beaudreaux.«

Das Lächeln verblaßte. »Aha. Machen Sie weiter.« Er nickte vage und verließ den Hangar.

Erst später kam Rita zu Bewußtsein, daß sie nicht

salutiert und daß er sie deswegen nicht angepfiffen hatte.

Es ist offensichtlich, daß er mich meines Taktes wegen liebt, dachte Rita. *Oder wegen meines wolligen Haars. Oder wegen meiner sportbüstenhaltergroßen Brüste.*

Auf dem Weg zum Bereitstellungsraum teilte Rita Lieutenant Dix die neuen Befehle mit und versuchte mit dem General im Bett vorzustellen: Er oben, sie oben. Keine der Positionen wollte funktionieren. Und rings um das Bett standen die vertriebenen Zivilisten Spaniens und sahen mit ihren großen leeren Augen zu.

CRAF-Kommando, Trás-os-Montes, Portugal

Auch nachdem das CRAF heil und gesund zu Bett gebracht worden war, blieb Gordon in dem schwarzen Schweigen der Brille sitzen, damit seine Nerven sich beruhigten, wie die Kohlensäure aus einem Coke sprudelt. Als er das Gefühl hatte, seine Arme und Beine zuckten nicht mehr, nahm er die Brille ab.

Ishimoto saß neben ihm.

Sie sahen sich an. In der Enge des Kommando-Zentrums berührten sich ihre Knie beinahe. Irgendwer hatte auf dem Tisch neben dem CRAF-Computer einen Hilfsschirm installiert.

Ishimoto rührte sich nicht, sogar seine Atmung hielt er bei einem Minimum. Asketisch und konzentriert wie ein Haiku.

»Es stört Sie«, sagte er schließlich.

Gordon brauchte keine Erklärung. »Ja«, stimmte er zu. »Es stört mich.« Sie hatten sich in sein Zimmer eingeschlichen und seine Möbel umgestellt, und Ishimoto hatte sich hingesetzt und ihn bei der Arbeit beobachtet. Und von allem hatte er nichts gemerkt.

»Wir hinterlassen Abdrücke auf allem, was wir

berühren«, sagte der Mitsubishi-Vertreter. »Ich habe alle fünf CRAFs an diesem Standort benutzt. Der Stempel, den Sie auf Ihrer Einheit hinterlassen haben, ist deutlich. Ich halte das für den Grund, warum der Woofer Ihnen folgt. Er spürt Sie in dem Roboter. Er spürt Ihre Gleichmut.«

Ishimoto lehnte sich zurück, als wolle er Gordon erlauben, zu verdauen, was er gesagt hatte.

Gleichmut? dachte Gordon. *Zum Teufel, was bedeutet Gleichmut?*

»Was spürt er?« fragte er.

»Losgelöstheit. Ruhe«, war die Antwort. »Man muß sich von der Welt lösen, um in Frieden mit ihr zu sein. Sie haben diese Eigenschaft, aber es gibt da eine Kleinigkeit, die ich nicht verstehe. Ich folge dem Achtfachen Pfad, weil man ihn mich gelehrt hat. Sie folgen ihm unwissentlich. Es ist möglich, daß Sie ein wahrer Meister sind.«

Gordon kratzte sich die Wange. »Hä?«

»Ich bin Zen-Buddhists«, erklärte der Japaner, Stimme und Gesicht passiv. Jesus. Und Ishimoto hielt Gordon für ruhig. Wenn der Japaner noch ein bißchen ruhiger gewesen wäre, hätte er geschlafen.

»Im Ernst?« fragte Gordon fasziniert. »Und ich könnte ein Zen-Meister werden?«

Ishimotos Lippen teilten sich zu einem breiten Lächeln. »Im Ernst.«

Gordon lehnte sich auf dem Kommandosessel zurück und grinste den kastenförmigen Computer an.

Der Japaner stand auf. »Sie werden Hunger haben.«

In der leeren Höhle von Gordons Bauch erwachte der Appetit wie ein Bär aus dem Winterschlaf. »Richtig. Gehen wir in die Messe oder sonstwohin. Haben Sie gegessen?«

Ishimoto schüttelte den Kopf. »Ich habe auf Sie gewartet.«

Auf dem Weg zur Tür sah Gordon von neuem zu Ishimoto hin. »He! Geht es Ihnen jetzt gut?«

Ishimoto hob gelassen eine Augenbraue.

»Ich meine, nach dem, was zwischen Ihnen und dem Woofer passiert ist. Sind Sie okay?«

Es war, als sei eine Wand zwischen ihnen entstanden, eine weiche Wand zwar, aber sie war trotzdem da.

»Ja«, antwortete Ishimoto einfach.

Gordon zögerte, bevor er die nächste Frage stellte. »Was war das für ein Gefühl? Was haben Sie gesehen?«

Ishimoto holte tief Atem. Seine Onyx-Augen hefteten sich auf Gordon. »Ich habe eine große Leere gesehen«, sagte er.

In der Nähe von Calhan, Colorado

An diesem Morgen war der Lastwagen mit den Versorgungsgütern die zwanzig Meilen von Calhan bis zum Lager gefahren und hatte gerade genug Lebensmittel mitgebracht, um die Menschen hungriger zu machen. Die Polizisten waren umherstolziert, als sei die Verteilung der nächstbeste Trick nach der Speisung der Fünftausend.

Es war eine Menge Polizisten mit halbautomatischen Gewehren dagewesen, und als zwei Männer sich wegen eines Pakets prügelten, zogen die Polizisten sie zur Straße hinaus und erschossen sie vor den Augen Gottes und aller anderen, einfach so.

Keiner sagte ein Wort.

Jerry hatte schon Menschen sterben gesehen. Teufel, sein eigener Pa hatte eine Stunde lang tot im Wagen gesessen, bevor Jerry klar wurde, daß er nicht böse oder einfach nicht zu einem Gespräch aufgelegt war. Aber so, wie Jerry erzogen worden war, gehörte es sich, daß respektvolle Stille herrschte, wenn jemand hinschied. Jerry hatte immer geglaubt, der Tod mache die Menschen nachdenklich, er führe ihnen ihren eigenen Abgang vor Augen, und da sorgten sie sich ihrer Sünden wegen.

Der eine von den beiden stand da, als glaube er, die Polizisten machten Spaß. Der andere fiel auf die Knie und begann, auf sie zuzukriechen – Jesus, er kroch! Nie würde Jerry vergessen, wie ausdruckslos das Gesicht des Polizisten gewesen war und wie von dem Kopf des Mannes sich der obere Teil in Blut und Gehirn auflöste, als sei eine Wassermelone von einem Hammer getroffen worden.

Und nie würde er vergessen, wie die Leute einfach herumgestanden und die Leichen angesehen hatten und dann weggegangen waren, um zu essen und die Zeit totzuschlagen.

In dem Lager war nichts richtig. Es war ein Ort, wo die Menschen keine Menschen mehr waren.

Es wurde dunkel. Jerry zählte noch einmal seine Vorräte. Er brauchte dazu nicht lange. Sechs Cräcker in einem ordentlichen Päckchen und ein Wasserkarton, so groß wie die Milchportion, die er früher in der Schule bekommen hatte.

Dann war es Nacht, und er ging in die Wüste hinaus, langsam, die Augen auf die Rocky Mountains gerichtet. Nach ein paar Minuten kam er an ein trockenes Flußbett. Er war kaum über den Uferrand geklettert, als ihn ein Lichtstrahl ins Gesicht traf. Geblendet, die Augen zusammenkneifend, erstarrte er.

»Sieh mal, was wir hier haben«, sagte ein Mann.

Ein anderer Mann: »Noch mehr Texas-Pack.«

In die Helligkeit hineinblinzelnd, sah er zwei Staatspolizisten aus ihrem Jeep steigen und auf ihn zukommen.

»Was hast du denn vor?« fragte der erste.

Der zweite wartete nicht auf eine Antwort. »Du

willst dich wohl nach Westen davonschleichen? He! Hast du immer noch nicht begriffen, daß Colorado dich nicht will?«

Jerry rannte los, aber die Polizisten waren schneller. Eine Hand faßte ein Büschel seines Haars. Vor Schmerz ging er in die Knie.

»He, Junge.« Gelächter hinter ihm. »Weißt du, was wir mit Arschlöchern machen, die versuchen, nach Westen abzuhauen?«

Ein Stiefel traf Jerrys Oberschenkel und warf ihn ganz in den Dreck. Ein Tritt ins Kreuz folgte. Er schluckte pulverigen Staub.

»Texas-Pack.« Der eine Polizist kicherte. Es war ein überraschend feminines Geräusch, das von einem Teenager hätte kommen können. Hatten die Männer getrunken? Wenn Männer betrunken waren, schubsten sie zu hart, schlugen sie zu hart zu. Jerry wußte, was Whisky-Schläge waren.

Etwas berührte ihn zwischen den Schulterblättern. Ein *Ssst* durchfuhr ihn von vorn nach hinten. Es war, als habe Gott die Hand ausgestreckt und versucht, ihm die Seele aus dem Körper zu reißen.

»Mach das noch mal«, sagte der eine Polizist.

Jerry versuchte, sich wegzuwälzen, aber die Muskeln in seiner Brust und seinen Armen zuckten. Seine Lungen zitterten. Sein Atem ging in krampfhaften Stößen, so daß seine Schreie als Slapstick-Ah-ahs herauskamen.

»Was sagst du, Junge?« fragte eine Stimme. »Gibst du uns Widerworte? Len, ich glaube, er gibt uns Widerworte. Ich glaube, er widersetzt sich der Festnahme.«

Eine Berührung, und ein neuer Ruck riß seinen Kopf zurück, drückte die Luft in seinen Lungen zusammen.

Ein Polizist lachte.

Die Berührung der Lähmwaffe schnitt das Ende

von Jerrys Schrei ab. Seine Knie schossen zu seinem Magen hoch. Seine Arme, außer Kontrolle, droschen den Sand. Die Heftigkeit der Krämpfe schleuderte ihn in das Flußbett hinunter.

Steine schürften beim Rollen sein Gesicht. Er kam unten an, und ein Erdrutsch folgte ihm, Kies prasselte auf seine Augen, in seinen offenen Mund.

Er lag hilflos da und sah den Strahl einer Taschenlampe in dem Flußbett umhertanzen. Er blieb auf seinem Gesicht haften. Ein leises Lachen wehte mit dem Licht zu ihm herunter. Dann wurde der Strahl abgeschaltet, und Jerry war allein in der Dunkelheit.

Als er das Klappern hörte, versuchte er aufzustehen, doch es gelang ihm nicht. Er merkte, daß nicht Stein auf Stein klapperte. Es klang kühler und glatter als das.

Das Flußbett füllte sich mit blauem Licht. Die messerscharfen Falten des Arroyo waren blau. Die Steine waren blau. Im Geist hörte Jerry das beruhigende Klopfen von Regen.

Er schloß die Augen und lauschte. Herbstregen, wie er früher auf das Wellblechdach ihres Schuppens trommelte. Es war ein silbriges und geheimnisvolles Geräusch wie unter Wasser dahinflitzende Elritzen. Auf seinen Wangen, auf den Augenlidern, auf der nackten Haut seiner Arme spürte er das kühle Prikkeln von Nebel, eine Berührung, so leicht, als bilde er sie sich nur ein.

Schließlich wagte er es, die Augen zu öffnen, und er sah, daß die ganze Welt blau war, von Horizont zu Horizont, und die Luft roch nach regnerischem Oktober, ein verheißungsvoller Duft.

Jerry öffnete den Mund und trank das Leben ein, füllte seine Lungen damit. Er trank das Blau auch dann noch, als das Licht wegging.

Er lag unter den Sternen, und der Nebel verdunstete langsam in der Wüstenluft. Nach langer Zeit stand er auf. Vor einem neuen Versuch, die Berge zu erreichen, hatte er Angst. Er hinkte, auf seltsame Weise zufrieden, zum Lager zurück.

In der Nähe von Topeka, Kansas

Mrs. Parisi bemerkte die Veränderung zuerst in Kansas City. Sie hatte die Stadt als Kind besucht und sie damals für recht präsentabel gehalten, wenn auch ein bißchen provinziell. Jetzt trieben sich alle möglichen unerwünschten Elemente um die Läden von Kansas City herum.

Und die Rasenflächen! Ja, um Himmels willen. Die Rasenflächen waren alle braun.

Natürlich hatte sie von dem Treibhaus-Effekt gehört, und das war alles schön und gut. Aber man mußte sich doch seinen Stolz bewahren. Wenn die Bürger von Kansas City sich um ihre Rasenflächen gekümmert hätten, wäre dieses Treibhaus-Ding vielleicht gar nicht erst passiert.

Die Autostraße von Kansas City nach Topeka war ein Chaos mit Wagen in beiden Richtungen und Fußgängern mit Rucksäcken. Einige waren sogar so geschmacklos, daß sie ihre Kinder mitgebracht hatten. Wenn Mrs. Parisi an den Kindern vorbeikam, winkte sie, aber sie hatten nie Lust zurückzuwinken.

Sie ließ sich ihren Optimismus nicht trüben. »Wißt ihr, was ihr mich könnt?« rief sie ihnen fröhlich zu. Die Fenster des Wohnwagens waren hochgerollt und behielten sowohl die klimatisierte Luft als auch ihre Worte drinnen. Sie winkte. »Genau das könnt ihr mich, ihr nichtsnutzigen kleinen Rangen.«

Hinter Topeka war auf der Ausfallstraße eine Straßensperre errichtet worden. Aus irgendeinem seltsamen Grund wollten Massen von Leuten in die

Stadt hinein. Nur Mrs. Parisi und ein zweites Auto wollten sie verlassen.

»Nach Westen?« fragte der Streifenpolizist an der Straßensperre überrascht. Zu beiden Seiten der Straße, bemerkte Mrs. Parisi, hatten verantwortungslose Farmer ihre Felder unbestellt gelassen.

»Ja, mein Lieber. Nach Westen. Nach Colorado Springs.«

»Madam? Sind Sie sich auch ganz sicher?«

Der Polizist war nett, aber seine Besorgtheit ging ihr langsam auf die Nerven. »Natürlich bin ich mir sicher. Ich bin Schriftstellerin, wissen Sie.«

Mrs. Parisi setzte ihren Ruhm als Schriftstellerin oft und mit Erfolg ein, aber der Polizist war anscheinend nicht beeindruckt. Er ging zur Rückseite des Wohnwagens und öffnete die Hecktür. Mrs. Parisi drehte sich auf ihrem Sitz gereizt nach ihm um und stellte fest, daß er ihre Vorräte musterte.

»Colorado Springs.« Seine Stimme hallte in dem von Stahl umschlossenen Inneren des Wohnwagens wider.

»Ja. Möchten Sie mich deswegen festnehmen?«

Der Polizist maß sie mit einem Blick. »Dummheit ist kein Vergehen, Madam«, erwiderte er und knallte die Tür so heftig zu, daß Mrs. Parisi zusammenzuckte.

Sie fuhr an der langen Reihe schmutziger Leute vorbei, die darauf warteten, nach Topeka hineingelassen zu werden. Sie starrten sie mit hohlen Augen an. Und obwohl sie ihnen zuwinkte, winkte, bis ihr der Arm weh tat, hob keiner auch nur die Hand, um ihr einen Gruß auf den Weg mitzugeben.

In der Nähe von Lublin, Polen

Michòw, Baranjks neues Operationszentrum, bestand aus einer Handvoll Häuser, die entlang einer Asphaltstraße aufgereiht waren. Man sah keine Hühner, die in den Gärten pickten, keine Frauen, die zum Markt gingen. Obwohl Soldaten da waren, viele Soldaten, wirkte Michòw traurig und verlassen.

Baranjk, der vor zwei Wochen seinen Fahrer verloren und es noch nicht übers Herz gebracht hatte, ihn zu ersetzen, fuhr den geliehenen amerikanischen Humvee ans Ende der pockennarbigen Straße. Vor der Kirche wartete eine Gruppe von Deutschen und vier neue Panzer. Er stieg aus und erwiderte den Gruß des deutschen Hauptmanns.

»Es ist … äh … angenehm, Sie wiederzusehen, Herr Generalleutnant«, begrüßte der Deutsche ihn in stokkendem Polnisch.

Baranjk nickte vage in Reiters Richtung, die Augen auf die Mercedes-Panzer gerichtet. Sie waren klein, stellte er zu seiner Überraschung fest. So, wie sie aussahen, waren sie schnell. Und hielten etwas aus.

Hauptmann Georg Reiter war die Richtung von Baranjks Blick nicht entgangen. Als der General sich umdrehte, bemerkte er, daß der Deutsche vor Stolz fast platzte. »Ausgezeichnet, was?«

»Hübsch«, antwortete Baranjk gleichgültig und freute sich, als das Lächeln des Deutschen verblaßte. Jetzt versuchte der Hauptmann wohl, zu einem Schluß zu kommen, ob die Gleichgültigkeit beleidigend war oder ihren Ursprung lediglich in Baranjks eigener unvollständiger Beherrschung des Polnischen hatte.

Reiters Mund bewegte sich unentschlossen, bevor er sprach, als suche er nach Vokabeln, nach dem Satzbau. »Er ist gut – eine gute Waffe«, brachte er schließlich heraus. »Er wird Ihnen gute Dienste leisten.«

»Um so besser läßt es sich für dich und dein weichbauchiges Land sterben«, murmelte Baranjk auf ukrainisch. Er sah zu der Gruppe von Deutschen hinüber, und er entdeckte Sgurski zwischen ihnen. Der junge, pfirsichgesichtige Unteroffizier hielt die

Hand vor den Mund, um ein Lachen zu unterdrücken.

Sgurski verschwörerisch ein Auge zukneifend, wandte sich Baranjk wieder dem deutschen Hauptmann zu. »Na ja«, sagte er, »wir werden die Panzer ausprobieren.«

»Ja, gut«, stimmte Reiter zu. »Wir haben vier ukrainische Teams. Ich werde Ihnen gern ... äh ... vorführen, wie sie funktionieren.«

»Nichts da«, widersprach Baranjk. »Sie und zwei Ihrer Männer. Ich und der Unteroffizier da.« Er wies mit dem Kopf auf den überraschten Sgurski. »Und noch ein Ukrainer. Wir werden zwei Panzer nehmen. Sie haben mir versprochen, die Bedienung sei einfach. Wenn meine Männer darin kämpfen sollen, möchte ich diese Einfachheit aus erster Hand kennenlernen.«

Reiter kämpfte im Geist mit der Übersetzung. Schließlich glättete sich sein Gesicht. »Sie machen Witze«, sagte er mit einem Lächeln.

»Es ist mein voller Ernst. Rufen Sie Ihre Männer.«

Entmutigt drehte Reiter sich um und winkte zwei Deutsche heraus: Einen untersetzten Leutnant mit rosigem Gesicht und einen dunkelhaarigen Unteroffizier.

Baranjk lachte. »Kommen Sie, Sgurski«, rief er in prahlerischem Ukrainisch. »Zeigen Sie mir, daß ich recht daran getan habe, Ihnen die Streifen zu geben. Ich wollte schon immer gern in einem Mercedes chauffiert werden.«

Sgurski schob sich vorwärts wie eine scheue Krabbe.

»Rufen Sie den Leutnant mit dem deutschen Vater«, sagte Baranjk leise. »Vielleicht kann er für uns übersetzen. Wie ist sein Name noch gleich?«

»Gutzmann. Pavel Gutzmann, Herr Generalleutnant«, sagte Sgurski.

»Gutzmann!« rief Barank mit polterndem Lachen. »Treten Sie vor und Ihrem Schicksal gegenüber!«

Ein hochgewachsener blonder Mann in ukrainischer Uniform bahnte sich seinen Weg durch den Knoten aus Deutschen.

»Ja, Herr Generalleutnant?« Gutzmann salutierte zackig.

»Stehen Sie bequem«, sagte Baranjk mit freundlichem Lächeln. »Und erzählen Sie mir alles über dieses Wunder von einem Panzer.«

Die beiden erzählten es ihm. Sie erzählten es ihm des langen und breiten. Während ihrer Vorlesung vergaßen sie die Rangunterschiede. Ihre Stimmen gewannen an Sicherheit. Ihre Augen leuchteten vor Freude wie die Augen von Kindern mit neuen Spielsachen.

»Er fährt schnell. Sehr schnell, Herr Generalleutnant«, versicherte Sgurski.

Gutzmann sprudelte hervor: »Und der Atommotor ist ganz leise. Da ist irgendein Material, das die Kettenzahnräder dämpft.«

Die beiden grinsten Baranjk an. Sie konnten sich vor Grinsen nicht lassen.

»Ein Wunder.« Baranjk lächelte zurück.

»Jawohl, Herr Generalleutnant. Ein Wunder«, lachte Gutzmann.

Baranjk kletterte auf das Deck des deutschen Wunders und stieg durch die Luke – nicht auf den zweckmäßigen Sitz, den er erwartet hatte, sondern auf einen gepolsterten Hauptmannssessel. Das Innere des Panzers war geräumig. Ein Kollidieren von Nasen und Hintern, wie es manchmal in den T-80ern vorkam, war nicht zu befürchten. Das Kabuff des Fahrers war zum Abteil des Richtschützen hin offen.

Überall waren Knöpfe und Skalen und Meßgeräte. Digitale Anzeigen, Computer-Schirme.

Sgurski zeigte auf einen der Computer. »Ein kleines Bord-Radargerät.«

Gutzmann erklärte fröhlich: »Damit die Panzer nicht miteinander zusammenstoßen.«

»Wie es das Erste Panzer-Bataillon bei Kiew getan hat«, sagte Baranjk.

Die Bemerkung warf ein Leichentuch über die Begeisterung des Paares. Sgurski begegnete Gutzmanns Blick, sah dann schnell weg.

»Ja, Herr Generalleutnant«, flüsterte Gutzmann. »Das Radargerät wird einiges von dem, was in Kiew passiert ist, verhindern.«

Sgurski beugte sich über den Computer weg und kam mit zwei Helmen wieder in die Höhe. Einen davon reichte er Baranjk. Der Unteroffizier grinste wieder. »Setzen Sie ihn auf, Herr Generalleutnant. Sie werden für diese Fahrt unser Richtschütze sein.«

Baranjk bemerkte, daß eine Brille in den Helm eingebaut war und daß ein dickes Kabel von ihm zur Wand des Panzers führte. Er stülpte den Helm über und öffnete die Augen in Schwärze. Sgurski fummelte mit etwas herum, und plötzlich erwachte die Welt zum Leben.

Es war, als stecke er seinen Kopf aus dem Turm. Da war Michòw; das kurze Stück gepflasterte Straße und die Kirche. Desorientiert breitete Baranjk die Arme aus und stieß gegen einen Sitz.

Eine Hand faßte ihn. »Setzen Sie sich, Herr Generalleutnant«, sagte Sgurski. »Der erste Blick durch die Brille ist verwirrend.«

Baranjk wußte, wo er sich befand: Er war in dem Panzer. Aber er war auch draußen im Freien. Sein Verstand sagte ihm, er müsse den Wind im Gesicht spüren, müsse den schweren Duft des Frühlingsgrases riechen. Doch seine Nasenlöcher sogen nur den Geruch von Gummi und neuer Plastik ein.

Jemand führte ihn behutsam zu seinem Platz. Er tastete nach der Armlehne.

»Ein Netzwerk von Faser-Optiken, Herr Generalleutnant«, erklärte Gutzmann. »Es erzeugt eine Art holographisches Bild im Gehirn, ganz ähnlich wie die Augen selbst.«

Baranjk konnte sehen, wie die Deutschen auf der anderen Seite in ihren eigenen Panzer krochen. Reiter blickte verärgert drein. Er beobachtete einen Spatz, der über den Himmel schwirrte und auf dem Kirchendach landete.

»Bereit?« fragte Reiter leise in das linke Ohr von Baranjks Empfänger.

»Bereit«, entgegnete Sgurski in Baranjks rechtem. »Wir werden die Spitze einnehmen.«

Gutzmann teilte ihm mit: »Wir fahren jetzt los, Herr Generalleutnant. Es wird ein seltsames Gefühl sein. Wenn es Sie zu sehr stört, nehmen Sie den Helm ab.«

Sgurski vergaß den Rangunterschied soweit, daß er eine kleine Anekdote erzählte: »Der Leutnant hat sich übergeben, als sich der Panzer das erstemal bewegte, und die Deutschen sind sehr ärgerlich geworden.«

Der Unteroffizier lachte; Gutzmann lachte nicht. »Acht Grad bei zehn Kilometern die Stunde«, sagte er.

In Baranjks linkem Ohr wiederholte Reiter in seinem primitiven Polnisch: »Acht Grad bei zehn.«

Es war kein Brummen von Dieselmotoren, kein Winseln von Turbinen zu hören. Der Panzer setzte sich einfach in Bewegung. Baranjk spürte ein Kitzeln in den Fußsohlen, als der Panzer vom Straßenrand in eine Wiese kroch. Am Rand seines Gesichtsfeldes schwang sich eine Vogelschar himmelwärts. Er drehte den Kopf, um ihren Flug zu beobachten, und hörte das leichte Rumpeln, als der Turm sich mit ihm drehte.

Ein Wunder. Der Panzer war ein Wunder.

»Geschwindigkeit auf zwanzig erhöhen«, sagte Sgurski.

Die blecherne Stimme Reiters erwiderte: »Zwanzig, ja.«

Sie passierten ein offenes Tor. Baranjk drehte den Kopf, um sich zu vergewissern, daß der zweite Panzer ihnen folgte.

»Wollen Sie auf uns schießen, Hammer Eins?« fragte Reiter lachend. »Oder sehen Sie sich die Gegend an?«

Schnell drehte Baranjk den Kopf und damit auch den Turm zurück.

»Hammer Eins?« rief der Deutsche. »Wir kommen jetzt ...« Reiter ließ einen Schwall Deutsch los; offenbar bat er jemand anderen in dem Panzer um die notwendigen Vokabeln. »Ja, ja. Wir kommen jetzt auf eine Ebene. Wäre es gut, dem Generalleutnant unsere Geschwindigkeit zu zeigen?«

Nach einer Pause antwortete Sgurski: »Auf fünfzig erhöhen.«

»Fehlt es Ihnen an Mut, Unteroffizier?« forderte Reiter den jungen Mann heraus.

»Fünfundsiebzig«, murmelte Sgurski.

Der Panzer schoß vorwärts. Baranjk blieb der Mund offenstehen. Er streckte die Hände aus, stieß gegen etwas. Rote Linien tauchten in seinem Gesichtsfeld auf.

»Achtung, Achtung«, sagte eine aufgezeichnete weibliche Stimme in sein linkes Ohr.

»Herr Generalleutnant!« hörte er Gutzmanns gepreßte Stimme.

Die Frau sagte noch etwas, aber auf deutsch, und Baranjk konnte es nicht verstehen. Er spürte, daß der Leutnant an ihm herumfummelte. Eine Hand umfaßte die seine.

»Hier«, sagte Gutzmann. »Hier ist der Knüppel. Nein, nein, Herr Generalleutnant. Nicht der dünne. Das ist die Fernbedienung für das Maschinengewehr. Dieser dicke hier zu Ihrer Rechten.«

Baranjk nahm ihn. Kurz. Ein Knopf oben und ein abgerundeter Stift.

Der Panzer schaukelte, und Gutzmanns Schulter stieß gegen seine. »Sie haben die Feuerkontrollen aktiviert. Hier. Hier ist der Hebel, um sie abzuschalten.«

Der Hebel war ein geripptes Ding an der Seite des Knüppels. Baranjk drückte ihn nieder, und die roten Lichter gingen aus. Der Druck gegen seine Schulter wich: Offenbar war Gutzmann zu dem Schluß gekommen, der Generalleutnant sei nicht dabei, den Panzer zu vernichten, und war beruhigt auf seinen eigenen Posten zurückgekehrt.

Der Hammer zischte mit einer Geschwindigkeit, die Baranjk den Atem raubte, über eine Brücke. Er hätte den Wind in seinem Haar spüren müssen, aber da war nichts als schwindelerregender Jubel.

Aus dem Augenwinkel sah er den anderen Panzer aufholen. Sie fuhren jetzt über den weichen Lehm eines Ackers, und Baranjk konnte sehen, wie die Ketten des zweiten Hammers Erde hochschleuderten.

»Ein Rennen, Herr Unteroffizier Sgurski?« fragte Reiter. Seine Stimme erklang klar und diamantscharf in Baranjks Ohr.

»Gut, ein Rennen«, stimmte Sgurski zu.

Baranjk hätte gedacht, die Panzer könnten nicht noch schneller fahren. Er hatte sich geirrt. Die Gewalt der Beschleunigung drückte ihn in die weiche Polsterung zurück. Sie sprangen über das Feld, klapperten über eine Asphaltstraße und stürmten in die blumengetupfte Wiese dahinter.

Vögel stoben aus einem Baum und flohen, ein Schauer schwarzer Funken. »Schön«, sagte Baranjk ehrfürchtig.

»Was, Herr Generalleutnant?« fragte Gutzmann.

»Es ist so schön.«

Turm an Turm sausten sie an einem ausgebrannten Bauernhaus, an einer intakten, aber baufälligen Scheune vorbei. Dann kam eine kleine Stadt, die Häuser reihten sich an der unbefestigten Straße auf, als seien sie dort kondensiert. Lubertnów. Wie waren sie so schnell hingekommen? Baranjk hätte gern gewußt, ob Reiter sich im klaren darüber war, wie weit sie gefahren waren, oder ob ihn die Aufregung der Demonstration einfach mitgerissen hatte.

»Links abbiegen«, sagte Sgurski, gehorchte seinem eigenen Befehl und umfuhr das südlichste Gebäude.

Baranjk sah, daß Reiter nach rechts abgebogen war.

»Links! Links!« rief Sgurski.

»Ja«, erklang es beschämt in Baranjks Ohr. Offenbar hatte Reiter falsch übersetzt. Bis sie an dem letzten Haus vorbeikamen, hatte der ukrainische Panzer einen guten Vorsprung.

»Scheiße!« hörte der Generalleutnant Sgurski rufen.

Auf dem Feld hinter Lubertnów saß ein hornissenförmiger Hind mit bewegungslos herabhängenden Rotoren. Die Hubschrauber-Besatzung sprang von ihrem Mittagessen hoch, Panik in den Augen.

Baranjk riß selbst die Augen auf. Die Panzer mußten so leise herangerollt sein, daß die Araber sie nicht gehört hatten. Die Männer sprinteten zu ihrem Hubschrauber.

O Gott. Wo waren wieder die Kontrollen? Baranjk stieß die Hand nach vorn und fand den Knüppel.

»Feuer!« schrie Sgurski. »Feuer, Herr Generalleutnant! Visieren Sie das Ding mit der Zielvorrichtung an und drücken Sie den Knopf!«

Das war nicht der richtige Zeitpunkt für Instruktionen, dachte Baranjk. Der Pilot riß die Tür des Hubschraubers auf. Der Generalleutnant fummelte an dem Hebel herum. Rote Linien entstanden vor seinen Augen.

»Achtung«, warnte ihn die angenehme weibliche Stimme. »Achtung.«

Aus dem Augenwinkel sah Baranjk den Panzer des Deutschen heranrollen, schußbereit. Einen Augenblick später, bevor Baranjk seinen eigenen Feuerknopf gefunden hatte, spie die Mündung des zweiten Panzers Flammen. Die Granate zischte an ihm vorbei und traf den Hubschrauber breitseits.

Es gab zwei schnelle Explosionen, eine nach der anderen. Stücke des Hind flogen nach oben und regneten wie schwarzer Hagel wieder herab.

»Achtung«, sagte die Frau.

Was wollte sie diesmal?

Der Dingsbums *ist ge*-etwas. Baranjk hatte ein Jahr in der Schule Deutsch gehabt und war darin durchgefallen. Für ihn klang es so, als erzähle sie ihm, der Hut sei auf dem Dach.

»Fahrzeuge zehn Grad.« Gutzmanns Stimme klang gepreßt vor Angst.

Baranjk drehte den Kopf. Heiliger Vater. Vier arabische AFVs rollten aus der Deckung einiger Birken. Der erste feuerte seine 73-mm-Kanone ab. Das Geschoß schlug in ein paar Metern Entfernung ein. Dicke Dreckbrocken flogen hoch.

»Achtung«, sagte die Frau ruhig.

Baranjk wünschte, sie würde den Mund halten. Seine Hand schwitzte, seine Finger glitten nervös um den Knüppel. Das Display war verwirrend. Hatte er den AFV nun im Visier oder nicht?

Immer noch unsicher, drückte er den Feuerknopf. Die Motoren des Hammers mochten leise sein, aber seine selbstladende Kanone war es nicht. Von dem Dröhnen der 120-mm-Waffe klangen Baranjk die Ohren. Ein schneller Ruck ging durch den Panzer. In einem Reflex schloß Baranjk die Augen. Als er sie wieder öffnete, sah er, daß er einen Außenabort vernichtet hatte.

Der deutsche Panzer rückte vor und feuerte. Ein AFV erhielt eine Kugel, die geradenwegs hindurchschlug, von der rechten Seite zur linken. Das Fahrzeug erschauerte und ging in Flammen auf.

Zu seiner Rechten sah Baranjk eine weiße Rauchfahne von einem der AFVs aufsteigen und wußte, was sie bedeutete. Eine Sagger-Rakete kam auf sie zu. Bei dem unbegrenzten Blick, den er hatte, kam er sich vor, als stehe er allein und hilflos auf dem Acker, die Hose um die Knöchel, und sehe den Tod heranreiten.

»Gleich schlägt's ein!« rief er.

Die Explosion ließ den Panzer wie einen Gong erdröhnen. Der Hammer schaukelte auf seinen Ketten zurück und kam wieder zur Ruhe.

»Radar ausgefallen!« rief Gutzmann. »Hydraulische Kontrollen normal. Reaktor normal.«

Voller Staunen öffnete Baranjk die Augen. Er hatte gar nicht gemerkt, daß er sie geschlossen hatte. Was er sah, hätte ihn beinahe dazu gebracht, sie von neuem zu schließen. Ein AFV war knapp zwanzig Meter entfernt. Baranjk zielte seinen Kopf auf das Fahrzeug, legte den Punkt der Zielvorrichtung genau auf die Kuppel und drückte den Knopf. Der Hammer stieß zurück, als die Rakete die Mündung verließ. Eine orangefarbene Flamme hüllte den AFV ein.

»Drücken Sie den Rauchknopf!« jammerte Sgurski.

Baranjks Gedanken überschlugen sich. Hatte *er* die Rauchkontrollen, und wenn ja, wo, zum Teufel, waren sie?

»Vorsicht! Aufpassen, Hammer Eins!« brüllte Reiter auf deutsch.

»Ja, ja, gewiß, Hammer Zwei«, antwortete Gutzmann. Auf ukrainisch setzte er trocken hinzu: »Jesus Christus, was für ein Augenblick, um uns zu sagen, wir sollen vorsichtig sein.«

Vorsichtig? Aber wir brennen, dachte Baranjk entgeistert. Dann erkannte er, daß der weiße Rauch von den eigenen Granaten des Hammers gekommen war.

Die Mercedes-Panzer fuhren schneller und sahen besser als jeder andere Panzer, den er kannte, und sie produzierten mehr Rauch. Sie waren jetzt in einem

Nebel. Sgurski rumpelte langsam durch das Gras, als ertaste er sich den Weg.

Zu Baranjks Rechter leuchtete der Nebel rot auf. Eine Granate schlug ein, und die Erde erbebte.

Reiter oder der AFV? Fragte sich Baranjk. Dann löste Reiters Stimme in seinem Ohr das Rätsel. »Sie müssen weg hier, Hammer Eins! Schnell!«

Laut stieß Metall gegen Metall. Der Panzer schüttelte sich.

»Haben wir etwas getroffen?« rief Baranjk. »Ich kann überhaupt nichts sehen!«

»Das war ich«, gestand Gutzmann verlegen. »Ich habe versucht, das Radar zu reparieren, und dabei den Minenräumer ausgelöst.«

»*Weg* wohin?« verlangte Sgurski zu wissen. »Wo ist der AFV? Und wo ist Hammer Zwei?«

»Woher soll ich das wissen?« gab Gutzmann gereizt zurück. »Das Radar ist ausgefallen.«

Das Radar war ausgefallen, und sie schoben sich durch den Rauch wie ein Schiff, das sich in einem Nebel voller Eisberge verfahren hat.

»Weisen Sie uns bitte ein, Hammer Zwei«, bat Gutzmann ruhig. »In welche Richtung sollen wir fahren?«

»NACH LINKS!« brüllte Reiter. Seine Stimme hatte die letzten Reste von Gelassenheit verloren. »Biegen Sie sofort nach links ab!«

Der Panzer schwenkte nach links. Sgurski erhöhte die Geschwindigkeit.

»NEIN!« Reiter ließ einen Strom Deutsch los, der mit *»RECHTS! ICH MEINE RECHTS!«* endete.

Etwas ragte in dem Nebel auf. Groß und grün und metallisch. Der Hammer krachte in die gepanzerte Rückseite des AFV. Die Kollision schleuderte Baranjk aus seinem Sitz.

Sgurski setzte zurück, und Baranjk konnte den Schaden erkennen, den sie dem AFV zugefügt hatten.

Der Minenräumer hatte seinen Motor zerstört. Ein kleines elektrisches Feuer war ausgebrochen. Die arabischen Soldaten stiegen hastig aus dem Fahrzeug aus und rannten über den Acker zu den Birken.

»Jetzt fahren wir weg«, sagte Reiter müde. Er hatte sein verlegtes Polnisch wiedergefunden.

»Verstanden«, antwortete Gutzmann. »Wir verlassen den Acker.«

Sie kehrten nach Michów zurück. Gutzmann machte sich Sorgen wegen des Schadens, den der Sagger-Treffer verursacht hatte, obwohl Reiters Panzer längsseits kam und ihm mitteilte, der Schaden sei minimal.

Dem Panzer machte es anscheinend nichts aus. Er rollte vergnügt über die feuchte Wiese, als habe es überhaupt keinen Kampf und keinen Sagger-Treffer gegeben.

Baranjk sah die Felder vorbeisausen und ertappte sich dabei, daß er lächelte.

Gutzmann sah es. »Was ist, Herr Generalleutnant?« fragte er.

Mit zwei Panzern hatten sie vier AFVs erledigt. *Und* einen Hubschrauber. Er durfte den Hubschrauber nicht vergessen. »Ich denke darüber nach«, antwortete Baranjk versonnen, »wie schön es ist, zur Abwechslung einmal auf der Seite der Sieger zu sein.«

7. Kapitel

Im Licht

Justin half seiner Mutter, die Wäsche von der Leine zu nehmen. Er begrub sein Gesicht in einem Handtuch und atmete den blumigen Duft des Weichspülers ein.

Was war das nur, das er ihr erzählen sollte? überlegte er.

Ach ja. Jetzt erinnerte er sich.

Seine Mutter stand ihm gegenüber, die rechte Hand auf der Ecke eines Lakens, die linke an einer hölzernen Wäscheklammer pflückend.

»Ich habe ein altes Flugzeug geflogen«, sagte er.

»Und wo fliegst du?« fragte sie. Ihre Stimme glitt die Skala vom Sopran zu einem schwingenden Alt hinab.

»Von dem Flugzeugträger im Golf vor den Ölfeldern.« Er blickte zum Himmel hinauf und sah einen Adler durch die Wolken gleiten. »Was früher Saudi-Arabien, der Iran und Kuweit waren. Hauptsächlich mache ich Aufklärungsflüge. Manchmal fliege ich Luftpatrouillen für die Bomber. Die Bomben gehen los wie Feuerwerk. Die Ölquellen brennen wie orangefarbene Sterne. In vieler Beziehung ist es hübsch.«

»Tatsächlich?« fragte sie, und ihre Stimme sank zu einem männlichen Baß ab. Er fürchtete sich, sie anzusehen, fürchtete sich, wahrzunehmen, was mit seiner Mutter passierte.

Seine Augen auf dem kreisenden Adler haltend, sagte er: »Dies macht mir Angst.«

»Der Krieg?« fragte sie mit einer Stimme wie eine Oboe.

»Ja. Nein. Dies. Dies macht mir auch Angst.« Er nahm sich das Handtuch, drückte es fest an seine Wange.

Und nun saß er seiner Mutter am Küchentisch gegenüber, Harding und der Busfahrer saßen links und rechts von ihm. Das Handtuch war verschwunden.

»Jedesmal, wenn ich fliege, habe ich Angst«, gestand Justin mit einem Seitenblick zu dem stellvertretenden Kommandeur.

Harding lächelte. Seine Lippen hatten, abgenutzten Gummibändern gleich, Mühe, ihre Form beizubehalten.

»Ich habe über dem Ziel Angst, wenn der Bomber zum Bombenabwurf ansetzt. Ich habe vor der Flak Angst, und ich habe Angst vor der Landung. Gott. Auf diesem Mutterschiff im Dunkeln zu landen!«

»Erzähl es mir«, sagte seine Mutter.

»Ich habe früher keine Angst gehabt«, flüsterte Justin.

Die drei saßen so still da wie Stoffpuppen. »Ich weiß nicht, was mit mir passiert ist. Manchmal denke ich – denke ich –, ich sei ersetzbar, nichts weiter als ein Lieutenant junior grade. Man gibt mir Scheiße mit Flügeln zum Fliegen. Ich werde nie mehr zurückkommen. Das ist es, was geschehen wird. Ich werde abstürzen wie Peterson und Cucullo und die anderen. Und dann ist es vorbei, und das Landen ist irgendwie schlimmer. Das Landen ist das Schlimmste von allem.«

Er blickte seine gefalteten Hände an. Ob der Adler draußen am Himmel war, und, wenn ja, was mochte er jagen?

»Wenn du Angst hast, warum tust du es dann?« fragte seine Mutter und nahm einen Bissen Kuchen. Die Hand, die die Gabel hielt, war verkehrt, als enthalte sie einen Finger zuviel.

Die Palmen klopften an das Fenster. Justin drehte sich um und sah, daß die Bäume näher gerückt waren. Sie bedrängten den Hibiskus draußen.

»Wenn du Angst hast, warum tust du es dann?« fragte seine Mutter noch einmal. Ihre Stimme war jetzt ein Nebelhorn-Stöhnen.

Seine eigene Stimme erhob sich zu schwindelnder Höhe. »Ich will es nicht tun. Ich *muß*.«

»Warum mußt du es tun?«

Das Verhör, das seine Mutter mit ihm anstellte, erinnerte ihn an Pastor Gilbreaths Fragen, damals, als Justin daran gedacht hatte, Geistlicher zu werden. Diese Fragen waren so scharf gewesen wie die Pfeile, die den Heiligen Sebastian durchbohrten. Die Fragen seiner Mutter klapperten gegen seine Knochen.

»Die Araber haben uns angegriffen, nicht wahr? Sie haben uns angegriffen.«

»Warum haben sie euch angegriffen?«

Er warf den Kopf zurück. Die Zimmerdecke erhob sich zu blauer, wolkenloser Unendlichkeit. »Verdammt noch mal! Weil sie Hunger hatten!«

Seine Mutter und der Busfahrer und Harding starrten ihn an. Ihre losen Gesichter zerliefen vor Verwirrung.

»Wenn sie Hunger hatten«, sagte seine Mutter und nahm einen Schluck Milch aus ihrem Glas, »warum habt ihr ihnen dann nicht zu essen gegeben?«

Justin schob sich vom Tisch weg und stand auf. Sein Stuhl kippte um. Er floh ins Wohnzimmer. Dort blieb er schwer atmend stehen. Da war das geblümte Sofa, an das er sich erinnerte. Da war der Tisch, der aus der Astgabel einer Eiche hergestellt war. Auf dem Fernseher stand das Modell, das er in der Mittelschule gebaut hatte, das graue Plastik-Modell der Nimitz.

Er ging hin und nahm es in die Hand. Die Hülle war glatt, die viereckigen Aufzüge waren aufgezeichnet. Das Deck war nicht größer als seine beiden Hände. Die Flugzeuge waren so winzig wie Mücken.

Justin stellte das Modell wieder hin und ging nach draußen. Der Mangobaum im Vorgarten war schwer von orangefarbenen Früchten, und der Briefträger kam den Zuweg herauf.

»Wenn sie Hunger hatten«, sagte der Briefträger, »warum habt ihr ihnen dann nicht zu essen gegeben?«

Justin schwindelte es. Er schwankte. Der Vorgarten war voll vom Geräusch trommelnden Regens. Die Luft war kühl und trocken.

»Hier.« Der Briefträger reichte ihm einen Brief und ging wieder.

Justin riß den unbeschrifteten Umschlag auf.

VON: Pastor Gilbreath

AN: Justin Searles

MEMO: Warum hast Du meine Schafe nicht geweidet?

Wütend zerknüllte Justin den Brief in den Händen.

Es regnete tatsächlich. Warme Tropfen glitten seine Wangen hinunter. Seine Beine gaben nach, und er setzte sich hart auf das Gras. Ein paar Minuten später kam Harding heraus und setzte sich neben ihn.

»Es gibt keinen Gott«, sagte Justin zu ihm. Dann flüsterte er: »Es war kein Essen da.«

Er sah Harding in die Augen. Sie waren jetzt dunkle Blasen und schwollen von der Stirn zum Kinn.

Justin wischte sich ärgerlich über die Wangen. Er wollte nicht weinen. Der Kummer war vorbei, seit Jahren begraben, und er hatte damals genug geweint. Es regnete, das war alles. Er konnte das *Tap-tap-tap* auf dem Pflaster, das Aufplatschen der Tropfen auf den Palmen hören.

»Meine eigene Mutter ist verhungert«, teilte Justin dem stellvertretenden Kommandeur mit. Doch als er aufblickte, war Harding verschwunden.

In der Nähe von Lérida

Rita öffnete die Augen und stellte fest, daß sie in einen dunklen, grabförmigen Raum gequetscht war, der nach Erde roch. Sie setzte sich hoch. In dem rechteckigen Schlitz über ihrem Kopf brach eine unheimliche Dämmerung an.

Die Wand der Grube hatte eine beißende, künstliche rosa Farbe. Dicht neben ihr flüsterte jemand. Die Stimme klang munter.

Ich bin in einem Schützengraben, dachte sie. *Das stimmt. Ich schlafe in einem Schützengraben.*

Sie stellte sich auf die Füße und spähte über den Rand des Grabens. Pinkfarbene Sterne trieben geisterhaft und friedlich über den Nachthimmel.

»Runter, Captain! zischte die Stimme eines Mannes.

Die Sterne malten das Tal nordlichthell. Durch die ordentlichen Reihe der Bäume zu ihrer Linken stolzierte etwas Riesiges durch die tintigen Schatten.

Jemand zog an ihrem Hosenboden. »Runter mit dem Kopf, Schätzchen«, flüsterte Dix.

Rita sah in den Graben hinunter und erkannte die Wölbung von Dix' Helm, ein Viertelmond in dem schräg einfallenden Licht.

Wie eine vage quälende Vorausahnung der Gefahr kam der Bomber. Rita spürte ein Flattern im Magen, es rieselte ihr den Nacken hinunter. Mit dem Geheul seiner Turbinen platzte das Flugzeug ins Sein. Der Obstgarten blühte gelb auf und blieb gelb, ein protziger, apokalyptischer Frühling.

Dix griff ihr um die Taille und zog sie nach unten.

»Schsch«, flüsterte sie.

Das Licht am Eingang des Schützengrabens verwandelte sich in ein pulsierendes Orange. Das Hurrikan-Brüllen brennender Bäume machte die Nacht zum Sturm. Etwas Massiges bellte. Die Erde zitterte, schüttelte Rita Staub ins Gesicht.

Keuchend rang sie sich aus Dix' Armen frei und sprang auf die Füße. Sie kletterte an der Grabenwand hoch, ihre Fingernägel rissen bis ins blutige, brennende Fleisch ab. Jemand faßte ihren Gürtel.

Zum Schauplatz eines Drachenkampfes geworden, bebte der Boden. Ein Ungeheuer lugte über den Rand des westlichen Hügels und rülpste eine blau-gelbe Flamme aus.

Die Feuerzungen trieben mit dem Wind wie ersterbende rosa Sonnen davon. Alle Monster zogen sich bis auf eines zurück. Das letzte machte kehrt und kam durch die brennenden Bäume auf sie zu.

»Runter!« zischte Dix.

Rita konnte die Augen nicht abwenden. Es kam näher, bewegte sich schnell. Hielt genau auf sie zu, eine riesige Kreatur aus tiefem Baßgrollen und absurdem Tenorquietschen.

Dix griff sie an. Sie fielen über eine dritte Person.

Der Lärm war ohrenbetäubend. Rita fragte sich, was passieren würde, wenn der Panzer in den Schützengraben fiele. Sie stellte sich vor, wie ihre Haut sich ablöste, dem zarten Fleisch einer Erdbeere gleich, wie ihre Knochen beim Zersplittern krachten. Sie umklammerte Dix, barg ihren behelmten Kopf an des Lieutenants Brust. Auf dem Rücken spürte sie die stumpfen Messerspitzen kurzgeschnittener Fingernägel.

Rita roch Schweiß, schmeckte ihre eigenen salzigen Tränen. Wer zitterte da so heftig? O Gott. Wer von ihnen beiden schluchzte?

Stampfendes, hämmerndes Getöse. Rita hob den Kopf und sah etwas Gewaltiges den Himmel auslöschen. Plötzlich lag Dix auf ihr, lag zwischen ihr und den sich nähernden Raupenketten.

Wump. Die Erdkrume oben schob sich unter einem schrecklichen Gewicht zusammen. Steine polterten die Grabenwände herunter, schlugen gegen Helme und umklammerte Waffen.

Tief in Dix' winzigem Körper spürte Rita das *Tick-tick-tick* eines verängstigten Herzens, so schnell wie der Puls eines Vogels.

Die Motoren des Panzers kreischten, die Raupenketten fraßen sich in den Dreck. Plötzlich war die Luft im Schützengraben mit Staub und Diesel-Auspuffgasen erfüllt. In dem Schlitz oben schienen friedlich die Sterne, ein verblassendes orangefarbenes Licht. Das Grollen entfernte sich, wurde von der Entfernung verschluckt.

Ein Mann lachte. »Sind Sie in Ordnung, Lieutenant? Captain?«

Dix kletterte von Rita herunter. »Verschwinden Sie, Garza«, befahl sie mit ruhiger Stimme. »Verschwinden Sie und sehen Sie zu, daß Sie etwas Schlaf bekommen.«

»Haben Sie gesehen, was dieser Panzer gemacht hat, Madam? Gott verdammt noch mal. Er ist genau über unseren Schützengraben gerollt.«

»Verziehen Sie sich in Ihren Schlafsack«, riet sie ihm. »Und zwar sofort. Haben Sie gehört, was ich gesagt habe?«

»Ja, Madam«, flüsterte er und kroch davon.

Unten am Hang knisterten die brennenden Bäume leise. Rita klapperten die Zähne. Schauer arbeiteten sich von ihrer Brust in den Magen, in die Beine hinunter.

»Das erstemal ist es am schlimmsten«, sagte Dix zu ihr. »Das erstemal ist immer hart. Aber Sie müssen es wegstecken, Mädchen, klar? Sie sind Captain, oder? Sie mögen zur Nationalgarde gehören, und Sie mögen Doktor sein und all das, aber Sie dürfen es mir nicht antun, daß Sie zusammenbrechen, okay?«

Nach kurzem Zögern nahm Dix ihr Funkgerät zur Hand. »Vorgeschobene B-Stelle? Sind Sie okay?« flüsterte Dix. »Hoover?« faßte sie nach.

Eine Stimme kam aus dem Lautsprecher: »Ich bin hier, Lieutenant.«

»Sergeant Dunbarton? Sind Sie noch bei uns?«

Das Funkgerät spie Statik aus. »Ja, Lieutenant. Das hat mich um meinen Schlaf gebracht. Wie steht es mit Ihrem?«

»Bleiben Sie in Deckung und verhalten Sie sich ruhig«, erwiderte sie. Sie legte das Funkgerät hin und wandte sich wieder Rita zu. »Es wird alles gut, Schätzchen. Jetzt wird alles gut.«

Rita antwortete nicht. Sie war zu erschöpft, und es gab eigentlich nichts zu sagen. Irgendwo in der Ferne ging die Schlacht weiter. Artillerie grollte wie ferner Donner. Die Erde zuckte in ihrem Bett.

In den Pyrenäen, in der Nähe der spanisch-französischen Grenze

Der Laser-Traktor steckte sicher in dem Bergtunnel wie eine Spinne in ihrem Loch. Wasef betrachtete ihn voller Staunen; sein Verstand war aus Mangel an Schlaf nicht ganz klar.

Sie hatten es tatsächlich geschafft. In der letzten Nacht hatte er eine Weile geglaubt, sie würden es nicht schaffen.

Seine Soldaten hatten geschlafen und gegessen und dabei gemeckert, weil Wasef ihnen keine Kochfeuer erlaubt hatte. Der Oberst selbst hatte kein Auge zugetan, und jetzt zahlte er den Preis für diese falsche Entscheidung. Seine Armmuskeln zuckten, und unter dem einen Auge war ein ärgerlicher Tic.

Der Sonnenaufgang hatte die flechtenbewachsenen Felsen in Pfirsich verwandelt. Blaue Schatten sammelten sich in den Spalten. Er erschauerte in der schneidenden Luft und trat in der Hoffnung, Wärme zu finden, weiter in den Sonnenschein hinaus. Die Gipfel erhoben sich rings um ihn wie Moscheen in den lavendelfarbenen Himmel.

Ein Geräusch weckte seine Aufmerksamkeit. Er spähte nach unten und sah einen Jeep, der den spanischen Berghang hinauffuhr.

»Hauptmann Mustafa?« rief er.

Der Hauptmann stand sofort neben ihm, als habe er sich aus den Schatten materialisiert.

»Gib Befehl, daß sich fünf Männer mit Gewehren zwischen diesen Felsen verstecken.«

Yussif warf einen Blick auf den sich nähernden Jeep und nickte. Wasef zog sich an die Tunnelwand zurück und sah zu, wie die Männer ihre Posten einnahmen.

Nun war der Jeep so nahe, daß der Oberst die Insignien an der Seite sehen konnte. Er winkte dem Trupp, die Waffen zu senken.

Ein einzelner Mann. Ein Hauptmann ohne Fahrer. Der Jeep rollte in den Tunnel und hielt an. Sein Motor war zwischen den granitenen Wänden im Leerlauf sehr laut.

Wasef ging hin. Der Hauptmann stellte den Motor ab und stieg aus. »Oberst?« fragte er mit zackigem Salut.

Wasef erwiderte den Gruß und bemerkte, daß seine Hände zitterten, vielleicht von der Kälte, vielleicht von der Erschöpfung. Schnell ließ er den Arm sinken.

»Ich hoffe, ich dränge mich dir nicht auf«, sagte der Fremde. »Aber ich habe darum gebeten, dir zugeteilt zu werden.« Der Hauptmann war von dunkler Farbe und dünn wie eine Gerte; er hatte einen Lockenkopf und eifrige Augen. Wasefs Blick wanderte zu dem mit Schablone geschriebenen Namensschild.

RASCHID stand da.

Er sah nach oben und entdeckte die Andeutung eines vertrauten, trägen Lächelns im Gesicht des Mannes. »Du bist General Raschid Sabrys Sohn Gamal«, stellte Wasef überrascht fest. »Du siehst genauso aus wie er.«

Das Grinsen des jungen Mannes wurde breiter. »Nur dünner.«

»Ja«, lachte Wasef. »Nur dünner.« Er streckte, ihn willkommen heißend, die Hand aus.

Gamal ergriff sie.

»Wie ich hörte, hast du Astrophysik am Cal Tech studiert«, sagte Wasef.

Das Aufflackern einer Emotion in Gamals Gesicht. Wasef spürte, wie sich die Hand des jungen Mannes in seiner eigenen versteifte. *Schuldbewußtsein?* fragte er sich. *Und fühlt er sich schuldig, weil er bei dem Feind gelebt hat oder weil er jetzt Freunde umbringt?*

»Ich habe selbst auch eine Weile in den USA studiert«, teilte Wasef ihm mit, und sofort entspannte Gamal sich. »Es war einmal ein angenehmes Land«, setzte er leise hinzu.

Gamals schlug einen vorsichtig formellen Ton an. »Ja, das war es, Oberst. Ein angenehmes Land.«

Yussif näherte sich ihnen, zweifellos von Neugier getrieben. Wasef stellte sie einander kurz vor und sah Gamal fragend an. »Du hast darum gebeten, abkommandiert zu werden?«

»Ja«, antwortete Gamal, sich seiner Mission erinnernd. »Ihr habt Probleme damit gehabt, den Satelliten wegzuputzen. Ich dachte, ich könne helfen.«

Yussif preßte die Lippen zusammen. Der Oberst wußte, daß der Mann eifersüchtig über seine Aufgaben wachte. Er drückte sie an sich und weigerte sich, sie mit jemandem zu teilen, ganz wie ein kleiner

Junge mit einer Handvoll Bonbons. In letzter Zeit hatte die Eifersucht des Hauptmanns einen gemeinen Zug bekommen. Yussif schaffte es tatsächlich nicht, den Satelliten zu treffen, und sogar Wasefs Geduld war dadurch strapaziert worden.

»Es gibt da kein echtes Problem«, behauptete Yussif.

»Doch, natürlich gibt es eins«, erwiderte Gamal, der die Warnung in Yussifs Gesichtsausdruck entweder nicht erkannte oder sie ignorierte. »Aber das ist nichts, worüber man sich schämen muß. Es ist schwierig, zwischen Mikrowellen-Quellen zu unterscheiden, solange man nicht weiß, wonach man Ausschau hält. Und doppelt schwierig ist es, eine abzuschießen.«

»Hättest du gern Frühstück?« fragte Wasef, bevor Yussif dies widerlegen konnte.

»Ja, gern.« Kindliche Freude leuchtete aus Gamals Augen. »Ich habe gestern das Abendessen ausgelassen.«

»Hauptmann Mustafa? Willst du unserm neuen Laser-Offizier etwas zu essen besorgen?« Die Wirkung, die diese Abfuhr hatte, nicht zur Kenntnis nehmend wandte Wasef sich freundlich an Gamal. »War dein Vater damit einverstanden?«

»Ja«, antwortete Gamal. »Und er meinte, vielleicht könnte ich mir die blauen Lichter aus der Nähe ansehen. Er sagte, ihr hättet hier einiges an Aktivitäten.«

Die Kühle auf Wasefs vom Wind gepeitschten Wangen wanderte weiter zu seiner Brust. »Setz dich«, murmelte er.

Gamal setzte sich an die Granitwand des Tunnels. Wasef hockte sich neben ihn. Er wünschte, der Junge würde das Thema wechseln, er wünschte, er wäre gar nicht erst gekommen. Seit dem Tod der Panzer-Besatzung hatten die Männer begonnen, über die Schulter zu blicken. Sie hatten Schutzzeichen auf ihre Gewehre, ihre Lastwagen gemalt. Sogar Yussif glaubte jetzt, die Lichter seien übernatürlich, und Wasef selbst…

»Sie sind ein Temperaturabfall, verstehst du«, erklärte Gamal. »Ich habe Instrumente in meinem Jeep. Infrarot, ein Gravimeter…«

Yussif kam und schob Gamal eine Sardinenbüchse hin.

Der junge Mann betrachtete die Sardinen überrascht, bevor er ein zweifelhaftes »Jedenfalls besten Dank« murmelte. »Ich hoffe, mir die blauen Lichter genauer ansehen zu können, um zu bestimmen, was sie sind. Ich habe ein paar eigene Theorien…«

»Sie sind der Teufel«, fuhr Yussif ihn an.

Ein kleines Lächeln kräuselte Gamals Lippen. Es zeugte nicht von Spott, nur von Ungläubigkeit. »Du denkst doch sicher nicht…«

»Sie sind der Teufel! Wenn du wie wir Männer sterben gesehen hättest… wenn du gesehen hättest, wie ihren Körpern das Blut ausgesaugt worden ist…«

Gamal schüttelte den Kopf. »Aberglaube…«

»Der Islam ist kein Aberglaube«, fuhr Yussif auf.

Gamals Gesicht war bestürzt, unsicher. »Das habe ich nie gesagt.«

Wasef fing Gamals fragenden Blick auf. »Komm, ich öffne dir die Dose.« Der Oberst nahm ihm behutsam die Sardinen aus der Hand.

»Allah hat nichts mit den blauen Lichtern zu tun, Hauptmann Mustafa«, behauptete Gamal, »wenn sie fremde Lebewesen sind.«

Yussif rief mit einer Stimme, die zu laut war, die die Aufmerksamkeit der Männer auf sie lenkte: »Allah hat alles mit allem zu tun!«

Die Lippen geschürzt, saß Gamal eine Weile da. Wasef öffnete die Dose. Der Geruch nach Fisch stieg in der dünnen Luft wie eine ölige Wolke auf.

»Was ich meinte«, fuhr Gamal ruhig fort, »ist das:

Diese Lichter löschen Radar-Signale und Mikrowellen-Geräusche aus. Sie sind eine physische Präsenz, Hauptmann. Keine Geister.«

»Es steht uns nicht zu, die Natur von Dämonen in Frage zu stellen.«

Wasef reichte Gamal die offene Dose. Der Junge sah hierhin und dahin, als suche er eine Gabel. Schließlich gab er es auf, angelte eine Sardine mit den Fingern heraus und steckte sie sich in den Mund.

»Weißt du was?« fragte er kauend. »Die Menschen müssen die Natur des Universums in Frage stellen. Es war nicht meine Wahl, Hauptmann Mustafa, an Aliens zu denken. Ich bin vor allem Wissenschaftler. Doch wenn wir uns auf das Wesentliche beschränken wollen …«

»Du bist *dumm!*« fuhr Yussif ihn an.

»Hört auf damit.« Wasef blickte vom einen zum anderen. »Hört auf, in dieser Art zu streiten. Wenn Ihr über diesen Punkt diskutieren möchtet, schlage ich vor, daß ihr keine Worte, sondern Panzer benutzt.«

Jetzt starrten ihn beide überrascht an. Er stellte sich auf die Füße. »Wenn wir von der Hungersnot einmal absehen, geht es dann bei diesem Krieg nicht um die okzidentale Objektivität und die orientalische Leidenschaft? Meine Herren, ich muß sehen, daß ich etwas Schlaf bekomme. Weckt mich, wenn es dunkel wird. Und beschränkt eure Gespräche in der Zwischenzeit auf weniger entzündliche Themen.«

Kopfschüttelnd suchte er seinen Schlafsack auf. Die um den Laser sitzenden Soldaten beobachteten ihn. Sie streiften auch Gamal Sabry mit verstohlenen Seitenblicken. Darin lagen rechtschaffene Entrüstung, Unwissen und Wut.

In der Nähe von Lérida

»Aufwachen, Capt'n«, sagte Dix.

Rita öffnete die Augen. Sie lag allein auf dem Boden des Schützengrabens. Irgendwer hatte sie mit einem Mantel zugedeckt. Die Luft war kalt. Das bläuliche Licht der Morgendämmerung sickerte in den Graben.

»Aufstehen, Capt'n. Wir ziehen weiter.«

Rita setzte sich hoch. Ihre verschwitzte Uniform klebte an der Haut. Sie sehnte sich nach einer Zahnbürste, Zahnpasta und einer heißen Dusche mit nach Flieder duftender Seife. Dann erfaßte sie das Bild, das der Schützengraben bot. Der Panzer war in seine linke Seite hineingepflügt, und seine Ketten hatten eine drei Fuß breite und zwei Fuß tiefe Spur hinterlassen.

»Möchten Sie Frühstück?« fragte der Lieutenant. Dix' blaue Augen unter dem Helm waren ebenso kalt und ruhig wie der Morgen.

Rita schüttelte den Kopf und hielt Ausschau nach ihrem Helm.

Ich könnte mich einfach hier verstecken, bis der Krieg zu Ende ist, dachte sie. *Das wäre schön.*

»Kommen Sie, Madam?«

»Ja«, seufzte Rita. »Ich komme.«

Sie warf ihre Ausrüstung über den Grabenrand und kletterte hinterher. In dem orangefarbenen Hain war das Feuer nicht ausgegangen. Grauer Rauch stieg in den violetten Himmel. Die verlassene Hütte, wo Dix den Humvee geparkt hatte, war plattgewalzt.

Die Männer des Zuges lagerten im Gras und zwischen den Steinen und waren gerade mit einem kalten Frühstück fertig. Rita schlüpfte in ihren Mantel und merkte, daß man sie beobachtete. Diese Blicke waren in ihrer Gleichgültigkeit furchterregend.

Dix kam mit ihrem Frühstück in der Hand. »Vorgeschobene B-Stellen berichten mir, es habe weiter südlich eine regelrechte Schlacht gegeben«, teilte sie den anderen mit. »Die ANA und die Alliierten haben sich gegenseitig mit heruntergelassenen Hosen erwischt. Die Toten sind auf dem Feld liegengeblieben. Wir müssen da hinauf. Könnte scheußlich werden«, setzte sie hinzu, und ihre kornblumenblauen Augen richteten sich auf Ritas Gesicht.

»Ich bin Pathologin, Dix«, erklärte Rita. »Ich habe mehr Leichen und gräßlicher zugerichtete Leichen gesehen als die meisten anderen Menschen.«

Dix nickte. »Hören Sie zu, Capt'n«, sagte sie leise. »Mir ist das wirklich unangenehm, aber ...«

»Nun reden Sie schon.«

Dix holte tief Atem. »Sie haben den höheren Dienstgrad und alles. Und Sie sind meiner Obhut übergeben worden. Aber bringen Sie meine Leute nicht in Gefahr. Ich erlaube jedem, einmal auszuflippen, okay? Heute nacht waren Sie an der Reihe. Mit allem schuldigem Respekt, Sie müssen sich in Zukunft zusammenreißen.«

»Sie können sich auf mich verlassen«, versicherte Rita ihr und fragte sich, ob sie irgendwo in diesen spanischen Bergen den ihr abhanden gekommenen Mut wiederfinden werde.

In den Pyrenäen, in der Nähe von Bagnères-de-Luchon

Gordon hatte verschlafen, und bis er das CRAF aus seinem Versteck herausgeholt hatte, stand die Sonne am Himmel und die Vögel sangen. Jetzt war es nach Mittag, und er hatte immer noch keine Ahnung, wo der Laser steckte.

Als erstes hatte er sich am Morgen bemüht, die Kuhweide wiederzufinden. Er sah die Spuren der

Raupenketten im Gras und die genarbten Abdrücke der Traktor-Reifen. Die Araber hatten einen Panzer benutzt, um das Fahrzeug aus dem Schlamm zu ziehen.

Irgendwo auf der Straße verlor er dann die Fährte. Der Panzer war zu seiner Basis zurückgekehrt, aber Gordon war sich nicht sicher, ob er das LEF mitgenommen hatte.

Suchen Sie Ihren Mittelpunkt, hatte Toshio ihm beim Abendessen geraten. *Suchen Sie Ihren Mittelpunkt, finden Sie die Stille, und das Wissen wird kommen.*

Jaja. Okay. Nur wollte keine Erkenntnis auftauchen.

Gordon drehte den Kopf und spähte die Straße hinauf. Oberhalb der Baumgrenze stiegen felsige Gipfel in die Höhe. Schnee schmiegte sich um ihre Schultern wie ein weicher Fransenschal.

Plötzlich wußte er es. Der Panzer war den Berg hinunter-, und das LEF war den Berg hinaufgefahren. Hinauf, um einen weiteren Schuß auf den Satelliten abzugeben.

Die Araber strapazierten ihr Glück, wenn sie den Laser zweimal innerhalb von drei Tagen abschossen. Wahrscheinlich brauchte er alle möglichen Wartungsarbeiten. Aber Gordon war klar, daß sie diesen letzten Satelliten unbedingt vernichten wollten.

Er blickte zurück. Rover spielte über den Felsen, Gordons blauer, glücklicher Albatroß. Sobald Gordon in Rovers Richtung sah, fing das Prasseln in seinem Kopf wieder an.

»Lärmender Hundesohn«, murmelte er und fuhr zusammen. Er spürte die leichte Berührung von Toshios Hand auf seinem Arm.

Für gewöhnlich haßte Gordon das. Er haßte es, wenn ihn jemand berührte, während er on-line war. Das Gefühl war unheimlich, desorientierend, wie eine Bilokation.

Aber Toshios Berührung war beruhigend, als

werde er erinnert, daß er sich nicht tatsächlich in den Bergen befand und ihm nicht gleich der Garaus gemacht werden würde.

»Kein Problem«, versicherte er Toshio und brach damit eine weitere Kardinalregel über die Abgeschiedenheit von CRAF-Operatoren.

Gordon fuhr in die nackten Felsen, hielt sich auf der Seite der Straße. Hinter ihm tauchte Rover auf und versuchte anscheinend, außer Sicht zu bleiben.

Ein Düsenflugzeug flog vorbei, und Gordon versuchte, so gut es ging in Deckung zu gehen. Es war eine Mirage. Entweder suchten die Franzosen nach dem LEF, oder die Araber wollten die eigenen Truppen schützen. Gordon hoffte, daß er nicht gesehen worden war, rollte hinter einem Felsblock hervor und setzte seinen Weg fort.

Der Hang wurde steiler. Höhlungen im Granit umschlossen kremige Schneehügel. Die Bäume waren einigen wenigen mit Wacholder und Alpenrosen bewachsenen Stellen gewichen.

Gordon betrachtete über einen Abgrund hinweg einen spinnwebzarten Wasserfall. Ein Falke schrie mit seiner rauhen, unmelodischen Stimme. Gordon hob den Kopf und sah ihn träge Kreise in der Sonne ziehen.

Am Himmel glitzerte etwas. Einen Augenblick später hörte er das luftzerreißende Kreischen eines sich nähernden Flugzeugs. Die Mirage fiel aus dem Glanz der Sonne und kam genau auf ihn zu.

»O mein Gott!« rief Gordon. Es gab keinen Platz, wo er sich hätte verstecken können, auf der einen Seite erhob sich eine nackte Felswand, auf der anderen ging es senkrecht in die Tiefe. Er trat aufs Gas. Das CRAF schoß vorwärts.

Die Mirage war so nahe, daß er die transparente Blase des Kabinendaches erkennen und die Raketen an jeder Tragfläche zählen konnte. Plötzlich löste sich eine aus ihrer Halterung, versprühte einen Nebel von Treibstoff.

Er duckte sich, eine vollkommen sinnlose Geste. Das CRAF verstand *Ducken* nicht. Es verstand nur *Laufen*. Es verstand *Verstecken*.

Die Rakete schlug ein und blies ein Loch in den Stein über Gordons Kopf. Trümmer flogen. Das CRAF zitterte auf seinen Sprungfedern. Dann schoß die Mirage vorbei, stieg hoch und flog über den Berg.

»Ha, ha, Arschloch! Du hast mich verfehlt!« lachte Gordon.

Da hörte er ein merkwürdiges Rumpeln und blickte noch rechtzeitig hoch, um die Granitwand über seinem Kopf sich loslösen zu sehen. Einen Augenblick später donnerte ein Teil des Berges auf ihn herab.

Michów, Polen

Baranjk stach mit seinem Zeigestab nach der Karte. »Hier, Herr Major Schcheribitski. Die Araber sind hier bei Lubertnów gewesen, und es gibt Berichte über Scharmützel bei Parczew. Sehen Sie in Ihre Kristallkugel und erzählen Sie mir, was sie Ihrer Meinung nach tun.«

Das keilförmige Dachsgesicht des kleinen Majors war grimmig. Er beäugte die Karte widerstrebend, als ob sie beißen könne. »Sie schicken Kundschafter an unsere Flanke, Herr Generalleutnant.« Er zog eine Linie mit dem Finger, die im Bogen über Lubertnów und Parczew hochging und geradenwegs nach Warschau führte. »Wenn sie sich in Bewegung setzen, werden sie nach Norden gehen.«

Der Generalleutnant grunzte. »Ich möchte einen Aufklärungsflug im Süden.« Er stach mit dem Zeigestab auf den Ort Lipsko und hinterließ eine Delle in dem Papier.

»Jawohl, Herr Generalleutnant«, gab Schcheribitski ruhig zurück, als habe er vor, irgendwann heute nachmittag auf den Befehl zurückzukommen. »Aber Landsat zeigt keinen größeren feindlichen Einfall.«

»Landsat ist eine blinde Hündin. Sie sieht nur am Tag, und dann mit ungenügender Auflösung. Die Araber könnten sich in den Dörfern verstecken und nur des Nachts vorrücken. Vielleicht sind unsere Kundschafter faul und halten sich an die Hauptstraßen.«

Baranjk starrte die Karte an, und plötzlich sah er den arabischen Plan so deutlich vor sich, als seien die roten Pfeile bereits gesetzt und die Schlacht habe begonnen.

»Sofort, Herr Major!« befahl er scharf. »Der Aufklärungsflug muß sofort stattfinden!«

Der Major winkte einen Offizier zu sich und flüsterte ihm ins Ohr. Der Mann nickte und eilte hinaus.

Baranjk fuhr fort: »Und lassen Sie uns ihnen ein Panzer-Bataillon entgegenschicken, das bei Parczew auf sie treffen wird. Sie denken, dort liegt eine Kompanie, und ich denke, es könnte sehr viel mehr sein. Schließen Sie diese deutschen Wunder, die neuen Mercedes-Panzer, mit ein. Und geben Sie mir Deckung aus der Luft. Hubschrauber. Diese BO-105er mit HOT-Raketen, die Reiter uns gebracht hat.«

Schcheribitskis pockennarbige Wangen erbleichten.

»Was ist?« fragte Baranjk ungeduldig.

»Der Treibstoff, Herr Generalleutnant«, sagte Schcheribitski. »Der Dieselkraftstoff für unsere Panzer ist angekommen, aber der Treibstoff für die Düsenjäger ...«

»Wenden Sie sich an die Polen«, knurrte der Generalleutnant.

»Sie sagen, sie hätten mit der Schlacht bei Krakau selbst alle Hände voll zu tun«, entschuldigte Schcheribitski sich. »Und Treibstoff haben sie auch keinen.«

Baranjk schlug mit dem Zeigestock so heftig auf den Tisch, daß er zerbrach. Ein Stück flog davon und verfehlte knapp einen Leutnant. »Der Treibstoff soll verdammt sein!« Die versammelten Offiziere zuckten zusammen. Baranjk merkte es kaum. Er sah in das Gehirn des arabischen Kommandeurs, als sei dessen Schädel aus Glas.

»Wir benützen Alkohol für einige der Flüge, Herr Generalleutnant«, sagte Schcheribitski schnell, »aber der polnische Alkohol ist unzuverlässig. Manchmal stellen wir fest, daß er mit Wasser gemischt ist. Vielleicht haben wir genug Treibstoff für den Aufklärungsflug und zwei Hubschrauber, aber …«

»Hören Sie mir genau zu!« Baranjk stieß sein Gesicht so nahe an das des Majors heran, daß der Mann zurückstolperte, die rostbraunen Augen weit aufgerissen. »Ich rieche es. Meine Intuition hat mich bisher nur ein einziges Mal verlassen, und das war bei Kiew.«

In dem plötzlichen Schweigen wandte er den Blick wieder der Landkarte zu. »Nein, meine Herren«, sagte er zu seinen Offizieren. »Ich glaube, die Araber wollen uns einkreisen, und um uns zu retten, müssen wir angreifen, bevor das Netz sich schließt.«

8. Kapitel

In den Pyrenäen

Als Gordon zu schreien aufhörte, fühlte er Toshios Hand auf seinem Arm. Der Japaner wollte, daß er seinen Kommandositz verließ, und zwar, nach seinem Griff zu urteilen, etwas plötzlich.

Gordon ignorierte den Befehl. Er zitterte immer noch. Die Kameras seiner Einheit waren eingeschaltet und liefen, obwohl es nichts zu sehen gab als mit Schwärze durchsetztes Grau.

Allmählich löste sich die panische Verkrampfung seiner Atemwege, und das Klingen in seinen Ohren ließ nach. Gordon neigte den Kopf, um die Diagnostik aufzurufen.

Der Erdrutsch hatte seine Raketen außer Gefecht gesetzt. Doch alles andere sah gut aus. Der kleine Reaktor war intakt, er verseuchte das Tal nicht mit Strahlung. Der Turm hatte wahrscheinlich seine Beweglichkeit noch, auch wenn Gordon ihn bei den Massen von Erde und Steinen, die auf ihm lagen, nicht dazu bringen konnte, sich zu drehen.

Versuchsweise drückte er den Fuß behutsam auf das Gaspedal. Die Motoren des CRAFs winselten, aber die Einheit rührte sich nicht.

Toshios Hand schnitt ihm die Blutzirkulation ab. Mit einem wütenden Ruck riß Gordon seinen Arm los. Servomotoren kreischten. Steine verlagerten sich. Kies prasselte gegen den Turm des CRAFs.

Gordon drückte von neuem. Die Steine zu seiner Linken wichen um einen Viertelzoll. Von außerhalb seines Grabes drang ein scharrendes Geräusch zu ihm herein. Ein Teil der Masse gab nach.

Niemand berührte Gordon ein zweitesmal. Mit grimmigem Gesicht setzte er sich zurecht, leckte sich die Lippen und begann, sich Stein um Stein auszugraben.

Michów, Polen

In der Stille seines Frontbüros nahm Baranjk den Telefonhörer ab, tippte die elfstellige Nummer ein und lauschte dem Klicken der Wählautomatik. Eine Sekretärin meldete sich, eine von der beschützerischen und argwöhnischen Art. Sie wollte unbedingt eine Botschaft entgegennehmen.

»Holen Sie ihn selbst an den Apparat.« Baranjk blieb fest. »Vertrauen Sie mir. Er wird wissen, wer ich bin. Sagen Sie ihm, Generalleutnant Baranjk ruft aus Polen an.«

Er konsultierte seine Uhr. Es dauerte volle drei Minuten, bis Fjodorov sich meldete.

»Valentin Sergejewitsch!« rief der Senator in einem so herzlichem Ton, daß es einfach einstudiert sein mußte.

»Wassili Petrowitsch!« erwiderte Baranjk ebenso fröhlich. »Wußtest du schon, daß man die Bedeutung eines Mannes daran messen kann, wie lange es dauert, bis man ihn an den Apparat bekommt? Ich habe auf dich drei Minuten gewartet. Auf mich würdest du vier warten müssen.«

Fjodorov lachte. Es war nicht das aus dem Bauch kommende Lachen, das Baranjk kannte. Es lag Zurückhaltung darin. Fjodorov mußte sich fragen, warum der Generalleutnant angerufen hatte. »Wie geht es dir, mein Freund?« erkundigte er sich. »Und wie steht es in Polen?«

Baranjk ließ alle vorgetäuschte Munterkeit fallen. »Ich fordere mein Guthaben ein«, sagte er.

Er meinte, in dem Schweigen, das die Leitung erfüllte, den langsamen, schweren Schritt der rückwärts wandernden Jahre zu hören. Afghanistan. Fjodorov erinnerte sich an Afghanistan.

Wie war Fjodorov jetzt? Es war zehn Jahre her, daß sie sich zuletzt gesehen hatten, und zehn Jahre können einen Mann verändern. War er dick geworden, steckte er in seinem italienischen Anzug wie die Wurst in der Pelle? Hatte er eine Glatze? Ach, ein noch schlimmerer Gedanke: War er selbstzufrieden?

Wieder lachte Fjodorov, diesmal vorsichtiger und mit einer gewissen Traurigkeit. »Ich bin zu alt, um in meinen Kampfanzug zu steigen und mein Gewehr zu ergreifen, aber wenn du mich brauchst, Towaritsch ...« – und damit benutzte er einen Ausdruck, den er, wie Baranjk wußte, seit Jahren nicht mehr benutzt hatte –, »werde ich kommen.«

»Ich möchte, daß du für mich einen Termin mit Pankov ausmachst.«

Schweigen. Baranjk konnte seine Frage gegen die Wände von Fjodorovs Schädel klappern hören. Jetzt hatte Baranjk die Antwort auf die Frage, inwieweit sich Wassili Petrowitsch verändert hatte. Der Mann würde immer noch für ihn sterben, aber er zauderte, wenn es galt, sich seinetwegen in eine peinliche Situation zu bringen. Fjodorov war ein Politiker geworden.

»Nun«, antwortete Fjodorov, »wie du sicher weißt, ist er sehr beschäftigt. Es gibt Unruhen. Sibirien hat seinen Bauernstreik, und die Bergleute stehen auch wieder auf den Barrikaden.«

Baranjk unterdrückte einen Temperamentsausbruch. Erst war Rußland der große Bruder der Ukraine gewesen, hatte geschoben und gezogen und auf seinem eigenen Willen bestanden. Dann hatte der Treibhaus-Effekt die Tundra landwirtschaftlich nutzbar gemacht, und Rußland kümmerte sich fortan um nichts mehr als seine eigenen Interessen.

»Wassili Petrowitsch, du bist doch bestimmt nicht so bald schon in Ungnade gefallen?«

»In Ungnade?« wiederholte Fjodorov mit abwehrendem Auflachen. »In einer Demokratie gibt es keine Gnade oder Ungnade.«

»Bitte.« Baranjk benutzte die tödlichste Waffe in seinem Arsenal, den Giftpfeil der Schuld. »Bitte. Ich flehe dich um unserer Freundschaft willen an.«

Wenn Fjodorov wollte, daß er kroch, dann würde Baranjk kriechen. Wenn er wollte, daß er weinte, dann würde Baranjk Tränen in seine Augen zwingen. Er wollte, er konnte nicht noch einmal zusehen, wie seine Armee vernichtet wurde.

»O Gott. Flehe nicht«, flüsterte Fjodorov, und es klang überhaupt nicht nach einem Politiker. »Ich werde ihn fragen.«

»Schick mir ein Flugzeug nach Warschau. Wir haben sehr wenig Treibstoff.«

»Da, da. Ich habe jetzt mein eigenes Flugzeug, weißt du. Eine kleine Cessna. Sehr hübsch. Gelb und weiß. Sie wird dir gefallen.«

Baranjk wischte das Thema ›Flugzeug‹ beiseite. »Was meinst du, wird er mich empfangen?«

Der Senator seufzte schwer. »Pankov ist eine Hure. Er empfängt jeden.« Schnell setzte er hinzu: »Das habe ich nie gesagt.«

»Er würde dich erschießen, oder?« lachte Baranjk.

»Ah, er würde etwas Schlimmeres tun. Pankov ist als kleinlich bekannt. Er würde mein Büro renovieren lassen, wie er es mit Schulubin getan hat.« Fjodorov lachte vergnügt. »Ich müßte jahrelang über Anstreicher hinwegsteigen.«

Baranjk lachte mit.

Fjodorows Gelächter flackerte und erstarb. Mit leiser Stimme, mit einer Stimme ganz ähnlich der des jungen Soldaten, der er einmal gewesen war, sagte er: »Er wird dich empfangen, Valentin Sergejewitsch, aber ich weiß nicht, ob er dir die Antwort geben wird, die du haben willst.«

In der Nähe von Calhan, Colorado

Jemand kroch zu ihm unter die Decke, und Jerry Casey wachte davon auf. Ein Arm legte sich um seine Hüfte, und dünne Finger zupften an dem Bund seiner Unterhose.

»Ich besorge es dir für etwas«, sagte ihm eine Stimme ins Ohr. »Was kannst du mir geben?«

Er entzog sich ihr und setzte sich auf. Das Mädchen, das er am ersten Abend kennengelernt hatte, lag neben ihm. Ihr Haar war oben auf ihrem Kopf aufgesteckt. Ein Schmutzstreifen zog sich ihre Wange hinunter, und genau darunter war ein einzelner blauer Fleck wie der Punkt unter einem Ausrufungszeichen.

»Was ist denn mit dir passiert?« fragte sie ihn. Im Schatten des Zeltvordaches waren ihre Augen groß und dunkel.

Er führte die Hand an sein pochendes Gesicht und tastete um die aufgeplatzte Haut, um das geronnene Blut herum. »Polizisten haben mich erwischt, als ich mich nach Westen davonschleichen wollte.«

»Du hast Glück gehabt, daß sie dich nicht totgeschlagen haben.«

Dann herrschte Schweigen. Jerry machte sich nicht die Mühe, es zu brechen.

»Ich gehe gern in die Wüste und sehe die Bussarde kreisen«, sagte das Mädchen sehnsüchtig und sah mit schwachem Lächeln ins Freie hinaus. »Das ist hübsch, sie sind so groß und machen es so mühelos, wie schwarze Flugzeuge, weißt du? Dann kommt mir in den Sinn, über was sie kreisen, und davon wird mir richtig schlecht. Es gibt viele Leute, die meinen, sie könnten von hier abhauen. Noch kein einziger hat es geschafft.«

Der Himmel draußen war blau und leer. Der Anblick der Berge im Westen ließ Jerrys Herz von neuem rasen.

»Ich habe heute nacht etwas gesehen«, vertraute er ihr leise an. »Ich habe etwas Hübsches gesehen.«

»Ja?« Sie rutschte auf der Decke herum, dann legte sie sich hin wie ein Hund, der versucht, es sich gemütlich zu machen. »Was war es?«

»Das weiß ich nicht.«

»Wie sah es aus?«

»Wie der Himmel«, antwortete er.

Schon schimmerten die Luftspiegelungen der Wüste über dem flachen Begräbnisplatz, und die Berge wurden über den Gräbern reflektiert. Plötzlich erkannte Jerry, daß es keinen Sinn hatte, nach Colorado Springs zu gehen. Keinen Sinn, in die Kühle zu wandern, wenn die beste Kühle, die es gab, zu ihm kam.

»Es hat mit mir geredet«, berichtete er dem Mädchen.

Sie war dicht an seiner Schulter. Er konnte die Wärme ihres Körpers spüren, er nahm den sauren Geruch ihres Schweißes wahr. »Ach ja? Was hat es gesagt?«

»Das weiß ich nicht. Ich konnte die Wörter nicht verstehen.«

Heute abend, gelobte er sich. Heute abend würde er wieder hingehen und sehen, ob er diese klappernden Stimmen nicht doch verstehen konnte.

In der Nähe von Lérida

Sie marschierten seit Stunden. Ritas Schulter war wund von dem Riemen ihrer schweren Ausrüstung, und die Füße taten ihr bis hinauf zu den Knöcheln weh.

Vor Lérida hatte sie gemeint, in guter Kondition zu sein. Aber nun hatte Lauterbach sie mit einem Haufen Zwanzigjähriger zusammengesteckt, und langsam verstand sie, daß es sich beim Altern nicht nur um etwas handelte, das einer Leiche auf einem Stahltisch widerfahren war. Das Altern in seiner ganzen Jämmerlichkeit widerfuhr ihr persönlich.

Als die Sonne höher am Himmel emporstieg, hatte sie ihren Mantel ausgezogen. Jetzt war sie voller Staub und schwitzte. Ihr Magen erinnerte sie, daß sie kein Frühstück gehabt hatte.

Sie betrachtete Dix. Der winzige Lieutenant hatte einen Schritt wie ein energiegeladener Junge.

Bergauf stapfend, senkte Rita den Kopf und musterte ihre Füße. Wunderbar, dachte sie, wie Füße sich bewegen können, während das Gehirn sie anfleht, es nicht zu tun.

Hypnotisiert von der Langeweile, von der Gleichförmigkeit des grau-grünen Grases und der Steine, rempelte sie Dix von hinten an, bevor sie merkte, daß der Lieutenant stehengeblieben war.

»Wir sind da«, stellte Dix lakonisch fest.

Benommen richtete Rita die Augen den Hang hinunter. Im Mittelpunkt einer zerstörten Stadt brannten ein M1-A1-Panzer und ein M-113-Krankenwagen immer noch.

Überall waren Leichen. Die in arabischer Uniform hatte es auf dem Hang erwischt. Manche lagen in ordentlichen Reihen, eine neben der anderen, umgekippt wie grüne Dominosteine.

»Sie sehen, was passiert ist.« Dix zog mit dem Finger eine imaginäre Feuerlinie. »Irgendein Trottel von einem arabischen Oberst hat ihnen befohlen, Balàguer zu erobern, und diese Männer sind ohne Rücksicht auf Verluste immer weiter Sturm gelaufen.«

Es waren auch ANA-Panzer da, die Tarnbemalung zu Schwarz verkohlt. Ein Schützenpanzer stand herum wie ein verbranntes Bauklötzchen, das ein Kind weggeworfen hatte.

»Wir werden die meisten der alliierten Jungs da unten in den Straßen finden«, sagte Dix zu Rita.

Balàguer hatte nur flüchtige Ähnlichkeit mit einem Dorf. Die Häuser, die nicht ausgebrannt waren, hatten sich in graues, formloses Geröll verwandelt.

Benommen die Zerstörung betrachtend nahm Rita ein blaues Aufblitzen wahr. Sie sah hin, und das Blaue verschwand hinter einer Mauer.

»Was ist?« fragte Dix.

»Ich glaube, ich habe etwas gesehen.«

Sofort duckte Dix sich und winkte den anderen, es ihr nachzutun. Rita fiel neben ihr auf die Knie.

»Wahrscheinlich nur der Wind«, flüsterte Dix. »Oder Ihre Augen haben Ihnen einen Streich gespielt. Trotzdem wollen wir kein Risiko eingehen. Bleiben Sie dicht bei mir.«

Plötzlich sprintete Dix in geduckter Haltung zu einem Felsblock. Rita eilte ihr in hinkendem Trab nach.

In dem Schattenfleck am Fuß des Felsblocks angekommen, drehte sie sich um und sah, daß der Rest des Zuges ausschwärmte. Die Männer bewegten sich verstohlen den Hang hinunter.

Dann rief jemand: »CBUs!«, und im nächsten Augenblick hörte Rita ein leises *Plop*. Das Bein eines Soldaten verschwand in einem Nebel aus Blut.

»Scheiße. Gottverdammt«, murmelte Dix vor sich hin. Sie fuhr Rita an: »Machen Sie, daß Sie den Berg hinauflaufen! Genau den Weg, den Sie gekommen sind, haben Sie verstanden?«

Doch statt umzukehren, setzte sich Rita quer über den Hang in Bewegung. Eine Soldatin kam aus der entgegengesetzten Richtung, eine Sanitäterin mit einer Erste-Hilfe-Ausrüstung über der Schulter. Sie sah unausgesetzt Ritas Füße an. Rita blickte nach unten und entdeckte eine kleine, olivgrüne Metallkugel an der rechten Seite ihres Stiefels. Sie erstarrte, das Herz schlug ihr bis zum Hals.

»Capt'n! Capt'n Beaudreaux!« brüllte Dix.

Rita holte tief Atem und lief weiter. Sie erreichte den schreienden Mann ein paar Sekunden vor der Sanitäterin.

»Ziehen Sie mir eine Spritze auf, ein Viertelgran Morphium intravenös«, befahl Rita ihr. Sie sah in die entsetzten Augen des Soldaten. Er war ein schwarzer Junge, und etwas an ihm, vielleicht seine Verwundbarkeit, vielleicht die Form seines Gesichts, erinnerte sie an ihren Neffen Allen.

Zum erstenmal seit ihrer Ankunft in Lérida fühlte Rita sich kompetent. Ihre chirurgischen Fähigkeiten mochten eingerostet sein, aber wenigstens waren ihr die Werkzeuge vertraut. Keine verdammten Minen. Keine sie in Verlegenheit setzenden Granatwerfer.

Rita untersuchte die Wunde. Der Fuß war abgerissen. Ein paar Zoll oberhalb des Knöchels sprudelte hellrotes Blut aus der Wadenbeinarterie. Schienbein und Wadenbein waren beide zertrümmert und hatten scharfe Splitter in die sie umgebende Faszie getrieben.

Mit schnellen, sicheren Bewegungen zog Rita ihre Handschuhe an und riß das Päckchen mit dem Nahtmaterial auf.

In seinem halbbetäubten Zustand versuchte der Junge, das Bein zu bewegen. Rita hielt ihn mit einer Hand fest und stach die Stahlspitze der Nadel in den zähen, gummiartigen Schaft der Wadenbeinarterie. Mit fünf schnellen Stichen hatte sie sie geschlossen. Sie schnitt den Faden ab und machte sich an die Rosenvene.

»Sehen Sie doch!« rief die Sanitäterin. »*Madre!* Was ist denn das?«

Rita stockte das Herz. Sie sah sich um.

Eine Kugel aus blauem Licht schwebte gemächlich vom Dorf her heran. Sie bewegte sich gegen den leichten trockenen Wind. Ritas Hand blieb in der Schwebe über dem Bein des Jungen. Sie meinte, ein Geräusch zu hören, das von dem Licht ausging, das *Tap-tap-tap* von Graupeln.

Die Soldaten waren gelähmt vor Angst, gebannt vor Staunen. Das blaue Licht flog in Stille dahin, in der makabren, unerbittlichen Stille des Todes.

»Nicht schießen!« rief Dix plötzlich. »Nicht schießen!«

Aber keiner der Männer hatte die Waffe gehoben. Das Licht wirkte so geisterhaft, daß man sich nicht vorstellen konnte, Kugeln würden es aufhalten.

Es war jetzt ganz nahe. Rita spürte die von dem ausstrahlende Kälte und eine leichte Brise, die an ihrer Bluse zupfte.

Die Sanitäterin spannte die Muskeln, als wolle sie fliehen. Zu spät. Rita hätte das Licht berühren können. Ihre Schulter war eiskalt, die Hand, mit der sie nähen wollte, zitterte von der Kälte.

Dann schoß ihr ein Gedanke durch den Kopf, so klar, so fremdartig, daß er ihr eingegeben sein mochte. Das Licht war neugierig. Es nahm die Szene in sich auf, es stellte klappernde Fragen.

»Geh weg!« verlangte Rita mit fester Stimme.

Der Verstand riet ihr, davonzulaufen, die Faszination hielt sie zurück. Das Licht hatte gleichzeitig etwas Gespenstisches und etwas Friedliches. Etwas Verführerisches. War das eine noch vorhandene Auge des Jungen, an dessen Leiche sie eine Autopsie vorgenommen hatte, vor Furcht oder vor Ehrfurcht aufgerissen gewesen?

»Geh weg!« wiederholte sie.

Nach einem beinahe liebenswürdigen kurzen Zögern schwebte das Licht wieder bergab, leicht wie ein Distelflaum, blau wie eine Gasflamme. Plötzlich schoß es mit erstaunlicher Geschwindigkeit in den Himmel hinauf. Einen Herzschlag später hatte es sich in dem türkisfarbenen mediterranen Himmel verloren.

Mit dem CRAF in den Pyrenäen

Licht, verdammt noch mal. Nicht viel Licht, aber immerhin Licht, das durch ein Loch in den gezackten Steinen einfiel.

Gordon hob langsam den Arm und schob die Hand aus dem Loch. Steine verlagerten sich, klickten, rollten zu seiner Linken den Berg hinunter.

Als seine Hand draußen war, tastete er blindlings nach vorn. Die Ingenieure, die das CRAF gebaut hatten, hätten Gordon für verrückt gehalten, aber er war überzeugt, die kalten Steine zu fühlen.

Anfangs konnte er nur einige wenige lösen. Dann stieß er sie mit wachsender Erregung beiseite und erzeugte seinen eigenen kleinen Erdrutsch.

Nun lagen nur noch zwei Fuß zwischen ihm und der Freiheit.

Er fegte heftiger über die Steine. Sie prasselten nach unten. Staub stieg auf. Gordon setzte den Fuß auf das Gaspedal. Der Motor wollte nicht. Steine sprangen vom Turm ab.

»Mach schon, Baby, mach schon«, drängte er leise, als rede er einem verwirrten Tier oder einem Kleinkind gut zu.

Etwas Großes verließ seinen Platz und schlug dröhnend gegen seine zerquetschten Geschützrohre.

»Mach schon, Baby!« flehte er.

Der Atommotor sprang mit hohem Winseln an. Die Ketten hoben sich, mahlten über Fels.

Die Welt zerbröckelte. Ein ohrenzerreißendes Knirschen war zu hören. Allmählich setzte sich der Staub, und Gordon sah auf die Straße.

Eine Weile saß er nur da. Er hatte Krämpfe in den Armen. Das Licht außerhalb seines Felsengrabes war blau und hie und da mit Messing geflammt. Die Sonne ging unter. Und irgendwo da oben bereitete sich der Laser aufs Feuern vor.

Verzweifelt befreite er seinen rechten Arm von dem Geröll. Dann schlug er wieder gegen die Wand. Diesmal gab sie nach. Er hörte, wie sich der Erdrutsch an der Rückseite des Fahrzeugs herumwälzte wie ein aus dem Schlaf erwachendes Tier. Die Raupenketten fanden Halt, und plötzlich sprang er über den Rand des Walls.

Sobald seine Ketten auf Asphalt trafen, gab er Gas. Hinter ihm erscholl ein Getöse wie beim Jüngsten Gericht, und die Steine polterten den Rest der Bergflanke hinunter.

Mit dem LEF in den Pyrenäen

Oberst Wasef stand auf dem LEF-Traktor und spähte in den Nachthimmel hinauf. Er war sich vage bewußt, daß Gamal neben ihm etwas murmelte. Die Luft war dünn und scharf, die versammelten Sterne streuten Eissplitter.

»Da«, sagte Gamal schließlich.

Wasef blickte nach unten. Vom Licht des Schirms angestrahlt, lächelte der Offizier an der Feuerkontrolle. Auf dem schraffierten Grün des Monitors lagen vier rote Punkte. Ein fünfter Punkt, ein flackernder roter Schatten, bewegte sich langsam in Nord-Süd-Richtung über den Schirm.

»Da sind die drei Kommunikationssatelliten.« Gamal berührte jeden leicht mit dem Zeigefinger. »Dieses sich bewegende Signal ist ein altes Schlüsselloch in einem niedrigen polaren Orbit. Im Mittelpunkt ist der neuere, geosynchrone Satellit KH-176.«

»Er irrt sich«, brummte Yussif. Der Oberst drehte sich zu ihm um, aber es war zu dunkel, als daß er Yussifs Gesichtsausdruck hätte deuten können.

»Das ist alles außer Position«, fuhr Yussif fort. »Der da in der Mitte. Das ist das Ziel.«

»Ich irre mich nicht«, behauptete Gamal.

»Dann sag mir«, forderte Wasef ihn ruhig auf, »warum du denkst, daß du recht hast.«

»Die Scheitelkreise. Die Signale. Sie sind so kennzeichnend wie Fingerabdrücke«, erwiderte der Junge. »Sieh doch.« Er zeigte über Wasefs Kopf hinweg. »Da ist Jupiter. Da Mars. Da sind Beteigeuze und Rigel, und da sind die Plejaden.« Gamal sprach gedämpft, als rezitiere er die Namen von Engeln.

»Ich kenne die Sterne, die Planeten, die Satelliten«, fuhr Gamal fort. »Ich kenne ihre Namen seit meiner Kinderzeit. Meine Familie hatte ein Haus in der Wüste, und wir waren oft dort, mein Vater und ich. Er gab mir Bücher und ein kleines Teleskop, und ich legte Himmelskarten für ihn an. Ich weiß, was da oben ist«, sagte Gamal, »weil ich, wenn ich die Augen schließe, die Sterne sehen kann.«

Wasef sah zum schimmernden Firmament empor. *So weit weg,* dachte er. Die Satelliten waren so weit weg, man sollte meinen, daß sie unberührbar seien.

»Der in der Mitte ist das Ziel«, erklärte Yussif streng. »Er ist in der richtigen Position.«

»Die Alliierten haben ihn bewegt. Ihn in die Nähe der anderen gerückt«, widersprach Gamal. »Sie glauben, sie können ihn vor uns verstecken.«

Yussif faßte Wasefs Arm. »Hör nicht auf ihn. Er ist ein Verräter.«

Wasef hielt den Atem an. Yussif war ein menschenförmiger Fleck, wo die zähflüssige Nacht sich zusammengeballt hatte.

Ein Verräter. Es war möglich. Wie viele Jahre war

Gamal von seinem Volk getrennt gewesen? Welche Loyalitäten hatte der Junge vergessen?

Yussifs Griff verstärkte sich. »Er wird auf den falschen Satelliten schießen, und es wird Wochen dauern, bis wir das erfahren.«

Kalter Wind fegte den Berg herunter und zerrte an Wasefs Mantel.

»Ein Verräter?« fragte der Junge mit dünner, eingeschüchterter Stimme. »Aber mein Vater ...«

»Peile den Satelliten an, Hauptmann Raschid«, befahl Wasef mit harter Stimme.

Gamal wandte sich wieder dem Schirm zu, tippte die Daten in den Computer. Wasef spürte das schwere Gewicht von Yussifs Hand auf seinem Arm.

Die Servomotoren des Lasers summten. Majestätisch wie Allahs anklagender Finger hob sich der Lauf in die Nacht und deckte die Sterne zu.

»Checke den Kühlwasserdruck, Hauptmann.« Gamals Stimme klang jetzt fest und sicher.

»Checke den Kühlwasserdruck, Hauptmann Mustafa«, wiederholte der Oberst.

Mit einem Grunzlaut ging Yussif zu dem zweiten Monitor und setzte sich. »Kühlwasserdurck auf Optimum«, murmelte er.

Der Laser sammelte Energie. Das tiefe Vibrieren übertrug sich auf Wasefs Magen. Die Servomotoren blieben mit schwerem Klirren stehen.

»Ziel erfaßt«, meldete Gamal.

Ein Verräter? fragte sich Wasef und blickte in das grün beleuchtete jungenhafte Gesicht hinunter. Der Oberst fühlte sich hilflos, als rolle das Schicksal auf ihn zu, riesig und unausweichlich.

»Was wird als Druck angezeigt?« fragte Gamal.

Yussif sah ihn finster an. »Ich sagte doch, er ist auf Optimum.«

»Die Zahlen bitte.«

»Vier-Null-Eins«, blaffte Yussif.

Gamal nickte, ganz auf seinen Schirm konzentriert. Das pulsierende Summen des Lasers hätte der langsame Herzschlag des Berges sein können.

»Feuer«, sagte Gamal.

Wasef hob rechtzeitig den Blick, um einen Pfeil grünen Lichts zu den Sternen hochschießen zu sehen. Für einen Augenblick wurde der Berggipfel in smaragdfarbenes Glühen gehüllt. Dann krachte die Dunkelheit hernieder. Das Summen des Lasers ging auf ein dumpfes, Kopfschmerz erzeugendes Hämmern herunter.

Wasef hörte noch ein anderes Geräusch. Ein seltsames Geräusch. Ein Rasseln. Er drehte sich um. Etwas raste aus dem Tunnel auf sie zu.

Mit dem CRAF in den Pyrenäen

Gordon schoß in dem Augenblick aus dem Tunnel, als der Laser ausging. GPS-KARTEN AUSGEFALLEN – AT&T SENDET NORMAL flammte es in Rot über sein Sichtfeld. Die Araber hatten das letzte Super-Schlüsselloch abgeschossen.

Soldaten rannten nach ihren Waffen, aber die Laser-Mannschaft hatte keine Chance. Die Arme weit ausgebreitet, traf Gordon sie mit seiner Höchstgeschwindigkeit von achtundsechzig Meilen die Stunde.

Seine metallenen Ketten zermalmten Körper. Knochen sprangen hervor und brachen. Jemand schrie. Es war ein hoher Laut der Verzweiflung.

Gordon schrie auch, gefangen in einem Paroxysmus von Wut und einem berauschenden Adrenalinstoß. Er schwenkte das CRAF herum und fuhr auf den Traktor zu. Seine Hand in den Kühler stoßend, riß er den Grill ab. Grüne Flüssigkeit stürzte hervor wie exotisches Blut.

Er packte eine Ecke des Laser-Gehäuses, das einzige Ding, das er erreichen konnte. Von oben sahen drei erschrockene Araber auf ihn nieder, und es waren doch tatsächlich zwei Hauptleute und ein verdammter Oberst. In seiner Metallhand zerriß das Gehäuse wie Papier, löste sich, fiel herunter und nahm einen Funkenregen und zwei Keyboards mit.

Der kleinere Hauptmann rannte los. Gordon umrundete die Rückseite des Traktors, um ihn zu verfolgen. Hinter ihm feuerten die Überlebenden des arabischen Zuges, die sich von dem Schreck erholt hatten, ihre AKs ab.

»Ich bin der gottverdammte Superman!« brüllte Gordon und kerbte im Vorbeifahren eine taktisch sinnlose Delle in das Chassis des Traktors.

AK-Kugeln prallten von seiner diamantharten Haut ab. Andere trafen die Felsen, versprühten Staub, schlugen feurige Funken aus den stählernen Flanken des Laser-Traktors.

Gordon sah, daß der kleinere arabische Hauptmann sich verzweifelt bemühte, einen Granatwerfer aufzustellen. Bevor der Mann zielen konnte, war Gordon über ihm. Der Hauptmann heulte in Todesangst auf, als Gordon ihn in die Nacht schleuderte.

Er wendete und rief dabei: »Ich bin ein gottverdammtes Angriffsfahrzeug, jawohl!« Nur schade, daß die Araber ihn nicht hören konnten. Gordon war kein Schwächling mehr. Und wenn die Jungs, die ihn in der High School zusammengeschlagen hatten, dagewesen wären, hätte er auch ihnen den Hintern versohlt.

Der hochgewachsene, pferdegesichtige Oberst war von dem Traktor heruntergeklettert und rannte zu dem einzigen anderen bewaffneten Fahrzeug, einem Jeep mit aufmontiertem Maschinengewehr. Die Männer des Zuges feuerten wie wild, und auf die Kugeln, die von Gordons Panzerung abprallten, kamen ebenso viele, die rings um ihn Staub aufwirbelten. Im

Licht des elektrischen Feuers oben auf dem Traktor stand der jüngere Hauptmann, unbewaffnet, bewegungslos, und sein Gesicht zeigte keine Angst, sondern Faszination.

Gordon fuhr auf den Oberst zu. Er hatte den Jeep beinahe erreicht, als er hinter sich panisches Geschrei hörte. Der Oberst sah an dem LEF vorbei, und sein langes, intelligentes Gesicht wurde schlaff vor Entsetzen.

Rover segelte durch die Dunkelheit des Tunnels.

Die Soldaten stoben auseinander. Einige versuchten, an der nackten Felswand hochzuklettern. Ein paar brachen durch und rannten an Gordon vorbei in Richtung Spanien.

Dann war es still. Die einzigen Geräusche waren das Feuer, das die Isolierung des Lasers erfaßt hatte, und das leise Stöhnen der Verwundeten. Gordon drehte sich zu dem Oberst um und sah ihn mit dem Maschinengewehr zwischen den Beinen dasitzen, die Arme herunterhängend.

Plötzlich schien sich der Mann zu erinnern, wozu ein Maschinengewehr dient. Er richtete den Lauf auf Gordon und ließ es losrattern. Ein paar Kugeln löcherten den Boden zu Gordons Rechter, bevor sie auf ihn knallten.

Gordon griff sich den nächsten Gegenstand, den Granatwerfer, und schleuderte ihn auf den Jeep.

Es war ein guter Wurf. Er traf mitten ins Mal. Der Oberst versuchte, sich zu ducken, aber das Maschinengewehr war ihm im Weg. Der Granatwerfer erwischte den Oberst, und er verschwand von dem Fahrzeug, piep, wie eine Nintendo-Figur.

Gordon nahm einen Stein und warf ihn auf den Laser. Er traf die Spulen mit voller Wucht und mußte sie genau erwischt haben, denn ein feiner Nebel stieg in die Luft. Der Hauptmann auf dem LEF drehte sich um, sah den Nebel und kletterte eilends von dem

Fahrzeug herunter. Bis er den Boden erreicht hatte, war Rover neben ihm.

»Sehen wir jetzt nicht die Scheiße fliegen?« heulte Gordon. »Dies ist der Tag, an dem die Erde stillsteht! Dies ist der Kampf der gottverdammten Araber gegen die Fliegenden Untertassen!«

Aber nichts geschah. Der Araber lief nicht fort, und Rover rückte nicht weiter vor. Sie standen einfach da und sahen sich an. Staunend streckte der junge Hauptmann die Hand aus, als ob er sich nichts in der Welt so wünschte wie das Licht zu berühren.

Rover hüpfte zurück. Der Hauptmann ließ den Arm langsam sinken.

Was drückte das Gesicht des Arabers aus? Ehrfurcht? O mein Gott, Betörtheit? Er tat einen Schritt auf Rover zu, und plötzlich sauste das Licht bergabwärts davon.

Gordon machte kehrt. Seine Hormone waren aufgebraucht. Die Schreie der Verwundeten hinter ihm ließen ihm die Haare zu Berge stehen.

Der Kampf war nicht ganz so abgelaufen, wie er es geplant hatte. Nichts im Leben fällt so aus, wie man es sich vorstellt. *Das hier ist nicht Nintendo,* sagte er zu sich selbst. Bei Computer-Figuren ist es so, daß sie nicht schreien, wenn man sie verletzt.

9. Kapitel

In der Nähe von Calhan, Colorado

Am frühen Nachmittag kamen Männer von Calhan in großen Dienstwagen gefahren. Es waren sehr viele Männer, und sie stiegen in weißen Isolieranzügen und mit Maschinenpistolen aus. Auf Jerry wirkte die Szene unheimlich und unwirklich, als werde das Lager vom Mars angegriffen.

Die Lagerbewohner kamen gelaufen, weil die Männer Lebensmittel mitgebracht hatten, aber die Beamten teilten sie nicht sofort aus. Statt dessen kletterte ein großer, graubärtiger Mann in einem weißen Arztkittel auf das Dach eines Wagens und las ein Papier vor.

»Gemäß Verfügung Nr. 53 des Staates Colorado«, verkündete er mit schwacher, stockender Stimme. »Gesundheitswesen.«

»Das ist nichts als ein Haufen Scheiße«, sagte eine Stimme neben Jerry. Er bemerkte das Mädchen.

Der Arzt senkte das Papier und schloß die Augen; offensichtlich zitierte er aus dem Gedächtnis. »Der Staat Colorado behält sich das Recht vor, Seuchen innerhalb seiner Grenzen zu kontrollieren.«

Drei Männer aus dem Lager hatten sich, wie Jerry sah, aus der Menge gelöst und sprachen mit den Beamten in den Isolieranzügen. Die Gruppe war ein kleiner, geschwätziger Knoten, und die Männer zeigten – da, da und da.

»Träger ansteckender Krankheiten...«, der Arzt hielt inne. Er beugte den Kopf und sah sich das Papier noch einmal an. Er sah es sich lange Zeit an.

Der Wind schob seine unsichtbaren Schultern durch das Lager. Er wedelte mit dem Papier in der

Hand des Arztes, wirbelte stechenden Staub auf und ließ die Zeltklappen und die Haltetaue singen.

»Träger ansteckender Krankheiten«, fuhr der Arzt beinahe flüsternd fort, »als da sind: Typhus, Cholera und Beulenpest – werden aufgefordert, den Staat sofort zu verlassen, andernfalls sie von der ganzen Härte des Gesetzes getroffen werden.«

Jerry wandte sich dem Mädchen zu. »Seuchen?«

»Das ist nur ein Vorwand«, antwortete sie. »Nur der Vorwand der Gesundheitsbehörden, einen Hausputz zu veranstalten.«

Die Männer in den weißen Anzügen drängten sich durch die Menge, und die Leute zerstreuten sich. Der Arzt kletterte von dem Wagen herunter. Nach einem verlegenen Blick zu den Beamten kroch er in das Fahrzeug und schloß die Tür.

Jerry trat an den Wagen heran und spähte durch die getönten Fenster. Er konnte die klaren, glockenähnlichen Töne klassischer Musik hören.

»Sir?« rief Jerry.

Der Arzt blickte hoch.

»Sir? Gibt es hier wirklich eine Seuche?«

Der Arzt starrte Jerry an, dann beugte er sich vor und stellte das Radio lauter.

»Das war Telemanns Concerto in E-Dur für Flöte«, verkündete der Radiosprecher mit feierlichem Bariton. »Gespielt von der Academy of Ancient Music unter Christopher Hogwood. Und nun zu unseren Nachrichten aus der Musikwelt ...«

Von hinten aus dem Lager kam das Pop-pop von Gewehrschüssen. Leute begannen zu schreien. Jerry fuhr herum.

»... dirigiert demnächst das Colorado Springs String Ensemble in einer Auswahl ...«

»Sir!« rief Jerry und schlug gegen das Fenster.

Der Arzt zuckte zusammen, weigerte sich jedoch, sich umzudrehen.

Jerry ging vorsichtig den kleinen, ausgefahrenen Pfad zwischen den Zelten entlang. Er hörte ein Kreischen, drehte sich um und sah, daß die Beamten eine Frau aus einem Zelt zerrten. Sie litt an der Ruhr. Ein gelbbrauner Streifen von Durchfall lief an dem einen Bein ihrer Jeans hinunter.

Als die Beamten sie vorbeitrugen, sah ihnen Jerry in die dunklen Visiere. Einer blieb stehen und starrte zurück; das getönte Glas seines Helms war so ausdruckslos wie das Gesicht eines Insekts. Jerry las das Schulterabzeichen: GESUNDHEITSBEHÖRDE VON COLORADO SPRINGS.

Er fuhr sich mit der Zunge über die Lippen. »Wenn es ... wenn es eine Seuche gibt«, stammelte er, »warum tragen die Polizisten dann keine Anzüge?«

Der Helm dämpfte die Antwort des Mannes. »Wir sind eine städtische Behörde. Du mußt die vom Staat fragen.«

Dann gingen sie an ihm vorbei, ihre steifen weißen Anzüge knisterten. Jerry folgte ihnen. An einer kleinen Bodensenke außerhalb des Lagers blieben die Beamten stehen und zwangen die Frau, sich hinzuknien. Andere Männer von der Gesundheitsbehörde waren schon da und weitere Lagerinsassen, ein Dutzend oder so, alle von ihnen krank.

Der böige Wind hatte sich gelegt. Weit weg im Westen erhoben sich kühl und hochmütig die Berge. Die Sonne schimmerte auf dem Wüstenboden.

Sie können sie doch nicht einfach verhaften, dachte Jerry. *Gott helfe uns. Sie können doch Kranke nicht einfach verhaften.*

Ein lautes Krachen. Eine der kranken Frauen, die gekniet hatte, fiel um. BUM. BUM. BUM. Das Knallen der Fünfundvierziger, die den Leuten ins Genick gehalten wurden, hatte einen erschreckenden Rhythmus. Ein paar der Kranken wehrten sich, aber es nutzte ihnen nichts. Wenn ein Henker keinen Genickschuß anbringen konnte, schoß er in das nach oben gewandte Gesicht.

Warum hält keiner sie auf? dachte Jerry entsetzt. Die Leute aus dem Lager standen da mit den Händen in den Taschen und sahen dem Morden mit schweigender Unzufriedenheit zu, ganz wie Fans einer Fußballmannschaft am Ende einer Saison, die nichts als Niederlagen gebracht hat.

Sagt etwas! Tut etwas! hätte Jerry am liebsten geschrien, aber es war schon zu spät. Ein Beamter kam mit zwei Kanistern Alkohol, stieß die Leichen mit dem Fuß in die Bodensenke, warf ein paar trockene Zweige über sie und steckte sie an.

Jerry kam es vor, als wolle das Feuer nie mehr aufhören zu brennen. Noch lange nachdem er unter sein Zeltdach zurückgekehrt war, stieg der fettige Rauch auf und trieb nach Osten davon. Wenn er die Augen schloß, konnte er das Brutzeln und Zischen und Knallen, mit dem die Leichen verbrannten, immer noch hören.

Er öffnete das Essenspaket, das die Beamten zurückgelassen hatten: Salzcräcker und ein Stück Käse. Jerry stopfte sich einen Cräcker in den Mund und beobachtete den Rauch, der in den Himmel stieg.

Ich kann kein Fieber bekommen, versicherte er sich selbst, und der trockene Cräcker blieb ihm im Hals stecken.

In den Pyrenäen, an der Grenze zwischen Frankreich und Spanien

Wasefs Arm fühlte sich an, als ob ein Folterknecht ihn mit Glassplittern gespickt hätte. *In ein paar Minuten,* versprach er sich selbst, *werden die Sanitäter mit dem Morphium zu mir kommen.*

Er hatte selbst den Befehl gegeben, sich zuerst um

die Truppen zu kümmern. Jetzt bereute er den Befehl ein bißchen wie ein schlechtgelauntes Kind, das sein Wort zurücknehmen möchte.

Den Kopf nach rechts rollend, sah er zu dem Laser hoch. Gamal fummelte immer noch damit herum. Und zu seiner Linken zogen die Sanitäter gerade den Reißverschluß an dem Leichensack zu, in den sie Yussif nach dem langen Kampf um sein Leben gesteckt hatten.

Yussif ist tot, und Gamal sollte bei den Männern sein, dachte Wasef ärgerlich. *Kein Theater wegen einer Maschine machen. Er ist ganz wie ein Westler.*

Als hätte er die unausgesprochene Kritik gehört, kletterte Gamal von dem Laser herunter, kam und hockte sich neben Wasef. Der Oberst hörte ein Stückchen den Berg hinunter das Flattern eines weiteren Mil Mi-8, der zur Landung ansetzte.

Wie viele Hubschrauber machte das jetzt? Er hatte nicht mehr mitgezählt. Bestimmt waren es zu viele. Ihr Anflug würde bei den Alliierten Alarm auslösen. Er versuchte aufzustehen. Der Schmerz ließ es nicht zu. Einen Augenblick später vergaß er, was er hatte tun wollen, legte sich zurück und sah in das schwache Morgenlicht.

»Vielleicht ist der Laser nicht mehr zu reparieren.« Gamal seufzte erschöpft. »Wie geht es deinem Arm?«

»Er schmerzt«, antwortete Wasaf. Er schmerzte ebenso wie Gamals Verrat, die Verletzung ging tief, bis ins Mark. Wasef war zornig, dann ließ der Schmerz seine Gedanken davontreiben, als fliege ein Teil von ihm über das Tal.

»Es tut mir leid«, sagte der Junge.

»Ja«, flüsterte Wasef schwach. Die Stimmen der Verwundeten und der Sanitäter riefen Echos hervor. »Es tut mir so leid, daß wir es deinem Vater sagen müssen.«

Gamal beugte sich über ihn, und Furcht durchschnitt Wasefs Bauch wie ein metallener Faden. Gamal würde einen großen Stein wie ein Kissen auf sein Gesicht drücken. Er würde ihn in Stein ersticken. Ja. Gamal plante, ihn zu ermorden, so, wie er Yussif ermordet hatte.

»Was müssen wir meinem Vater sagen?« fragte Gamal.

War das Argwohn oder eine Warnung in seinen Augen? »Du hast meinen Vater getötet«, flüsterte Wasef. Seine Stimme ging beinahe im Geräusch des Windes unter. Nein. Das war nicht ganz richtig. Er hatte es nicht richtig gesagt. »O Gott. Ich werde deinen Vater töten.«

»Ich verstehe nicht, Oberst.« Die Haut zwischen Gamals Augen legte sich in Falten.

»Es wird deinen Vater töten, wenn ich es ihm sage.« Wasef wünschte, er könnte weg von dem Schmerz in seinem Arm. Wenn er schnell genug den Berg hinunterrannte, konnte er ihn vielleicht hinter sich lassen. So schnell wie ein Silberfischchen, so schnell, wie ein Auge blickt. Oh. So schnell wie ein verräterischer Gedanke.

»Wenn du ihm was sagst?«

Wasef versuchte, sich zu bewegen. Gebrochene Knochen knirschten. *Wovor laufe ich davon?* fragte er sich verwirrt. *Vor dem Schmerz? Dem Jungen?*

Nein, sagte er sich, als sich sein Geist kurz klärte, ein Fleck blauen Himmels zwischen sich sammelnden Wolken. *Nein, ich habe Angst davor, General Sabry weh zu tun.*

»Ich werde es niemandem sagen«, versprach er. »Soll dein Vater entscheiden, was zu tun ist. Ich werde dich nicht in Ketten nach Barcelona zurückbringen. In Ketten. Hör doch. Landet da noch ein Hubschrauber? Ich hätte Befehl geben können, dich zu töten.«

Der Junge starrte ihn an. »Der Schmerz ist schuld,

daß deine Gedanken sich verwirren, Oberst. Der Schock ...«

Ja, es war ein Schock gewesen, als er den Roboter aus dem Tunnel herausrollen sah und erkannte, daß er einen Fehler gemacht hatte.

»Du hast den falschen Satelliten abgeschossen«, murmelte Wasef.

»Nein! Ich ...«

Ein Sanitäter trat zu Wasef. Gamal ging. Bald schickte das Morphium Schläfrigkeit durch den Körper des Oberst. Die Augenlider wurden ihm schwer.

»Ihr habt zu viele Hubschrauber hier«, sagte Wasef zu den Männern vom Sanitätskorps, als sie seine Trage anhoben.

Ein Mann blickte auf ihn nieder, ein Aserbaidschaner, wie Wasef sah. Alt genug, um noch von der Roten Armee ausgebildet worden zu sein. Wasef wußte nun, daß er sich in fähigen Händen befand, entspannte sich endlich und schloß die Augen.

Weit weg, so weit wie die Minarette auf den Gipfeln, so fern wie der Schmerz in seinem Arm, hörte er den Sanitäter in merkwürdig akzentuiertem Arabisch sagen: »Mach dir keine Sorgen, Oberst. Heute früh haben wir einen Luftangriff auf Lérida geflogen, und wir haben die Alliierten im Schlaf erwischt. Offenbar ist ihr Satellit unten.«

In der Nähe von Warschau

Baranjk musterte das unter den Lampen schimmernde Flugzeug. Es war keine kleine Cessna, wie er sah, sondern eine Maschine für acht Passagiere. Mit Schlauheit oder Bestechung oder wahrscheinlich beidem hatte sich Fjodorov in das Große Geld hineingeschlängelt.

Als Baranjk sich der Leiter näherte, streckte der Pilot ihm die Hand entgegen und nahm ihm die Aktentasche ab. »Willkommen an Bord, Herr Generalleutnant«, sagte er in einem Russisch, das von dem ländlichen Akzent Sibiriens gefärbt war. »Gerade eben bekommen wir einen Anruf von Ihrem Hauptquartier. Ist es Ihnen recht, wenn ich ihn durchstelle?«

Baranjk sah sich um. Das Hauptterminal lag einen Fußmarsch von fünf Minuten hinter ihm, eine zu lange Zeit für seine Mitarbeiter, um die Verbindung aufrechtzuerhalten. »Ja«, stimmte er zu.

Er stieg die Leiter in das geräumige Passagierabteil hoch und schob den Vorhang zum Cockpit beiseite. Der Copilot ging noch seine Checkliste durch, ein Klemmbrett in der Hand, den Kopfhörer lose um den Hals gehängt. Er hatte offenbar nicht vor, seinen Platz zu verlassen, um Baranjk Ungestörtheit zu bieten.

Der Pilot faßte nach dem Funkgerät und reichte Baranjk einen Kopfhörer. »Stellen Sie jetzt durch«, forderte er den Tower in so fließendem, mühelosem Englisch auf, daß Baranjk sich fragte, ob Fjodorov ihn von der transatlantischen Aeroflot-Linie abgeworben habe.

Wie lernten die russischen Jungs eigentlich fliegen, jetzt, wo ihre MiGs eingemottet waren? Baranjk entdeckte in dem Gesicht des jungen Piloten eine Weichheit, die ihm bei seinen eigenen Soldaten lange, lange Zeit nicht mehr begegnet war.

Neutrale Länder akzeptieren die gebratenen Tauben, die ihnen in den Mund geschoben werden, allzu leicht, sagte sich Baranjk. Mütterchen Rußland mochte das Herz auf dem richtigen Fleck haben, ihre schmutzigen Hände und ihren schmutzigen Mund hatte sie dort aber nicht.

Er drückte eine Seite des Kopfhörers gegen sein rechtes Ohr. »Hier Baranjk.«

»Herr Generalleutnant?« Schcheribitskis Stimme kam kräftig durch.

Mit einem besorgten Blick auf den Copiloten hob

Barank das Handmikrophon. »Herr Major!« erklärte er lautstark. »Ich bin in Senator Fjodorovs neuer Cessna. Machen Sie sich keine Sorgen! Der Pilot und der Copilot sind bei mir, und offenbar verstehen sie ihr Handwerk. Das Flugzeug ist so hübsch, daß ich eine Karriere in der Politik in Erwägung ziehe.«

Ah, ganz, wie er gedacht hatte. Der Copilot verstand Ukrainisch. Baranjk sah den Geist eines Lächelns über das gleichmütige Gesicht huschen.

Ob die arabische Taube Geld spuckte und ob Fjodorov davon fett geworden war, fett genug, um sich dieses Flugzeug zu kaufen?

Im Kopfhörer entstand eine lange, nachdenkliche Pause. Schließlich sagte der Major: »Es ist so, wie Sie gedacht haben.« Schcheribitski hatte also seine Andeutung verstanden.

»Gut, gut«, meinte der Generalleutnant munter. »Sie wissen, wie Sie meine Wette placieren müssen.«

Die Araber kreisten Baranjks Armee ein, und er, eine furchtsame Maus, rannte aus der brennenden Scheune.

»Verstanden, Herr Generalleutnant«, antwortete der Major einfach.

»Baranjk aus.« Der Generalleutnant unterbrach die Verbindung. Einen Augenblick lang lauschte er auf die Stille am anderen Ende der Leitung.

»Bitte, nehmen Sie Ihren Platz ein, Herr Generalleutnant«, sagte der Pilot. »Wir werden in Kürze starten.«

Mit einem Seufzen und einem Nicken kehrte Baranjk in das Passagier-Abteil zurück und ließ sich in einen der dickgepolsterten Sessel sinken.

Der Copilot steckte den Kopf durch den Vorhang. »Möchten Sie etwas zu trinken? Der Senator hat einen Vorrat von ausgezeichnetem amerikanischen Whisky.«

»Nein«, sagte Baranjk, und dann änderte er seine

Meinung. »Ja. Was der Senator trinkt, soll mir recht sein.«

Der Mann holte eine Flasche Jack Daniels hervor. Er stellte einen Untersetzer und ein Glas auf Baranjks Armlehne. »Sonst noch etwas? Ein paar gesalzene Nüsse?«

Baranjk winkte ab.

Bevor Baranjk die Flasche geöffnet hatte, waren die Motoren des Flugzeugs zum Leben erwacht, und die Cessna begann, über das Hallenvorfeld zur Startbahn zu rumpeln. Plötzlich fing der Wind sie und warf sie in die Luft wie einen Papierdrachen. Baranjk sah aus dem Fenster. Unter ihm zogen die dunklen Gebäude Warschaus vorbei.

Die Cessna ging in die Kurve, und Baranjk nahm ein Buch aus seiner Reisetasche. Er schob den Sitz zurück und goß sich ein. Der scharfe Geruch des Whiskys erinnerte ihn an die Eule und den Amerikaner. Lächelnd drehte er das Buch um und betrachtete das Bild der Autorin. Eine töricht wirkende alte Frau. Das weiße Haar stand in Locken hoch, und ihre Augen lagen ein bißchen zu nahe beieinander, wie bei einem Spielzeugpudel.

Er schlug Kapitel Eins auf und begann zu lesen.

In der Nähe von Calhan, Colorado

Der dumme Polizist wollte überhaupt nicht auf das hören, was Mrs. Parisi ihm erzählte. Abgesehen von seiner Sturheit sah er in dieser kurzen Hose einfach schrecklich aus. Seine Knie waren knubbelig, seine Waden zu dünn. Der Staat Colorado sollte sich seine Polizisten erst genau ansehen, bevor er sie in kurze Hosen steckte, dachte sie.

»Sie müssen einen Brief vorweisen können, Madam«, sagte er und reichte ihr ihren Führerschein zurück. »Einen Brief von jemandem in Colorado, der sich für Sie verantwortlich erklärt.«

»Ich habe *Fans*, die mich *erwarten*«, fuhr sie ihn an. Der heiße Wüstenwind ließ ihre Wimperntusche auslaufen. Sie wollte nichts weiter als das Fenster hochrollen, sich mit der Klimaanlage umgeben und weiterfahren. »Sehr, sehr wichtige Leute, die richtig enttäuscht sein werden, weil Sie mich nicht durchgelassen haben.«

»Ich rate Ihnen, nach Hause zurückzukehren«, sagte er.

Es war so frustrierend. Natürlich konnte Mrs. Parisi nicht nach Hause zurückkehren, aber das konnte sie dem schwachsinnigen Polizisten nicht mitteilen. »Fragen Sie Ihren Vorgesetzten«, verlangte sie hochmütig. »Wo ist Ihr Vorgesetzter, junger Mann? Ich bin sicher, er wird mit mir reden wollen.«

Der absurde Beamte in den Bermudas seufzte und fuhr sich mit der Hand über die schweißbedeckte Stirn. »Er wird heute abend um acht hier sein. Dann können Sie mit ihm reden. In der Zwischenzeit...« – er wies auf den häßlichen Haufen von Zelten neben der Straße – »parken Sie Ihren Wohnwagen. Und machen Sie uns keinen Ärger.«

Mrs. Parisi verzichtete fürs erste auf einen weiteren Einspruch, legte den widerstrebenden Rückwärtsgang ein und schaukelte den Wagen vom Straßenrand in die Wüste.

Das Lager war einfach gräßlich. Ehrlich, sie konnte nicht verstehen, wie jemand in einem solchen Schmutz leben wollte. Aber vermutlich wollten manche Leute das, solche, die zum Einkaufen auf dem Markt kamen, die weniger Gebildeten. Mrs. Parisi fuhr den Wohnwagen so weit von dem stinkenden Lager weg wie möglich, auf eine Bodensenke zu. Sie roch nach dem süßlichen Barbecue, wie man es in polynesischen Restaurants bekommt.

Sobald sie geparkt hatte, kam ein Trupp unhygienischer Bewunderer angelaufen. Sie setzte ihr schönstes Lächeln auf, aber sie lächelten nicht zurück. Zu ihrem Schrecken riß ein Vieh von einem Kerl die Wagentür auf und zerrte sie grob hinaus.

»Ich bin Schriftstellerin«, teilte sie ihm mit.

Er mußte auch noch Analphabet sein, denn er stieß sie gegen den Kotflügel und hätte sie beinahe umgeworfen. Im nächsten Augenblick wimmelte der Mob wie Ameisen bei einem Picknick über den Wohnwagen.

»Ich werde die Polizei informieren«, drohte Mrs. Parisi. »Gleich da unten an der Straße sind Polizisten, wissen Sie.«

Sie räumten den Wohnwagen aus. Einer nahm sogar ihre Reifen mit. Mrs. Parisi starrte den verkrüppelten Wohnwagen einen Augenblick lang an, und dann trat sie ihm in die Tür.

»Madam?« Eine sanfte Stimme.

Sie drehte sich um. Ein Junge stand da, die Arme voll von Sachen. Ihren Sachen.

»Ich habe ein paar Dinge für Sie gerettet«, sagte er.

»Na, du hast nicht viel gerettet.«

Er nickte. Das fettige blonde Haar fiel ihm in die Augen. Schrecklich, wie junge Leute sich gehenließen, ohne einen Gedanken an morgen und ohne die geringste Vorstellung von Schicklichkeit.

»Ich weiß«, meinte er beschämt, was nur recht und billig war. »Es tut mir leid, daß sie alle Ihre Sachen gestohlen haben.« Und er legte die Gegenstände in den Wohnwagen zurück.

Jetzt müßte sie ihm wohl etwas geben, dachte sie gereizt. Eine angemessene kleine Belohnung.

»Hier.« Sie kramte in ihrer Tasche und zog ihr Buch heraus, die Papierback-, nicht die Hardcover-Ausgabe, und reichte sie ihm. Seine Augen leuchteten auf.

»Ja«, sagte sie. »Ich bin die Autorin.«

Er strich mit den Händen über den knalligen Umschlag, auf dem Tad bestanden hatte, so beeindruckt, so aufgeregt, daß er durch den Mund atmete. »Sie ...«, sagte er. »Sie haben diese Dinger gesehen?«

Sie hob eine Augenbraue. »Natürlich.«

Seine Augen hatten einen seltsamen Grünton, eine ganz intensive Farbe. »Ich habe sie auch gesehen«, flüsterte er.

Mrs. Parisi spürte ihr Lächeln sinken wie ein leckes Schiff und kämpfte darum, es flott zu halten. »Natürlich hast du sie gesehen«, murmelte sie.

»Eines heute nacht. Und es hat zu mir gesprochen.«

Sie nickte. »Wie außerordentlich faszinierend«, sagte sie.

»Und ... und ich weiß, es klingt verrückt, aber mir ist so, als ob sie mich mit diesen klappernden Stimmen riefen, seit die Sonne anfing unterzugehen.« Seine grünen Augen waren groß in seinem sonnverbrannten Gesicht.

»Wie spannend für dich.« Mrs. Parisi stieg wieder in ihren Wohnwagen. »Und ich hoffe so sehr, daß dir das Buch Freude macht.«

Schließlich ging er, obwohl Mrs. Parisi merkte, daß er gern noch geblieben wäre. Sie legte sich auf den Teppich im Heck. Jetzt überwältigte sie die Erschöpfung, und sie nickte ein.

Ein Hämmern gegen die Tür weckte sie. Sie öffnete die Augen und sah, daß die Sonne untergegangen war.

Der Vorgesetzte des Polizisten, dachte sie befriedigt. Aber auf ihrer Uhr war es erst sieben.

»Madam?« rief eine jugendliche Stimme.

Der schreckliche Junge war zurückgekommen.

»Ja?« fragte sie verschlafen.

Zu ihrem Entsetzen öffnete er die Hecktür und kroch zu ihr herein. Sie setzte sich ruckartig auf.

»Madam, sie kommen«, meldete er.

Der Mob? Aber weshalb? Diese dreckige Menschenmenge hatte so gut wie alles mitgenommen.

»Die Eridaner kommen. Ich kann sie hören. Sie nicht?«

Sie konnte keine Eridaner hören, aber auf jeden Fall konnte sie den Jungen riechen. In der Enge des Wohnwagens war der Gestank überwältigend.

»Kommen Sie mit.« Er faßte drängend ihre Hand.

Sie versuchte, sich loszureißen, aber der Junge war zu stark.

»Der Regen«, sagte er, was überhaupt keinen Sinn ergab. »Es ist der Regen. Sie werden ihn nicht verpassen wollen.«

Er zog sie ins Freie. Und da stand Mrs. Parisi, die schmutzige Hand des Jungen in ihrer, und vor ihr breitete sich die Wüste aus.

»Kommen Sie.« Er führte sie.

Ihr blieb keine Wahl, als hinterherzustolpern. Ganz gewiß konnte sie nicht um Hilfe schreien und erwarten, daß die brutalen Menschen im Lager zu ihrer Rettung herbeieilten.

»Ich muß unbedingt um acht zurück sein, um mit dem Polizeichef zu sprechen«, sagte sie zu dem Jungen.

»Ja, ich bringe Sie schon zurück. Sie kommen jetzt, und wir wollen sie nicht verpassen.«

Er half ihr in eine Bodensenke hinunter und zog sie auf der anderen Seite hinauf. »Die Männer von der Gesundheitsbehörde haben heute Kranke erschossen und in die Grube geworfen«, teilte er ihr mit gedämpfter Stimme mit. »Und dann haben sie die Leichen verbrannt. Ich habe es gesehen.«

Der Barbecue-Geruch wurde stärker. Mrs. Parisi verstand endlich, woher das süßliche Aroma des Rauchs kam.

»Wie unerfreulich«, erwiderte sie. Ihr Magen rumorte ein bißchen. Rücksichtslos von den Beamten, eine Leichenverbrennung so nahe einer Stelle durchzuführen, wo Leute vielleicht essen wollten! »Sind wir bald da?«

Am Himmel hing eine dünne Mondsichel. Doch der Wüstenboden war dunkel. Der Junge zog sie so schnell mit sich, daß sie nicht aufpassen konnte, wohin sie trat.

»Nur noch ein Stückchen«, vertröstete er sie. »Wissen Sie was? Diese Eridaner kommen über mich, und ich spüre, wie ihre Kühle in meine Haut eindringt. Sie interessieren sich für mich, als wenn ich jemand Wichtiges wäre, als wenn ich erwünscht wäre und all das.«

Mrs. Parisi krachte durch einen Busch. »Wie außerordentlich bezaubernd.«

»Ich bin noch nie erwünscht gewesen, nicht von meinem Pa und auch sonst von niemandem.«

»Glaubst du, hier könnten Spinnen sein?«

»Sehen Sie!« rief er.

Die Hand des Jungen glitt aus der ihren. Etwas näherte sich über den dunklen Wüstenboden. Ein blaues Licht. Es schwebte auf den Jungen zu wie ein Kinderballon, der verlorengegangen war und jetzt nach Hause kommt.

Großer Gott, dachte Mrs. Parisi erstaunt. Es war nicht möglich, daß sie sah, was sie sah. Vielleicht war es Sumpfgas. Ja. Es war Sumpfgas, auf das der Junge Hals über Kopf zurannte.

Das Gas war dem Jungen jetzt so nahe, daß es ihn in kühlem Blau badete. So standen sie eine Weile da, das blaue Licht und der Junge. Sein Gesicht zeigte Verzückung, seine Augen waren geschlossen, als halte er die Ekstase in seinem Innern fest und fürchte, eine störende Bewegung oder ein zufälliger Gedanke könne sie entfliehen lassen.

Dann sprang das Licht. Im nächsten Augenblick

waren beide, der Junge und das Licht, verschwunden.

Himmel, dachte Mrs. Parisi. *Wie außerordentlich seltsam.* Aber das vermutliche Sumpfgas konnte das natürlich tun, es konnte den Körper des Jungen einhüllen und zu unsichtbarer Asche verbrennen.

Klar, das war es, was sich abgespielt hatte. Der dumme Junge hatte sich verdampfen lassen oder so etwas, und sie durfte jetzt allein im Dunkeln zurücklaufen.

Vor sich hin murmelnd, setzte sie sich in Marsch. Sie näherte sich der Senke, als ihr jemand flegelhaft mit einer Taschenlampe in die Augen leuchtete.

»Ich muß doch sehr bitten!« schimpfte sie.

»Mrs. Parisi?« fragte eine Stimme. Der Lichtstrahl senkte sich, und sie erkannte zwei Staatspolizisten in ihren albernen Bermuda-Shorts.

»Mrs. Linda Parisi?«

Offenbar war der Polizeichef jetzt bereit, sie zu empfangen.

»Ja?«

Der Beamte sagte: »Da sind ein paar Männer vom militärischen Geheimdienst. Und sie wollen unbedingt mit Ihnen sprechen.«

10. Kapitel

Der Kreml, Moskau

Während Baranjk den marmornen Gang hinunterschritt, versuchte er, seine Uniform geradezuziehen. An der Tür zum Büro des Präsidenten wartete eine kleine Menschenansammlung. Der Generalleutnant machte Fjodorov sofort aus.

Er *war* dick geworden, wenn auch nicht so sehr, wie Baranjk erwartet hatte.

»Valentin Sergejewitsch!« rief Fjodorov, warf die Arme um den Generalleutnant und küßte ihn naß auf beide Wangen.

Baranjk küßte ihn pflichtschuldigst wieder, dann hielt er ihn auf Armeslänge von sich ab. »Du hast zu viele Würste gegessen, mein Freund«, lachte er mit einem Blick auf Fjodorovs Schmerbauch.

Fjodorov grinste und klopfte mit dem Handrücken gegen Baranjks Bauch. »Und du bist immer kräftig gewesen. Das Alter zeigt sich dann nicht so sehr.«

Ein Adjutant in einem teuren, französisch geschnittenen Anzug beugte sich zu ihnen und sagte: »Der Präsident wird Sie jetzt empfangen.«

Zwei Soldaten in schneidigen Uniformen traten vor und schlugen die massiven Türflügel zurück. Baranjk streifte sie mit einem finsteren Blick. *Zu sauber, zu elegant,* dachte er, *um echte Krieger zu sein.* Seine eigene kampferprobte Gruppe sah wie eine Räuberbande aus.

Fjodorov faßte seinen Arm und führte ihn in die Präsidenten-Suite. Hinter einem gewaltigen, kunstvoll geschnitzten Schreibtisch stand Pankov, um sie zu begrüßen.

Die Russen hatten das Wohlleben wiedererlernt, wie Baranjk sah. Das Büro war so groß wie ein Ballsaal und überladen mit Antiquitäten aus dem 19. Jahrhundert.

»Wie schön, Sie wiederzusehen, Herr Generalleutnant.« Pankov kam hinter seinem Flugzeugträger von einem Schreibtisch hervor und streckte herzlich die Hand aus. Offensichtlich hatte der Präsident die russische Begrüßung zugunsten der weniger intimen amerikanischen Art aufgegeben.

Baranjk nahm die ihm gebotene Hand. Die Handfläche war talkumpudertrocken. Der Präsident roch nach einem Aftershave mit Waldduft, und sein volles weißes Haar war eine Spur zu glänzend, als habe er es getönt.

»Wann haben wir uns zuletzt gesehen? Lassen Sie mich überlegen...« Pankovs edle Stirn legte sich in nachdenkliche Falten. »Ich glaube, es war gleich nach dem Fall der Berliner Mauer.« Er lächelte. Das von seinen perfekten Zähnen widergespiegelte Licht schien den Raum heller zu machen. »Sie waren damals Hauptmann, glaube ich, und ich war ein unbedeutender Apparatschik, der als Verbindungsmann für unsere europäischen Truppen fungieren sollte. Die Westdeutschen haben uns in diesem Jahr gefüttert, erinnern Sie sich? Ich entwickelte eine Vorliebe für Bratwurst, die zu besiegen mir bisher nicht gelungen ist.«

Pankov lachte und strich sich über den flachen Bauch. Er streichelte ihn, als sei er ein Schoßtier.

Baranjk staunte über das Gedächtnis des Präsidenten. Er selbst erinnerte sich nicht, Pankov überhaupt jemals begegnet zu sein. Dann sagte er sich, man werde es ihm eingepaukt haben, und seine Wertschätzung des Mannes sank wieder.

Ein Fernsehstar, dachte Baranjk grämlich. *Mehr ist Pankov nicht.* Die Haare, die Zähne würden auf dem Bildschirm gut wirken. Das Lächeln mit seiner gespielten Herzlichkeit auch.

»Setzen Sie sich.« Pankov kehrte zu dem hochlehnigen Sessel hinter seinem Schreibtisch zurück. »Der Senator hat mir erzählt, Sie hätten ihm in Afghanistan das Leben gerettet.« Beunruhigenderweise trübte sich das Lächeln. Baranjk stellte sich vor, daß Pankov sein Lächeln ebenso wie sein Aftershave, seine Unterhose und seinen Schurwollanzug jeden Morgen anlegte.

»Eine dunkle und tragische Episode in unserer Geschichte«, stellte der Präsident fest.

Baranjk sah zu Fjodorov hinüber. Der Senator grinste. Es war ein albernes, dummes Grinsen wie das einer Maus, die in ein Faß mit Käse gefallen ist. Fjodorov hörte Pankov gar nicht zu. Es genügte ihm, in einem Büro mit ihm zu sitzen.

Wassili Petrowitsch war also nicht so bedeutend, wie er vorgab. Tatsächlich war er ein so kleiner Mann, daß ihn schon reflektierter Ruhm erwärmte.

»Als ich dort Offizier war«, erklärte Baranjk ruhig, »glaubte ich, das Richtige zu tun.«

»Natürlich.« Pankovs Zustimmung war zu oberflächlich, wie das Kompliment einer Hure. »Das haben wir seinerzeit alle gedacht.«

»Ich habe es *geglaubt!*« Baranjk wies Pankov mit dem Finger ins Gesicht. Das Lächeln des Präsidenten erstarb, mitten durchs Herz geschossen. »Ich habe an alles geglaubt. An die Sowjetunion und ihr Recht, ihre Grenzen zu verteidigen. Ich habe an die gerechte Sache des Kommunismus geglaubt. Soll ich mich für meinen Patriotismus schämen? Wir waren einmal durch das Gesetz miteinander verbunden. Durch mehr als das Gesetz: durch die Geschichte. Bedeutet Ihnen die Vergangenheit nicht mehr als Scheiße?«

Schweigen füllte den Raum wie ein Gestank. Pankov sah Fjodorov an. »Das nun gerade nicht«, sagte er. »Es hat einmal ein Band zwischen uns gegeben, natürlich. Das ist nicht zu leugnen. Es ist nur so, daß sowohl unser Rußland als auch Ihre Ukraine in Afghanistan viele junge Männer verloren hat.«

Der Präsident legte die Fingerspitzen zusammen und lehnte sich in seinem Sessel zurück. Er lächelte wieder.

»Kriege sind häßlich«, erklärte Baranjk.

»Ja, das sind sie. Ganz meiner Meinung.« Plötzlich wandte Pankov sich an Fjodorov. »Sie müssen für ihn eine Besichtigung Moskaus arrangieren. Er ist seit – wann? 1991? – nicht mehr hier gewesen. So vieles hat sich verändert. Er wird ein paar Restaurants besuchen wollen. Das auf dem Tverski-Prospekt …«

»Ja.« Fjodorov strahlte. »Das kenne ich. Es hat einen wundervollen Koch, und die Blini …«

Unvermittelt stand Pankov auf. »Ja, ja. Also, Herr Generalleutnant, es war schön, Sie wiederzusehen.«

Wieder kam er um den Schreibtisch, die Hand zum Abschied ausgestreckt. Baranjk sprang von seinem Stuhl auf, faßte Pankovs Hand und ließ sie nicht mehr los. »Ich brauche Treibstoff, Herr Präsident.«

»Ich will keinen Krieg.« Pankov gab Baranjks Blick kühl zurück. Dann entzog er ihm seine Hand. »Afghanistan hat uns ruiniert.« Er drehte sich um und kehrte hinter seinen Schreibtisch zurück. »Chruschtschow und sein Streben nach Weltherrschaft haben uns vergewaltigt. Breshnew und seine Paranoia haben uns arm gemacht. Und Gorbatschov hat den Räumungsverkauf eingeleitet.«

Er setzte sich, wobei er sorgfältig die Bügelfalten seiner Hose hochzog. »Das Militär hat zu unserem Bankrott geführt«, sagte er. »Milliarden von Rubeln in Raketensilos begraben, Milliarden von Rubeln, Herr Generalleutnant, während die Menschen hungerten. Sollten wir daraus nichts gelernt haben? Natürlich waren Rußland und die Ukraine einmal Brüder. Aber Kinder werden erwachsen. Und Brüder müssen lernen, für sich selbst zu kämpfen. Was, meinen Sie wohl, würde das russische Volk empfinden, wenn ich es in Gefahr brächte?«

Baranjk schlug beide Handflächen auf den Schreibtisch und beugte sich zu Pankov vor. »Dann vergessen wir einmal den moralischen Aspekt. Hören Sie sich die praktischen Argumente an. Die Araber werden die Alliierten ermorden, und dann werden sie hinter *Ihnen* her sein.«

Baranjk sah, daß er den Mann endlich geärgert hatte. Pankov schwenkte die Hand scharf durch die Luft und wandte sich dem Fenster zu, der vergoldeten Kuppel von St. Basil und dem grauen Moskauer Himmel dahinter. »Wir haben eine Vereinbarung mit den Arabern.«

»Einen *Dreck* haben Sie!« schrie Baranjk.

Pankov fuhr herum, sah ihn finster an. Alle vorgetäuschte Höflichkeit war verschwunden. »Das Volk will keinen Krieg. Ich habe Meinungsumfragen durchführen lassen. Dies ist eine Demokratie. Was soll ich Ihrer Meinung nach denn tun?«

Baranjk sah zu Fjodorov hinüber. Der Senator betrachtete die russische Fahne, die schlaff hinter dem Sessel des Präsidenten hing. »Er hat Angst, Wassili Petrowitsch«, sagte Baranjk leise. »Er hat Angst, die nächste Wahl zu verlieren, und wegen dieser Angst wird der Rest Europas untergehen.«

Keiner der beiden Russen sprach ein Wort. Fjodorov musterte seine manikürten Fingernägel. Pankov blätterte zerstreut in einem Stapel von Papieren.

Baranjk fuhr fort: »Ein einziger Mann entscheidet über das Schicksal der Welt, und er ist ein Feigling. Es handelt sich nur noch um Monate, und die Araber werden nach Norden ziehen wie ein Vogelschwarm, zu schnell und zu zahlreich, als daß man sie aufhalten könnte.«

Pankovs Fernsehstar-Gesicht zeigte harte, unfotogene Linien. »Wenn sie das Rheintal erreichen, werden sie sich dort niederlassen. Sie werden fett und selbstzufrieden werden, Herr Generalleutnant Baranjk. Man füttere seine Feinde, verstehen Sie, und sie verlieren die Lust zum Kämpfen. Es ist nur so, daß das russische Volk sagt: ›Soll die Ukraine sie füttern, sollen Polen und Rumänien sie füttern. Soll Frankreich sie füttern. Nicht wir.‹«

Baranjk erkannte, daß die Schlacht vorbei war. Er war zum Untergang verurteilt, eingekreist wie seine Armee bei Kiew. Nur benutzten die Mörder diesmal Worte statt Granaten, und sie dufteten nach Seife und Aftershave. Heiliger Vater. Wie sollte er das seinen Männern erklären?

Halt, dachte er. *Eine Überraschung gibt es noch.* Es würde ein tollkühner Bluff sein, aber Pankov hatte keine Möglichkeit, Baranjks Karten zu sehen.

Der Generalleutnant beugte sich vor. »Wir haben Schiffe von Aliens gesehen. Extraterrestrische kleine blaue Lichter.«

Pankov warf Fjodorov einen aufschlußreich besorgten Blick zu.

»Es gibt einen amerikanischen General, der denkt, er könne mit ihnen reden, er könne die Aliens auf unsere Seite bringen«, sagte Baranjk. »Es mag den Aliens schwerfallen, zu verstehen, was ein Krieg ist. Es mag ihnen unmöglich sein, zu verstehen, was Neutralität ist.«

Das hatte gesessen. Pankovs Seelenruhe zerbrach, und darunter kam Unsicherheit zum Vorschein.

»Sehen Sie zum Himmel hoch, Pankov. Sehen Sie immer weiter zum Himmel hoch und fragen Sie sich, ob dort etwas Tödlicheres fliegt als Ihre alternden ICBMs.«

Unten an dem sanften Hang des feuchten St. Augustine, am Ende des Piers über dem See, saß Jerry Caseys Pa und steckte einen Köder an den Angelhaken. Jerry atmete die vom Regen erfrischte Luft tief ein und ging zu ihm. Seine Füße federten auf den verwitterten Bohlen des Piers.

»Hallo, Pa«, sagte er.

Sein Pa blickte hoch und lächelte. Die Augen, die Nase, der Mund schwankten ein bißchen, als sehe man sie durch nasses Glas.

»Setz dich«, forderte sein Pa ihn auf.

Jerry tat es und sah in den See hinunter. In dem klaren Wasser standen die Fische wie schlanke Hubschrauber in der Luft. Ein paar Yards weiter weg klapperten Binsen im Wind. Eine landende Wildente spritzte in ihrer Nähe Wasser hoch, so daß die Fische auseinanderflitzten.

»Schön hier«, warf Jerry hin. Farnkraut wuchs am Dock, Mädchenhaar-Farne mit hellgrünen Blättchen wie Münzen.

»Ja.« Sein Pa zeigte ihm ein seltsames, loses Grinsen. »Hier gefällt es mir sehr. Möchtest du mit dem Boot hinausfahren, Jerry? Was meinst du, würde dir das Spaß machen?«

»Na klar.« Die Frage seines Pas überraschte ihn so, daß er beinahe zu atmen vergaß. Sein Pa hatte ihn noch nie Jerry genannt. Er nannte ihn immer ›Junge‹, als könne er sich seinen Namen nicht merken.

»Steig ins Boot, Jerry.«

Die Binsen klapperten so laut, daß es sich wie Regen anhörte. Jerry warf einen Blick zurück und sah ein kleines Ruderboot auf dem Wasser tanzen.

Dann waren sie im Boot auf der Mitte des Sees, bei den Binsen. »Los, Jerry. Spring rein!«

Kühles Wasser sickerte in Jerrys Hemd, fuhr mit

seiner ruhigen Hand durch sein Haar. Er glaubte, sich an Staub und Hitze und sterbende Menschen zu erinnern, aber die Erinnerung war schwach. Er schob sein Gesicht unter das Wasser und sah die goldenen und roten Fische um die moosigen Steine gleiten.

»Komm!« rief sein Pa. Er stand aufrecht in dem Boot, das einige Yards entfernt vertäut war.

Jerry war in dem Boot, und sein Pa zeigte dieses seltsame, flatterige Grinsen von einem unvollständigen Ohr zum anderen. Es war, als habe Jerry all diese Jahre statt mit Pa mit einem Fremden verbracht. Das hier war der Mann, den er kannte. Pa war wie ein Mann aus einer Fernsehfamilie in einer Nachmittagswiederholung, ihm so vertraut wie Cosby oder Beaver Cleavers Dad.

»Möchtest du mir von Amerika erzählen?« fragte sein Pa mit einer Fernseh-Dad-Stimme.

»Vielleicht später, Pa, das heißt, wenn es dir nichts ausmacht.«

Pas Lächeln wurde breiter und an den Rändern wackelig. »Nein, Jerry. Das macht mir überhaupt nichts aus. Sag, hättest du gern ein Sandwich?« Er öffnete den Deckel eines Kühlbehälters.

Jerry erstarrte vor Entsetzen. Jetzt würde alles verdorben werden, der schöne Tag, der See, die gute Stimmung seines Pas. Er rechnete damit, daß sein Pa ein Bier aus dem Eis ziehen würde. Statt dessen reichte er Jerry ein Coke.

»Hier«, sagte sein Pa. »Das magst du doch, nicht wahr?«

»Ja.« Jerry öffnete den Verschluß und trank. Das Coke zischte und brannte seine Kehle hinunter.

»Hier hast du ein Sandwich.« Sein Pa gab ihm ein in Folie eingewickeltes Paket. »Ich weiß doch, Jungen, die noch wachsen, haben immer Hunger.«

Jerry nahm einen Bissen. Schinken und Schweizer Käse mit Pickles darauf, sein Lieblingsbelag. Der Geschmack weckte ein Tier in ihm; er begrub sein Gesicht in dem Sandwich und grunzte wie ein halbverhungerter Hund. Als er von der leeren Folie hochblickte, Krümel im Gesicht, merkte er, daß sein Pa ihn beobachtete.

Sie waren in der Hütte. Ein Feuer knisterte im Herd. Draußen fiel Regen, klopfte gegen die Fensterscheiben.

»Hier.« Sein Pa schob einen Teller über das zernarbte Holz des Küchentisches.

Brathühnchen mit Soße. Klößchen aus Gumbo, knusprig, genau wie er sie liebte. Ein Berg Kartoffelbrei, ein großes Stück Kürbiskuchen.

»Na los, Jerry!« Sein Pa sprach genau wie der Mann in *Vater weiß es am besten*. »Nun iß schon!«

Jerry aß, bis er Seitenstechen hatte. Er aß, bis er seinen Gürtel lockern mußte. Als er fertig war, rückte er seinen Stuhl vom Tisch ab und sah wieder, daß sein Pa ihn beobachtete.

»Gehen wir nach draußen«, schlug sein Pa vor. »Möchtest du das gern, Jerry? Möchtest du gern nach draußen gehen, Sohn?«

Sie standen auf der Veranda, und Jerry sah, daß der Regen nachgelassen hatte und jetzt nur noch ein feiner Nebel war. Das während des Schauers angesammelte Wasser tropfte vom Dach, trommelte auf die Holzstufen. Die Luft duftete nach Kiefern.

Es überraschte Jerry, daß außer ihnen noch jemand da war. Unten am Hang neben einem baufälligen Bootshaus aus Wellblech stand ein Mann in einer Fliegermontur. Einen verlorenen Ausdruck im Gesicht, drehte er sich um und ging zu den Bäumen hoch.

»Möchtest du diesen Piloten gern kennenlernen, Jerry?« fragte sein Pa.

»Nein, Pa. Im Augenblick nicht.« Die Wahrheit war, Jerry wollte seinen neuen Pa mit niemandem teilen. Mit überhaupt niemandem. Er wollte die Liebe seines

Pas wie etwas Teures und Besonderes horten, sie in eine Watteschachtel legen und aufbewahren.

»Gut«, sagte sein Pa. »Dann heute nicht. Du brauchst ihn heute nicht kennenzulernen. Aber ich möchte, daß du ihn irgendwann mal kennenlernst. Es ist wichtig, sonst würde ich dich nicht darum bitten.«

»Okay, Pa.« Der Pilot sah zu ihnen her. Dann drehte er sich um und verschwand im dunklen Wald.

Der Groll lief aus Jerry hinaus wie Sand aus einem Trichter. Kühles, feuchtes Glück füllte den freigewordenen Raum. Er ertappte sich dabei, daß er ohne rechten Grund grinste.

»Ich glaube, ich fange an, Furcht zu begreifen«, sagte sein Pa. Sein Gesicht veränderte sich zum Rhythmus des tropfenden Wassers. Jerry kämpfte gegen den Drang an, die Hand an dieses Gesicht zu legen und es festzuhalten.

»Jetzt würde ich gern etwas über Kummer erfahren.«

Jerry hörte auf zu lächeln. Der Rasen rings um ihn wurde still, nur das Rascheln der Binsen bewegte die Luft. Liebe schwoll in ihm an wie ein Schmerz. Sein neuer Dad war so sanft, so zerbrechlich, daß die leiseste Berührung ihn beschädigen konnte. Er glich keinem anderen Mann, den Jerry je gesehen hatte.

»O nein, Pa«, flüsterte Jerry leidenschaftlich. »Ich habe soviel Kummer gesehen, und du wirst nichts darüber wissen wollen.«

Barcelona, Spanien

Darauf achtend, daß er seine Aktentasche nicht fallenließ und mit seinem Gipsverband den Türstock nicht mitnahm, betrat Oberst Wasef das Büro von General Sabry. Der rundliche General stand auf. »Wie geht es dir?« fragte er.

Wasef blickte auf seinen eingegipsten rechten Arm nieder. Den ganzen Tag hatte sein Verstand einen Ball in einem mühsamen Tennisspiel hin und her geschlagen. In dem einen Augenblick hielt er sich für heil und ganz und wollte nach etwas fassen, im nächsten war der gebrochene Arm eine so überragende Realität, daß er den größten Teil seiner Welt einnahm.

»Mir geht es recht gut, danke, General.«

Vielleicht stimmte das gar nicht. Er hatte das LEF verloren, und er hatte den einzigen Sohn des Generals beschuldigt, ein Verräter zu sein. Er sah in Sabrys rundes, besorgtes Gesicht hoch und fragte sich, ob der Mann ihm jemals verzeihen würde.

»Bitte. Bitte.« Sabry zog einen Sessel an den Schreibtisch. »Setz dich.«

Wasef nahm unbeholfen Platz und versuchte, seinen schweren Ellbogen von den Armlehnen fernzuhalten.

»Wir nehmen an, daß der letzte KH-Satellit unbrauchbar gemacht worden ist«, sagte Sabry.

Als ein Mann, der seine Träume manchmal mit sich in den Tag hineinnimmt, erlebte Wasef eine kurze und verwirrende Rückblende auf den Kampf. Das Robotfahrzeug drehte sich, sein Arm hob sich wie der des ungeschicktesten aller Baseball-Pitcher. Es war ein so lächerlicher Anblick gewesen, daß Wasef beinahe gelacht hätte. Dann sah er den dunklen Umriß der Granate auf sich zufliegen. Hier, im Büro des Generals, in der sonnendurchfluteten Stille war die Erinnerung so lebhaft, daß er beinahe zusammengezuckt wäre.

»Hast du Schmerzen?« erkundigte der General sich.

Wasef öffnete die Augen. »Nein, General.«

»Niemandem als dir will ich gestehen, daß ich ein bißchen Whisky habe.« Der General grinste. »Gib diese Information nicht an die Shi'a oder an die Saudis weiter. Erzähl vor allem diesen arroganten Saudis nichts. Wenn du jedoch gern in der Abgeschlossenheit meines Büros ein Glas trinken möchtest, würde es mir ein Vergnügen sein, es dir einzuschenken.«

Wasef wollte seinen rechten Arm in einer ablehnenden Geste heben, doch das Gewicht des Gipsverbandes hielt ihn unten. »Nein, General. Bitte, bemühe dich nicht.«

Das Lächeln des Generals verblaßte vor Sorge. »Auch ohne den Laser müssen wir den Angriff durchführen. Wenn wir jetzt nicht handeln, verlängern wir den Krieg um weitere sechs Monate, und das können wir uns nicht leisten. Gestern hat ein iranischer Pilot eine Rakete in einen Berggipfel geschickt. Wegen dieser Idiotie ist die geplante Route unmöglich geworden. Wir müssen den Weg südlich von Andorra nehmen.«

Wasef hielt den Gipsverband mit seiner linken Hand umfaßt. Er nickte. »Wenn wir uns des Nachts bewegen, können wir die Berge überqueren, ohne entdeckt zu werden. Die Alliierten führen dort nur selten Flüge durch, und die Franzosen haben, wie ich glaube, noch keinen Verdacht geschöpft.«

»Wir?« fragte Sabry.

Wasef, plötzlich aus dem Konzept gebracht, blinzelte. »Ja, General. Die Artillerie und die Panzer-Bataillone, die ich führen werde.«

Sabry runzelte die Stirn. Das finstere Gesicht sah ihm so gar nicht ähnlich, daß es Wasef Angst einjagte. *Allah sei mir gnädig. Gamal hat es seinem Vater erzählt.*

»Was dich angeht, bin ich mir nicht sicher«, sagte der General.

Wasef schwitzte jetzt. Das Büro hatte keine Klimaanlage, und die Nachmittagssonne knallte wie atonale Musik in das Fenster.

»Ich fürchte, du bist zu krank«, meinte Sabry.

Wasef holte vor Erleichterung zitterig Atem und

schüttelte den Kopf. »Nein, General. Mir geht es ausgezeichnet. Ich selbst halte keine Waffe. Es kann überhaupt kein Gedanke daran sein, daß ich untauglich wäre.«

»Bist du sicher?«

»Ja, General. Ich werde die Truppen anführen.«

»Also gut. Morgen beginne ich meinen Vormarsch durch Gerona nach Perpignan. Das wird die Aufmerksamkeit der Franzosen auf sich lenken.« Er lachte vor sich hin. »In der Zwischenzeit rückst du von Pons nach Seo de Urgel vor. Nimm von dort die südliche Route nach Mont-Louis und weiter nach Prades. Bei Prades kommst du ihnen in die Flanke, und wir werden sie zwischen uns in der Falle haben.«

Sabry legte die Handflächen zusammen und zerquetschte die Luft, wie er die Franzosen zu zerquetschen plante. »Und dann wird es vorbei sein«, flüsterte er.

Hingerissen betrachtete er seine Hände, dann sah er plötzlich Wasef an. »Oberst?«

»General?«

»Ich habe dir noch nicht dafür gedankt, daß du dich um meinen Sohn gekümmert hast.«

Als Wasef, die Aktentasche unter dem linken Arm, das Büro verließ, wartete Gamal auf ihn in der Eingangshalle.

Der Hauptmann näherte sich ihm und ging im gleichen schnellen Schritt neben ihm her.

»Hast du es meinem Vater gesagt?« fragte er ängstlich.

Wasef schoß dem Jungen einen Blick zu. »Nein. Willst du es tun?«

Sie traten auf den Bürgersteig und in das unbarmherzige Sonnenlicht hinaus. Wasef wandte sich nach links. Der Junge trabte ihm hinterher. »Oberst, ich schwöre es dir. Ich habe geglaubt, daß ich das Schlüsselloch treffe.«

Wasef blieb stehen. Gamal sah ihn fragend an. »Du *hast* es getroffen.« Wasef schämte sich, daß er nicht von selbst daran gedacht hatte, es dem Jungen mitzuteilen.

Es war ihm nicht klar gewesen, unter welcher Anspannung Gamal gestanden hatte, bis er seine Erleichterung bemerkte. »Würdest du gern eine Tasse Kaffee trinken?« fragte er.

Sie betraten ein kleines Straßencafé mit bunten Art-nouveau-Säulen. Und mit roten und lachsfarbenen Geranien, die in engen Kästen blühten. Überall in Spanien gab es Geranien, als sei diese Pflanze die Nationalblume.

Wasef setzte sich in den Schatten und legte seine Aktentasche auf einen schwarzen schmiedeeisernen Tisch. Gamal hockte sich neben ihn und stützte die Ellbogen auf das vielgestopfte baumwollene Tischtuch.

»Ich hatte Angst, du würdest ihm sagen, ich sei ein Verräter, und daß er dir glauben würde«, gestand der Junge. »Er liebt mich. Dagegen kann mein Vater nichts machen. Aber dir vertraut er, und das ist etwas ganz anderes.«

Der Kellner kam und fragte in unverschämtem Katalanisch nach ihren Wünschen. Wasef antwortete ihm in derselben Sprache, sehr zum Mißvergnügen des Kellners.

»Sie hassen uns«, meinte Gamal, als der Keller gegangen war.

»Das ist nur natürlich. Alle eroberten Völker hassen ihre Eroberer.«

»Ist es auch für uns natürlich, daß wir so sehr hassen?« fragte Gamal mit glänzenden Augen und erregtem Gesichtsausdruck. »Die Alliierten sind Ungläubige und die vertriebenen Israelis weniger als Staub.

Die Syrer sind Diebe, die Palästinenser sind dumm, die Kuweitis faul. Was meinst du, warum hassen wir so sehr?«

Der Kellner brachte ihren Kaffee und stellte die kleinen Tassen so heftig hin, daß die dunkle Flüssigkeit auf das Tischtuch schwappte.

»Ich weiß es nicht«, antwortete Wasef.

»Es liegt daran, daß wir immer noch als Stammesangehörige denken.« Gamal sah nach allen Seiten, um sich zu vergewissern, daß sich kein anderer Araber in Hörweite befand. »In dieser modernen Welt sind wir immer noch Stammesangehörige. Der Islam predigt die Bruderschaft, aber es ist keine Bruderschaft in uns.«

Wasef führte die Tasse an den Mund. Der Kaffee war so süß, daß ihm die Zähne davon schmerzten.

»Meinem Vater ist es unangenehm, wenn ich davon spreche«, erzählte Gamal ihm.

Wasef verstand, warum. Er nahm einen weiteren vorsichtigen Schluck.

»Weißt du«, fuhr Gamal fort, »für meinen Vater sind Araber gut, Ägypter sind besser, und die Familie ist am besten. Sagtest du ihm, ich sei ein Verräter, glaubte er dir. Er würde mich wegschicken und dich dann bitten, den Mund zu halten. Wenn du den Mund nicht hieltest, würde er dich vernichten. Mein Vater glaubt an die Familie.«

Wasef gab sich große Mühe, den Zorn und das Herzweh aus seinem Gesicht fernzuhalten. Das alles war nur allzu wahr. Was Gamal ihm sagte, überraschte ihn nicht. »Vielleicht sollten wir von anderen Dingen reden«, schlug er vor.

»Beunruhigt es dich nicht?« Gamal konnte sich von dem Thema nicht lösen. »Hast du dir nie überlegt, was wir sind? Araber leben in kleinen Schachteln von Loyalität: Familie und Vaterland und Religion.«

»Ich kommandiere dich wieder ab«, verkündete Wasef.

Gamal blinzelte mit seinen großen Spaniel-Augen. »Weshalb?«

Wasef hielt den Blick auf seine Kaffeetasse gerichtet. »Der Laser ist zerstört. Am besten bleibst du in Barcelona. Ich werde dich zu einer hier liegenden Division überstellen.«

»Ich möchte mit dir nach Prades gehen.«

Wasef sah ruckartig hoch. Also hatte der General seinem Sohn ein weiteres Mal strategische Geheimnisse enthüllt. Aber schließlich gehörte Gamal zur Familie.

»Wir haben keinen Laser für dich«, wiederholte der Oberst.

»Ich möchte dahin, wo geschossen wird.«

War der Junge verrückt? Man konnte unorthodoxe Gedanken haben, die hatte Wasef oft selbst. Aber es war gefährlich, sie auszusprechen. Und dumm, absichtlich in die Schußlinie zu laufen.

»Bleib in Barcelona, Hauptmann Sabry«, sagte Wasef. »Bleib hier und bleib am Leben, damit du ein großer Astrophysiker werden kannst.«

Gamal errötete vor Verlegenheit. »Ich glaube, ich will gar kein Astrophysiker mehr werden. Wir kämpfen zusammen, verstehst du? Iraner und Jordanier. Saudis und Iraker. Dies ist mehr als einfach das Pan-Arabien, auf das wir gewartet haben. Es ist eine echte Moslem-Bruderschaft.«

»Wenn du kein Astrophysiker werden willst, welche andere Laufbahn hast du dann im Sinn?« erkundigte Wasef sich neugierig.

Gamals Gesicht färbte sich um noch einen Ton dunkler. Er senkte den Blick auf die Kaffeetasse, die er vorsichtig zwischen den Händen hielt. »Eines Tages möchte ich Präsident der Vereinigten arabischen Staaten sein.«

CRAF-Kommando, Trás-os-Montes, Portugal

Gordon tat sein Bestes, um die Augen offenzuhalten, während Pelham sprach. Er wußte, daß er nur einmal richtig die Lider zu senken brauchte, und er würde einschlafen. Sein Körper begann zu schwanken. Mit einem erschrockenen Zusammenzucken fing er sich wieder, bevor er auf den Zementboden purzelte.

»Wir möchten, daß Sie den Berg herunterkommen.« Der Colonel stach mit einem Zeigestab auf eine Landkarte ein. Benommen sah Gordon die rote Spitze des Zeigestabs wie eine karmesinfarbene Biene über die Straßen hin- und herzucken.

»Wir halten Alfarras«, erklärte der Colonel.

Gordon runzelte vor Konzentration die Stirn.

»Die Straße müßte bis hierher sicher sein.« Pelham maß die Karte mit einem kritischen Blick und stieß sie mit dem Stab an. »Dann nördlich von Lérida querfeldein und nach Zaragoza zu der britischen Luftstation hoch, und von da werden wir das CRAF ausfliegen.«

Eine lange Pause. Dann fragte der Colonel, und es kam wie ein Peitschenhieb: »Haben Sie verstanden, Sergeant?«

Gordon riß die Augen weit auf. »Jawohl, Sir. Von Alfarras nach Zaragoza, Sir.«

»Gut.« Über Pelhams Gesicht huschte ein Lächeln. »Weil Sie sich nämlich, da der Satellit zerstört ist, an diese Karte werden erinnern müssen. Und ich dachte schon, Sie schliefen bei meinen Worten ein.«

»Nein, Sir. Ich bin hellwach, Sir.«

»Sie haben gute Arbeit geleistet.« Pelham legte den Zeigestab weg. »Sehr gute Arbeit.«

Gordon dachte an den Schrei des arabischen Hauptmanns, an den Oberst, der so plötzlich und vollständig hinter dem Maschinengewehr verschwunden war wie eine Blechente auf einem Schießstand. Ob sie tot waren? fragte Gordon sich. Er konnte nicht umhin, zu hoffen, daß sie tot waren, und er konnte nicht umhin, zu beten, daß das, was er ihnen angetan hatte, nicht von zu vielen Schmerzen begleitet gewesen war.

»Aber das Geheimnis, wie man bei einem Kampf am Leben bleibt, ist Besonnenheit, nicht Heldenmut, Sohn.« Pelhams Gesicht war ernst geworden. »Ohne funktionierende Raketen sind Sie ein höllisches Risiko eingegangen.«

Quatsch, dachte Gordon. Der Colonel hätte ihn jederzeit aus der Brille nehmen können. Und Besonnenheit hieß nicht, bei der Zerstörung dieses Lasers langsam wie eine Schnecke zu sein.

Der Oberst nickte aus keinem ersichtlichen Grund. Er sah wieder zu der Landkarte hin, und dann musterte er Gordon. »Wir werden das CRAF neu ausrüsten, und innerhalb einer Woche kann es wieder im Einsatz sein. Das hat uns Mr. Ishimoto versprochen.«

»Ich danke Ihnen, Sir«, sagte Gordon. Endlich war der Colonel zum Kern der Angelegenheit gekommen. Eine Woche würde es dauern. Eine Woche konnte Gordon CDRAFlos leben.

»Wegtreten«, sagte Pelham leise. »Seien Sie um 0700 wieder hier, um das CRAF auf die Straße zu bringen.«

Gordon salutierte, ging aus der Tür und stieg die Treppe in die Abenddämmerung hinauf. Sein Magen riet ihm, einen Zwischenstop in der Kantine einzulegen; sein Körper wollte nur noch ins Bett kriechen.

Nach einem Augenblick der Unentschlossenheit gehorchte er der Direktive seiner schmerzenden Muskeln. Er hinkte die Treppen hinauf in die Unterkunft. Sein Kopf hatte kaum das Bett berührt, da schlief er schon.

Im Licht

In dem Lichtkegel am Ende des Piers segelten Elritzen durch das grüne, durchscheinende Wasser. Jerry sah seinen Pa die Rute heben, sie hinunterschnellen. Die Leine schnurrte, als sie geworfen wurde. Mit hohlem Plumps versank der Köder in dem dunklen See.

Jerry holte Atem. Die Abendluft roch nach Schlick und stehendem Wasser und sauberem Regen. Hinter den klappernden Binsen ging eine dünne Eierschale von einem Mond auf.

»Mir gefällt es hier«, gestand Jerry mit leiser Stimme, damit er die Fische nicht verscheuchte. Es war wichtig, die Fische nicht zu verscheuchen. Es war für seinen Pa wichtig.

Sein Pa hockte zu seinen Füßen, ein halb beleuchteter, bewegungsloser Felsblock. »Setz dich hin«, forderte sein Pa ihn auf. »Laß deine Füße ins Wasser baumeln. Ich weiß doch, Jungen tun das gern.«

Gehorsam nahm Jerry neben seinem Pa Platz. Das Wasser war kühl an seinen Zehen; an seiner Hüfte war der Körper seines Pas weicher Schlamm. Jerry sah über den Rasen zu der Hütte hin, zu dem Bootshaus, und sah staunend in das geliebte schwammige Gesicht hoch. Die Nase seines Pas stülpte sich einen unangenehmen Augenblick lang ein, dann schwoll sie wieder heraus, als ob sie sich nicht entscheiden könne, ob sie überhaupt eine Nase sein wolle.

»Das Angeln. Du liebst das Angeln, nicht wahr, Jerry?« fragte sein Pa. »Siehst du, ich weiß alles über dich. Ich weiß, was du liebst.«

Natürlich wußte er es, dachte Jerry. Er war der perfekte Pa.

Jerry drehte sich um und sah am Ufer einen Mann in einem Tarnanzug, der sie beobachtete. Dann kam der Soldat über den Pier zu ihnen.

»Hei«, grüßte Jerry ihn.

»Ich träume«, murmelte der Mann. Er war blond, mit einem fliehenden Kinn und benommenen blauen Augen. Jerry fiel auf, daß die Hosenbeine seines Tarnanzugs in hochschäftige Nikes gestopft waren. Ihm fiel außerdem auf, daß er, wenn er den Soldaten fest genug anstarrte, die Bäume und den See durch ihn hindurch sehen konnte, als sei der Mann ein Geisterbild auf einem Fernsehschirm.

»Wer bist du?« fragte Jerry ihn.

Der Soldat antwortete nicht. Er sah stirnrunzelnd auf den See hinaus, als lausche er dem Geschwätz der klappernden Binsen und überlege, was er daraus machen solle.

»Wer ist das, Pa?« fragte Jerry.

Sein Pa ruckte an der Rute. Die Rolle drehte sich und machte *Klick-klick-klick.* »Wer?« fragte sein Pa zurück.

Jerry zeigte auf den Soldaten. Der Mann starrte sie an, seine Augen waren benommen und schläfrig.

Pa drehte sich um. »Ich sehe niemanden. Ihr Jungen...« – er lachte nachsichtig wie ein Fernseh-Dad – »ihr müßt eure Väter immer aufziehen.«

Als Jerry wieder hinsah, war der Soldat weg, und der Pilot kam durch die Schatten, die auf dem Gras lagen.

»Dieser andere Junge. Warum redest du nicht mit ihm?« fragte Jerrys Pa. »Frag ihn, ob er mit dir spielen möchte.«

Jerry fand sich auf dem dunklen Gras bei dem Piloten wieder. Der Mann faßte Jerrys Ellbogen und hielt ihn fest. »Du bist wirklich«, stellte er erstaunt fest. »Ich habe heute abend jemand anders kennengelernt. Einen Sergeant. Aber als ich mit ihm sprach, ging er weg. Wirst du auch weggehen?« Seine Stimme klang hoch und verängstigt.

»Nein. Möchtest du mit zu meinem Pa kommen?«

»Er ist ein Alien«, behauptete der Pilot. »Sie sind alle Aliens.«

Jerry betrachtete liebevoll die gebeugte Gestalt am Ende des Piers. »Ich weiß«, sagte er.

Der Mann fuhr beschwörend fort: »Sie machen Gedankenspiele. Alles ist eine Illusion. Hast du schon mal einen berührt? Ja? Gott! Und gesehen, wie sich ihre Gesichter verändern? Sieh dir das Ding da unten nur an. Sieh es dir an. Was, zum Teufel, wollen sie?«

Jerry befreite seinen Arm und ging weg, aber der Mann lief ihm nach und faßte ihn so fest, daß es weh tat. Jerrys Pa würde so etwas niemals tun. Er könnte ihm mit seinen schwammigen Händen gar nicht weh tun. Selbst wenn er die Hand zur Faust ballte und Jerry schlug, wie es sein alter Pa getan hatte, würden die Schläge kühl und harmlos niederfallen.

»Ich habe ihnen geheime Informationen mitgeteilt«, berichtete der Pilot. »Sie haben mich nicht bedroht, sie haben es durch List aus mir herausgeholt. Dafür könnte ich vors Kriegsgericht kommen.«

Der Pilot wollte ihn nicht loslassen. »Hör mal, Junge. Ich kann endlich wieder klar denken. Ich habe Zeit zum Nachdenken gehabt. Wir sind Kriegsgefangene, verstehst du? Du verstehst, was ich sage? Wir müssen versuchen zu fliehen.«

Jerry stolperte weg von dem Piloten und zurück zu seinem Pa, wo er sicher war. Sein Pa drehte den Kopf und sah ihn, die Rute schwankte in seiner formlosen Hand, seine Augen waren jetzt so groß und dunkel, daß nicht mehr viel Gesicht übrig war.

»Wollte er nicht mit dir spielen, Jerry?« fragte sein Pa mit einer klingenden Stimme, die Jerrys Haut kribbeln machte. Eine Stimme wie das Brummen eines gewaltigen Motors. »Wolltest du nicht mit ihm spielen?«

»Nein, Pa«, antwortete Jerry. »Er hat mir nicht besonders gefallen.«

Vom Wasser her schnatterte ein Seetaucher. Die Binsen klapperten wie ein Zug, der über Gleise rast.

Sein Pa widmete sich wieder dem Angeln; sein Kopf sank in die Masse seiner Schultern ein.

Er warf die Leine. Ein Schwirren, ein nasses Plumpsen waren zu hören. »Du bist ein braver Junge«, sagte sein Pa ihm mit einer toten, leisen Stimme.

In der Nähe von Parczew, Polen

»Grigori Michailowitsch Pankov«, murmelte Baranjk, während er das Nachtglas an die Augen hob, »möge Gott deine Eier wie reife Weintrauben zerquetschen.«

»Wie bitte, Herr Generalleutnant?« fragte Schcheribitski und beugte sich durch die Dunkelheit auf dem Deck des Scouts vor.

»Nichts«, seufzte der Generalleutnant. »Sagen Sie Kompanie A, sie soll nicht so schnell vorrücken. Dies ist kein Wettlauf.«

Die arabische Artillerie ballerte drauflos, die Mündungsblitze funkelten am Horizont wie Glitzer auf einem Abendschal. Ein antwortendes *Bumm* kam von einem von Baranjks Panzern. Die Flamme verriet für einen winzigen Augenblick sein Versteck.

So weit, so gut. Baranjk hatte nicht soviel Zeit gehabt, um seine Strategie zu entwickeln, wie er gern gehabt hätte. Nur ein Tag hatte zwischen seiner Rückkehr aus Moskau und dem Zeitpunkt gelegen, als sich das arabische Netz schloß.

Schcheribitski hatte auf seine Rückkehr gewartet, vielleicht klugerweise. Als er mit Baranjk in der Cessna telefoniert hatte, war der südliche Arm des Netzes beinahe geschlossen gewesen.

Baranjk wollte versuchen, im Norden durchzubrechen, an der Stelle, wo er Schwäche spürte. Wenn jetzt nur der Käse, den neun Panzer darstellten, die arabische Maus herauslockte! Von seinem hohen Standpunkt sah der Generalleutnant eine vielversprechende Bewegung. Pfadfinder. Zu Fuß. Sie kamen aus Nordosten über das Gras, weniger als drei Kilometer entfernt.

»Kompagnie A soll sich bereithalten«, sagte Generalleutnant Baranjk. »Erinnern Sie die Leute, daß sie beim Vorrücken vorsichtig sein sollen.«

Oh, so vorsichtig. Behutsam wie ein gestiefelter Fuß, der durch einen Raum voller Katzen schreitet. An diesem Morgen hatte er seinem Panzertrupp den Durchbruch eingedrillt, so lange, bis ihnen die Beine weh taten und sie respektvoll gebeten hatten, sich setzen zu dürfen.

Auf dem flachen, offenen Friedhof von Michów hatten sie geübt, die Grabsteine und die Toten ignorierend. *Da hinüber. Nein, Hauptmann! Sind Sie blind! Sie sind in Batterie C der Artillerie hineingelaufen. Sehen Sie nach unten auf Ihre klobigen Füße. Und was sehen Sie? Sie haben zehn von meinen Männern getötet!*

Sie hatten nicht genug Treibstoff, um die Schlacht mit den Panzern zu simulieren, deshalb hatten sie sie zu Fuß durchgespielt, immer wieder und wieder wie höfische Tänzer bei einem Kotillon.

Zur Hölle mit Ihnen, Leutnant! Sind Sie blöde? Links! Links! Zwischen die Bäume hinein! Wissen Sie nicht, daß Sie sich keine Blöße geben dürfen?

Jetzt, an diesem ruhigen, dunklen Abend wartete die ukrainische Artillerie in einem Halbkreis auf die Eröffnungstakte der Musik, die den Beginn des Tanzes verkündigen würden.

»Gleich, Herr Generalleutnant«, flüsterte Schcheribitski.

»Ja«, antwortete der Generalleutnant. »Gleich.«

Plötzlich bemerkte Baranjk in dem Ameisengekrabbel der arabischen Pfadfinder größere sich bewegende Vierecke.

»Sie nähern sich. Ziehen Sie Kompagnie A im überschlagenden Einsatz zurück«, befahl Baranjk.

Er hörte den Major in sein Handmikrophon murmeln. Die ukrainischen Panzer begannen sich paarweise zu entfernen: Der erste feuerte und zog sich hinter den zweiten zurück, der zweite feuerte und zog sich hinter den ersten zurück, jedesmal Deckung nehmend.

Jetzt war die Zeit des Schwitzens. Die deutschen Panzer waren rundherum zu, aber in den T-80ern mußten die Kommandanten den Kopf aus der Sicherheit ihrer Türme stecken, wenn sie den Weg im Dunkeln finden wollten. Verfuhren sie sich, war die Schlacht verloren. Fünf Panzer würden sich blind bewegen. Sie konnten Baranjks wartende Männer überrollen.

Ein Kilometer lag nun zwischen seinen eigenen Panzern und dem Feind. Nur zwei Kilometer mußten sie sich noch zurückziehen, bis die Araber eingekreist waren und Baranjks Artillerie sie unter ein tödliches Kreuzfeuer nehmen konnte.

Ein schrecklicher Sturm tobte auf dem Feld. Donner und Schießpulverblitze und Stahlregen. Sogar der leichte Wind schien zu zittern. Die Araber kamen, sie brausten Hals über Kopf auf die neun alliierten Panzer zu.

Heiliger Vater. Hatten sie aus der Niederlage, die die Israelis den Syrern bereitet hatten, gar nichts gelernt? fragte Baranjk sich. Die Araber benutzten die alte Formation der Roten Armee. Sie waren zu exponiert, zu dicht beieinander.

Einer der paarweise zurückweichenden Panzer vernichtete einen arabischen T-72 mit einem Volltreffer, der eine Feuerkugel in die Nacht steigen ließ.

Die tiefkehlige arabische Artillerie brüllte. Zur Antwort begannen seine eigenen Flakgeschütze plötzlich den Himmel mit heißem Faden zu besticken.

Baranjk ließ das Nachtglas sinken und sah nach oben. Die Bäuche der Wolken flackerten orangefarben, reflektierten das Feuer auf dem Boden. *Ein Flugzeug?* fragte er sich ungläubig. Die Araber konnten keine Flugzeuge schicken, nicht in einer bewölkten Nacht.

Aber durch den Lärm der Schlacht hörte er es schnell und hoch kommen. Er sah nichts durch die Wolken brechen, aber etwas mußte es getan haben. Der gesamte nordöstliche Teil des Feldes erstrahlte in den gleißenden Farben des Sonnenuntergangs.

»O Gott!« keuchte Schcheribitski.

Baranjk legte schnell die Hände über die Augen. Zu spät. Das intensive Leuchten hatte sich bereits in sie eingebrannt und wiederholte die Explosion in Neon-Pink und -Grün.

Dann gab es ein seelenerschütterndes *WHUMP*, als ob die großen Tore des Himmels zuknallten. Baranjk öffnete die Augen und sah die Erde in konzentrischen Kreisen wogen, als sei die Bombe nicht auf festen Boden gefallen, sondern in einen stillen Teich. Die sauerstofffressende Flut ließ zwanzig tote arabische Panzer hinter sich zurück.

»Haben die Polen uns mit einem Luftangriff geholfen?« fragte er Schcheribitski erschüttert.

Er hob das Nachtglas an die Augen. Kleine Spielzeugpanzer und Spielzeugsoldaten brannten. Nichts bewegte sich auf dem Feld als seine Truppen, und sie zogen sich zurück, als habe Satan aus dem Höllenschlund herausgeschaut.

»Nein, Herr Generalleutnant«, antwortete der Major. »Die Polen haben keinen Jet-Treibstoff, und sogar den Deutschen ist er ausgegangen.«

Es war also nichts als Glück gewesen. Irgendein arabischer Kommandeur, der seine Leute nicht zu beurteilen verstand, hatte einen arabischen Piloten, der nicht zielen konnte, ausgeschickt.

»Sollen wir jetzt angreifen?« fragte der Major zackig und nahm den Kopfhörer vom Ohr. »Kompanie A erbittet Befehle, und unsere Infanterie juckt es, vorzurücken.«

»Man darf nie das Ziel aus dem Auge verlieren, Herr Major.« Baranjk war immer noch überwältigt von diesem glücklichen Zufall. »Auch wenn es gut ist, flexibel zu sein.«

»Herr Generalleutnant?«

»Unser Ziel war es, uns den Weg aus dem sich schließenden Netz freizuschießen. Das haben wir getan.« Baranjk lachte so herzhaft, daß ihm der Bauch wackelte. Mit diesem Lachen stiegen seine Ängste hoch und trieben davon wie der Rauch von den brennenden Toten.

»Ziehen wir uns nach Warschau zurück…« – er schlug Schcheribitski spielerisch auf den Arm – »bevor der Pilot entdeckt, was er angerichtet hat. Wir wollen abhauen, Herr Major, bevor er mit einem Blindenhund zurückkehrt.«

11. Kapitel

CRAF-Kommando, Trás-os-Montes, Portugal

Zu Gordons Erstaunen holte sich Toshio vom Selbstbedienungsbüffet der Kantine nur ein Junk-Food-Frühstück. Gordon hielt sich an richtige Nahrungsmittel: Hafermehl, Eier und Vollkorn-Weizentoast.

Er haßte Vollkorn-Weizentoast. Tatsächlich stand sein Haß auf Vollkorn-Weizentoast in umgekehrtem Verhältnis zu seiner Vorliebe für Wurst und Speck. Aber er hatte nicht vor, mit einem Buddhisten zusammenzusitzen und Frühstücksfleisch zu essen. Wahrscheinlich waren schon die Eier eine heikle Sache, obwohl Toshio, als die beiden Platz nahmen, keine beleidigten Blicke auf Gordons Teller warf. Er ergriff einfach sein Gelee-Donut und biß hinein.

»Haben Sie jemals einen von diesen Träumen«, fragte Gordon, »in denen man Dinge *fühlen* kann? Sie wissen schon, zum Beispiel Wind im Gesicht?«

Toshio sah von seinem Donut hoch. Ein Flöckchen Zuckerglasur saß ihm im Mundwinkel.

»Und auch riechen kann«, fuhr Gordon fort, »zum Beispiel Blumen?«

»Sie träumen viel?« erkundigte sich der Japaner.

»Ja.« Gordon jagte einen hellgelben Rührei-Klumpen um seinen Teller, trieb ihn mit dem Toast in die Ecke und schaufelte ihn auf die Gabel.

»Auch in Farbe?«

»Ja, meistens. Also heute nacht«, verfolgte Gordon sein Thema weiter, »hatte ich diesen unheimlichen Traum.«

»Erzählen Sie ihn mir.« Toshio nahm einen Schluck von seinem Orangensaft.

Gordon gestikulierte mit der Gabel. »Ich war draußen an diesem See, und da gab es eine Gruppe Kiefern und einen Rasen. Und eine Pier, und diesen Jungen, und dieser Pilot war da, und ...« – für einen Augenblick versagte Gordon die Stimme wie bei einem Chevy mit einem Vergaser-Problem – »... und da war dieses Alien. Es sah so ungefähr, ich weiß nicht, wie eine zweihundert Pfund schwere Schnecke aus. Und jetzt kommt das Komische daran. Das Alien angelte. Es hatte eine hübsche Shakespeare-Rute mit Rolle, ein verdammt teures Ding, als sei es bei Abercrombie und Fitch einkaufen gewesen.«

»Ein seltsamer Traum«, räumte Toshio ein. »Wie sah der Pilot aus?«

»Ein bißchen größer als ich. Dunkles Haar. Jedenfalls, das nächste, was Komisches passierte, war, daß ich die Binsen ansah – Sie wissen schon, in der Mitte von dem See –, und sie so klapperten, wie Rover es manchmal tut. Ist das nicht ein Hammer?«

»Air Force?« Toshio legte sein halb gegessenes Donut hin.

»Wie bitte?«

»Der Pilot. War er von der Air Force?«

Gordon dachte darüber nach. Das Bild war deutlich, deutlicher, als es für einen Traum recht und billig war. Er erinnerte sich an den Schlickgeruch des Sees, an das Federn der Bohlen unter seinen Füßen. »Navy. Er war ein Navy-Lieutenant. Jedenfalls dachte ich mir ... He, sind Sie schon fertig?« fragte er, denn Toshio stand auf.

»Wir gehen«, sagte Toshio. »Wir müssen mit Colonel Pelham reden.«

Gordon sah auf seinen nicht leergegessenen Teller nieder. »Na gut«, murmelte er. Er nahm sein Tablett, trug es zum Förderband und folgte Toshio zur Tür hinaus.

Der Japaner ließ ihn im leeren Büro des Colonels

zurück. Gordon saß da und zerbrach sich den Kopf, was an dem Traum so wichtig sein konnte, daß er deswegen auf die Hälfte seines Frühstücks verzichten mußte.

Pelham betrat den Raum so schnell, daß Gordon keine Zeit zum Salutieren blieb.

»Haben Sie den Namen des Piloten erfahren?« fuhr der Colonel auf ihn los.

»In dem Traum, Sir?«

»Ja!« erwiderte Pelham gereizt. »Ja, natürlich in dem Traum!«

Toshio platzte herein, begleitet von einem nervösen Major. Der Colonel nahm dem Major ein Blatt Papier aus der Hand und befahl kurz: »Wegtreten.«

Der Major verschwand.

»Nein, Sir. Ich habe ihn nicht nach seinem Namen gefragt. Es war nur ein Traum. Er war dort. Ich war dort. Das Alien war dort und dieser Junge.«

»Ist das der Mann?« Pelham schob ihm eine gefaxte Fotografie zu.

Gordon nahm das Fax, sah es sich an und bekam Mühe mit der Atmung.

»Ist er das, Sergeant? Ist er das?« Pelham brüllte beinahe.

Mit weit aufgerissenen Augen starrte Gordon den Colonel an, dann sah er wieder auf die Fotografie. »Ja, Sir.«

»Gott verdammt noch mal«, sagte der Colonel. »Die Parisi-Bücher sprechen von Traum-Kommunikation. Ich werde General Lauterbach informieren, daß wir einen ersten Kontakt haben.«

Auf der Straße zwischen Lérida und Balàguer

Wasef stand aufrecht in seinem Jeep und betrachtete prüfend die dunklen Umrisse der Panzer hinter sich.

Er setzte sich wieder. Gamal bemerkte: »Eine schöne Nacht.«

»Ja.«

»Stimmt etwas nicht?«

Die Frage des jungen Hauptmanns ärgerte ihn. Nichts stimmte – und doch war alles in Ordnung. »Vor zwei Nächten hat es eine vernichtende Schlacht bei Balàguer gegeben. Wir werden den Tag vielleicht zwischen Leichen verbringen.«

Er hörte Gamal in der Dunkelheit herumrutschen. Hinter und vor ihnen kroch die Schlange der Fahrzeuge mit frustrierenden zwanzig Kilometern die Stunde dahin, um die Motoren von Wasefs alten Panzern nicht auszubrennen.

»Wie viele Tote?« fragte Gamal.

»Zweitausend bei ihnen, dreitausend bei uns.« Der Oberst spähte in die Nacht hinaus. Der katalanische Himmel stand voller Sterne. Das Land roch nach Lavendel und Diesel-Abgasen.

Gamal verstummte. Entweder dachte er nach, oder er war müde. Ihr Vormarsch hatte einen einlullenden Rhythmus, das einschläfernde Brummen der Motoren, das monotone Schaukeln des Jeeps.

»Vor dem Gefecht auf dem Berg«, gestand Gamal, »hatte ich noch nie einen Toten gesehen.«

»Du hättest bei der Flucht aus Ägypten dabei sein sollen.« Wasef dachte an die langen Reihen der Verhungernden, der Kranken, Gesichter wie Totenschädel, Körper wie Skelette. Seit damals hatte er sehr viel über seinen eigenen Tod nachgedacht. Er würde sterben, dessen war er sicher. Doch wie? War es besser, stückweise zu sterben, zu spüren, daß sich das Leben langsam von den Knochen ablöste, wie es bei achtzigtausend Ägyptern während der Hungersnot geschehen war? Oder dem Tod als äußerste Überraschung zu begegnen, wie es den Bewohnern von Pons widerfahren würde?

»Ich schicke einen Mil-Mi-24-Hind nach Pons voraus«, sagte der Oberst. »Er wird morgen Sarin aus der Luft sprühen. Niemand darf unseren Zug sehen.«

Er fühlte, daß Gamal ihn in der Dunkelheit anklagend ansah. »Können wir die Leute nicht einfach festnehmen?«

»Wir töten, Hauptmann Sabry«, entgegnete Wasef milde. »Soldaten töten. Das ist ihre Pflicht.«

Yussif hätte es verstanden, dachte Wasef. Yussif wäre mit dem Befehl einverstanden gewesen, er hätte dem Oberst versichert, er handele richtig. Wasef brauchte diese blinde Loyalität jetzt.

Pons, Spanien

Ihr Gewehr in der Hand wiegend, stapfte Dr. Rita Beaudreaux über die mit Rosmarin und Lavendel getupfte Wiese auf Pons zu. Rechts von ihr fing sich der Wind in einem Olivenbaum. Seine zweifarbigen Blätter wechselten von Hellgrün zu Silber.

An dem ersten Haus blieb sie stehen, während der Rest des Zuges weiterging. »Lieber Gott«, betete Rita halblaut, »wenn es dein Wille ist, bitte, laß hier keine Leichen sein.«

Sie hatte gedacht, ihre Tätigkeit als Pathologin habe sie gegen den Anblick von Leichen abgehärtet, aber die schiere Zahl der Toten bei Balàguer hatte genügt, daß sie gezittert hatte wie eine Assistenzärztin im ersten Jahr.

Sie lagen nicht auf sauberen Stahltischen, diese toten Jungen. Sie waren verstreut, Stücke von ihnen waren über den Boden verstreut wie gräßliches Konfetti, wenn der Karneval vorbei ist.

Nachdem der verwundete Soldat mit einem Sanitätshubschrauber abtransportiert worden war, hatten Rita und Lieutenant Dix und die übrigen Mitglieder des Zuges vierzehn Männer gefunden, die das Licht ausgesaugt hatte.

Sechs von den vierzehn waren Amerikaner. Vier von diesen trugen jetzt arabische Uniformen.

Nach dieser scheußlichen Arbeit und dem langen Marsch war Rita so erschöpft, daß sie zitterte. Als Dix den Kopf um die Ecke des Hauses steckte, hob Rita ihr M-16 und hätte sie beinahe erschossen.

»Sie sind alle getürmt.« Dix lächelte über die Gewehrmündung und Ritas erschrockenes Gesicht. »Kommen Sie.«

Rita schulterte ihr Gepäck und hinkte das Kopfsteinpflaster hinunter.

Es sah aus, als habe jemand Pons auf den Kopf gestellt und alle Bewohner herausgeschüttelt. Rita hatte das Gefühl, Geister starrten sie aus den leeren Fenstern an, sie meinte, auf dem Weg zum Dorfbrunnen die Schritte der Vermißten zu hören. Der Zug zog leise in die Stadt ein, als fürchteten die Leute, die Toten zu stören.

Dix winkte den Männern, einen Ausfall zu machen. Sie eilten davon, ihre Ausrüstung klapperte. Rita betrachtete das Gemüsegeschäft mit den heruntergelassenen Rolläden, die mit Brettern vernagelte Schneiderei. In Pons herrschte ein trauriges Schweigen, von dem man eine Gänsehaut bekam.

In wenigen Minuten kam der Trupp zurück.

»Genau wie die vorgeschobene Beobachtungsstelle es uns berichtet hat, Lieutenant«, berichtete Hoover. »Alles aufgeräumt. Alles ruhig.«

»Dann wollen wir Pause machen, Jungs«, seufzte Dix.

Gordon hielt sich an das hochgelegene Land, rumpelte mit seinem CRAF in den Wacholderbüschen herum und dachte eigentlich gar nicht darüber nach, wohin er fuhr. Er versuchte, sich seinen Traum ins Gedächtnis zurückzurufen.

Der Pilot hatte sich gefreut, ihn zu sehen, und hatte etwas ganz Verrücktes gesagt: Gordons Gesicht verändere sich nicht.

Natürlich veränderte es sich nicht. Gordon hatte jahrelang in den Spiegel gesehen und gehofft, sein Kinn werde eine Kerbe entwickeln wie das des Piloten.

Es hatte immer noch keine. Wenn er sich rasierte, erblickte Gordon denselben Tölpel, den er dort schon in der High School gesehen hatte.

Der Pilot war Gordon nicht besonders sympathisch gewesen, und zwar seines Aussehens wegen. Athletisch und eingebildet wie alle die Kerle von der High School, die Gordon zusammengeschlagen hatten.

Nur war die Selbstsicherheit des Piloten an den Rändern ausgefranst. Seine grauen Augen blickten glasig vor Angst.

»Ich habe ihnen geheime Informationen gegeben«, hatte der Pilot Gordon gestanden. »Ich werde vors Kriegsgericht kommen.«

Ja, sicher, erinnerte sich Gordon, gedacht zu haben. Mitten im Traum hatte er angefangen, sich zu analysieren. Während er das Drehbuch zu ›Freud begegnet Gordon II.‹ entwarf, war er zu dem Schluß gekommen, daß sich der Traum um Macht drehte.

Der Athlet konnte sein Alien nicht kontrollieren, und Gordon konnte es.

Er hielt Umschau. Das blaue Licht folgte ihm, tanzte über den schwarz-grünen Massen des Wacholders.

Zu spät, wie gewöhnlich, schämte Gordon sich. Er

hätte mit dem Mann reden sollen. Wie war sein Name? Justin Searles? Gordon hatte ihm nicht geantwortet, und da hatte der Pilot einen Gesichtsausdruck bekommen, als wählten sie ihre Mannschaften für ein Baseball-Spiel aus und als werde Gordon nicht in seinem Team sein.

Oben auf einem Hügel machte Gordon Pause und sah nach Südosten. Dicht vor dem Horizont erkannte er die weiß getünchten Trümmer dessen, was einmal Balàguer gewesen war. Dort hatte es ein Mordsding von einer Schlacht gegeben, einen richtigen Doppeldecker mit Käse, wenigstens hatte der Colonel es ihm so erzählt. Neugierig blinzelte er seine Teleskop-Sicht herbei.

Okay. Wenn es also tatsächlich eine Schlacht gegeben hatte – vor Überraschung krampfte sich ihm der Magen zusammen –, was hatten alle diese Panzer und Traktoren und Selbstfahrgeschütze dann unter dem Tarnnetz zu suchen?

Er hielt in dichtem Wacholdergestrüpp an, behielt die arabische Armee im Visier und wartete auf Instruktionen. Als er die Hand auf seinem Arm fühlte, schloß er die Augen, stellte den Motor des CRAFs ab und zog sich die Brille vom Kopf.

CRAF-Kommando, Tràs-os-Montes, Portugal

»Änderung des Plans«, sagte Colonel Pelham in dem Augenblick, als Gordon von der Brille frei war.

Gordon saß da, die Brille zwischen seinen behandschuhten Fingern, und wartete darauf, daß Pelham fortfuhr.

»Es sieht so aus, als hätten alle Traktoren ihre Kühler nach Nordosten gedreht. Falls die ANA nicht sehr viel klüger geworden ist, als sie gestern war, ist das die Richtung, in der sie vorrückt.«

Nordosten, dachte Gordon. Die meisten Alliierten waren im Südwesten. Man brauchte kein Genie zu sein, um sich zusammenzureimen, was die Araber vorhatten. Vier oder fünf Panzer-Bataillone und eine Ladung Artillerie. Overkill für die kleine Streitmacht aus Briten und Kanadiern bei Berga.

Gott verdammt noch mal, die Araber rückten in Frankreich ein.

»Ich will Ihnen sagen, was Sie tun müssen, Sergeant«, sagte Pelham. »Sie fahren schleunigst den Fluß Segre nach Pons hoch. Führen für mich da oben Erkundungen durch. Suchen sich ein gutes Versteck und warten dort, bis die Araber durchgezogen sind. Ich will davon eine Aufzeichnung.«

»Jawohl, Sir.«

»Halten Sie sich außer Sicht«, warnte Pelham ihn nervös. »Und nehmen Sie für mich einen guten Film auf, den ich den Franzosen zeigen kann.«

»Jawohl, Sir. Sie können sich auf mich verlassen, Sir.«

Es sollte also wieder ›Gordon kämpft gegen die Mächte der Finsternis‹ gespielt werden.

Am Fluß Segre, Spanien

Die Pyrenäen waren aus kleinen Falten gemacht, aus lauter U-förmigen Tälern, die aus der Vergletscherung während der Eiszeit stammten, und engen, fjordähnlichen Schluchten. Gordon scheuchte Rover weg und fuhr die sanften, U-förmigen Ufer des Flusses Segre hinunter. Ein paar Meilen später saß er in einem Fjord mit steilen Ufern fest.

Der Boden links und rechts vom Fluß bestand aus bemoostem Kalkstein, und erst als er die pittoreske Brücke vor Pons erreichte, fand er Handhaben, mit deren Hilfe er aus dem Abgrund hinausklettern konnte. Oben angekommen, sah er sich um, entdeckte nichts als ein ihn beobachtendes neugieriges Schaf und fuhr in östlicher Richtung nach Pons hinein.

Am Stadtrand stand eine Statue der Jungfrau Maria, verwelkte Blumen zu ihren Füßen. Weiter unten auf der kopfsteingepflasterten Straße spritzte ein Brunnen klares Wasser in ein granitenes Becken.

Der Ort war verlassen, der Brunnen das einzige, was sich bewegte.

Pons war malerisch, ein Städtchen, wie es kleine, exklusive Einkaufsstraßen in Amerika gern imitieren. Im Zentrum fand Gordon das Versteck, nach dem er Ausschau hielt.

Das zerfallende Bauwerk war einmal eine Scheune gewesen. Zwischen den verwitterten Brettern waren gesplitterte Lücken, durch die er den Vorbeimarsch der Araber beobachten konnte. Falls die ANA irgendwelche Stadtbesichtigungen durchführte, würde sie den Brunnen und die hübschen Veranden der weißgetünchten Häuser aufs Programm setzen, nicht die baufällige Scheune.

Gordon fuhr an die Rückseite, öffnete die Lattentür und rollte geräuschlos ins Innere.

Dort sah es genauso aus, wie er es sich vorgestellt hatte: Streu, trübes Licht bis auf die schräg einfallenden Sonnenstrahlen. In der Dunkelheit der Dachbalken flatterten verängstigte Tauben.

Doch ein Ding in der Scheune paßte nicht zu dem bukolischen Bild. Genau vor Gordon hockte eine Amerikanerin mit den Abzeichen eines Captains, einen Granatwerfer auf ihrem M-16.

Das auf ihn zielte.

Der Captain war in den Vierzigern, sah aber gut aus. Auch das bemerkte Gordon. Sie war groß, eher dünn, eine kaffee-mit-sahne-farbige Schwarze mit einem Helm dichter Locken. Sie hatte große Schlafzimmeraugen, obwohl Gordon sich nicht sicher war, wie groß sie unter anderen, weniger erschreckenden Umständen sein würden.

Gordon betete, der Captain möge keine Granate abfeuern, und hob die Arme.

Mit Lieutenant Dix' Zug in Pons, Spanien

»Legen Sie das Gewehr hin, Captain!« rief Dix aus einer dunklen Ecke.

Das verblüffte Rita. Das Gewehr hinlegen? Aber eben war doch ein Spielzeug-Panzer in die Scheune gerollt! Das Ding besaß Robot-Arme, und es hob sie in der Geste der Kapitulation über den Kopf.

»Wir haben solche Dinger schon gesehen«, informierte Dix sie. »Sie sind amerikanisch.«

Langsam ließ Rita ihr Gewehr sinken. Die Arme des kleinen Panzers fielen mit zweifachem Klirren und rollten sich um Klammern auf dem kanonenlosen Turm.

»Wo ist der Mann?« fragte Rita.

»Was für ein Mann?«

»Der Mann in dem Panzer.«

»Da ist kein Mann, Schätzchen«, lachte Dix. »Das ist nichts als ein ferngesteuerter Roboter. Der Operator sitzt irgendwo in Portugal. Hei, Süßer!« Sie winkte dem Roboter zu.

Mit einem leisen Winseln seiner Servomotoren hob der Roboter einen Arm und winkte zurück. Rita ertappte sich dabei, daß sie lächelte – lächelte, als ob es Balàguer nie gegeben hätte.

Sie befreite sich aus dem Stroh und ging zu ihm. Der Roboter hatte allerhand mitgemacht, sah sie. Über den Turm zogen sich Kratzer, und das hintere Ende war schwer beschädigt. Als sie sich näherte, drehte sich der Turm ihr zu, und der Roboter streckte eine Hand aus.

Nach kurzem Zögern legte sie ihre Hand in die stählerne Klaue. Leicht, behutsam schloß die Klaue sich. Der Arm hob sich ein bißchen und senkte sich wieder.

Dann entdeckte Rita etwas Blaues, etwas Kaltes zwischen den Ritzen der Lattenwand. Sie drehte sich um, aber das Blaue war verschwunden.

Das Herz schlug ihr bis zum Hals hinauf. Falls ihre Phantasie nicht mit ihr davongaloppierte, war das Alien zurückgekommen. Es war ihnen von Balàguer gefolgt. Es würde sie in die Enge treiben. Es würde ihnen das Blut aus dem Körper saugen.

»Was ist?« fragte Dix.

Die Tür knallte auf. Eine Kugel aus blauem Licht segelte in die Scheune.

Rita hechtete in Deckung. Erschrockene Tauben explodierten in einem trockenfiedrigen Mahlstrom. Ringsumher hörte sie das Rasseln von Waffen, die in Anschlag gebracht wurden. Das M-16 in der Hand, fuhr sie herum. Der Roboter stellte sich soeben zwischen die sich duckenden Soldaten und das Licht. Seine metallenen Arme gestikulierten heftig. *Geh in die Ecke,* sagte der Roboter offenbar zu dem Licht.

Wie ein guterzogener Hund gehorchte das Licht. Rita drückte sich an die entgegengesetzte Wand. Ihr Herz raste mit der dreifachen Geschwindigkeit. Sie wartete und beobachtete argwöhnisch.

Mit dem CRAF in Pons, Spanien

Nicht schießen! hätte Gordon gern gerufen.

Jedes Gewehr in dem aus sechs Personen bestehenden Zug war auf Rover gerichtet.

Verzweifelt rollte Gordon auf den Captain zu. Sie scheute zurück, aber der kleine Lieutenant tat das nicht. Sie beobachtete statt dessen, die blauen Augen weit aufgerissen.

Gordon fegte Stroh mit einer Armbewegung beiseite.

NICHT SCHIESSEN, schrieb er in den Staub.

»Okay.« Die Stimme des Lieutenants klang gepreßt. »Okay. Halte es nur von uns fern, verstanden?«

Gordon glättete den Staub und schrieb: VERSTANDEN.

Er sah zurück. Rover drückte sich in die Ecke und spielte Braver Hund. Praktisch tat er das gleiche wie ein Hund, der sich auf die Seite legt und totstellt.

»Seid ihr alle *Freunde* von diesem Ding, oder was?« fragte der Lieutenant.

Gordon wandte sich ihr zu. GEHEIM, schrieb er.

Der Lieutenant und ihr Zug starrten das Wort an. Sie betrachteten es lange Zeit.

Gordon hätte es nichts ausgemacht, ihnen mehr zu erzählen, aber er wußte, Pelham und Toshio überwachten ihn am Monitor. Rover war mehr als geheim, mehr als streng geheim. Er war persönlich und vertraulich. Noch ein Wort, und Gordon würde wie Justin Searles vor ein Kriegsgericht kommen und erschossen werden.

Er glättete den Staub wieder. VERLASST PONS VOR SONNENUNTERGANG, schrieb er.

Da. Das war kryptisch genug. Nichts, woran Pelham Anstoß nehmen konnte. Gordon betrachtete den Satz und meinte, es klinge ein bißchen zu sehr nach einem B-Western. Er könnte hinzufügen DIESE STADT IST NICHT GROSS GENUG FÜR UNS BEIDE, aber da er das beste Pokergesicht der Welt trug, verstanden die Leute des Zuges den Witz vielleicht nicht.

»In Balàguer haben wir vierzehn Menschen gesehen, denen das Licht das Blut ausgesaugt.« Der kleine Lieutenant richtete einen argwöhnischen Blick auf Rover.

NICHT DIESES LICHT, schrieb Gordon zurück. ES IST DIE GANZE ZEIT BEI MIR GEWESEN.

Ja, Rover hatte ein Alibi für die Todesfälle in Balàguer, doch das hieß nicht, daß er kein Killer war. Er hatte drei Männer in einem arabischen Panzer und ein Mitglied der Laser-Mannschaft erwischt. Gott allein wußte, womit er seine Zeit verbrachte, wenn Gordon schlief.

ICH WERDE IHN VON EUCH FERNHALTEN, schrieb er mit mehr Zuversicht, als er empfand.

»Paß verdammt gut auf.« Der pfirsichgesichtige Lieutenant mit den blauen Augen sah auf die Uhr. »Hör, wir haben noch zwei Stunden bis zum Dunkelwerden. Meine Männer laufen beinahe auf dem Zahnfleisch. Hast du was dagegen, wenn wir uns hier verkriechen und uns ein bißchen ausruhen?«

Gordon wußte wenig über Frauen aus Fleisch und Blut. Seine Phantasien kreisten entweder um die Poster von Blondinen in Kettenhemd-Höschen, die er auf Comic-Conventions kaufte, oder die schwachherzigen Heroinen alter Horror-Filme. Das bißchen an Sexleben, das er gehabt hatte, enthielt eine verwirrende Mischung aus seinem Respekt vor der Zartheit der Frauen und seiner Angst vor ihrer Kraft.

Der Lieutenant mit den drahtigen Unterarmen machte nicht den Eindruck, als werde sie gleich Zustände bekommen, aber einer Walküre mit einem Strahlengewehr glich sie auch nicht. Ihm gefielen ihre sonnenverbrannte Stupsnase und ihre aufrichtigen blauen Augen. DIX stand auf dem Namensschild an ihrem Drillichzeug. Gordon dachte, wenn er seine Schüchternheit überwinden könne, werde er sie irgendwann einmal besuchen.

Hei, würde er sagen. *Erinnern Sie sich an mich?* Und vielleicht würden Dix sein fliehendes Kinn und seine Tölpelhaftigkeit nicht auffallen. Vielleicht würde sie ihn eines Tages ansehen und nicht den enttäuschenden Mann, sondern den schnittigen, kraftvollen Körper des CRAFs in ihm erblicken.

Als habe sie seine Gedanken gelesen, lächelte der Lieutenant in seine Optiken hoch, ein kokettes Zwinkern im Auge. »Ich wollte schon immer gern einen von euch kennenlernen. Und wie du dem Captain die Hand geschüttelt hast, als sei sie aus Steuben-Kristall oder so etwas. He! Bist du ein Roboterjunge oder ein Robotermädchen?«

Ihre Neckerei erschreckte und ängstigte ihn ein bißchen. Seine Optiken hochhaltend, so daß der Überwacher seine Antwort nicht mitbekam, schrieb er blind: JUNGE.

»Na, wenn das nicht interessant ist«, sagte Dix.

In Balàguer, Spanien

Ein palästinensischer Unteroffizier bückte sich und flüsterte Wasef ins Ohr: »Noch einer.«

Der Oberst nickte und löste sich aus dem Schatten eines Olivenbaums, dessen Äste von Handfeuerwaffen zerfetzt worden waren. Er hielt sich ein Taschentuch fest auf Nase und Mund und folgte dem Unteroffizier den Hang hinauf.

Dreitausend Araber lagen auf der grasbewachsenen Kuppe und verwesten in der Sonne. In Balaguer selbst hatten sie beinahe zweitausend Leichen von Alliierten gefunden, sowohl Briten als auch Amerikaner.

Warum hatte man sie nicht begraben? Wasef hatte noch nie gehört, daß die Alliierten ihre Toten so lange liegenließen. Bevor sie Balàguer erreichten, hatte er einen Hind D zu einem Erkundungsflug ausgeschickt, aber bis jetzt war alles ruhig, erschreckend ruhig, als ob der Feind vorhabe, die Leichen bis auf die Knochen verfaulen zu lassen.

Hintereinander gingen Wasef und der Sergeant,

immer wieder stehenbleibend, durch das Leichenfeld wie Kinder, die »Simon sagt« spielen.

»Hier, Oberst.« Der Unteroffizier wies auf eine Leiche.

Wasef sah sie sich an. Der Soldat hatte die falsche Farbe, die falsche Form. Die anderen waren blaugrau, ihre vom Gas aufgetriebenen Bäuche sprengten die Uniformknöpfe, die Gesichter waren geschwollen wie diese grotesken amerikanischen Stoffpuppen.

Dieser Soldat hätte noch am Leben sein können, wären da nicht die helle Cremefarbe seiner Haut und das blutlose Loch in seiner Stirn gewesen.

»Das ist der zehnte, den wir gefunden haben«, berichtete der Unteroffizier mit gedämpfter Stimme. »Alles Araber. Kein einziger Amerikaner oder Engländer.«

Wasef nickte, als verstehe er, aber er verstand es nicht im geringsten. Offensichtlich befanden sich die blauen Lichter im Krieg mit der ANA. Diese zehn arabischen Toten sprachen lauter als eine offizielle Kriegserklärung.

Wasef hob den Kopf und sah nach Balàguer zurück, sah den verbrannten amerikanischen M-113, dessen rotes Kreuz auf einer Seite noch zu erkennen war. Das rote Kreuz hatte die ANA-Rakete nicht aufgehalten, ebensowenig wie der rote Halbmond die Hand der Alliierten aufhalten konnte. Nirgends gab es Sicherheit.

Wasef betrachtete den blutlosen Leichnam, und das kalte Entsetzen lief ihm den Rücken hinunter.

»Die Männer haben Angst«, teilte der Unteroffizier ihm mit.

Wasef sah dem Mann bittend ins Gesicht.

»Sie glauben, daß Hauptmann Raschid mit den Lichtern spricht«, fuhr der Unteroffizier fort. »Sie glauben, er beschwört diese Schrecken auf sie herab.«

»Unwissenheit«, brummte Wasef.

»Ja, Oberst.« Der Unteroffizier zuckte hilflos die Achseln. Sein Gesicht war blaß und verkniffen. »Aber im Gefecht irren Kugeln manchmal vom Ziel ab.« Der Mann senkte die Stimme. Er sah sich verlegen um. »Und der Sicherheit des Obersten wegen rate ich ihm, sich von dem Hauptmann fernzuhalten.«

Pons, Spanien

Rita saß mit dem Rücken an der Scheunenwand, so daß sie ein Auge auf das blaue Licht halten und gleichzeitig Dix und den Roboter beobachten konnte.

Die beiden schmiegten sich so eng aneinander wie zwei Erdnüsse in einer Schale und waren ebenso glücklich. Der Roboter hatte einen Teil des Lehmbodens gesäubert, und nun führte das Paar eine angeregte Unterhaltung. Dix sprach leise, und der Roboter antwortete mit Schreiben.

Rita war nahe genug, um die Worte zu verstehen.

Die meisten Männer des Zuges schliefen. Ein paar saßen aufrecht, plauderten und reinigten ihre Waffen. Sie sahen betont nicht zu ihrem Lieutenant hin.

Als Dix in Ritas Richtung blickte, wandte sich Rita taktvoll dem blauen Licht zu.

Seltsam, dachte Rita, wie still das Licht war. Es war täuschend friedlich, kühl und blau wie die Abenddämmerung. Während sie es betrachtete, fing in ihrem Kopf ein Klopfen an, ein Geräusch zum Einschlafen.

Schnell drehte sie den Kopf weg und sah Dix zu dem Roboter hochlächeln. »Drei Wochen«, flüsterte der Lieutenant.

LISSABON? schrieb der Roboter zur Antwort.

»Wahrscheinlich. Warum? Interessiert es dich?«

Rita sah den metallenen Finger langsam einen Bogen in den Lehm ziehen, dann noch einen. Es wurde ein Herz daraus, und nun zog der Roboter einen Pfeil hindurch.

Rita spürte ein Lachen in ihrer Kehle kitzeln und senkte den Blick schnell auf das Stroh. Es war gleichzeitig lustig, makaber und süß, die beiden miteinander reden zu sehen, das große metallene Objekt und das winzige Mädchen mit dem rosigen Gesicht.

»Lieutenant?« fragte einer der Männer. »Ich höre etwas.«

Rita sah, daß Dix das Herz auswischte. Jetzt hörte auch Rita es. Ein pulsierendes Brummen in der Ferne.

»Hubschrauber«, flüsterte Dix und griff nach ihrem Gewehr.

Rita schob sich in einen Strohhaufen. Rings um sie taten die übrigen Mitglieder des Zuges das gleiche.

Das Geräusch des Hubschraubers verwandelte sich von einem Pulsieren in ein Flattern und schließlich in ein deutliches *Whop-whop*. Er flog genau auf das Stadtzentrum zu, schnell und niedrig.

»Schsch«, flüsterte Dix.

Keiner bewegte sich. Der Roboter war so ruhig wie ein Stein, und sogar das blaue Licht schien matter zu werden.

Whop-Whop.

Der Hubschrauber flog über sie weg, sie hörten den Doppler-Effekt des Geräusches seiner Rotoren.

Ein Soldat, von einem Sonnenstrahl beschienen, setzte sich hoch. »Es regnet«, stellte er verwundert fest. »Es ...«

Von dem dunklen Dach fiel eine Taube. Dann noch eine. Die zitternde Hand des Soldaten blieb auf halbem Weg zu seinem Gesicht hängen. Er starrte sie wie ein Schwachsinniger an. »Regnet«, flüsterte er.

Tote Tauben fielen wie gefiederte Bomben ins Stroh.

Der Soldat gab ein langes, ersticktes Gurgeln von sich. Er sah Rita an, die Augen wie eine Comic-Figur aufgerissen. Sein Gesicht verdunkelte sich zu Zyanblau.

Rita stürzte hin, um ihm zu helfen, da fiel eine Taube auf ihre ausgestreckte Hand. Sie blinzelte überrascht und stellte fest, daß sie doppelt sah.

Ihre Muskeln waren schwach und zitterig. *Lieber Herr Jesus,* dachte sie. *Wie dumm. Ich verliere das Bewußtsein.*

Dann erkannte sie, daß der Soldat nicht an einem Herzanfall starb. Was ihn umbrachte, hatte auch die Tauben getötet. Und auch sie berührt.

Nervengas tötet innerhalb von Sekunden.

Sie riß an dem Velcro-Verschluß ihrer Gasmaske. Ein paar Fuß von ihr entfernt zuckte Dix' kleiner Körper auf dem Stroh, und der Roboter versuchte, ihr eine Gasmaske vors Gesicht zu halten.

Rita zerrte an dem Verschluß, er zerriß und fiel zu Boden. Sie versuchte, ihn aufzuheben, tastete umher und konnte nicht sagen, welches der beiden Bilder real war.

Atropin, dachte sie. *Ich muß an das Atropin gelangen.* Aber einen Augenblick später erschütterte ein Schauder ihr Rückgrat und zerschlug jedes logische Denken.

Die Welt wurde dunkel, und etwas Schweres saß auf ihrer Brust. Sie konnte nicht atmen. Blindlings fühlte sie um sich und begegnete einer bebenden Hand.

Das Blau von Dix' Augen hüllte sie ein. Große, starrende, tote Augen. Neugierige Augen.

Eine friedliche Katakomben-Kühle senkte sich hernieder. Irgendwo tröpfelte Wasser. Rita lag in einem kalten blauen Bett in ihrem alten Haus in New Orleans, und im Bad tropfte der Wasserhahn.

Tap-tap. Tap-tap.

CRAF-Kommando, Tràs-os-Montes, Portugal

Gordon zog die ihn erstickende Brille herunter, ohne darauf zu warten, daß das CRAF den Motor abstellte. Er stieß Toshio von sich, der ihn festhalten wollte, riß sich die Handschuhe ab und rannte aus dem Raum. An der Tür stieß er mit Pelham zusammen und hätte ihn beinahe umgeworfen.

Gordon hielt nicht an. Keuchend sprintete er die Treppen hoch, immer zwei Stufen auf einmal nehmend, bis er den sonnenüberfluteten Hof erreicht hatte. Dort blieb er stehen und preßte sich die Hände an die Schläfen.

Nie. Nie. Nie hatte er sich so hilflos gefühlt. Er hatte noch nie Menschen auf diese Weise sterben sehen. Das waren nicht die Toten von Bagnères-de-Luchon, die im Gras lagen, als seien sie Filmkomparsen.

Ich hätte mit dem Zug sterben sollen, dachte er. Und sein Verstand kreischte zurück: *Gott verdammt noch mal, du warst nicht einmal dort.*

Das Gift der Realität, ohne Geschmack, ohne Geruch, sickerte in ihn ein. In wenigen Sekunden würde er ertrinken.

»Sergeant«, sagte Pelham leise.

Eine Hand berührte Gordons Schulter. Gordon drückte sein Gesicht an die rauhe Wand.

»Kommen Sie mit, Sergeant«, sagte Pelham. »Sofort.«

Der Colonel faßte ihn um die Brust und zog ihn zurück. Gordon stolperte, wäre beinahe gefallen.

»Kommen Sie.« Pelham führte ihn über den Hof.

Gordon stieß sich den Knöchel an. Pelham faßte fester zu.

»Bringen Sie mir etwas!« befahl der Colonel jemandem. »Bringen Sie mir ein Sedativum für diesen Soldaten!«

Irgendwer versuchte, ihm die Finger vom Gesicht zu lösen, doch Gordon wollte die Hände nicht sinken lassen. Dies war kein Horrorfilm im Kino. Dies war nicht etwas, dem er entkommen konnte, indem er auf sein Popcorn niederblickte.

Wenn er sah, würde er richtige Menschen sehen. Er würde Dix und ihre Männer sehen, die Augen glasig, die Münder zu Fischmäulern verzogen. Wenn er hörte, würde er das Gurgeln ihrer Lungen hören.

Pelham drückte ihn in einen Sessel.

»Was fehlt ihm?« fragte eine weibliche Stimme.

Der Colonel antwortete mit einem wütenden Gebrüll. »Diese verdammte geheime Information, Major! Geben Sie ihm etwas! Sofort!«

Gordon hörte sich eilig entfernende Schritte.

»Ich kann nicht.« Gordon schaukelte sich in dem Sessel vor und zurück. »Gott. Ich kann nicht.« *Ich kann nicht damit fertig werden.*

Pelham war jetzt ganz ruhig. »Sie hatten keine Möglichkeit, ihnen zu helfen, Sohn. Es gab nichts, was Sie hätten tun können.«

Gordon öffnete die Augen und sah, daß er in der Klinik war.

»Sind Sie jetzt okay?« fragte Pelham.

»Nein«, flüsterte Gordon.

Ein weiblicher Major in einem weißen Laborkittel kam mit einer Spritze zurück. Sie zog Gordons Ärmel hoch und stieß ihm die Nadel in den Arm.

»Die Spritzen«, sagte Gordon dumpf. »Ich hätte an die Spritzen denken sollen.«

»Es hätte ihnen nichts genützt«, erwiderte Pelham.

Die Ärztin sah sie beide an.

»Gehen Sie hinaus«, befahl Pelham ihr.

»Wir stecken ihn besser ins Bett«, meinte sie. »Bei soviel Valium, wie ich in ihn hineingepumpt habe, kann er in einer Minute aus dem Sessel kippen.«

»Hinaus, Major.«

Nach kurzem Zögern gehorchte sie.

»Ich möchte, daß Sie sich ausruhen«, sagte der Colonel zu Gordon. »Nehmen Sie sich einen Tag oder so frei. Toshio wird ihre Einheit kommandieren.«

Das Medikament füllte Gordons Körper mit Lethargie. Er blinzelte und erinnerte sich an die großen blauen Augen des Lieutenants. Wann war ihm klar geworden, daß sie tot war? Er hatte versucht, ihr die Maske aufs Gesicht zu halten, der Gummirand hatte um ihr Gesicht gelegen wie die Blätter einer olivgrünen Blume. Dann sah sie ihn nicht mehr. Sie sah überhaupt nichts mehr. Und sie würde nie wieder etwas sehen.

Gordon erschauerte.

»Kalt?« fragte Pelham.

Kalt, dachte Gordon. Kalt bis ins Mark. Ein Klumpen Eis lag in seinem Magen.

»In ein paar Tagen haben wir Sie wieder auf den Beinen.«

Gordon schüttelte den Kopf. Nachmittags-Sonnenschein floß wie verschütteter Honig über das Linoleum. »Nein. Nicht wieder ins CRAF.« Seine Lippen fühlten sich pelzig und geschwollen an, seine Zunge wollte ihm nicht gehorchen.

»Sie möchten kein CRAF mehr kommandieren?« fragte Pelham überrascht. »Warum nicht?«

Der einzige Teil Pelhams, der sich in Gordons Gesichtsfeld befand, waren seine sehnigen, gefalteten Hände. Starke braune Hände. »Allein«, sagte Gordon.

»Was?«

»Allein.« Gordon war sein ganzes Leben lang allein gewesen. Auf der High School. Im College. Die ganze Zeit hatte er vor dem Nintendo-Schirm gesessen.

Doch nirgendwo war er so allein gewesen wie in dem CRAF.

Er hatte das nicht gewußt. Bisher nicht. Die diamantharte Panzerung des Roboters hatte mehr draußen gehalten als Raketen. Sie hatte ihn vor den Kugeln der Demütigungen und des Herzwehs geschützt.

Gordon erkannte plötzlich, wie gefährlich diese Panzerung war und wie zerstörerisch die Phantasie von Computer-Spielen ist. Sie hatten ihn so egozentrisch gemacht, daß er ein Erwachsener geworden war, ohne die Konsequenzen zu begreifen.

»Sie werden Ihre Meinung ändern«, behauptete Pelham.

»Nein.« Gordon löste den Blick nicht von dem sonnenbeschienenen Fußboden. »Das werde ich nicht.«

Im Licht

Die Glasscheibe des Fensters war so alt, daß sie ein bißchen wellig geworden war. Draußen stand ein rundes Mäuerchen, gefüllt mit winterbraunen Blättern. Dahinter erhob sich eine verrostete Schaukel, deren kinderlose Sitze im Wind schwangen.

Rita drehte sich um. Licht fiel durch die großen, vom Fußboden bis zur Decke reichenden Fenster ein, liebkoste die Regale, die Bücher. An einer Wand der Bibliothek knisterte ein Feuer in einem dekorativen Steinkamin.

»Hallo?« rief sie. Ihre Stimme wurde von der dicken, kühlen Luft aufgesaugt. Stille fiel wie sterbende Vögel von der vierzehn Fuß hohen Decke.

»Hallo?«

Niemand antwortete.

»Lesen Sie mir Ihr Buch vor«, erklang eine Stimme.

Rita fuhr herum. Die Person, die an einem der Regale stand, sah wie Dr. Gladdings aus, ihr alter Anatomie-Professor. Sie sah genauer hin, und da verschwamm sein Gesicht, als sehe sie ihn durch eine der antiken Fensterscheiben.

»Ich bin tot«, teilte sie ihm mit.

»Sie wissen eine Menge über den Tod«, erwiderte er. »Deshalb habe ich Sie hergebeten. Lesen Sie mir ein Buch darüber vor.«

Wenn sie tot war, konnte sie keine Angst haben. Sie dürfte nicht den Wunsch hegen, davonzulaufen. Das Ding, das wie Dr. Gladdings aussah, machte einen Schritt auf sie zu. Sie stolperte zurück und stieß gegen die Kühle des Fensters.

Sie hielt ein Buch in der Hand. Sie sah sich den Einband an. *Grays anatomisches Buch der Toten.*

Vor Angst erschauernd schleuderte sie das Buch von sich. Es fiel mit melodischem Klingen auf den Marmorboden.

Das ist es also, was das Gehirn im Augenblick der Auslöschung erfährt, dachte sie. Sie hätte schon immer gern gewußt, wie dieses letzte Feuern der Synapsen sein würde. Jetzt fragte sie sich, wie lange es dauern mochte.

Dr. Gladdings stand so dicht neben ihr, daß sie die Kälte spürte, die seine Haut ausstrahlte.

»Sie waren immer ein neugieriges Mädchen«, sagte er.

Rita schluckte heftig. Wahrscheinlich sollte sie jetzt um Vergebung ihrer Sünden beten, aber dafür war es zu spät, ebenso wie für die Gasmaske, ebenso wie für das Atropin. Durch die Fensterscheibe drang das Geräusch eines Graupelschauers herein, er rasselte auf den toten Blättern, klopfte auf die leeren Schaukeln des Spielplatzes.

»Hat es weh getan?« fragte Gladdings mit einem merkwürdigen, schlaffen Lächeln.

»Verzeihung?«

»Der Tod«, erklärte er. »Hat es weh getan? Sie wollten das schon immer gern wissen.«

Der Tod hatte sie durch die Lücken im Dach der Scheune angehaucht, er hatte sich durch die engen

Ritzen in den Wandbrettern geschoben und unsichtbare Hände auf ihren Mund gelegt. Mit einer Grimasse erinnerte sie sich an ihr Entsetzen. Es hatte nicht lange gedauert. Tödlich innerhalb von Sekunden.

»Weh getan?« antwortete sie. »Nein. Nicht sehr.«

»Gut. Das ist gut.«

Dann saß er hinter dem Schreibtisch des Bibliothekars. Das Prasseln der Graupeln wurde lauter. Er sah sie an, und sein Kopf begann, in die Schultern zu schmelzen. Seine Augen. Oh. Seine Augen machten etwas Seltsames.

Mein Gott, dachte Ria. *Was für riesige Augen er hat.*

Dr. Gladdings zeigte ihr ein unheimliches, formloses Lächeln. »Damit ich Sie besser sehen kann, meine Liebe.«

12. Kapitel

CRAF-Kommando, Trás-os-Montes, Portugal

Am nächsten Morgen wurde Gordon von zwei Militärpolizisten geweckt. Sie sagten ihm, er solle sich anziehen, Pelham wolle ihn sprechen. Gordon fuhr in sein Drillichzeug und folgte ihnen aus der Klinik.

Als er über den nebligen Hof ging, begann er sich Gedanken über sein CRAF zu machen. Wie ging es ihm, und wer, wenn überhaupt jemand, hatte es übernommen?

Merkwürdigerweise kümmerte es ihn nicht. Nicht wirklich. Nicht wie früher, bevor es die Toten in der Scheune gegeben hatte. Komisch. Jetzt, da sein Leben als Comic-Fiction bloßgelegt war, wurde ihm klar, daß er, wenn er auch nur ein bißchen Verstand hatte, nicht mehr in die Einheit zurückkehren würde.

Aber die Menschen taten immerzu Dinge, die nicht gut für sie waren, oder? Sie achteten nicht auf ihren Cholesterinwert. Sie bewegten sich nicht genug. Sie rauchten.

Gordons Laster war, daß er die sanften Umrisse der Illusion liebte. Er hatte sich gelehrt, das Leben durch einen Fernsehschirm zu betrachten. Das Programm war angenehm, und er hatte es sich so lange angesehen, daß er sich nicht sicher war, ob er noch wußte, wie man von einem Kanal auf den anderen wechselt. Oder ob er das auch nur wollte.

Die MPs verließen ihn vor Colonel Pelhams Tür und entfernten sich ohne ein Wort. Gordon zögerte, dann drehte er den Türknauf und trat ein. Pelham stand; ein Fremder saß auf seinem Sessel. Der Anblick des Vier-Sterne-Generals war so erstaunlich, daß Gordon einen peinlichen Augenblick lang vergaß zu salutieren.

»Da sind Sie ja«, sagte der General.

Gordon warf einen Blick zu Pelham hinüber. Der Colonel sah aus, als fühle er sich nicht wohl in seiner Haut. Der General wirkte wütend.

»Setzen Sie sich, Sergeant«, forderte Pelham ihn freundlich auf.

Gordon setzte sich.

Der General war ein kleiner Mann mit beginnender Glatze und katzengelben Augen. »Was ist mit Captain Beaudreaux passiert?« fragte er.

»Sir?« Beunruhigt sah Gordon von dem General zu Pelham.

»Mit dem weiblichen Captain, der mit Ihnen in Pons war«, fuhr der General ihn an.

Es war leichter, Pelham anzusehen, also tat Gordon es. »Sie wurde getötet, Sir. Wenn sie in Pons war, wurde sie getötet.«

»Quatsch, Sergeant!« brüllte der General.

»Beantworten Sie nur die Frage, Sergeant«, sagte der Colonel beschwichtigend.

»Ich will wissen, was die Aliens mit ihr machen«, erregte sich der General. »Ich will wissen, welche Absichten sie verfolgen.«

»Die Aliens, Sir?«

»Das blaue Licht!« Das Gesicht des Generals war kirschrot vor Zorn. »Gott verdammt, Sergeant! Das blaue Licht hat sie mitgenommen!«

Seo de Urgel, Spanien

Wasef stieg über die Leichen des alten Paares. Auf dem Holzofen kochte ein Kaffeetopf über und füllte die Küche mit Gestank. Eine spanische Wurst, ein Stück Käse und ein Laib Krustenbrot lagen auf einer

Arbeitsplatte. Das Paar hatte gerade frühstücken wollen, als seine Männer es erschossen.

Er nahm den Topf vom Herd und stellte ihn beiseite. An der Wand sang ein Kanarienvogel in einem hölzernen Käfig. Er wußte nichts vom Tod seines Herrchens und Frauchens, er ahnte nicht, daß auch er bald sterben würde. Wasef nahm eine Papiertüte und streute daraus ein paar Körner auf den Boden des Käfigs. Nach kurzem Überlegen öffnete er die Käfigtür.

Der Vogel flog nicht heraus. Er legte den Kopf schief und sah ihn mit seinen Glasperlenaugen an.

Wasef öffnete die Hintertür zu dem sonnenbeschienenen, ummauerten Garten. Wenn der Vogel sich entschloß, sein Leben zu retten, würde er, wie Wasef sah, Gesellschaft haben. Im Garten trillerte eine Lerche aus den dunkelgrünen Tiefen eines blühenden Lorbeers. In einem Dickicht aus Kletterrosen zirpten Zikaden.

Wasef ließ die Tür offen und wandte sich ab. Das Häuschen war fleckenlos bis auf die Spritzer von Blut und Gehirn. Er blickte auf die alte Frau nieder. Der schwarze Rock war ihr bis zu den Knien hochgerutscht. Die Sohlen ihrer Füße waren sauber.

Bevor er die Küche verließ, machte er sich mit seiner unversehrten Hand ein Sandwich. Er nahm sich einen Krug mit selbsteingelegten Oliven, der in der Nähe des Herdes stand, stieg über die Leichen und verließ das Haus.

Ein paar von seinen Männern hatten es sich im dichten Schatten einer Korkeiche bequem gemacht, teilten Brot, Orangen und Käse. Wasef verschlang sein Beute-Sandwich in vier großen Bissen und ging bergauf zu dem Biwak von Infanterie-Bataillon C. Er kam an Gamal Raschid vorbei, der allein saß und ein Buch las. Wasef bemerkte den Einband und blieb stehen.

Gamal las über die blauen Lichter.

»Hauptmann!« rief Wasef.

Gamal hätte das Buch beinahe fallengelassen. Er riß vor Schreck die Augen auf.

Wasef stellte den Krug mit den Oliven hin und nahm dem Hauptmann das Paperback aus den Händen. *Der eridanische Weg* stand auf der Titelseite.

»Keine wissenschaftliche Untersuchung«, plapperte Gamal verlegen, »aber es wird ja auch nicht viel Wissenschaftliches über UFOs veröffentlicht.«

»Verdammt sollst du sein«, fluchte Wasef halblaut. Er klemmte das Buch zwischen seinem Gipsverband und seinem Magen ein, riß die Titelseite heraus und stopfte sie in die Erde eines eingetopften Farns.

Das Erröten gab Gamals dunklem Hals eine kastanienbraune Farbe. »Ich hoffte herauszufinden ...«, begann er.

Wasef warf ihm das Buch zu. Gamal fing es auf. »Laß dir kein Interesse an solchen Dingen anmerken. Die Männer mißtrauen dir bereits, und wohin bringt dich das, Zukünftiger Präsident, wenn deine Wähler sich von dir abwenden?«

Gamal biß sich auf die Lippe. »Ich hätte es dir nicht sagen sollen.«

Noch etwas, für das er sich schuldig fühlen mußte, dachte Wasef. Er hatte schon eine reiche Auswahl: Die Toten, die er zwischen den Butterblumen von Bagnères-de-Luchon zurückgelassen hatte, das alte Paar hier in Seo de Urgel, dessen Blut seinen Terrakotta-Fußboden färbte. Jetzt mußte er für den Tod der Ambitionen dieses jungen Mannes Buße tun.

»Mein Vater lacht auch über mich«, beichtete Gamal ihm. »Er sagt, ich hätte keinen politischen Verstand.«

»Hast du auch nicht.« Wasef setzte sich, fuhr mit der Hand in den Krug und holte eine Handvoll tropfender, bräunlich-purpurner Oliven hervor. »Hier.« Er bot sie Gamal an. »Iß und vergiß die Zukunft.«

Der Hauptmann bedachte Wasefs Hand mit einem Stirnrunzeln. »Wir dürfen die Zukunft nicht vergessen.«

»Essen.« Wasef senkte den Mund und saugte drei der kleinen glatten Oliven auf. Er kaute das bittere Fruchtfleisch ab und spuckte die Kerne auf die Kopfsteinpflasterstraße. »Essen ist die Zukunft. Wenn du deine Wähler daran hindern willst, daß sie einer gegen den anderen kämpfen, wirst du ihnen Essen versprechen und die Tatsache verbergen, daß du ein Intellektueller bist. Sie wollen nicht von einem klugen Mann geführt werden, Gamal Raschid. Nur von einem schlauen.«

Gamal beäugte ihn. »*Du* bist ein schlauer Mann.«

»O ja.« Wasef lachte. »Vielleicht werde ich Präsident.«

Gamal lächelte nicht. »Das mag noch so kommen.«

Ernüchtert von dem ernsten Gesichtsausdruck des Hauptmanns, blinzelte Wasef. »Das war ein Scherz. Mich interessiert es nicht, was nach dem Krieg geschieht.«

»Es muß dich aber interessieren«, gab Gamal zurück. »Hör mir zu, Oberst. In ein paar Monaten werden wir die Verantwortung für die Welt tragen. Wenn wir das eroberte Europa in fundamentalistische Unwissenheit hinabziehen müssen, möchte ich den Krieg lieber verlieren als gewinnen.«

Den Krieg verlieren oder gewinnen. Der Satz schien sich aus unsinnigen Wörtern zusammenzusetzen. Vom Verstand her wußte Wasef, daß Kriege ein Ende nehmen, doch sein Herz erzählte ihm etwas anderes. Es gab nichts als Strategie und Töten, das hohle Donnern der Artillerie und das Quietschen von Panzern.

»›Jedes Volk hat die Führung, die es verdient‹«, zitierte der Oberst mit säuerlichem Grinsen. »Vielleicht bekommen wir die Führungsrolle, die wir verdienen.«

»Ich höre nicht auf die Mullahs. Weißt du, Oberst, die Voraussetzung dafür, daß man ein Moslem ist, sollte nicht Dummheit sein.«

Man grabe tief genug in Gamal Raschid hinein, und die Weichheit war verschwunden, erkannte Wasef. Er war auf Eisen gestoßen. Der Junge sah ihn an, das Kinn hochgereckt, der Mund eine feste Linie. Er sah ganz nach einem künftigen Präsidenten aus.

»Du stellst eine Ein-Mann-Revolution dar, Hauptmann«, meinte er freundlich. »Warte, bis du jemanden hast, mit dem du kämpfen kannst.«

»Sag mir bloß nicht, daß ich warten soll«, höhnte Gamal. »Wir Araber haben acht Jahrhunderte darauf gewartet, daß Erleuchtung und Freiheit zurückkehren.«

Wasef sah aus dem Augenwinkel etwas Gelbes flattern.

»Ein Kanarienvogel.« Gamal hob verwundert den Kopf. »Sieh doch! Es ist ein Kanarienvogel.«

Irgendwie hatte der Vogel es geschafft, das Haus zu verlassen, und jetzt saß er singend auf dem Zweig eines Olivenbaums. Hatte die Freiheit ihn aus seinem Gefängnis gelockt, oder hatte der Geruch des Todes ihn herausgetrieben? Er würde nicht lange am Leben bleiben, das war Wasef klar. Die Lektionen des Überlebens sind zu schnell und zu hart, als daß ein Käfigvogel sie lernen könnte.

»Ein Wunder.« Gamal grinste.

Der Hauptmann wußte nichts von dem Sterben, dem dieses Wunder entsprungen war, und er dachte auch nicht darüber nach, daß dieses Wunder mit dem Sterben enden würde.

Trotz der Hitze der Vormittagssonne überlief es Wasef kalt. Gamal irrte sich wegen der acht Jahrhunderte des Wartens. Nur der Tod, nicht die Araber, konnte so geduldig sein.

»Du gehst?« fragte Gamal, als Wasef unbeholfen aufstand.

»Wir müssen zusehen, daß wir vor Sonnenuntergang noch etwas Schlaf bekommen.«

Die Augen des Jungen glänzten immer noch. »Ein gutes Omen, findest du nicht, Oberst? Findest du nicht, daß der Kanarienvogel ein gutes Omen ist?«

»Schon möglich.«

Aus dem Olivenbaum trillerte der Vogel eine Folge von perlenden Tönen. Mit Grauen sah Wasef zu dem Zweig hoch. Der Gesang des Kanarienvogels flatterte in seinem Herzen, als schlügen dort die Schwingen der Dunkelheit.

Im Licht

Justin stieg den grasbewachsenen Hang zu der schattigen Kieferngruppe hoch. Ein paar Yards vor den Bäumen trat er in seinen sonnigen Florida-Garten hinaus.

Limonen hingen wie Christbaum-Schmuck an den Zweigen. Wolken, weich und grau wie Kaninchenfelle, segelten über den nach Regen duftenden Himmel. An der Hausecke stand Harding im kühlen Klappern der Palmen und wartete auf ihn.

»Haben Sie Ihren Besuch genossen?« fragte der stellvertretende Kommandeur.

Hardings Gesicht sackte unter dem Einfluß der Schwerkraft. Seine Augen rutschten die Wangen hinunter. Justin drehte den Kopf zur Seite. Er wollte nicht sehen, wie die Augen vom Kinn glitten und dicken blauen Tränen gleich zu Boden fielen.

»Wir müssen miteinander reden«, verlangte Justin.

Sie waren in der Küche, seine Mutter saß ihm am Tisch gegenüber, ihr Haar verwandelte sich von Grau zu Braun zu Schwarz.

»Worüber möchtest du reden?« fragte seine Mutter.

»Ich will nicht hier sein«, erklärte er.

Das Klappern der Palmen wurde zum Donnern.

»Ich will zurück. Ich denke, ihr solltet mich jetzt zurückschicken. Ihr habt von mir alles erfahren, was ihr erfahren konntet.«

»Nicht alles«, antwortete sie. »Setz dich, Justin. Setz dich, trink Milch und iß Kekse.«

»Tut mir das nicht an!« schrie er.

Plötzlich waren sie alle da: seine Mutter, der Busfahrer und Harding. Ihre Augen waren groß, erschrocken und schwarz.

»Ich weiß jetzt, wo ich bin, versteht ihr das nicht? Ich weiß, was geschieht. Hört auf, mir Menschen vorzuspielen, die ihr nicht seid!«

Die Zeit gefror. Draußen im Garten mäßigte sich der Lärm der Palmen zu einem atemlosen Zischeln. Einen Augenblick lang hatte Justin Angst, mehr Angst als je zuvor in seinem Leben, bestimmt mehr Angst, als er je bei einem Einsatz gehabt hatte. Vielleicht wollte er nicht sehen. Vielleicht war die Illusion besser.

Ein kalter, feuchter Wind blies in das offene Fenster herein und milderte die Spannung im Raum.

»Ich glaube, er hat in der Schule einen schlechten Tag gehabt«, vermutete seine Mutter besorgt.

Harding nickte. »Vielleicht möchte er noch einmal den Bus fahren. Vielleicht möchte er, daß Ann zurückkommt. Vielleicht braucht er Milch und Kekse.«

Der Busfahrer legte Justin kühle Quallenfinger auf den Arm. »Warum willst du zurück, wenn du dich so fürchtest zu sterben? Wovor fürchtest du dich am meisten, Justin?«

Justin sprang von seinem Stuhl hoch, rannte aus der Tür und in die Sicherheit der Kiefern. Auf der anderen Seite des Wäldchens war es wieder Nacht. Er sah einen jungen, dunkelhäutigen arabischen Hauptmann zwischen den Bäumen hervorschlendern und zu dem Bootshaus aus Wellblech hinübergehen. Der Offizier öffnete die Tür, zögerte, trat dann ein.

Als der Araber fort war, trabte Justin den grasbewachsenen Hang hinunter. »He, Junge!« rief er.

Der Junge am Ende des Piers blickte hoch.

»Wir müssen hier raus.«

Der Junge zog die Leine ein und wählte einen anderen Haken aus dem roten Werkzeugkasten.

»Hörst du mich?«

»Ich höre dich.« Der Junge befestigte den Haken und warf die Leine. In dem stillen Mondlicht waren die Binsen wie klirrende Eismusik, Akkorde aus gebrochenem Glas.

»Sie bringen dich dahin, wohin du gern möchtest«, sagte der Junge ärgerlich, »aber du hast überhaupt keinen Gedanken für sie. Sie hören auf das, was dein Herz ihnen erzählt, aber dir ist das scheißegal. Sie hätten dich nicht mitgenommen, wenn du nicht weggewollt hättest. Verdammt noch mal, alles, was sie wollen, ist, dich glücklich zu machen.«

Justin betrachtete den Hinterkopf des Jungen. Gott. Hatte er sich so glühend gewünscht, aus dem Krieg wegzukommen? Hatte er solche Angst gehabt, noch mehr Angst als die anderen Piloten, daß die Aliens den Unterschied gespürt hatten? Das Alien, ein Klumpen Ton, saß neben dem Jungen.

»Wie kommst du auf die Idee?« fragte Justin.

Die Augen des Jungen waren moosgrün im Schein des Docklichtes. »Ich habe es mir zusammengereimt, und das hättest du auch getan, wenn du eine Spur von Verstand hättest. Dies ist der Geist in der Flasche. Dies sind die drei magischen Wünsche.«

»Dies ist nichts als ein verdammter Traum«, gab Justin zurück.

»Es ist ein Traum«, stimmte das Alien mit der Stimme eines liebevollen Vaters zu. Diese Stimme war perfekt für die Beichten kleiner Jungen oder das Einschlafen auf dem Schoß. »Wir möchten wissen, was ihr euch am meisten wünscht. Es sind die Wünsche, die uns rufen.«

Tap-tap-tap. Das Klappern der Binsen klang jetzt zart, als falle sanfter Regen auf Blätter.

»Ich will zurück«, erklärte Justin.

Die Lippen des Aliens brodelten zu einem ironischen Lächeln hoch. »Wirklich?«

Ja, redete Justin sich selbst ein und hoffte, er denke es so energisch und so aufrichtig, daß das Alien das verräterische *Nein* seiner Furcht nicht hörte.

CRAF-Kommando, Tràs-os-Montes, Portugal

Gordon sah sich die Aufnahme an. Er saß bolzengerade auf dem Sessel. Die Nägel seiner rechten Hand kratzten die Haut der linken so heftig, daß Striemen entstanden. Auf dem Schirm starb der kleine Lieutenant, und Tauben fielen von den Dachsparren.

»Genau da.« Der General zeigte hin. »Sie können es sehen.«

Oben rechts auf dem Schirm tastete der weibliche Captain nach der Gasmaske. Sie zitterte wie ein Trunkenbold mit Delirium tremens. Das war es, was Gordon nicht gesehen hatte. Der Tod des Captains und aller anderen Mitglieder des Zuges war nebensächlich gewesen. Er hatte seine Aufmerksamkeit auf Dix konzentriert.

Jetzt sah er Rover kommen, als wolle er den Captain töten. Das Licht hüpfte – und ging aus. Wo der Captain gewesen war, sah man leeres Stroh.

Der Bildschirm wurde schwarz. Pelham stellte den Recorder ab und sah Gordon fragend an. »Sie erinnern sich nicht«, sagte er.

»Nein, Sir.«

»Mr. Ishimoto hat für Sie übernommen«, berichtete Pelham. »Aber das Licht kehrte nicht zurück. Es hat sich immer noch nicht wieder sehen lassen.«

»Sie haben irgendeine Art von Kontrolle darüber. Warum?« fragte der General. »Was sieht es in Ihnen?«

»Nein, Sir. Ich habe keine Kontrolle über das Licht, Sir.«

»Kommen Sie mir nicht so!« Der General sprang auf die Füße, sein Gesicht war purpurn angelaufen. »Ich habe gesehen, daß Sie ihm sagten, es solle in die Ecke gehen! Ich habe gesehen, daß es Ihnen gehorchte! Gott verdammt noch mal, Sohn, lügen Sie mich nicht an!«

Gordon suchte mit einem Blick Schutz bei Pelham. Der Colonel war erstaunt.

»General Lauterbach, er ...«, begann Pelham.

»Halten Sie den Mund!« brüllte der General. Dann beugte er sich plötzlich über Gordon. Er war nur wenige Zoll von ihm entfernt, und Gordon erkannte eine wilde Sehnsucht in den hellen Augen des Mannes.

»Sie haben den Ort gesehen, zu dem die Aliens sie bringen«, sagte er.

»Ich habe nur davon geträumt, Sir.«

»Sie haben ihn gesehen. Ich will wissen, warum dieser Pilot ausgestiegen ist, obwohl sein Radar-Mann sagt, er hätte die F-14 landen können. Warum hat er das getan? Warum haben die Lichter ihn mitgenommen? Wie sah der Mann aus?«

»Nun, Sir, er ...«

»Hat er Ihnen irgend etwas erzählt?« drängte der General.

»Nicht viel, Sir. Er war irgendwie verängstigt.«

Das Gesicht des Generals war so angespannt, daß die Wangen zuckten. »Verängstigt«, wiederholte er mit hohler Stimme. Plötzlich verloren seine braunen Augen den Raubtierblick und wurden traurig.

Der General blickte ziellos im Raum umher, als

suche er etwas, das er verloren hatte: seine Schlüssel, einen Kugelschreiber, seinen früheren Zorn. »Seo de Urgel«, sagte er. »Die Araber sind in Seo de Urgel, wenn meine Berechnungen stimmen.«

»Ja, Sir. Ich bin überzeugt, daß das richtig ist.« Pelham schüttelte seine Benommenheit deutlich sichtbar ab.

»Die Hauptarmee der ANA zieht ostwärts. Sie hat das einzige französische Bataillon in Gerona überrascht und überrannt. Die andere arabische Division wird heute nacht beginnen, die Pyrenäen zu überqueren. Das wird wahrscheinlich zwei Tage erfordern.« Die Hände auf dem Rücken verschränkt, studierte der General jetzt die Landkarte an der Wand. Sein kleiner Körper war ruhig, aber Gordon erkannte die Nervosität an seinen Händen. Sie rangen miteinander, zwei müde Armeen.

»Sie wollen also die französische West-Armee von zwei Seiten angreifen«, sagte der General nachdenklich. »Die Franzosen schicken einen israelischen Kommandotrupp den Berg hinauf, der die Araber auf der Serpentine bei Llivia abfangen soll, bevor sie Mont-Louis erreichen. Ich will, daß die Israelis einen vollständigen und verheerenden Erfolg haben. Ich will, daß sie sie alle töten; andernfalls wird die Division sich einfach bergab zurückziehen, und wir müssen unser Wartespiel von neuem beginnen.«

Pelham sandte einen nervösen Blick zu Gordon hinüber. Gordon selbst war erschrocken über die Enthüllung von Schlachtplänen und fragte sich, ob er den Raum verlassen solle.

»Ich will, daß dieser Mann das CRAF kontrolliert«, verkündete der General, ohne sich umzudrehen.

»Sir«, wandte Pelham vorsichtig ein, »ich habe dem Sergeant zwei Tage frei gegeben.«

Der General wandte die Augen nicht von der Karte ab. Seine Stimme war ausdruckslos. »Ich will, daß er das CRAF kontrolliert, Colonel. Sorgen Sie dafür.«

»Das geht in Ordnung, Sir«, sagte Gordon zu Pelham. Es war mehr als nur in Ordnung. Jetzt wünschte er sich, in dem CRAF zu sein. Er mußte den Gleichmut der Brille zurückgewinnen, er mußte diese sichere Entfernung zurückgewinnen.

»Ich will sehen, ob das Licht zurückkehrt«, sprach der General weiter. »Wenn es das tut, will ich, daß das CRAF in Richtung Mont-Louis hinauffährt, sich den Israelis anschließt und dann die Straße blockiert, während der Kommandotrupp diesen Berg sprengt.«

»Die Straße blockiert, Sir?« fragte Pelham ungläubig. »Aber die Raketen des CRAFs sind nicht einsatzbereit.«

»Wenn das Licht zurückkommt, Colonel, wird er die Raketen nicht brauchen«, stellte der General ruhig fest. »Gott verzeihe mir. Ich werde herausfinden, wie sehr das Alien ihn liebt.«

Im Licht

Vielleicht war das Fegefeuer einfach ein Ort, wo nichts geschah. Rita stellte sich vor, wie die Zeit sich um sie drehte und sie mit ihrer Zentrifugalkraft gefangenhielt. Jahrhunderte mochten hier in diesem Limbo, in dieser Bibliothek aus blassem Licht und gedämpftem Schatten wirbeln.

Sie holte tief Atem. Die Luft roch nach alten Büchern und dem Holzrauch vom Kamin. Von den hohen Fenstern kam das allgegenwärtige Prasseln von Regen.

»Erzählen Sie mir über den Tod«, bat Dr. Gladdings.

Langsam drehte Rita sich um. Die schütteren Haare auf dem Schädel des alten Mannes, eingefettet und so gekämmt, daß sie so viel wie möglich von der bloßen

Kopfhaut bedeckten, schienen in seinen Schädel einzusinken. Seine Augen, dunkler und größer als normal, wölbten sich über seine Wangen, als drücke sie eine unvorstellbare Kraft von innen hinaus.

»Ich weiß eigentlich nicht viel darüber«, vertraute sie dem Professor an.

Ihre Antwort überraschte ihn. Unaufhörlicher Regen schlug mit seinen kleinen Fäusten gegen die Fensterscheiben.

»Natürlich wissen Sie etwas«, widersprach er ihr. »Sie müssen etwas wissen. Habe ich Sie überhaupt nichts gelehrt?«

»Was wollen Sie?« gab Rita zurück. »Eine Definition des klinischen Todes? Ein Arzt würde Ihnen sagen, daß der Tod eintritt, wenn das Gehirn aufhört zu arbeiten. Ein Biologe würde Ihnen sagen, daß die Zellen weiterleben und von dem Tod der Organe gar nichts merken.«

Einen Augenblick lang stellte sie sich ihre Leiche in der Scheune vor. Ihre Zellen versuchten wie eine Armee, die von der Niederlage noch nicht benachrichtigt worden war, das Gift, das sie getötet hatte, auszuscheiden.

Sie versuchte, sich ihre Beerdigung vorzustellen. Aber die Trauergäste waren, ihre Mutter ausgenommen, gesichtslose, anonyme Gestalten wie alle Bekanntschaften, die ihre Vergangenheit bevölkerten.

Es war passenderweise ein einsames Fegefeuer, in dem sie sich befand, sagte sie zu sich selbst, leer bis auf einen Mann, der noch einsamer war als sie. Sie erinnerte sich an Dr. Gladdings gebeugte Gestalt, die allein über den Campus schritt. Ständig hatte er einen Armvoll Bücher dabei, die wie der Anker dieses Gummiband-Körpers wirkten. Man nehme sie ihm weg, und er wäre seines Zentrums beraubt. Seine Arme, seine Beine würden auseinanderfallen, sein straffer Verstand würde sich auflösen.

In der ersten Hälfte des Semesters hatte sie gedacht, er könne sie ihrer Hautfarbe wegen nicht leiden. Später erkannte sie, daß er niemanden leiden konnte und daß der Bücherstapel und der Zeigestab Befestigungsanlagen seiner Einsamkeit waren.

»Am Tod muß noch etwas anderes sein«, stellte Dr. Gladdings mit verwirrter Stimme fest.

»Was? Die Seele?« fragte Rita spöttisch. Wenn sich diese Szene nicht in den elektrischen Zuckungen ihres sterbenden Gehirns abspielen würde, dann wäre dieser seltsame, schwammige Dr. Gladdings ein Dämon oder ein Engel. Aber ein Dämon sollte nicht so zaghaft und ein Engel nicht so verloren sein.

Dr. Gladdings Gesicht, so schlecht definiert und breiig wie ein großer Pilz, verzog sich zu einem Ausdruck der Bestürzung. »Ich dachte, Sie wüßten es.«

Verlegen wandte Rita das Gesicht ab. Sie fuhr mit den Händen über die staubigen Rücken der Bücher. »Ich bin keine Theologin. Ich meine, das ist hier die Frage aller Fragen, nicht wahr? Gibt es ein Leben nach dem Tod? Sagen Sie es mir.«

Er antwortete nicht. Das Prasseln des Regens auf die Blätter draußen hatte etwas Traumartiges, Beruhigendes und erinnerte sie an feuchtwollene Winter und Marshmallows, die süßen weißen Schaum über heiße Schokolade breiteten.

Rita schloß die Augen und legte den Kopf an die Bücher. Sie waren fest, kühl und glatt. »Bitte«, flehte sie ihn an. »Sagen Sie es mir.«

CRAF-Kommando, Tràs-os-Montes, Portugal

Mrs. Parisi saß so steif, wie es ihr möglich war, auf dem unbequemen Stuhl, den die Army ihr zur Verfügung gestellt hatte. Man hatte sie gut behandelt, nahm sie an, obwohl die Unterbringung spartanisch war. Seit der Landung in Portugal hatte sie ihre Aufmerksamkeit weniger auf Bett und Essen gerichtet, mehr dagegen auf die winzigen Nuancen in den Reden der Leute, in ihren Seitenblicken. Jetzt war sie voll da, die Nerven so alarmbereit wie die fragenden Schnurrhaare einer Katze.

Schritte näherten sich. Sie lehnte sich zurück und versuchte, zur offenen Tür hinauszuspähen, doch in ihrem Blickfeld war nichts weiter als der scheußliche olivgrün gemalte Flur.

Die Schritte machten plötzlich halt. Unten im Korridor stritten zwei Männer miteinander, aber nicht laut genug, daß Mrs. Parisi sie hätte verstehen können.

»... traumatisiert.« Die heisere Stimme platzte in die Luft wie ein einzelner Feuerwerkskörper und blieb dort hängen, funkelnd vor Möglichkeiten.

Mrs. Parisi lauschte so angestrengt, daß sie kaum noch atmete. *Traumatisiert?* dachte sie. Nun, es herrschte Krieg. Bei einem bewaffneten Konflikt ging es doch darum, so viele Leute wie möglich zu traumatisieren, oder etwa nicht?

Sie sprachen weiter, der eine gab mit sanfter, leiser Stimme Befehle, der andere murmelte eine Bitte.

Dort im Korridor entfaltete sich eine Story. Das Leben war voll von Stories. Mrs. Parisi liebte Stories; sie hatte eine selbst erfunden – die angeblichen Interviews mit Augenzeugen, die Geschichten von Entführten und Träumern.

Plötzlich endete das Gespräch im Flur. Schwere Schritte entfernten sich, die Schritte eines gewichtigen Mannes, der von der Last der Enttäuschung schwerer gemacht wurde. Einen Augenblick später näherten sich leichtere, schnellere Schritte der Tür. Mrs. Parisi riß den Kopf zu dem leeren Schreibtisch vor sich herum. Sie wollte nicht beim Lauschen ertappt werden.

»Mrs. Parisi?«

Ein kleiner Mann mit beginnender Glatze betrat den Raum. Er war, wie alle diese Soldaten, in einen unvorteilhaften Tarnanzug gekleidet.

Mit königlicher Geste streckte sie die Hand aus. »Ich glaube, ich hatte noch nicht das Vergnügen.«

Das verblüffte ihn, doch er faßte sich schnell. »T. William Lauterbach«, stellte er sich vor, ohne einen Hinweis auf seinen Rang zu geben. Das brauchte er nicht. An seinem Kragen waren vier Sterne wie Spielzeugsoldaten aufgereiht.

Die Hand, die in der ihren lag, war fest, aber zierlich, wie die Hand einer athletischen Frau. »Ich bin entzückt, Sie kennenzulernen«, sagte sie.

Er ging zu dem Schreibtisch, setzte sich dahinter. »Ich habe Ihre Bücher gelesen«, teilte er ihr mit.

Das hatte sie vorausgesetzt. Mit einiger Anstrengung gelang es ihr, angenehm überrascht auszusehen. »Wie mich das freut!«

»Erzählen Sie mir von den Aliens«, bat er.

Seine braunen Augen blickten kühl und klug. Mrs. Parisi merkte, daß der General kein Fan war. Und dieses Gespräch hatte mehr von einem Test an sich als von Schmeichelei.

»Die Eridaner sind weise …«

»Wie weise?« fragte er.

»Sehr, sehr weise.« Ach du meine Güte. So kam sie nicht weiter. Sein Gesicht hatte sich in harte, argwöhnische Linien gelegt.

»Erzählen Sie mir etwas Handfesteres. Wir müssen zu einem Schluß kommen, ob das, was wir sehen, intelligent ist oder lediglich ein atmosphärisches Phänomen.«

Gütiger Himmel. Der General war schlau, aber er hatte sich verplappert und ihr einen Hinweis gegeben. Atmosphärisches Phänomen, ach ja? Wie das seltsame blaue Sumpfgas, das diesen gräßlichen Jungen gefressen hatte. Das Sumpfgas hatte den Eindruck erweckt, intelligent zu handeln. Zumindest könnten einfältige, abergläubische Menschen sein Verhalten so auslegen. Und was hatte der Junge darüber gesagt? Sie durchforschte ihr Gedächtnis. Ach ja. Einen liebenswürdigen Gesichtsausdruck bewahrend, warf sie dem General einen kleinen Knochen hin. »Eridana ist ein schöner blauer Planet. Es regnet dort ziemlich viel, wissen Sie.«

»Tatsächlich«, sagte er unverbindlich. Der General hatte ein exzellentes Pokergesicht, aber Mrs. Parisi erkannte, daß ihm ihre Bemerkung schmeckte. In seinen Händen, die auf dem Schreibtisch gefaltet waren, spannten sich die Muskeln.

»Was wollen die Eridaner?« fragte er.

Sich an den Gesichtsausdruck des Jungen erinnernd, antwortete sie: »Liebe.« Das Gesicht des Generals verriet ihr, daß sie sich auf der falschen Spur befand. »Natürlich bedeutet Liebe für sie nicht das gleiche wie für uns. Es ist mehr ein Interesse, verstehen Sie. Sie finden uns einfach faszinierend.«

Ihre Worte hatten wohl einen Nerv getroffen. Die Augen des Generals bewölkten sich kurz. Er löste die Finger voneinander und richtete sich in seinem Sessel auf.

Es war Schmerz in ihm, wenn er über die Aliens sprach. Doch da war auch eine lebhafte Neugier. Und ein so starkes Verlangen, daß es ihr den Atem raubte.

Die meisten Menschen waren leicht zu durchschauen: Die in einer unglücklichen Ehe lebende Frau, die hoffte, die Eridaner würden ihr etwas geben, das sie verehren konnte, der Mann, der eine Ablenkung von seinem eigenen Versagen brauchte, die Person, die den einen Glauben verloren hatte und einen anderen suchte. Dieser General war vielschichtiger. Mrs. Parisi sagte sich, wenn sie seine Zweifel besiegte, würde er ihre herrlichste Trophäe werden.

»Sie lieben uns, Mr. Lauterbach«, versicherte sie ernsthaft.

Er kniff die Augen zusammen. »Kommt mir merkwürdig vor, da einige unserer Soldaten von den Lichtern getötet worden sind.«

Mrs. Parisi verbarg ihren Schock. Sie machte es besser als der General, dem deutlich anzumerken war, wie notwendig er Informationen brauchte. »Ja«, bestätigte sie geduldig. »Aber verstehen Sie denn nicht? Sie haben sie mit Liebe getötet.«

Zu ihrer Überraschung zuckte der Man zusammen. Sie hatte mit ihrer Behauptung etwas bestätigt, und wenn er vorher dazu geneigt hatte, ihr zu mißtrauen, war er jetzt in die andere Richtung umgeschwenkt.

Sie mußte vorsichtig sein. Sie mußte über ein schwankendes Seil balancieren, aber sie würde siegen. Endlich entspannte sie sich. Sie genoß den Sieg, der sich in seinem überwältigten, gläubigen Gesicht schon abzeichnete.

CRAF-Kommando-Zentrum, Trás-os-Montes, Portugal

Pelham betrat den Raum, und Gordon stand auf. Der Colonel sah jedoch nicht in seine Richtung, sondern musterte den Fußboden, als stünden irgendwelche wichtigen und traurigen Nachrichten auf den Linoleumbelag geschrieben.

Pelham setzte sich nicht, und Gordon traute sich nicht, sich wieder auf seinem Platz niederzulassen. Sie standen ein paar Fuß auseinander, und Gordon beobachtete das nach unten gerichtete Gesicht des Colonels.

»Ihr Befehl lautet, Ihr CRAF zu nehmen und die ANA zu umfahren, bis Sie die Serpentine gleich hinter Llivia erreichen. Das israelische Team wird sich dort mit Ihnen treffen. Und dann werden Sie die Straße blockieren.«

»Aber Sie haben es dem General erklärt, nicht wahr? Meine Raketen …«

»Haben Sie nicht gehört, Sergeant?« Plötzlich hob Pelham den Kopf. Seine Augen brannten.

»Aber …«

»Dies ist ein ausdrücklicher Befehl. Gehen Sie jetzt auf Ihre Kommando-Station.«

Jesus. Der General hatte den Befehl nicht geändert. Die *Straße* blockieren? Und hoffen, daß Rover ihn rettete? Die arabische Armee würde ihn plattwalzen. Und was würde passieren, wenn die Granate traf, wenn der Bildschirm in seinem Gehirn zersplitterte und die heulende Realität einließ?

»Mit allem schuldigen Respekt, Colonel, das kann ich nicht.« Gordon wartete, daß Pelhams Zorn ihn zermalmte.

Als nächstes kamen dann die MPs. Das Kriegsgericht. Es spielte keine Rolle. Gordon konnte sich in sich selbst zurückziehen, wie er es immer getan hatte, in Comic-Books und Phantasien. Weiche Ränder. Distanz. So sollten die Dinge sein.

Pelham brüllte nicht. Er betrachtete die Karte an der Wand, und seine Augen verloren den Zorn. »Man hat mich angewiesen, Sie zu informieren, daß Nichtbefolgung dieses Befehls als Desertieren betrachtet wird.«

»Das kann ich nicht ändern, Sir. Ich …«

Die Stimme des Colonels war leise, vollkommen tonlos. »Die Strafe für das Desertieren während dieses Krieges ist der Tod durch ein Exekutionskommando. General Lauterbach hat mich aufgefordert, Sie daran zu erinnern.«

Gordons Gedanken fielen aus seinem Gehirn und rollten über den Fußboden wie verstreute Murmeln. »Sir?«

Exekutionskommando? Der Colonel machte doch sicher Witze.

Gott. Gordon konnte nicht denken. Er sah EXEKUTIONSKOMMANDO, als stehe es in Leuchtbuchstaben auf einer Reklametafel.

»Einen Augenblick.« Pelham öffnete die Tür ein Stück weiter und rief den Flur hinunter: »Major Kelly?«

Der Major erschien mit erstauntem Gesicht.

»Ich möchte Sie als Zeugen für den Fall hier haben, daß es zu einer Verhandlung vor einem Kriegsgericht kommt.« Pelhams Augen verbanden sich lange genug mit denen Gordons, daß Gordon das Mitleid darin erkennen konnte. Er konnte aber auch das Erschießungskommando darin sehen, das zackig auf das Gras hinausmarschierte.

Pelhams Augen waren wie ein Fernsehschirm.

»Sergeant Means«, sagte Pelham. »Sie werden sofort Ihr Kommandozentrum aufsuchen. Sie werden ihr CRAF in Betrieb nehmen und der Ihnen genannten Route folgen. Dort angekommen, blockieren Sie die Straße. Dies ist ein Befehl. Haben Sie verstanden? – Und haben Sie verstanden, welche Strafe auf Ungehorsam gegen diesen Befehl steht, wie ich es Ihnen erklärt habe?«

»Sie bringen mich um«, flüsterte Gordon.

Pelhams Mund arbeitete. Er sprach kein Wort.

»Ich werde dort stehen und mein CRAF von den Arabern vernichten lassen, Sir«, sagte Gordon. »Aber es wird mich umbringen.«

Und ohne sich die Mühe zu machen, zu salutieren, schlurfte er aus dem Raum.

13. Kapitel

In den Pyrenäen, oberhalb von Seo de Urgel

Zahra stand knöcheltief im Nil, umgeben von den wie mit Quasten geschmückten Schilfrohren, die *gelabia* bis zu den Knien hochgezogen. Ihr Gesicht war unverschleiert, und sie grinste.

»Komm raus«, befahl Wasef ihr. »Und laß deinen Rock herunter.«

»Von den amerikanischen Frauen habe ich Geheimnisse gelernt.« Ihre dunklen Augen blitzten vor Haß. »Das größte Geheimnis von allen war, daß du mich getötet hast.«

Hinter ihr gingen Männer die unbefestigte Straße entlang, eine Reihe wandelnder Skelette. Die lüsternen Augen in ihren Schädeln waren unverwandt auf Zahra gerichtet.

»Laß deinen Rock herunter, oder ich schlage dich«, drohte Wasef.

Sie lachte. Ihr Rock wirbelte höher, bis zu ihren Oberschenkeln. Wasef wollte sie packen, doch sie tanzte davon, versprühte Wasser, das die Sonne einfing und für einen Augenblick wie brennendes Magnesium strahlte.

»Komm weg hier«, herrschte er sie an. Sie hörte nicht zu.

Er hatte keine Kontrolle über sie, hatte sie nie gehabt. Er warf einen Blick zurück. Die Reihe der Männer war stehengeblieben, und sie gafften ihn an, weil sie es wußten. Sie wußten, daß er seine Frau nicht zwingen konnte, ihm zu gehorchen.

»Du bringst Schande über mich«, sagte er. Aber Zahra war fort, verschwunden in dem stillen, bewegungslosen Papyrus.

Wasef geriet in Panik und lief ihr in die Untiefen nach, scheuchte weiße Ibisse, ein schlammfarbenes Krokodil und seltsame, fleischrosa Fische auf. Nur drei Schritte in den Nil hinein, und schon verlor er den Boden unter den Füßen. Er versank, wollte sich am Wasser festhalten, griff ins Nichts.

Keuchend fuhr Wasef in dem Jeep bolzengerade in die Höhe. Aus der Dunkelheit neben ihm kam Hauptmann Raschids besorgtes Flüstern: »Alles in Ordnung, Oberst?«

»Ein Traum.« Die Transmissionen der Panzer hinter ihm winselten den Hang hinauf. Vor ihm erhoben sich die dunklen Umrisse der Gipfel, schimmernden Schnee auf den Schultern.

»Vom Krieg?«

»Wie bitte?«

»Hast du vom Krieg geträumt?«

»Nein«, antwortete Wasef. »Von Mord.«

Zahra hatte in Kalifornien bleiben wollen, doch Wasef hatte sie gezwungen, nach Ägypten zurückzukehren. Er dachte an die leichtfertigen amerikanischen Mädchen mit ihrem losen Mundwerk und ihrer Nacktheit. Er dachte daran, wie entsetzt er von der Vorstellung gewesen war, Zahra könne von der Freiheit infiziert werden.

»Ich habe jetzt seltsame Träume«, erzählte Gamal dem unaufmerksamen Oberst. »Es kommen Amerikaner darin vor.«

Amerikaner, dachte Wasef. Amerikaner und ihre unechte, dekadente Lebensweise. Das Leben in Single-Bars und die einsamen, öden Nächte.

Er hatte geglaubt, Zahra wolle sich der Sünde hingeben. Jetzt war ihm klar, daß ihr nur die bunten Kleider, die Seidenstoffe, die Rüschen gefallen hatten. Vielleicht erinnerte sie sich daran, wie sie sich schön gemacht hatte, als das nach dem ägyptischen Gesetz noch erlaubt gewesen war. Sie hatte nichts anderes gewollt, als sich hübsch zu fühlen.

»Ich bin an einem See«, berichtete der Hauptmann leise. »Dort ist ein amerikanischer Junge und manchmal auch ein amerikanischer Pilot. Am Ende des Piers, wo Licht einfällt, sitzt ein undeutliches Ding. Ich glaube, es ist ein Alien«, flüsterte er.

Wasef hörte kaum zu. Er dachte an Zahra, jungenhaft in Blue Jeans und T-Shirt, Zahra, eine Treibhausblume in einem rot und purpurnen, spinnwebfeinen Kleid. Wasef hatte es widerwärtig gefunden, wie sich die Köpfe der amerikanischen Männer in ihre Richtung drehten, wie ihre Augen sie betatschten.

Er hatte gefürchtet, Zahra zu verlieren. Deshalb hatte er sie zum Sterben nach Hause gebracht.

»Geht es dir nicht gut, Oberst?« fragte Gamal.

Wasef sah in den sternenbesetzten Himmelsteich hinauf, der gegen die schwarzen Berggipfel leckte. »Warum sollte es mir nicht gut gehen?«

»Deine Stimme klingt …«

»Mir geht es ausgezeichnet«, erklärte Wasef scharf.

Die leere Straße vor ihnen wurde von dem dünnen Lichtstrahl erhellt, den die verhüllten Scheinwerfer des Jeeps aussandten. Er war so schwach, daß sich Wasef fragte, wie der Fahrer sehen konnte, wohin er fuhr.

Sie waren in die Irre gegangen, sie alle. Wasef und die gesamte arabische Nation war oben auf dem schwarzen Berg des Kampfes, und nichts, nicht einmal ein Schimmer der Vernunft, erhellte ihren Weg. Kein Wunder, daß er sich ein Ende des Krieges nicht vorstellen konnte. Niemand außer Gamal Raschid machte sich Gedanken über das, was hinterher kam.

»Es ist ein so seltsamer Traum«, fuhr Gamal fort. »Manchmal meine ich, ich sollte stehenbleiben und mit den Amerikanern reden, aber davor habe ich Angst. Ich schäme mich.«

Wasef sah in die steile Schlucht zu seiner Rechten hinunter und bemerkte einen Fluß parallel zur Straße, das Wasser so silbrig wie der Mond. Sicherheit und Vernunft waren ebenso weit entfernt.

»Um mich vor den Amerikanern zu verstecken, gehe ich in eine Hütte«, fuhr Gamal fort. »Seltsam. Sie erinnert mich an die Hütte, die meine Familie in der Wüste hatte. Und kurz bevor ich aufwache, denke ich an meinen Vater.«

»So?« sagte der Oberst geistesabwesend und rief sich seinen letzten Traumblick auf Zahra ins Gedächtnis zurück, bevor sie im Schilf verschwand. Zahra, wie sie gewesen war, bevor der Hunger ihre Schönheit verdeckte wie das Leichentuch der *gelabia*.

»Mein Vater«, sagte der Junge traurig. »Er ist unterwegs nach Frankreich, und ich fürchte, er ist zu alt für den Kampf.«

»Zu alt?« schnaubte Wasef. »Er ist nur fünfzehn Jahre älter als ich.«

Als Gamal nicht antwortete, drehte Wasef sich zu ihm um. »Und ich bin auch zu alt? Ist es das? Denkst du, daß Krieg ein Spiel für junge Männer ist?«

»Er ist kein Spiel«, erwiderte der Junge.

Der Jeep kämpfte sich höher hinauf in die dunklen, kahlen Felsen. Auf der anderen Seite der Berge lag Frankreich; sie konnten es in acht Stunden erreichen. Dort würde es Bäume geben und Plätze zum Verstecken. Wasef brauchte einen Platz zum Verstecken. Früher einmal hatte er gedacht, er töte, um die Hungersnot zu rächen. Jetzt war er sich nicht mehr sicher. Vielleicht tötete er, um Zahra zu rächen.

»Wir sind alle entweder zu alt oder zu jung für den Krieg«, erklärte Wasef bitter. »Es gibt kein passendes Alter für das Töten. Versprich mir eins.«

»Was denn?«

»Versprich mir, daß du, wenn du jemals Präsident wirst, die *gelabia* und den Schleier abschaffen wirst.«

Gamals Stimme klang dünn, weinerlich. »Du hast nicht das Recht, dich über meine Ziele lustig zu machen. Es ist...«

»Versprich es mir!« verlangte Wasef so laut, daß der Fahrer über die Schulter zurücksah. »Versprich es«, flüsterte er.

Vielleicht erkannte Gamal den Schmerz in seiner Stimme, der so unmerklich war wie das Schimmern des Mondlichts auf dem Schnee der Zurückhaltung des Oberst. Gamal räusperte sich. »Ich verspreche es«, sagte er leise.

In den Pyrenäen, auf der Serpentine oberhalb von Llivia

Gordon hatte das CRAF in den Felsen neben der Straße versteckt und sah den Israelis zu, die ihre Sprengladungen in den Ritzen der Klippe anbrachten. Sechs hingen an der glatten Kalksteinfassade wie Spinnen, sechs waren oben auf der Klippe und gaben Seil nach.

Sie arbeiteten geräuschlos wie koordinierte Insekten. Jeder Mann oben war für einen der Männer unten verantwortlich. Ein falscher Schritt, und sie würden beide abstürzen.

Und Gordon würde sie nicht auffangen können.

Er hatte nicht den Mut gehabt, viel mit den Israelis zu sprechen. Er hatte nicht gewollt, daß zwischen ihm und ihnen eine Verbindung entstand wie damals zu Dix und ihren Leuten. Was sollte er auch in den Staub neben der Straße schreiben? Es sei eine Schande, daß der Preis für Israels Weiterbestehen das Leben seiner Soldaten war?

Gordon drehte sich um und beobachtete Rover. Das blaue Licht war neben ihm, wo es schon den ganzen Abend gewesen war. Als fürchte es, Gordon werde wieder weggehen.

Gordon *würde* weggehen. Sein Befehl lautete, in der Mitte der Straße zu parken und sich nicht von der Stelle zu rühren, auch dann nicht, wenn die Panzer über ihn wegrollten, nicht einmal, wenn sie ihn in Stücke schossen.

Und warum? Weil die Araber, wenn sie nicht Rovers und des CRAFs wegen anhielten, ihre vorsichtige Entfernung von fünf Panzerlängen beibehalten würden. Wenn die Klippe herunterkam, würde sie nur sechs oder sieben erwischen. Es mußten aber zwanzig gepanzerte Fahrzeuge zerstört werden; andernfalls machten die Panzer einfach kehrt, fuhren den Berg hinunter und vernichteten das einzige Bataillon, das unten auf die Überlebenden wartete.

Früher hatte sich Gordon in seiner Unverwundbarkeit gesonnt. Das CRAF war nicht der Gordon mit dem fliehenden Kinn, der Gordon, der beim Auswählen der Baseball-Mannschaften immer als letzter übrigblieb.

Vor dem CRAF war er immer als letzter übriggeblieben.

Aber er hatte die Illusion geliebt. Das hatte er in Pons gelernt. Das weiche, menschliche Herz des CRAFs war bereits gebrochen, und in ein paar Stunden würde auch die harte Panzerung in Stücke gegangen sein.

Tränen stiegen ihm in die Augen, liefen ihm die Wangen hinunter, sammelten sich unten in seiner Brille. Das Bild wurde undeutlich, und er blinzelte, um es zu klären, wobei er die Teleskopsicht an- und abstellte. Rover war ein verwischter blauer Fleck.

Gordon fühlte die Anwesenheit des Lichtes mehr, als er sie sah: unerschütterlich, neugierig und irgendwie mitfühlend. Das Prasseln in seinem Kopf war leise und fragend.

»Es tut mir leid«, teilte er ihm mit.

Das CRAF war der Köder, die am Pfahl festgebundene Ziege, und wenn die Araber kamen, um den Roboter zu töten, wurde Rover gezwungen, sich zu entscheiden, ob er ihn verteidigen oder ob er fliehen wollte.

Rover hatte Gordon schon einmal gerettet, und der General setzte darauf, daß er ihn wieder retten würde – vor einer ganzen arabischen Division. Die Frage war, wie sehr liebte das blaue Licht Gordon? Und, um Christi willen, warum?

CRAF-Kommando, Tràs-os-Montes, Portugal

Pelham tat, als sehe er nicht, daß Gordon weinte. »Schlafen Sie ein bißchen«, riet er. »Wir haben eine Überwachungsdrohne hinaufgeschickt, und es sieht aus, als hätten Sie drei Stunden Zeit.«

Ohne zu antworten, streifte Gordon die Handschuhe ab und wischte sich die Tränen von den Wangen.

»Das Licht wird nicht weggehen, oder?« fragte Pelham.

»Ich glaube nicht, Sir.«

»Gut.« Der Colonel nickte vage. »Gut.«

Gordon stand auf und wollte den Raum verlassen, doch der Colonel faßte ihn am Arm. »Ich möchte mit Ihnen reden. Ich habe Ihnen etwas zu essen bringen lassen, und in der Überwachungsstation ist ein Bett aufgestellt.«

In Pelhams Büro fand Gordon eine Mahlzeit vor. Eine riesige Portion Fleisch, ein Berg Bratkartoffeln und Broccoli mit Käse. Anscheinend hatte der Colonel das aus der Offiziersmesse bestellt.

»Setzen Sie sich.« Pelham winkte zu seinem Schreibtisch hin. »Machen Sie schon. Hauen Sie rein. Ich habe bereits gegessen.«

Vorsichtig ließ sich Gordon auf dem lederbezogenen Drehsessel des Colonels nieder. Es war ein großes Sitzmöbel für einen großen Mann, und Gordon fühlte sich darin verloren. Er nahm Messer und Gabel und schnitt ein Stück von dem Steak ab. Rosa Blut lief aus der Mitte heraus und sammelte sich in einer Lache rund um die Kartoffeln.

»Der Hauptteil der arabischen Armee rückt schnell vor, so schnell, daß ihre Logistik damit nicht fertig wird«, teilte Pelham ihm mit. »Sie wollen über die Grenze nach Perpignan.«

Gordon blickte von seiner zimperlichen Untersuchung des Blutes auf.

»Die Franzosen schicken ihre Streitkräfte ostwärts den Arabern entgegen und hoffen zu Gott, daß wir sie von hinten fassen. General Lauterbach stellt unsere eigenen Truppen in Figueras auf. Die Franzosen werden die Araber genau in unser 3. Panzergrenadier-Bataillon hineintreiben.«

Gordon steckte ein Stück Steak in den Mund. Es war körperwarm. Unfähig zu schlucken, spuckte er es in kleinen Teilen in eine Serviette.

»Ich möchte, daß Sie das wissen«, setzte Pelham ihm auseinander. »Ich möchte, daß Sie wissen, wie wichtig Ihre Mission ist. Falls wir die Araber in den Pyrenäen nicht völlig überraschen, werden sie sich neu formieren. Wir stören ihre Kommunikation, so daß sie ihre Hauptarmee nicht warnen können. Aber das geht nicht auf unbegrenzte Zeit, Sohn. Wir müssen sie schnell erwischen und niedermachen.«

Gordon legte seine Gabel müde auf den Teller.

»Sehen Sie mich an«, sagte Pelham.

Langsam hob Gordon den Blick.

»Es ist nur ein Roboter.«

»Das weiß ich, Sir.«

»Möchten Sie, daß ich ...« Die Stimme versagte ihm für einen Augenblick, sei es aus Kummer, sei es aus Mitleid. »Möchten Sie gern, daß ich dabei wäre? Daß ich neben Ihnen sitze oder so etwas? Nur als Erinnerung, daß …« Wieder ließ den Colonel seine Stimme im Stich.

Daß ich nicht wirklich sterbe.

»Ja, Sir«, sagte Gordon. »Das wäre nett, Sir.«

»Ich weiß, Sie mögen es nicht, berührt zu werden, aber …«

»Ich verstehe, Sir«, fiel Gordon schnell ein und rettete den Colonel davor, in Verlegenheit zu geraten. »Wenn ich eine Hand auf meinem Arm spüre, werde ich die Brille nicht abnehmen. Ich werde die Augen nicht schließen.«

»Ja, das ist sehr wichtig«, bestätigte der Colonel. »Sie würden es gern tun, ich weiß. Aber Sie dürfen die Augen nicht schließen.«

Nicht schließen. Nicht einmal, wenn er die heranrasende Granate sah.

Pelham sah auf Gordons vollen Teller. »Keinen Appetit?«

»Ich kann nicht essen, Sir.«

»Macht nichts.« Der Colonel ließ seinen Blick geistesabwesend durch sein Büro wandern, als sei es ihm nicht vertraut. »Möchten Sie sich eine Weile hinlegen?«

»Ja, Sir. Ich werde versuchen zu schlafen, Sir.«

Gordon ging in den Überwachungsraum und legte sich auf das Bett. Als sein Kopf das Kissen berührte, zuckte er einmal zusammen, als falle er, und stürzte in den Abgrund des Schlafs.

Im Licht

Jerry saß mit seinem Pa im Gras und beobachtete den Piloten, der Steine in den See warf. Es war entweder Sonnenuntergang oder Sonnenaufgang. Der Himmel zeigte ein Himbeersorbet-Rosa am Horizont und ein tiefes, strahlendes Kobaltblau darüber. Vögel, schwarze Silhouetten, schossen durch die Luft.

Tau fiel, kondensierte auf Jerrys Armen und Gesicht, als ob die gefällige Brise einen kalten Waschlappen auf seine fiebernde Haut drücke.

»Ich bin kein Feigling«, behauptete der Pilot.

Weder Jerry noch sein Pa antworteten. Es war nicht notwendig. Jerry wußte, wenn der Pilot nicht hätte herkommen wollen, hätte sein Pa ihn nicht hergebracht. Pa war kein kraftvoller Mann mit dröhnender, furchterregender Stimme und brennenden Ohrfeigen. Er war nicht aus »Du mußt« gemacht.

Jerry sah die Sterne hervorkommen. Abend. Es war Abend.

»Ich meine, jeder hat doch manchmal Angst, nicht wahr?« fragte der Pilot. »Ich habe nicht öfter Angst gehabt als alle anderen.«

Pa wandte sich Jerry zu. »Sieh doch mal in der Kühlbox nach, Jerry. Ich wette, es ist ein Eisbecher darin.«

Jerry sah hinter sich und entdeckte eine Coca-Cola-Kühlbox im Gras. Er hob den Deckel. Drinnen schmiegten sich zwischen Eisstücke ein weißer Plastiklöffel und ein Becher Blue-Bell-Stachelbeeren mit Sahne.

»Jungen lieben Süßes«, bemerkte sein Pa.

Jerry leckte die Eiscrème von dem Pappdeckel. Der Pilot warf einen Stein in den See. Die konzentrischen Kreise fingen das bonbonrosa Glühen der sterbenden Sonne ein.

»Wirfst du gern Dinge?« erkundigte sich Jerry. Er steckte sich eine gefrorene Stachelbeere in den Mund und saugte daran.

»Was meinst du?« fragte der Pilot scharf.

»Steine. Raketen.«

Justin wollte auf die Füße springen und sich auf Jerry stürzen, aber Pa hielt ihn zurück. »Jungen«, sagte er nachsichtig und faßte den Piloten am Arm. »Manchmal sind ihre Spiele zu rauh. Manchmal müssen Väter eingreifen. Warum ißt du nicht auch einen Becher Eis, Justin? Das wird dich ablenken.«

Mißmutig befreite der Pilot seinen Arm. »Niemand tötet gern, Junge, außer er ist krank. Und niemand außer einem Feigling schlägt zu, solange er nicht muß. Mein Radar-Mann hatte unrecht, weißt du das? Tyler hat die Maschine nicht geflogen. Er hat nicht gespürt, wie der Steuerknüppel ruckte. Nicht etwa, daß ich Angst vor einer Landung gehabt hätte. Wir stürzten ab.« Zweifel bewölkte seine Augen. »Wir stürzten ab.«

Dann fing er wieder an, Steine zu werfen, mit wütenden Bewegungen.

Jerry kratzte gerade die letzten Reste Eis aus dem Becher, als der Mann in dem Tarnanzug und den Nikes den Hang herabgewandert kam. Er blieb bei Jerry stehen und setzte sich, die Arme um die Knie gelegt. Er starrte aufs Wasser hinaus.

Jerry sah, daß der Mann weinte. »Was ist passiert?« fragte er.

»Der Kerl ist ein Verlierer«, murmelte der Pilot. »Ein Versager. Ein Weichling.«

Der Mann fuhr herum. Seine Augen waren von einem hellen Blau, und Jerry konnte das Ufer des Sees und die Bäume durch sie hindurch sehen. »Ich brauche eure Hilfe«, sagte der Mann. Dann wurde sein Gesicht leer, als ob der nächste Gedanke durch das Sieb seines Gehirns gefallen sei.

»Ich will dir etwas über das Werfen von Raketen erzählen, Junge.« Der Pilot ignorierte den Soldaten im Tarnanzug. »Du merkst es, wenn dein Flugzeug krank ist. Du kannst es fühlen. Da ist dieser Teil von dir, der Teil des Flugzeugs wird.«

Jerry bemerkte, daß der Soldat nicht in ihre Richtung sah. Er hörte auch nicht zu. Er starrte über den

See, zu den klappernden Binsen hin, und sein Gesicht trug einen wehmütigen Ausdruck.

Plötzlich stand der Soldat mit den Nikes auf. Ein Araber ging über das Gras, ein dunkler ANA-Offizier. Die beiden traten sich gegenüber: Der Araber sehnsüchtig, der Amerikaner in erschrockenem Wiedererkennen. Dann ging der Araber zu dem baufälligen Bootshaus. Den Türknauf in der Hand, blieb der Araber stehen. Schließlich schüttelte er den Kopf und verschwand im Innern.

»Du wirst das Flugzeug, wenn du fliegst, Justin«, sagte Pa. »Aber du wirst nicht in der Art das Flugzeug, wie dieser Mann das Licht werden würde.« Ein Lächeln, süß wie Eiscrème mit Schokolade, schmolz Pas Gesicht hinunter.

»Gordon weiß es noch nicht«, sagte Pa so liebevoll, daß Jerry einen Stich von Eifersucht empfand. »Aber er würde gern das Licht fliegen.«

Jerry legte den leeren Eisbecher wieder in die Kühlbox. Als er hochblickte, war der transparente Mann in der Tarnuniform gegangen.

In den Pyrenäen, oberhalb der Serpentine bei Llivia

Er hörte sie kommen, lange bevor er sie sah. Die Armee bewegte sich mit einem langsamen, mahlenden Geräusch, das zwischen den Kalksteinwänden des Cañons hin- und hergeworfen wurde. Wie das warnende Grollen in der Kehle eines Tigers.

Gordon warf einen Blick zurück. Rover schwebte gehorsam niedrig und in der Nähe des CRAFs, wie es ihm gesagt worden war. Sein Licht war so matt, daß er von den Steinen, die der Mond bestrahlte, kaum zu unterscheiden war.

Schnell drehte Gordon den Kopf wieder nach vorn. Wann mochten die Panzer in Sicht kommen? Von seinem Standort aus würde er die Araber erst sehen, wenn sie so gut wie da waren.

Und dann würden die Araber, wenn das Glück mit den Alliierten war, anhalten. Die ganze Reihe würde anhalten. Gordon malte sich aus, wie sie blindlings die scharfe S-Kurve hochrollten, und keiner der Panzerkommandanten ahnte, daß das Fahrzeug vor ihm sich nicht mehr bewegte, bis er beinahe mit ihm zusammenstieß.

Und wenn sie entlang der S-Kurve wie im schlimmsten Verkehrsstau feststeckten, würden die Israelis die Kalksteinwand sprengen.

Gordon würde das Poltern nicht hören, wenn die Wand herunterkam. Dann würde er schon tot sein.

Sein erster Tod hatte ihn blitzartig ereilt: Ein heißer Wind stechender Granatsplitter, ein Donnerschlag. Diesmal würde er ihn kommen sehen. Seine Zähne klapperten. Er zitterte so sehr, daß die Roboterarme in ihren Halterungen bebten und ebenso klapperten wie Rover.

Das Geräusch der sich nähernden Armee wurde lauter. Es war kein Grollen mehr, es war ein Brüllen.

Gordon würde weglaufen. Er wußte es. Niemand sollte diese Art von Mut aufbringen müssen. Er atmete jetzt schwer, schnappte nach Luft. Sein Gesicht trug eine Maske aus fettigem Schweiß.

Jemand legte eine Hand auf seinen Arm – Pelham wahrscheinlich. Gordon wäre beinahe schreiend aus dem Kommandosessel gesprungen.

Nur ein Roboter, erinnerte er sich selbst. Schweiß lief ihm die Stirn herunter und tropfte ihm stechend in die Augen. Er widerstand dem Drang, sie zu schließen. Er kämpfte gegen die Notwendigkeit zu blinzeln.

Ich bin nur ein Roboter.

In den Pyrenäen, unterhalb der Serpentine bei Llivia

Wasef sah auf seine Digital-Uhr. Drei Uhr morgens, stellte er überrascht fest.

Er setzte sich zurecht. Der Panzer an der Spitze, ein Geist im Mondschein, nahm die lange S-Kurve der Straße. Über ihm erhob sich eine Kalksteinklippe in schwindelnde Höhe. Ihre vom Mond beschienene Fassade war von kleinen Rissen und vom Regen ausgewaschenen Löchern gezeichnet.

Neben ihm regte sich Gamal. Ob der Junge geschlafen hatte? Ob er geträumt hatte?

»Wieviel Uhr ist es?« fragte Gamal und gähnte.

»Null dreihundert.«

Die Straße vor ihnen, mattes Zinn im Mondschein, schien allein durch Willenskraft an dem Berg zu hängen.

»Ich habe dir etwas versprochen«, sagte Gamal. »Jetzt versprich du mir etwas.«

»Ja, in Ordnung«, antwortete Wasef. Der Jeep war ganz auf der Serpentine, und die hohen Klippen blokkierten den Mond.

»Wenn ich nicht zurückkomme«, bat Gamal, »sag meinem Vater, daß ich ihn liebe.«

»Du wirst es ihm selbst sagen können, wenn wir in Frankreich mit seiner Division zusammentreffen.«

Frankreich war eine seltsame Vorstellung. Da unten war kein Platz für ihn, dachte Wasef. Spanien war so fern wie die Jahre zurückliegende Erinnerung an Ägypten, und Frankreich war ein Ort aus Nebel und Schatten. Wasef gehörte hierher, in dieses Niemandsland der schwindelerregenden Höhen und dunklen Felsen.

Sie fuhren aus dem Ende des S und um eine unübersichtliche Ecke. Der Jeep hielt sich dicht an der Wand. Unter ihm fiel der Berg so weit ab, daß Wasef den Fluß nicht mehr sehen konnte. Sie waren jetzt auf gleicher Höhe mit den gewaltigen Gipfeln – wie Fliegen, die gegen die Decke der Welt stoßen.

Der Jeep bremste hart, so daß der Oberst gegen den Vordersitz geschleudert wurde. »Was ist?« fragte er. Dann hörte er die Rufe von dem vordersten Panzer.

Der Fahrer drehte sich zu ihm um. »Ich weiß es nicht, Oberst.«

Der ihnen folgende Panzer stieß ihre hintere Stoßstange an und hielt. Sein Kommandant stand im Turm und rief dem Panzer vor ihnen etwas zu.

»Vielleicht ein Hindernis«, meinte der Fahrer des Jeeps.

Wasef kletterte über den Vordersitz und den Kühler und zog sich mit einer Hand auf das Deck des vorderen Panzers. In dem gedämpften Licht der Scheinwerfer des T-62 sah er, daß etwas die Straße blockierte. Er hob sein Nachtglas und erkannte Einzelheiten, unerwartet vertraute Einzelheiten. Raupenketten, metallene Arme, die um einen runden Turm lagen.

Für einen Augenblick glaubte er zu träumen. Dann ließ er das Glas sinken. »Feuer!« schrie er.

Der Sergeant warf ihm einen verwirrten Blick zu. Sah der Panzerkommandant es nicht?

»Schießt ihn ab, verdammt noch mal! Das ist der ferngesteuerte amerikanische Roboter!«

Der Kommandant blickte nach unten und bellte einen Befehl. Der Turm gab ein scharrendes Geräusch von sich, als das Kanonenrohr sich in Schußposition bewegte.

Der kleine Roboter stand unbeweglich da, zeigte keine Waffen. Ob er nicht funktionierte? fragte Wasef sich. Oder hatte der Operator den Verstand verloren?

»Feuer«, sagte der Panzerkommandant.

Die Granate verließ das Rohr, und der Panzer erbebte. Der Ruck warf Wasef auf die Knie. Einen

Herzschlag lang beleuchtete die Flamme den Berg, schuf orangerote Flecken und schwarze Schlagschatten.

Der Roboter war kein *djinn,* wie Wasef zu seiner Erleichterung sah, sondern ein Ding aus Plastik und Stahl. Die Granate durchschlug seine Panzerung, schälte die Haut ab, legte seine brutzelnden Drahtnerven und seine Organe aus Computerkomponenten bloß. Die Wucht des Aufschlags schleuderte ihn um eine halbe Drehung herum. Einen Augenblick später ging er in Flammen auf.

»Stoßt ihn vom Berg hinunter«, befahl Wasef und wandte sich ab. Da begann der Panzerkommandant zu schreien.

Der Alptraum kehrte in allen Einzelheiten zurück. Ein blaues Licht war aus den brennenden Eingeweiden des Roboters hervorgeschossen und kam mit atemberaubender Geschwindigkeit auf sie zu.

Der Panzerkommandant zog sich aus seinem Turm, stieß Wasef in seiner Hast beiseite und rannte los. Der Panzer setzte sich in Bewegung, nicht vorwärts, um den demolierten Roboter von der Straße zu schieben, sondern rückwärts.

»Stop!« rief Wasef.

Umsonst. Der Panzer stieß mit dem Quietschen verbeulenden Metalls gegen den Jeep und drückte ihn in den T-72 hinter ihm. Der erste Panzer stieg in die Höhe und begann, das Wrack zu erklettern.

In dem kränklichen Licht, das der brennende Roboter warf, sah Wasef, daß Gamal in dem zusammengedrückten Sitz eingeklemmt war. Die Augen des Hauptmanns traten vor Entsetzen aus den Höhlen. Er feuerte ununterbrochen mit seinem Gewehr in die undurchdringliche Hülle des Panzers.

Die Raupenketten des T-62 klirrten in einem schnellen Rhythmus das metallene Chassis des Jeeps hinauf. Wasef fiel auf die Knie, rutschte und griff nach dem glühend heißen Metall der Kanone, um sich vor einem Sturz zu bewahren.

»Bleib stehen! Bleib stehen, verdammt noch mal!« Wasef schlug mit dem Kolben seines eigenen 9-mm-Glock auf die Stelle über dem Fahrerplatz.

Der Panzer kletterte den Rest des Weges hoch. Das Kreischen von Metall übertönte Gamals letzten Schrei.

Mit geschlossenem Turm versuchte der T-72, sich zurückzuziehen. Wasef wollte seinen Augen nicht trauen, als er ihn mit dem Panzer hinter sich zusammenstoßen sah. Dann drehte er sich nach rechts und stürzte mit immer noch mahlender Transmission in den Abgrund.

»Stehenbleiben!« rief Wasef.

Aber seine Männer blieben nicht stehen. Sie flohen in Panik, schossen mit Maschinengewehren auf das tanzende Licht. Wasef hörte Kugeln von dem metallenen Deck neben sich abprallen, hörte das übellaunige Winseln der Querschläger. Nach Luft schnappend, machte er einen Satz auf die Sicherheit der Luke zu. Zu spät. Kugeln trafen ihn in den Bauch, in die Beine – eine, zwei, drei –, schlugen zu wie Fäuste. Er fiel mit dem Gesicht nach oben über das von der Nacht gekühlte Metall.

»Stehenbleiben«, flüsterte er. Über ihm funkelten die Sterne wie ferne Artillerie.

Niemand, nicht einmal die Sterne, hörte ihn. Die drei noch übrigen Mitglieder der ersten Panzerbesatzung ließen ihr Fahrzeug im Stich und flohen in die Dunkelheit, mitten durch hysterisches Gewehrfeuer.

Ein Krampf durchfuhr Wasefs Bauch. Er zog die Beine an, um den Schmerz zu lindern. Plötzlich war er sehr müde. Zu müde, um sich zu bewegen, um zu denken.

Von der Serpentine kam eine erderschütternde Serie von Explosionen, so laut, daß der Berg in seinen

Grundfesten bebte. Irgendwo fielen Steine, klapperten wie metallener Regen.

Ein neuer Krampf packte ihn. Wasef stöhnte und krümmte sich. Als er vorüber war, lag er keuchend und schwitzend in der kalten, sternenerfüllten Nacht. Er hörte seine Männer schreien, war jedoch zu erschöpft, um nachzusehen, was da los war.

All die Opfer der Hungersnot, auch Zahra, hatten das Leben verstohlen verlassen. Manchmal malte er sich aus, er sei dagewesen, als ihr Tod kam. Daß sie in seinen Armen und nicht in einem offiziellen Schreiben der Armee verschieden sei.

Zahra starb Schwarz auf Weiß mit dem Stempel der Regierung.

Er rollte den Kopf zur Seite. Zahra war dort in den Binsen, eine Armeslänge von ihm entfernt. Der Papyrus klopfte im Wind. »So müde«, sagte er zu ihr. Er war des allen müde, des Kämpfens, der Nächte in Schützengräben.

Zahra lächelte. Der Nil zu ihren Füßen spiegelte die Sterne wider. Etwas brannte, etwas, das nach schmorender Isolierung stank.

Von neuem biß der Schmerz mit scharfen Zähnen zu. Wasef hob schwach die Schultern. Er wußte, irgendwo unter ihm lag Gamal in einem stählernen Grab. Wie seltsam das Schicksal war. Er hatte geglaubt, Gamal, nicht er, würde von seinen Männern erschossen werden.

Es war zu ruhig. Kein Brummen von Motoren, kein Quietschen von Ketten war zu hören. Auf der anderen Seite der Serpentine passierte etwas mit Wasefs Armee. Etwas …

Er holte Atem und hielt ihn fest, hoffte, die Qual werde vorübergehen. Er schloß die Augen. Zahra stand knöcheltief im blauen Wasser des Nil, blau wie der Wüstenhimmel, blau wie ein Lapislazuli.

Die Binsen klapperten.

Auf der anderen Seite der stillen Bibliothek schluchzte jemand. Rita ging durch die Gasse aus Büchern, die unter dem Licht von den hohen Fenstern silbrig schimmerten. An einem Eichentisch saß General Lauterbach, den Kopf in den Händen.

Sie ging hin. Er hörte sie kommen und hob den Kopf. Er weinte nicht, wie sie sah. Er lachte. Lauterbach lachte.

Anders als bei Dr. Gladdings veränderte sein Gesicht sich nicht. Seine beginnende Glatze, die Sterne auf seinem Kragen glänzten im gedämpften Licht. Durch seine Schultern konnte sie die Kanten der Regale, die Rücken der Bücher sehen.

»Es hat funktioniert«, triumphierte er.

Aber dann veränderte sein Gesicht sich doch. Das Lächeln wich der Besorgnis. »Rita«, flüsterte er vorsichtig, als fürchte er, seine Stimme könne sie – und die Bibliothek – in silberplattierte Stücke brechen.

»Rita? Sind Sie das?«

»So ein Pech, daß sie uns beide umgebracht haben«, antwortete sie und ging weg.

»Rita!« rief er hinter ihr her.

Sie blieb nicht stehen. Dr. Gladdings wartete auf sie am Kamin. »Ich habe eine Frage über den Schmerz«, sagte er.

»Tatsächlich?« Sie legte den Kopf schief und horchte: Die Rufe des Generals wurden von der wattigen Luft aufgesaugt, erstickt.

»Kommen Sie«, bat Dr. Gladdings.

Sie folgte ihm in ein Vorzimmer. Auf dem marmornen Fußboden starb ein Soldat.

Ein Araber, wie sie sah. Ein Offizier. Ein Arm in einem Gipsverband. Blut hatte die Uniform unterhalb des Gürtels in ein klumpiges, schmutziges Rot verwandelt.

»Glauben Sie, daß er sterben wird?« fragte Dr. Gladdings.

Rita sah sich die Verletzungen des Mannes an. Aus einem Loch im linken Oberschenkel sprudelte arterielles Blut. Der Riß im unteren Quadranten seines Hemdes ließ auf eine schwere Wunde im Unterleib schließen. Der Offizier zog die Knie vorsichtig zum Magen, als leide er großen Schmerz.

Sie betrachtete sein Gesicht. Er lächelte ihr schwach zu.

»Ist ein Lazarett in der Nähe?«

»Nein«, antwortete Dr. Gladdings.

»Dann wird er nicht durchkommen«, schloß Rita.

»Was ist besser: Schmerz oder Tod?« wollte Dr. Gladdings wissen.

»Es sollte keinen Schmerz geben«, sagte Rita.

Der Tod war immer etwas gewesen, womit sie leicht fertig wurde. Der Schmerz dagegen nicht. Die Babies im Krankenhaus, die im Schlaf weinten, die Erwachsenen, die im Delirium wimmerten, hatten sie in die Pathologie gedrängt, wo sie nur die Folgen des Leidens zu sehen bekam, nicht seinen schmutzigen, unmenschlichen Verlauf.

Dr. Gladdings Lippen streckten sich wie sackender Teig zu einem Lächeln. Er reichte ihr den Zeigestab. »Töten Sie ihn«, forderte er sie auf.

Rita nahm den Stab. Das Holz war so kalt wie gefrorenes Metall.

»Töten Sie ihn«, redete Dr. Gladdings ihr zu. »Sehen Sie doch, wie er Sie dazu auffordert.«

Der Araber starrte sie an, seine feuchten Augen dunkel vor Sehnsucht, sein langes Gesicht verzerrt vor Schmerz.

»Es ist alles eine Illusion«, sagte Rita zu Dr. Gladdings. »Lauterbach, dieser Araber. Das ist alles irgendein Spiel.«

»Wollen Sie dann nicht ein Pokerspielchen mit mir machen?« neckte der Doktor sie. »Möchten Sie nicht ein bißchen spielen, Rita? Sie sind immer ein so ernstes Mädchen gewesen.«

Sie senkte den Zeigestab und berührte den Araber rechts von seinem Brustbein. Seine dunklen Augen weiteten sich vor Überraschung. Sie schlossen sich nicht wieder.

Rita drehte sich um und ging in den Hauptraum der Bibliothek zurück. Draußen vor den Fenstern bedeckte gefrierender Regen die Blätter mit Eis. Lauterbach war nicht da. Als sie eine Weile später wieder ins Vorzimmer sah, war auch der Araber verschwunden.

In der Nähe von Figueras, Katalonien, Spanien

Frustriert, entsetzt stand General Sabry aufrecht in seinem BRMD-Scout und hielt den Panzerturm-Deckel wie einen Schild vor sich.

Alles geschah so schnell, daß Sabry nicht denken konnte. Seine Truppen hatten in den blutgetränkten Sümpfen bei Perpignan den Verstand verloren. Er hatte einen geordneten strategischen Rückzug angeordnet. Die Panzer sollten sich jeweils einer hinter den anderen zurückziehen und die Franzosen für jeden Kilometer, den sie gewannen, bluten lassen. Aber irgendwann war bei diesem Manöver die Führerschaft ebenso verlorengegangen wie die Kommunikation – blockiert von Radarsignalen und Panik. Seine demoralisierten Männer verwandelten eine Armee auf dem Rückzug in einen fliehenden Mob.

Die Franzosen mußten Treibstoff gehortet haben. Das war es. Sie hatten ihn gehortet und ihre Alliierten belogen. Hatte Sabry nicht all die Berichte des Geheimdienstes gelesen? Die Amerikaner hatten die

Franzosen auf den Knien um Treibstoff angefleht, und die Franzosen hatten darauf bestanden, sie hätten keinen.

Jetzt verwendeten die Franzosen jeden Tropfen ihres Vorrats darauf, Sabrys beide Divisionen zu vernichten. Jaguars und Mirages. Eine niemals endende Sintflut aus Feuer und Stahl. Die Dauphin-Hubschrauber blieben nach den katastrophalen Luftkämpfen oben, ohne sich mit einer Landung aufzuhalten. Nach der ersten Stunde bewegte sich am Himmel nichts mehr, was arabisch war, und jetzt floh alles, was arabisch war, auf dem Boden.

Hinter sich hörte Sabry einen markerschütternden Krach. Eine HOT-Rakete hatte eingeschlagen. Eine zweite traf einen BMP in seiner Nähe. Flammen und Rauch stoben himmelwärts.

Sabry schob seinen umfangreichen Körper aus dem Turm und ließ sich ins Innere des BRDM fallen. Major el-Hakim hockte an der Wand. Das beengte Scout-Fahrzeug war voll vom scharfen Schweißgestank der Nervosität.

»Die nächste Stadt!« schrie Sabry über das Dröhnen des Motors.

»General?« Die Augen des Majors waren leer vor Angst.

»Verdammt sollst du sein! Die nächste Stadt! Wie heißt sie?«

»Figueras, General«, antwortete der Fahrer.

»Wie weit?« fragte der General, sich von dem wie gelähmtem Offizier abwendend.

»Zwölf Kilometer genau nach Osten«, gab der Fahrer Auskunft. »Wir müssen durch Figueras, General, um die Brücke dort zu überqueren.«

»Verteidigungsfähig?« fragte der General el-Hakim mit erhobener Stimme.

Der Major antwortete nicht.

»Wo sind die Karten, verdammt!« brüllte Sabry.

»General«, fiel der Fahrer ein. »Figueras ist, wenn du dich erinnerst, eine Stadt an einer Straßenkreuzung. Flache Marschen führen zu ihr hin und ein Flußtal. Wahrscheinlich ist sie sehr gut zu verteidigen.«

Sabry spürte, daß ihm vor Verlegenheit das Blut heiß ins Gesicht stieg, weil auch er in Panik geraten war. Hysterie machte aus ihnen allen Schwachköpfe.

Sabry riß el-Hakim das Funkgerät aus der Hand. »Sie haben uns überrannt, General«, babbelte der Major. »Woher hatten sie soviel Treibstoff für ihre Flugzeuge? Wie konnte das passieren? Und es war gar keine Artillerie da, hast du das bemerkt? Keine Artillerie. Oberst Wasefs Division hätte oben auf dem Gipfel sein sollen.«

Sabry versuchte, Oberst Abbas zu erreichen. Alles, was aus dem Funkgerät kam, war das Brausen von Radarsignalen.

Ja, Wasef hätte mit seiner Artillerie und den Sagger-Raketen oben auf dem Gipfel sein sollen. Was hatte seine flankierende Division, seinen Lieblingsoffizier, seinen einzigen Sohn aufgehalten?

Das Funkgerät spie Statik aus. »Oberst Abbas?« rief Sabry.

Sabry hörte die Panik aus der hochgestiegenen Stimme des Oberst heraus. »General!«

»Wir sammeln uns in Figueras, Oberst«, teilte Sabry ihm mit. Es gab keine Gelassenheit mehr, nicht für Sabry, nicht für seine Männer. Da war nur ein fünfzig Kilometer breiter Todesstreifen von hier bis Perpignan, ein Schlachthaus, ein Ort der Schande.

»Ja, General.« Aber der Ton des Oberst enthielt eine Frage.

Sabry kannte sie: Wie in aller Welt sollen wir uns sammeln? Die Armee ist eine Masse von Lemmingen geworden. Vielleicht hören sie nicht auf zu laufen, bis sie im Mittelmeer ertrinken.

»Gib die Nachricht weiter, Oberst«, ordnete Sabry an. »Sag den Männern, sie sollen anhalten und sich in Figueras sammeln, oder unsere eigenen Panzer werden sie töten und das Gemetzel zum blutigen Ende bringen.«

»Ja, General.«

Sabry legte das Funkgerät hin und trat auf den Rand des Turms, schob seine Massen durch das Loch. Er hob den Feldstecher und machte einen Schwenk über das hellgrüne Gras, den Fluß und die verlassene Stadt dahinter.

Ein Aufblitzen. Vielleicht ein Sonnenstrahl auf einem Stück Metall. Ein zweites Aufblitzen, dann das ohrenzerreißende Geräusch einer über sie hinwegfliegenden Granate.

Ganz Figueras hatte begonnen, bei Tageslicht zu funkeln.

»Artillerie!« rief Sabry und ließ sich wieder ins Innere fallen. El-Hakim saß wie erstarrt in seiner Ecke beim Funkgerät. Der Fahrer ließ den Scout auf dem Gras vor- und zurückrucken, beschädigte die Reifen an Steinen, riß das schleudernde Fahrzeug so scharf herum, daß Sabry beinahe auf die Knie gefallen wäre.

Die Artillerie der Alliierten hatte sich zu schnell auf Sabry eingeschossen. Die Erde bebte. Rotes Licht fuhr aus dem offenen Turm. Donnernde Aufschläge – knapp daneben.

Sabry war eingekreist. Kehrten sie um, würden sie in den tödlichen französischen Regen geraten. Südwärts ging es zum Meer, im Norden lagen die Berge.

Eine Granate traf den BRDM von der Seite. Das Fahrzeug schwankte, dröhnte wie eine Glocke. Sabry wurde gegen das Schott geschleudert. Blut strömte ihm aus der Nase, lief warm in seinem Schoß zusammen.

Der Fahrer rief etwas, aber alles, was Sabry hören konnte, war das Summen wütender Hornissen.

Er mußte nachdenken. Wenn er nicht schnell handelte, würde jeder, der unter seinem Befehl stand, sterben. Wenn er jetzt nicht handelte, würde die nächste Granate ihn töten.

Er sah hoch und bemerkte den starren Blick des Fahrers. Schweiß hatte das weiße Unterhemd des Jungen dunkel gefärbt, Blut tröpfelte ihm aus Ohren und Nase. Sabry langte nach dem Funkgerät und schrie hinein: »Kapitulieren!«

Außerhalb des Turms flackerte Feuerwerk wie ein Kryptogramm des Jüngsten Gerichts.

Der BRDM stand bewegungslos still. Sabry war sich nicht sicher, ob der Motor ausgesetzt hatte oder der Mut des Fahrers.

»Gib mir dein Unterhemd!«

Der Fahrer hörte ihn nicht. Entweder waren die Explosionen zu laut, oder der Junge war ebenfalls vorübergehend taub geworden. Mit schnellen, ungeduldigen Gesten machte sich der General verständlich.

Er nahm das ihm hingereichte Unterhemd und kroch in den Turm hoch, hob die improvisierte weiße Fahne in die Luft. In diesem Augenblick machte der Scout einen Satz, als versuche er, in den Himmel zu springen. Aus den Tiefen des Fahrzeugs packte jemand die Beine des Generals und riß ihn gewaltsam hinunter.

Sabry öffnete die Augen mit Gewalt. Blut hatte sie zugeklebt. Er lag auf dem Rücken im Innern des BRDM. Durch den Riß in der Flanke des Scouts fiel nachmittäglicher Sonnenschein und bemalte Major el-Hakim mit Bronzefarbe. Eine nicht explodierte Granate lag quer über Sabrys Bein.

Er versuchte, sich zu bewegen. Splitternder Schmerz hielt ihn fest. Außerhalb der Trümmer des Fahrzeugs lastete ein langes, breites Schweigen, eine Stille, die sich meilenweit erstreckte.

El-Hakim, dessen Brust von der dicken, unhandlichen Spitze der Granate an die Wand gedrückt wurde, starrte seinen Kommandanten vorwurfsvoll an. Blut verkrustete sein Kinn wie ein dunkler, ungepflegter Bart.

»Major«, flüsterte Sabry.

Die glasigen Augen des Majors regten sich nicht. Die Grimasse des Schmerzes milderte sich nicht.

Sabry konnte sein Gehirn nicht zum Arbeiten bringen. Wasef und Gamal warteten, warteten darauf, daß seine Armee Frankreich durchstieß. Doch erinnerte er sich nicht auch daran, daß seine Armee in dem süßen Frühlingsgras Kataloniens in einen Hinterhalt geraten war?

Ein Rasseln und Dröhnen an der Seite des BRDM.

»Sir!« rief eine amerikanische Stimme. »He, Sir! Hier drin ist eine nicht explodierte Granate. Und irgendein verdammt hochrangiger Araber!«

Einen Augenblick spürte Sabry den zerstörten Scout schaukeln. Er blinzelte in das Gesicht eines amerikanischen Lieutenants hoch. Unter dem Rand des Helms waren die Augen des Jungen weit aufgerissen vor Staunen.

Was hatte Sabry gleich sagen wollen? Ach ja. Es fiel ihm wieder ein. »Ich kapituliere«, flüsterte er.

Der Junge ging.

Später bahnten sich fünf weitere Amerikaner ihren Weg ins Innere. Sie bückten sich, um Sabrys Bein, die Granate, den Leichnam von Major el-Hakim zu untersuchen.

»Kapituliere«, sagte der General, aber sie hörten nicht zu. Westler hörten nie zu. Darum ging ja der ganze Krieg.

»Wir können diese Granate nicht bewegen. Amputieren?« fragte ein Lieutenant einen Captain.

Der Captain nickte. »Das Bein ist sowieso futsch.«

»Kapituliere«, sagte Sabry. Konnten sie nicht hören? Er übergab seine Armee, den besten Teil seiner selbst.

Der Kapitän beugte sich über ihn. »Was sagt er?«

Ein Sergeant zuckte die Achseln. »Keine Ahnung.«

»Mir gefällt es nicht, wie diese Kopfschwartenwunde aussieht. Wir werden ihm eine örtliche Betäubung geben. Legen Sie an dem Bein eine Aderpresse an.« Der Captain kniete sich neben Sabry und sah ihm in die Augen. »General? Können Sie mich hören? Verstehen Sie Englisch?«

»Ja«, antwortete Sabry.

Der Captain wandte sich an den Sergeant. »Einen intravenösen Tropf, bitte.«

Sabry faßte nach der Hand des Captains und hielt sie fest. »Ich ergebe mich Ihnen.«

Der Offizier richtete seine Aufmerksamkeit von dem Sergeanten kurz auf Sabry. »Okay. Sie kommen wieder in Ordnung. In fünf Minuten haben wir Sie hier herausgeholt. Harris?« rief er. »Halten Sie ja den Hubschrauber fest.«

Der Sergeant riß den Ärmel von Sabrys Hemd ab und ließ geschickt eine Nadel in seine Armbeuge gleiten. Ein Soldat riß die Knöpfe der Uniformbluse des Generals auf und legte ihm die kalten Pflaster eines EKGs auf die Brust.

»Wo ist das Lidokain?« hörte Sabry den Captain mit einer Stimme fragen, die so ruhig wie ein friedlicher See war.

Für die Amerikaner war es leicht, ruhig zu sein, dachte er. Die alliierte Armee war eine Tötungsmaschine. Die M1-A1-Panzer brachen niemals zusammen wie die alten sowjetischen; er hatte die Alliierten nie in Panik fliehen sehen. O Allah. Wie hatte er den westlichen Feldzug verloren?

»General? General?« Der amerikanische Captain rüttelte ihn an der Schulter.

Sabry öffnete die Augen.

»Sie werden Druck spüren und möglicherweise einiges Unbehagen. Bitte, bewegen Sie sich nicht. Auf ihnen liegt eine nicht explodierte Granate. Wenn Ihre Schmerzen zu stark werden, sagen Sie es mir einfach.«

Ihm einfach sagen. Darum ging es doch, nicht wahr?

Sabry hörte ein zweimaliges Schnappen, als der Chirurg seine Handschuhe anzog. Und schwach, bevor er wieder das Bewußtsein verlor, hörte er das geräuschvolle Winseln einer Säge.

»Ich kapituliere«, murmelte er.

Niemand hörte ihm zu.

14. Kapitel

Herbst, Warschau, Polen

Baranjk saß in dem wässerigen Licht auf der Bank, trank polnischen Wodka und musterte Chopin. Der Komponist gab den Blick mit irritierender Nachsicht zurück, als spreche er ihn von dem staubigen und trunkenen Eindringen in seinen Rosengarten frei. Auf Chopins Wange klebte ein weißer Streifen Taubenscheiße. Wohin mochte die Taube verschwunden sein? Hatte sie als jemandes armseliges Mittagessen geendet?

»Zum Teufel mit dir«, sagte Baranjk zu Chopin und hob toastend die Flasche. »Tschaikowsky war besser. Schostakowitsch und Prokofjew waren besser. Sogar Mussorgsky war besser, und der war ein gottverdammter fauler Russe. Ein wertloser Hurensohn.«

Baranjk lehnte sich auf der Bank zurück und hielt sein Gesicht der Sonne entgegen. Es war schon November, doch der heiße Wind machte ihn schwitzen.

Er schloß die Augen und ließ die Sonne auf die Lider schlagen. »Und die Russen sollen auch zum Teufel gehen«, flüsterte er.

Schritte auf Kies. Er wandte sich dem Museum zu, einer riesigen Crèmetorte zwischen den Blumen, und sah, daß Andre Tschajowski auf ihn zu kam. Der Pole sang beim Gehen »Mutter Gottes«.

Tschajowski blieb neben Baranjk stehen und blickte mit freundlichem Verständnis für Chopin, für Maria nieder. Die Uniform hing an ihm wie an einer Vogelscheuche. Dunkle Ringe lagen unter seine Augen.

»Du singst eure Nationalhymne falsch«, warf Baranjk ihm vor.

Der Pole lächelte. »Das ist kein Verbrechen.«

»Sollte es aber sein.«

Tschajowski wartete anscheinend auf eine Aufforderung, sich hinzusetzen. Als keine kam, setzte er sich trotzdem.

Baranjk betrachtete sinnend die Statue, den taubenlosen Rasen. »Beunruhigt es dich«, fragte er, »daß alles, wofür wir gelebt haben, verschwunden ist?«

Tschajowski hob eine Augenbraue.

»Der Kommunismus«, erklärte Baranjk. »Der Kommunismus ist zu einer verrückten Tante Tatjana geworden: Niemand in der Familie wagt es, ihren Namen zu erwähnen. Früher war es eine gute Sache, ein richtiger Kommunist zu sein. Früher habe ich dafür Orden bekommen. Jetzt soll ich mich dessen schämen? Wie kommt es, daß wir von unserem Leben damals im Flüsterton sprechen?«

»Ach, das.« Tschajowski zuckte die Achseln. »Wenn du es unbedingt wissen willst, ich glaube, der Kommunismus war die Hölle, erbaut von unfähigen Bürokraten.« Eine Weile saß der Pole schweigend da, sah Chopin an, als warte er darauf, daß der Komponist sich ebenfalls abfällig über den Kommunismus äußere. »Vielleicht würde die Vergangenheit dir keine Sorgen machen, wenn du nicht trinken würdest.«

»Ah, aber ich trinke, um zu vergessen.« Baranjk führte die Flasche an den Mund.

Der Pole maß ihn mit einem kritischen Blick. »Inzwischen hast du bestimmt deine eigene Mutter vergessen.«

Der Luftalarm heulte los. Keiner der beiden Männer rührte sich.

»General Lauterbach will eine Division schicken,

die helfen soll, den Belagerungsring zu durchbrechen.« Tschajowski streckte seine Beine auf den Kiesweg. »Er plant, mit Weiderhausen zusammenzutreffen.«

»Weiderhausen würde lieber Scheiße fressen als sich seine Armee dreckig machen«, höhnte Baranjk. »Er wird sich an der deutschen Grenze eingraben. Lauterbach wagt es nicht, eine Division zu schicken. Er hat mehr arabische Gefangene als alliierte Soldaten. Wenn er seine Aufmerksamkeit abwendet, werden die Araber revoltieren.«

Tschajowski summte zu Baranjks Ärger schon wieder den Choral.

»Ich will dir was sagen, Andre«, fuhr Baranjk fort. »Wenn die Araber erfahren, wie wenig Material wir haben und sie uns auf ihrem Weg nach Deutschland zermalmen, werden die Amerikaner erkennen, wie klug es ist, zu verhandeln. Deutschland wird die Araber nicht zurückschlagen. Hörst du? Deutschland kann sie nicht zurückschlagen.«

Ein geistesabwesendes Lächeln im Gesicht summte Tschajowski weiter. Baranjk wunderte sich, daß der Mann bei dem Heulen der Sirenen die Melodie halten konnte. Einen Augenblick später bestickte die Flak mit heftigem Rattern den Himmel.

»Wenn dies eine Scud-Rakete ist, wenn keine Bomber kommen«, murmelte Baranjk, »werde ich die Eier des Flak-Kommandanten zum Mittagessen verspeisen.« Er lachte auf. »Zur Abwechslung einmal Fleisch.«

»Es wäre schön, wenn wir mehr von den amerikanischen ERINT-Raketen hätten, um die Scuds abzuschießen.«

Baranjk sah den Polen ungläubig an. »Und vielleicht kann Mickey Mouse wie eine ertrunkene Ratte aus seinem Florida-Ozean klettern, um sie abzuliefern. Und Lauterbach, der Märchenprinz, wird sie uns angeschnallt an sein weißes Streitroß herbringen. Oder vielleicht kann deine geliebte Heilige Jungfrau einfach weitere ERINTs produzieren, da die Amerikaner solche Probleme mit der Herstellung haben. Vermißt du die Vögel?« fragte er.

Tschajowski sah ihn fragend an.

»Jede Taube ein Brathuhn, jeder Spatz ein Täubchen. Warschau ist leer von Ratten, ist dir das nicht aufgefallen? Bist du hungrig genug, daß du dich manchmal fragst, wie die Kapitulation schmeckt?«

Mit leiser Stimme fragte Tschajowski: »Möchtest du denn die Kapitulation?«

»Drei Monate sitzen wir hier in der Falle«, erwiderte Baranjk. »Was soll werden, wenn der Winter kommt?«

»Es war Winter, als die Deutschen Leningrad verließen. Es war der Winter, der Napoleon in Rußland schlug. Die Araber sind nicht an Kälte gewöhnt. Vielleicht ...«

»Wach auf, mein Freund. Mickey Mouse ist tot. Es gibt keine Kommunisten mehr. Und es gibt keine Winter wie früher mehr«, stellte Baranjk fest. »Womit sollen wir kämpfen, wenn wir keine Munition mehr haben?«

»Wir werfen Steine«, sagte der Pole. »Ich weiß es nicht. Möchtest *du* kapitulieren? Es ist nicht dein Kampf. Es ist nicht dein Land.«

Der Luftalarm ging nicht um eine Scud-Rakete. Bomben fielen östlich von ihnen; es war ein Geräusch, als seien Riesen auf dem Marsch. Baranjk holte tief Atem. Warschau roch wie eine geschlagene Stadt. Sie stank nach Kohl und Erschöpfung und Rosen.

»Zum Teufel mit der Kapitulation«, knurrte er.

»Unter den Männern wird geredet, daß du zum Alkoholiker wirst.«

Baranjk richtete sich aus seiner bequemen Haltung

auf und sah Tschajowski in die Augen. In der Nähe, viel zu nahe erschütterte eine Bombe die Erde. Beide Generale zuckten zusammen, dann bemerkte jeder die Verlegenheit des anderen.

»Und zum Teufel mit dir«, fügte Baranjk lachend hinzu.

CRAF-Kommando, Tràs-os-Montes, Portugal

Gordon verfolgte mit seinen Blicken einen Streifen Sonnenlicht, der über das Linoleum des Lazarett-Fußbodens kroch. Zoll für Zoll kam er auf ihn zu, eine lautlose Invasion.

»Vielleicht möchten Sie gern darüber reden, was geschehen ist«, schlug der Arzt vor.

Gordon streckte einen Fuß hinaus. Ein Wellchen Sonnenlicht platschte über seinen im Pantoffel steckenden Zeh.

»Sergeant Means?«

Gordon sah zum Fenster hin. Das Fliegengitter teilte den Hof in kleine Informationsvierecke wie Rasterpunkte. Im Fenster spielte ein sinnloser Film: Drei arabische Gefangene pflanzten unter dem wachsamen Auge ihres Wachtpostens pausbäckige Stiefmütterchen in ein Beet.

Der Arzt gab den Off-Kommentar ab. »Manchmal hilft es, über etwas zu reden.«

Schritte. Eine Statistenrolle. Eine neue Stimme fragte: »Nun?«

»Keine Reaktion. Ich glaube nicht, daß sein Sprachzentrum gestört ist. Er hört auf Befehle.«

Gordon hatte immer auf Befehle gehört. Geh hierhin. Geh dahin. Bleib stehen und stirb. Das Bild der Araber auf dem Fernsehschirm wurde undeutlich.

Die Off-Kommentare verstummten für eine Weile. Einer ging, einer kam. Gordon fühlte, daß jemand seinen Arm berührte, und drehte sich ihm in einem Reflex zu. Pelham sah ihn an. »Hallo, Sergeant«, begrüßte ihn der Colonel.

In der Tonspur war ein Quietschen, als der Colonel sich einen Stuhl nahm.

»Ich habe Ihnen etwas mitgebracht«, sagte er.

Er zog einen Riegel Milky Way aus der Tasche und legte ihn auf den Tisch zwischen ihnen. Die Verpackung zeigte das gleiche süße Braun wie die Hand des Mannes.

»Verstecken Sie es«, forderte Pelham ihn auf.

Verstecken. Wie ein CRAF zwischen den Felsen.

»Machen Sie schon, Sohn. Verstecken Sie es.«

Gordon schnappte sich den Riegel auf dem Tisch und schob ihn eilends in die Tasche seines Schlafanzugs. Pelham beobachtete ihn. Gordon wußte nicht, was er sonst noch für ihn tun sollte. Gordon würde nichts tun. Hatte er das nicht bereits bewiesen? Warum testeten sie ihn schon wieder?

»Das war richtig. Das war gut.« Die Stimme sollte beruhigend klingen, doch etwas an ihr war verkehrt. Sie hatte etwas Trauriges und Entsetztes. »Sie halten es einfach außer Sicht, Sohn. Vielleicht könnte ich Ihnen auch eines Ihrer Comics bringen. Möchten Sie das?«

Gordon schloß die Augen. Er war wieder an dem See. Jerry angelte, und das Alien saß da und steckte einen Köder an einen Haken.

»Du bist wieder da«, stellte das Alien fest.

»Ja.« Zu Gordons Füßen schwappte Wasser gegen die Stützpfosten. Die Binsen im See klapperten eine unheimliche Filmbegleitung. »Das gefällt mir«, sagte Gordon zu dem Alien.

Weiche Kanten, das war es. An harten Kanten tut man sich weh, wenn man fällt. Man kann sich das Kinn aufschlagen. Man kann ein Loch im Kopf bekommen.

Nintendo hatte weiche Kanten, die runden Kürbisköpfe der Mario-Brüder, das undeutliche *Pieppiep*, mit dem sie sich bewegten.

Dieser friedliche See, dieses stille Gras, das war, wie er wußte, eine Illusion ohne rasiermesserscharfen Kummer. »Ich könnte für immer hierbleiben«, vertraute Gordon dem Alien an.

Jerry, der Junge, drehte sich mit eifersüchtigem Gesicht zu ihm um. Das Alien mit seinem zerfließenden Gesicht ließ den Haken in den See sinken und lächelte.

»Gut«, sagte Pelham.

Gordon öffnete die Augen.

»Es ist gut, von Zeit zu Zeit alle Welt an der Nase herumzuführen, finden Sie nicht?«

Gordon hatte den Faden seines Plots verloren. Er sah Pelham neugierig an, und dann drehte er den Kopf zum Fenster. Zu seiner Erleichterung spielte noch derselbe Film mit den arabischen Kriegsgefangenen mit denselben Stars, denselben Komparsen.

Es hatte sich überhaupt nichts verändert.

Zentrales Army-Lazarett, Badajoz, Spanien

Raschid Aziz Sabry umklammerte die kalten Metallstangen und versuchte zurückzugehen. Am Ende des Laufgangs hockte Lieutenant Alvarez, seine Therapeutin, und wartete auf ihn wie eine Spinne.

Die in Pantoffeln steckenden Füße des Generals meuterten und entglitten seiner Kontrolle. Der Lieutenant erhob sich und streckte die Arme aus, bereit, ihn aufzufangen.

Ich bin zu alt, um das Gehen wiederzuerlernen, dachte Sabry angewidert. Und viel zu dick, als daß der kleine Lieutenant mich auffangen könnte. Er verzog das Gesicht, umklammerte die Stangen fester und begann mit seinem langsamen, schmerzhaften Schlurfen.

»Gut. Das ist sehr gut«, lobte Alvarez.

Sabry sah seine widerspenstigen Füße finster an und hielt nach irgendeinem Zeichen der Rebellion Ausschau.

»Ausgezeichnet. Ich merke, daß Sie Fortschritte machen.«

Wollte die Frau nicht endlich den Mund halten? Es ärgerte Sabry, wenn man ihn begönnerte. Ihm schmeichelte. Und Alvarez war eine gönnerhafte, ihm schmeichelnde Frau.

»Gut. Gut. Nur noch ein paar Schritte, und – Guten Morgen, Sir.«

Die Verwunderung in Alvarez' Stimme veranlaßte Sabry, den Kopf zu heben, und dabei wäre er beinahe gestolpert. Der Nagel in seiner Hüfte kniff ihn und schalt ihn für seine Unaufmerksamkeit.

Ein amerikanischer General stand am Ende des Laufgangs, ein kleiner, schmächtiger Mann. Sabry sah die vier Sterne auf seinem Kragen und erstarrte. Aber dann senkte er stur den Kopf und setzte seinen qualvollen, stockenden Watschelgang zu dem rettenden Rollstuhl hin fort.

»Es war nicht meine Absicht, Sie zu stören, Sir.«

Der Amerikaner hatte eine abgehackte Stimme, aber irgendwie klang sie nicht unfreundlich. Sabry blieb keuchend mitten im Laufgang stehen. Er sah sich den Mann noch einmal an. Komisch, daß der Amerikaner jetzt, wo der westliche Feldzug vorüber war, so müde wirkte.

»Sie stören mich nicht«, erwiderte er steif. Dann setzte er mit ironischem Auflachen hinzu: »Das künstliche Bein stört mich. Der Nagel in meiner Hüfte stört mich. Das Leben im Schlafanzug stört mich. Nicht Sie.«

Sabry fand den verlegenen Gesichtsausdruck des Mannes merkwürdig. Plötzlich wandte der Amerikaner sich an Alvarez. »Ist er mit den Operationen durch?«

Die Augen unverwandt auf seine widerspenstigen Füße gerichtet, nahm Sabry den langsamen Krankenzimmer-Marsch wieder auf. Der Stumpf unterhalb seines Knies war jetzt eine brennende Qual. Und in der Hüfte hatte er einen Krampf.

»In zwei Tagen wird er die letzte Hautübertragung bekommen.«

Am Ende des Laufgangs angekommen, ruderten Sabrys Arme verzweifelt auf der Suche nach Alvarez umher. Doch es war der Amerikaner, der ihn fest unter den Achseln faßte und seinen schweren Körper in den Rollstuhl wuchtete.

Sabry plumpste auf den Sitz und massierte seinen Oberschenkel.

»Ich bin T. William Lauterbach«, stellte der General sich vor.

»Ich weiß«, antwortete Sabry ihm, ohne aufzublicken. Sabry kannte mehr als den Namen des amerikanischen Generals; er kannte seine Art zu kämpfen.

»Vielleicht wäre es jetzt gut, den Lieutenant wegzuschicken«, schlug Sabry vor. »Vielleicht könnten wir allein miteinander reden.«

Der Lieutenant ging. Der Raum war leer bis auf einen doppelseitig gelähmten Amerikaner, der unter der kraftvollen Behandlung seines Therapeuten stöhnte.

Wie seltsam, dachte Sabry, so nahe mit seinem Feind zusammenzusitzen, daß er seinen Schweiß roch. Er bemerkte, daß Lauterbachs Stiefel abgetragen, seine Sachen dreckbespritzt und zerknittert waren. Wenn er seinem Gegner doch nur in Uniform statt in Schlafanzug und Bademantel hätte gegenübertreten können!

»Man hat mir nichts gesagt«, beschwerte Sabry sich.

»Das ist in Übereinstimmung mit der Genfer Konvention, Sir.«

Sabry schlug sich mit der Handfläche kräftig aufs Bein, eine kleine Strafe für die Widersetzlichkeit, die es ihm eben gezeigt hatte. »Zum Teufel mit der Genfer Konvention, General Lauterbach. Was ist mit meiner Division in den Pyrenäen geschehen?«

Er sah die Antwort in Lauterbachs vorsichtigem Gesicht. »Unsere Länder befinden sich immer noch im Krieg miteinander, General.«

Sabrys Augen füllten sich mit Tränen. Lauterbach hatte gesehen, wie Sabry die Kontrolle über seine Armee verlor, und jetzt wurde er Zeuge von der Insubordination seines Körpers.

»Mein Sohn war auf diesem Berg!« stieß Sabry hervor.

Lauterbach erstarrte. Dann nickte er kurz. »Sagen Sie mir seinen Namen. Ich werde es für Sie herausfinden.«

»Gamal Raschid. Er war – er ist Hauptmann.« Sabry sah zur Seite, weg von dem müden Gesicht des Amerikaners. Dort waren Antworten, aber noch mehr Fragen.

Ja, dachte Sabry bei sich. Irgend etwas war ganz, ganz verkehrt.

Centcom-West, Barcelona, Spanien

Mrs. Parisi hörte die Wachen vor ihrer Tür Haltung annehmen. Das bedeutete, der General war zurückgekommen. Seit ihrer Ankunft in Spanien hatte er sie oft besucht. Sie war gut in dem Spiel gewesen, und er war so süchtig danach geworden, daß die anderen Offiziere ihr mittlerweile grollten. Sie war ›die private Handlinienleserin des Generals‹, sie war ›dieser Fotzen-Rasputin‹, und wenn sie ihren täglichen Gesundheitsspaziergang rund um die Basis unternahm, spürte sie die Hitze ihres Übelwollens.

»Guten Morgen«, grüßte der General steif. Er war ihr gegenüber immer förmlich, und sie hatte sich nicht die Mühe gemacht, ihn davon abzubringen. Sie wollte, daß er förmlich war, sie wollte ein bißchen Distanz. Großer Gott, der Mann war wie eine Fliege bei einem Picknick!

»Oh, hallo.« Sie stellte sich überrascht. »Wie schön, Sie zu sehen.«

Er hielt sich nicht mit Höflichkeiten auf. Das tat er nie. Statt dessen setzte er sich auf das regierungseigene Sofa und kam sofort zur Sache.

»Ich habe wieder von der Bibliothek geträumt«, erklärte er.

»Phantastisch! Das bedeutet natürlich, mein Lieber, daß Sie den Eridanern sympathisch sind. Andernfalls würden sie Sie nicht so oft einen Besuch machen lassen.«

Er winkte bei dem Kompliment ab wie üblich, doch Mrs. Parisi bestand darauf. Das Ego eines Mannes ist ein bodenloser Abgrund. Und das Ego eines Generals mußte noch tiefer sein. »So etwas ist sehr selten, wissen Sie. Die Eridaner zeigen richtiges Interesse an Ihnen.«

»Ich bin einer Kommunikation nicht nähergekommen«, sagte er. »Sie kommen nicht zu mir, verdammt noch mal. Sie sprechen nicht mit mir. Dies ist eine einmalige Chance, eines der wichtigsten Ereignisse der Geschichte. Gott, wissen sie nicht, was ich empfinde?«

Mrs. Parisi merkte, daß Lauterbach frustriert war, und die Beunruhigung durchfuhr sie wie ein Schock. Das Spiel hatte seine Gruben und Fallen. Ein gefährlicher Augenblick darin kam, wenn die Versuchsperson zwischen Glaube und Ablehnung schwankte. Der General war jetzt an diesem Punkt angelangt. Sie las die Enttäuschung in seinen braunen Augen und dazu das heftige Verlangen eines Süchtigen.

»Nun, mein Lieber, das ist nur eine Sache der Zeit.«

Er erschreckte sie, indem er losbrüllte. »Gott verdammt noch mal! Wir haben keine Zeit!« Abrupt stand er auf und trat ans Fenster. Draußen im Hof fiel ein lethargischer Regen und färbte die Fertigbauteile des Lazaretts nebenan dunkel.

Mrs. Parisi betrachtete seinen Rücken und haßte ihn mit einer allesverschlingenden Intensität. Es wunderte sie nur, daß er es nicht spürte.

»Warschau wird bald fallen«, berichtete er. »Bevor die Araber eine Gelegenheit bekommen, in Deutschland einzumarschieren, will der Kanzler Friedensverhandlungen führen. Er will den Arabern die Hälfte von Europa geben. Ich habe ...« Die Stimme versagte ihm kurz, ein desorientierender Hüpfer der Nadel auf einer zerkratzten Schallplatte. »Ich möchte, daß die Eridaner uns helfen. Wenn ich persönlich den arabischen Vormarsch aufhalten muß, werde ich ihn häßlich aufhalten ... Die Zivilisation der Aliens ist um Jahrhunderte älter als unsere. Wir müssen ihnen wie Kinder vorkommen. Sagen Sie ihnen, daß wir sie brauchen. Um Christi willen, erklären Sie ihnen, daß wir machtlos sind.«

»Nun, mein Lieber, sie finden Krieg töricht.«

Sie hatte ihn von der Angel verloren. Seine Schultern sanken herab.

»Sie müssen sich auf die Traumkommunikation konzentrieren.« Es war unbedingt notwendig, ihn beschäftigt zu halten. Dieses Spiel war das längste und anstrengendste, an dem Mrs. Parisi je teilgenommen hatte. Wenn sie in ihrer Konzentration nachließ, würde er ihr ganz entgleiten.

Er drehte sich nicht um. Mrs. Parisi sah weiter auf seinen anklagenden Rücken. »Ich verstehe nicht, warum Sie nicht selbst mit ihnen reden können«, beschwerte er sich.

»Derjenige, der die Hilfe haben will, muß direkt darum bitten, und die Eridaner bieten Ihnen diese Chance. Folgen Sie den gedruckten Anweisungen, die ich Ihnen gegeben habe. Zeichnen Sie Ihre Träume Nacht für Nacht auf. Das ist sehr wichtig.«

»Manchmal frage ich mich ...«, sprach er leise aus dem offenen Fenster hinaus. Der regenfeuchte Wind zerrte an seiner Stimme.

»Was fragen Sie sich?«

»Warum ich immer wieder zu Ihnen komme.«

Mrs. Parisi wußte es, obwohl sie nicht wagte, ihn aufzuklären. Sie war Scheherezade, und er war süchtig nach ihren Geschichten. Er mußte wiederkommen, um herauszufinden, wie es ausgehen würde.

Im Licht

Justin starrte auf das Plakat, das eine eckige schwarze F-117 zwischen Wolken zeigte. Über ihm, an dem quadratischen Beleuchtungskörper befestigt, baumelte die schlanke Pfeilform einer F-22.

Sein Zimmer war, wie er es in Erinnerung gehabt hatte, voll von Modellflugzeugen und Spielzeugsoldaten. Eine Bibel lag offen auf dem Nachttisch neben der Bugs Bunny-Lampe. Er holte Atem. Das Zimmer roch auch noch genauso, nach einer Mischung aus Farbe und Modellierzement.

»Hol deinen Schläger und deinen Handschuh, Justin«, sagte seine Mutter.

Er drehte sich um, und da stand sie in der Tür, eine schmelzende Form aus blauem Kleid und rosa Fleisch. Es ließ sich nicht feststellen, wo der Stoff endete und die Haut begann oder welcher Teil lebendig war.

»Hol deinen Schläger und deinen Handschuh«, wiederholte sie. »Es ist jemand zum Spielen gekommen.«

Vor dem offenen Fenster tippten kirschrote Bougainvilleas ihre emaillierten Blütenblätter gegeneinander, ungeduldige Nägel auf Holz. Justin öffnete seinen Schrank und faßte den Schläger bei dem umwickelten Handgriff, den Pitcher-Handschuh beim Daumen.

»Sie warten«, drängte seine Mutter.

Ohne ihr ins Gesicht zu sehen, schob er sich an ihr vorbei und ging in den Garten. Mike Johnson war da.

Mike war nicht gewachsen. Das blonde Haar fiel ihm genauso in die Stirn, wie Justin sich erinnerte. Er stand mit seinen zwölf Jahren in der für ihn typischen sprungbereiten Pose da. Sommersprossen kamen und gingen wie funkelnde dunkle Sterne auf der breiigen Fläche seiner Wangen.

»Hei, Mann«, sagte Mike.

Justin sah von Mike weg zu den Wolken, die sich über den Dächern der Nachbarhäuser auftürmten. »Ich habe mir zusammengereimt, was ihr seid, weißt du«, flüsterte Justin. »Ihr seid Tagträume. Ihr laßt mich alles sehen, was ich sehen möchte, nur ist nichts ganz richtig. Meine F-14 hat gar nicht gebrannt, auch wenn ich das meinte, als ich im Bus aus dem Fenster sah, oder? Die Wahrheit ist, ich bin ausgestiegen, weil ich die richtige Einstellung nicht mehr hatte.«

»Komm, wir wählen unsere Mitspieler«, sagte Mike. »Dann spielen wir.«

Justin sah auf die Straße hinaus. Jenseits des Schattens, den der Mangobaum warf, umringten fünf Jungen wie Anbeter einen mageren Soldaten mit fliehendem Kinn. »Hast du den Waschlappen mitgebracht?«

»Ich möchte jetzt die Mitspieler wählen«, sagte Mike.

Sie gingen hinüber, und Mike forderte ihn auf: »Du wählst zuerst.«

Justin wies auf die blasse Imitation eines Jungen. »Ihn.«

Mike zuckte zusammen, als habe Justin ihn auf die schwammige Wange geschlagen. »Also, ich will Gordon.«

Der Waschlappen blinzelte. Justin konnte durch seine Uniform, durch seine Haut die Linie des Bürgersteigs und das Gras sehen.

»Bemüht euch nicht«, meinte der Sergeant vage. »Das geht in Ordnung. Ich glaube nicht, daß ich dies noch brauche.« Er drehte sich um und ging weg.

Als der Waschlappen außer Hörweite war, drehte sich Mike zu Justin um. »Warum hast du Gordon nicht gewählt?« fragte er ärgerlich.

»Ich weiß nicht.« Justin gelang es nicht, in Worte zu fassen, was er gegen ihn hatte. Der Typ, den der Sergeant verkörperte, gefiel ihm einfach nicht. Die Weichheit in den Augen, die Schüchternheit in den gebeugten Schultern. »Was ist eigentlich so Tolles an ihm?«

»Er hat ganz allein eine Schlacht gewonnen«, teilte Mike ihm mit. »Und dann haben wir ihn sterben lassen.«

»Zu schade.« Justin ließ den Handschuh fallen, nahm einem der Jungen den Ball weg, warf ihn in die Luft und traf ihn mit einem soliden Schlag seines Louisville Sluggers. Natürlich flog der Ball über die Dächer.

»Ich will nicht mehr spielen«, sagte Mike. Und alle Jungen gingen weg und ließen Justin stehen. Er sah ihnen nach, verletzt und verängstigt durch ihre Zurückweisung.

Der Waschlappen hatte also eine Schlacht gewonnen, und dafür hatten die Aliens ihn sterben lassen. Wenn Justin etwas von den Aliens gelernt hatte, dann das Wesen der Illusion. Aber auch der Krieg hatte ihn das gelehrt. Es gab keinen Orden, der es lohnte, dafür zu sterben, keine Straßen des Ruhms zur Belohnung, es war dort kein Gott, der ihn auffangen konnte. Und in der F-14 war Justin allein gewesen, ganz allein mit seiner Entscheidung.

»So?« flüsterte Justin bitter. »Du willst nicht mehr spielen? Das ist aber verdammt schade.«

CRAF-Kommando, Trás-os-Montes, Portugal

Gordon wanderte allein über den Strand. Der Sand saugte an seinen Schuhen. Irgendwo klopfte eine Möwe eine Muschel auf einem Stein auf. Wenn er genau aufpaßte, konnte er es hören, ein ständiges *Tap-tap*.

Der Junge namens Mike ging neben ihm, zog die Füße durchs Wasser, daß die sandfarbenen Krabben davonrannten. Diese bleichen Krabben zu sehen, war unheimlich, beunruhigend, als habe Gordon am Rand seines Gesichtsfeldes die Bewegung von Geistern wahrgenommen.

»Gordon?« rief eine Stimme.

Er öffnete die Augen. Toshio Ishimoto saß an seinem Bett im Lazarett, ein Stirnrunzeln auf dem runden Gesicht.

»Habe ich Sie aufgeweckt?« fragte Toshio.

Gordon sah auf seine unter der Decke steckenden Füße hinunter. Zwei Krankenschwestern, bleich wie Krabben, geräuschlos wie Geister, gingen an der Reihe der Betten entlang.

Toshio dämpfte seine Stimme. »Ich habe nie davon gesprochen, was ich gesehen habe, als das CRAF von dem Licht verschluckt wurde.«

Gordon schloß die Augen. Er war wieder am Strand, und Mike sah zu ihm hoch, die großen Augen dunkel vor Zuneigung.

Eine Berührung auf seinem Arm. Gordon sah sich um. Im Lazarett spielte immer noch der Film mit Toshio. »Die Aliens haben nicht angegriffen«, berichtete Toshio. »Jetzt verstehe ich das. Was sie mir anboten, war das Nirwana, und ich hatte Angst.«

Verwirrt von dem Film im Lazarett, schloß Gordon die Augen wieder. An dem mit Muscheln bedeckten Strand erzählte Mike von dem Ozean.

»Jedes Molekül ist einzigartig«, behauptete Mike. »Und doch ist es Teil eines Ganzen. Wenn der Regentropfen die Wellen trifft, glaubt er, verloren zu sein, doch nur einen furchterregenden Augenblick lang. Gleichmut. Distanz. Das macht einen tapfer. Aber bist du tapfer genug, Gordon?« Er legte ihm eine feuchte, schlaffe Hand auf den Arm. »Hast du genug Mut, um zu erbitten, was du möchtest?«

Toshio drängte ihn: »Hören Sie zu, Gordon. Hören Sie mir zu.«

Gewaltsam riß sich Gordon von dem Strand los und kehrte in das nach Regen riechende Lazarett zurück, wo Toshio wartete.

»Ich denke, Sie haben einen solchen Ort gefunden«, sagte Toshio. »Eine Art Nirwana. Aber Sie geben sich zu leicht hin, so wie Sie sich dem CRAF hingegeben haben. Gordon, bitte. Kommen Sie zurück, bevor Sie sich selbst vollständig verlieren.«

»Komm zurück«, flüsterte Mike.

Gordon schloß die Augen und sah die langen Brecher gegen das Ufer zischen und schäumen. Er legte den Kopf schief. Im Brausen der weißgekrönten Wellen meinte er, Toshios Rufe zu hören.

»Was ist denn?« fragte Mike.

Gordon antwortete nicht, und nach einer Weile vergaß das Meer seinen Namen.

15. Kapitel

Im Licht

In der Bibliothek herrschte eine Stille wie unter einer Glocke. Das Licht des regnerischen Tages versilberte den Staub auf dem Fenstersims. Rita holte Atem; die Luft schmeckte nach Moder und alten Büchern. Dann wandte sie sich vom Fenster ab. Der geschwollene Klumpen aus Tweed und Fleisch, der wie Dr. Gladdings aussah, beobachtete sie.

Er verriet ein heftiges Verlangen.

Der richtige Dr. Gladdings war ein trockener Geselle gewesen, der dürre Antworten aufsaugte, ein Parasit, der an dem Papier und der Druckerschwärze seiner Bücher klebte. Die Kopie von Dr. Gladdings saugte ihre lebendigen Gedanken auf.

Die Berührung mit dem Zeigestab hatte den Araber getötet. Das Gesicht des Offiziers hatte sich in einem einzigen Augenblick von feuchtem Braun zu staubtrockenem Beige verwandelt. Was einige Fragen beantwortet hatte. Engel töten Menschen nicht, nicht einmal solche Engel, die im Fegefeuer Dienst tun. Und nur eine einzige Sache tötet auf diese Weise.

Hier gab es keine trockenen Papier-und-Druckerschwärze-Antworten, nur solche aus feuchtkalten Mündern. Wenn sie Dr. Gladdings zerquetschte, würde er einen Fleck auf der Wand hinterlassen, wie ein Blutegel, eine Zecke, ein Vampir.

»Aber er wollte von ihm trinken«, behauptete der falsche Dr. Gladdings. »Sie haben es gespürt und darauf reagiert. Sie sind ein braves Mädchen, Rita. Ein freundliches Mädchen. Das sind Sie immer gewesen.«

»Verdammt. Ich wußte nicht einmal, daß er real

war. Es war, als spiele nichts eine Rolle. Ich bin mir nicht sicher, ob jetzt irgend etwas eine Rolle spielt.«

Dr. Gladdings' Stirn lief zu Falten zusammen. »Es betrübt mich, Sie so zynisch zu finden, meine Liebe, da auch Sie ihn gekostet haben.«

Rita blickte weg. Sie erinnerte sich des merkwürdig angenehmen Gefühls, als der Zeigestab sich senkte. Die stummen Bücherregale beugten sich ein wenig vor, als sei ihr Interesse geweckt worden.

»Der Araber hatte ein feines, köstliches Aroma, finden Sie nicht, Rita? Er schmeckte nach Dattelpalmen und nach Flüssen, die Wüsten durchqueren.«

Ein Glissando der Furcht lief ihr den Rücken hinunter. »Werden Sie mich auch töten?« fragte sie.

»Wenn wir es täten, würden Sie würzig schmecken.« Dr. Gladdings schmatzte mit seinen Gummilippen. »Ganz Shrimps auf kreolische Art und Hot Jazz.«

Rita hielt den Blick auf die fallenden Graupeln draußen gerichtet, damit sie den Schlag nicht sah, wenn er kam. Sie erwartete den scharfen Stich eines Insektenrüssels, ein Ziehen bis in die Eingeweide, ein plötzliches, tödliches Saugen. Aber nichts berührte sie außer der kühlen Brise, die um die Ränder der Fensterscheibe eindrang.

»Werden Sie es tun?« fragte sie.

Seine Antwort kam aus sicherer Entfernung. »Weil Sie sich so sehr wünschten zu leben, haben wir Sie mitgenommen. Warum sollten wir Sie jetzt töten?«

»Und warum haben Sie die anderen nicht mitgenommen? Warum haben Sie sie nicht ausgesaugt?« *Aber vielleicht hatten sie es getan?* Ein Bild von Dix in der Farbe verdorbenen Käses.

»Sie waren zu dicht am Sterben, um gerettet zu werden, und der Tod muß schmecken, meine Liebe. Zu Ihren Gewürzen würde, so vermute ich, noch ein Hauch Karbol kommen. Ein Beigeschmack von Cayenne-Pfeffer und Formaldehyd.«

Rita schlang die Arme um ihren Oberkörper und erschauerte. Die Graupeln erzeugten ein beruhigendes Klappern auf dem Glas.

»Fürchten Sie sich nicht.« Dr. Gladdings war ein wenig ärgerlich. »Ich sauge Furcht und Blut und Sehnsucht auf. Das Blut schmeckt süß, die Furcht scharf.«

Das Klappern hypnotisierte sie. Sie schloß die Augen, und plötzlich wanderten ihre Gedanken zu dem Haus ihrer Mutter, zu ihrem eigenen hohen, breiten Bett.

»Ach ja«, hörte sie Dr. Gladdings' gedämpfte Stimme. »Das Aroma der Erinnerung ist das beste von allem. Ein Jambalaya mit vielen verschiedenen Zutaten. Denken Sie an Ihre Vergangenheit, Rita. An Ihr altes Haus. Würden Sie gern dort sein?«

Wenn die Aliens so geschickt darin gewesen waren, eine Karikatur von Dr. Gladdings zu schaffen, indem sie seine Schwächen mit wenigen meisterhaften Strichen einfingen, wollte sie gar nicht erst wissen, welche entsetzlichen Dinge sie ihr im Fall ihrer Mutter zeigen würden. »Lassen Sie das!« fuhr sie ihn an. »Versuchen Sie nicht, mir Ihre verdammten Illusionen zu verkaufen. Sie und ich wissen, daß es kein New Orleans mehr gibt.«

»Schsch«, beschwichtigte er sie. »Schsch. Denken Sie an die Kätzchen, die im Schrank Ihres Kinderzimmers saugten. Sie erinnern sich doch an das schekkige, das Sie Patch nannten? Das ist fein. Ich schmekke im Hintergrund Ihrer Gedanken Milch und warmes, schnurrendes Fell.«

Rita wanderte durch die Bücherregale davon. An dem Eichentisch wartete wieder General Lauterbach, eine sich nicht verändernde Karikatur eines Mannes. Welche Wahrheit sollte sie den Aliens wohl über ihn erzählen?

»Ich beneide Sie«, gestand der General. »Was macht Sie zu so etwas gottverdammt Besonderem?« Plötzlich blinzelte er. Seine braunen Augen verloren den scharfen Blick und wirkten nur noch unsicher. »Ich hätte es nicht so ausdrücken sollen.«

»Lassen Sie mich in Ruhe«, verlangte Rita. »Ich will Sie hier nicht haben.«

Rita fragte sich, wie der General schmecken mochte. Nach Kordit wahrscheinlich. Und nach dem flachen Aroma heißen Stahls.

»Es tut mir leid«, flüsterte er.

Verlegen ließ sie den Blick zu den klopfenden Graupeln am Fenster wandern. Der geisterhafte, durchscheinende Lauterbach ging ihr ebenso auf die Nerven wie der schwammige Dr. Gladdings. Sie hatte den General als adrett und selbstbeherrscht in Erinnerung gehabt. Jetzt war er unordentlich, sturmzerzaust.

»Ich weiß noch, wie ich Sie zum erstenmal sah«, sagte er mit verträumter Stimme, einer so privaten Stimme, daß Rita das Gefühl hatte, von seinen Gedanken zu trinken. »Sie standen da«, murmelte er, »eine starke Frau, und da war der Geruch nach verbrannten Leichen. Seltsam, wie Bewunderung an den abwegigsten Orten entsteht. Lieben sie Sie? Die Aliens? Was kann ich tun, damit sie mich auch lieben? Bitte«, keuchte er, als sei er eben erst aufgewacht. »Helfen Sie mir.«

Rita wandte sich ihm zu. »Was soll ich denn tun?«

Seine Stirn krauste sich vor Verwirrung. »Ich erinnere mich nicht recht. Ich träumte vom Fallen und dann von Feuer. Die Leute in Warschau. Der Kanzler ...« Er ließ im Strickmuster seines Gedankengangs eine Masche fallen. »Hören Sie mir zu, Rita«, drängte er. »Ich brauche die Aliens. Begreifen Sie das nicht? Sagen Sie ihnen, daß es mir leid tut, was in den Pyrenäen passiert ist, daß es mir leid tut, sie gezwungen zu haben, so zu handeln. Ich möchte nichts weiter als reden. Ihnen alles erklären. Ich habe hier – etwas ...«

Mit zitternden Händen zog er ein Blatt Papier aus der Brusttasche, faltete es auseinander und glättete es auf dem polierten Holz der Tischplatte.

»Ich brauche... Ich brauche...« Seine Stimme erstarb in kläglicher Verwirrung.

Und er verdunstete. Rita sah auf dem Tisch ein leeres weißes Blatt liegen.

Warschau, Polen

Die Sonne ging auf und verwandelte die Bleifarbe des Himmels in ein rötlich angehauchtes Grau. Rauch von brennenden Gebäuden zog einen rußigen Streifen über die Wolken.

Baranjk stellte sich auf die Füße. Von da, wo er stand, konnte er die Ruinen von Stalins Kulturpalast sehen. Vor noch gar nicht so langer Zeit hatte die muskulöse, im Revolutionsstil erbaute Erektion des alten Georgiers die Stadt dominiert. Stalin war immer ein unbesiegbarer Schwanz gewesen.

»Nach Stalin sind wir alle impotent«, murmelte er in seine Wodkaflasche.

»Herr Generalleutnant?« fragte Sgurski.

»Sie sind ein guter Junge.« Baranjk legte dem Adjutanten einen Arm um die Schultern. Sgurski ging unter dem Gewicht des Generalleutnants beinahe in die Knie. »Ein guter Junge.«

»Jawohl, Herr Generalleutnant«, antwortete Sgurski. »Ich danke Ihnen, Herr Generalleutnant. Hätten der Herr Generalleutnant gern Frühstück?«

Baranjk umarmte den Unteroffizier fester, drückte den Kopf des Jungen an seine Brust. »Nein«, antwortete er. »Der Herr Generalleutnant möchte kein Frühstück.« Impulsiv küßte er den Adjutanten auf die kurzgeschorenen Haare.

Als Baranjk ihn losließ, stolperte Sgurski zur Seite.

Auf seinem pfirsichflaumigen Gesicht lag ein erschrockener und mißbilligender Ausdruck.

Baranjks dröhnendes Lachen hallte zwischen den Ruinen wider. »Ich liebe dich, Sgurski. Ich liebe dich so sehr, daß ich dich dabei haben möchte, wenn ich jetzt die Artillerie-Stellungen besichtige.«

Sgurski seufzte, wischte sich über den Kopf und nickte. »Jawohl, Herr Generalleutnant.«

Baranjk stellte die leere Wodkaflasche ab und ging los. Der Adjutant trabte hinterher. Die Seitenstraße, die Baranjk wählte, war wie durch ein Wunder heil geblieben und lag mit ihrer Reihe von Bäumen friedlich da. Einen Block später mußten sie sich ihren Weg durch Schutt bahnen. Zusammen mit dem Rauchgeruch stieg dem Generalleutnant Verwesungsgestank in die Nase, der von den zerstörten Gebäuden aufstieg. Nicht von einer toten Katze. Nicht von einem Hund. Sie waren längst gegessen worden. Nur eines, das in Warschau übriggeblieben war, konnte so riechen.

Der morgendliche Wodka schoß ihm die Kehle hinauf. Er beugte sich noch rechtzeitig vor, daß der Strom seine Uniform nicht beschmutzte. Das helle Erbrochene war mit Rot gestreift.

»Fehlt Ihnen etwas, Herr Generalleutnant?« fragte Sgurski zögernd.

»Nichts, nichts.« Er winkte dem besorgten Unteroffizier ab und ging weiter, Sgurski als kleinen tarnfarbenen Schatten an seiner Schulter.

»Vielleicht sollten Sie in die Unterkunft zurückkehren und sich hinlegen, Herr Generalleutnant. Vielleicht brauchen Sie Schlaf.«

Wußte der Junge, wie schlecht er schlief? fragte sich Baranjk. Das Bett des Adjutanten stand im Nebenzimmer, so nahe, daß Baranjks leiser Ruf ihn wecken konnte. Er mochte das Quietschen des Bettes gehört haben, wenn Baranjk sich von einer Seite auf die andere wälzte. Der Generalleutnant warf einen Blick in die Richtung des Unteroffiziers, aber Sgurski hielt den Kopf gesenkt und gab acht, wohin er die Füße setzte.

»Bin ich ein schlechter Kommandeur?« fragte Baranjk ruhig.

Sgurski hob schnell den Kopf.

»Sagen Sie mir die Wahrheit als der brave ukrainische Junge, der Sie sind. Halten die Männer mich für einen guten Kommandeur oder nur für einen betrunkenen Kommandeur?«

Zu Baranjks höchster Verwunderung breitete sich ein lausbubenhaftes Lächeln über Sgurskis Gesicht aus. »Die Männer meinen, Sie seien betrunken ein besserer Kommandeur als zehn nüchterne arabische Generale.«

Baranjk blieb stehen. Sgurski wich schleunigst zurück, als fürchte er, wieder geküßt zu werden.

»Kiew …«

»Vergessen Sie Kiew, Herr Generalleutnant.« Der Unteroffizier sprach so scharf, daß es schon an Insubordination grenzte. »Können Sie Kiew denn nicht vergessen? Sie rufen im Schlaf Befehle, und ich weiß, daß Sie die Schlacht immer wieder von neuem durchkämpfen.«

Nach einer Weile fragte Baranjk: »Ich rede im Schlaf? Was denn?«

»Sie versuchen, Verbindung mit den Panzern herzustellen, Herr Generalleutnant. Sie versuchen, die Infanterie zurückzubeordern. Manchmal rufen Sie Major Schcheribitskis Namen so laut, daß er aufwacht und den Flur herunterkommt, um nachzusehen, was passiert ist.«

Baranjk atmete tief die Luft ein, die nach Erbrochenem und Ruß schmeckte. »Ich verstehe.«

»Herr Generalleutnant? Sie sind der beste Kommandeur, unter dem ich je gedient habe«, versicherte

Sgurski ihm. »Sie verlieren nie die Beherrschung. Sie hören uns immer zu. Das ist das Wichtige. Verzeihen Sie mir, daß ich so offen mir Ihnen rede, Herr Generalleutnant.«

»Ja, natürlich«, murmelte Baranjk und stieg weiter durch den Schutt.

Er verlor die Beherrschung selten, nur wenn es galt, seine Männer zu verteidigen. Das stimmte. Anders als eine Patriot-Rakete explodierte er am Ziel nicht; eher benutzte er wie die ERINT seine eigene stiernackige kinetische Energie, um sich Bahn zu brechen. Er war mit einem unfehlbaren inneren Radargerät für günstige Gelegenheiten und mit unerschöpflicher Zähigkeit bis zum Generalleutnant aufgestiegen.

Jetzt war das alles sinnlos geworden. Die ANA hatte Warschau eingekreist und war seiner Armee fünf zu eins überlegen. Die Araber würden keinen Frontalangriff durchführen, würden ihnen nicht wie Männer gegenübertreten. Warum sollten sie auch? fragte Baranjk sich bitter. Die Bombenangriffe würden Warschau ebenso wie im Großen Patriotischen Krieg erschöpfen. Wenn die Araber die Vistula überquerten, würden sie mit Apathie, nicht mit Kugeln empfangen werden.

Die Straße lief auf einen niedlichen kleinen Platz mit einem Springbrunnen hinaus. Auf der westlichen Seite, der Seite, die getroffen worden war, standen zerstörte Gebäude wie Filmkulissen, die leeren Fenster ins Nichts geöffnet. Fünf Frauen und eine Horde schmutziger Kinder durchstöberten die geschwärzten Trümmer. Sgurski neben sich, trat Baranjk an den Springbrunnen und spülte sich den sauen Mund mit dem von Algen bedeckten Wasser aus. Dann wusch er sich das Gesicht.

»Und jetzt...« – er zog seine Uniform zurecht – »sehe ich jetzt präsentabel aus?«

»Sehr präsentabel, Herr Generalleutnant.«

»Die Augen nicht zu voll von roten Äderchen? Ich rieche nicht zu stark nach Wodka? Ich taumle nicht und nuschle nicht?«

»Nein, Herr Generalleutnant. Durchaus nicht, Herr Generalleutnant.«

»Sie würden es mir doch sagen, Sgurski? Nun werden wir Oberst Jastrun besuchen. Es wäre nicht gut, wenn die Polen mich betrunken sähen. Ich möchte nicht, daß sich meine Männer für mich schämen.«

Sgurskis junges Gesicht spannte sich. »Herr Generalleutnant«, sagte er, »Ihre Männer werden sich niemals für Sie schämen.«

Zentrales Army-Lazarett, Badajoz, Spanien

Kurz vor dem Morgengrauen kam der amerikanische General zurück. Erstaunt, ihn so früh zu sehen, drehte Sabry seinen Rollstuhl vom Fenster weg und riß seinen Blick von den unbeleuchteten Stabsbüros und dem großen, unter Flutlicht liegenden Gefangenenhof los.

»Entschuldigen Sie die Störung, Sir«, sagte Lauterbach. »Aber die Schwestern sagten, Sie seien wach.«

In dem matten Licht der Nachttischlampe bemerkte Sabry das abgespannte Gesicht des Amerikaners.

»Keine Ursache«, erwiderte Sabry. Er wies auf einen leeren Stuhl. »Bitte. Setzen Sie sich.«

Lauterbach sah zu dem Stuhl hin, zögerte, blieb in Rührt-euch-Haltung stehen.

»General Sabry«, begann er leise, aber förmlich, »ich bedauere, Sie informieren zu müssen …«

Furcht überfiel Sabry wie die kalte Berührung einer Narkose. »Sir!« sagte er so laut, daß ein Ausdruck der Verwunderung über das Gesicht des Amerikaners huschte. »Bitte«, fügte er hinzu. »Bitte, setzen Sie sich. Es ist immer schwer, solche Nachrichten zu überbringen. Ich habe es viele Male getan. Haben Sie Nachsicht mit mir, bitte. Ich möchte sprechen.«

Lauterbach hockte sich auf die Stuhlkante, die Hände auf den Knien, als wolle er gleich flüchten. Der Wind drehte und trug frühmorgendliche Kühle und den Duft von Kiefern durch das offene Fenster.

»Wissen Sie, was das Problem mit den Westlern ist?« fragte Sabry und starrte in das gleißende Scheinwerferlicht des Gefangenenhofs, auf die hohen Türme der Wachtposten. »Sie können nicht zuhören. Wenn wir den Krieg gewonnen hätten, wir hätten euch das Zuhören gelehrt.«

»Eine ziemlich blutige Lektion, finden Sie nicht?«

Die Stille im Lazarett war so dicht wie die Stille am Grund des Ozeans. Weit unten auf dem Flur hörte Sabry schwaches Klirren von Metall auf Metall. Die Medikamenten-Schwester begann ihre Runde.

»Ich habe meinen Sohn geliebt. Er ist tot, nicht wahr?«

»Ja.«

Sabry sah sich in dem kleinen, antiseptischen Raum um. »Es ist zu still in diesem Lazarett, wissen Sie. Ihre Ärzte und Schwestern streiten nie und lachen selten. Fünf Araber in einem Zimmer, und es herrscht Tumult. Mir ist aufgefallen, daß alliierte Soldaten, selbst wenn sie sterben, mit heiserer Stimme schreien, als schämten sie sich.«

Vielleicht setzte er den Mann in Verlegenheit. Vielleicht hatte er etwas gesagt, das er nicht hätte sagen sollen. Lauterbachs Gesicht war nichts anzumerken.

»Mein Sohn Gamal verstand die Westler«, erzählte Sabry ihm. »Er hat seinen Doktor am Cal Tech gemacht. Ich habe ihn in die Pyrenäen geschickt. Vielleicht hat er dort geschrien, wie Sie es tun würden: gehemmt, wie um Entschuldigung bittend.«

»Tun Sie sich das nicht an, Sir. Unsere Aufgabe verlangt, daß wir Menschen Gefahren aussetzen. Daran ist nichts Schlechtes. Es ist kein Grund, sich schuldig zu fühlen. Wenn Sie ein guter Kommandeur sind, versuchen Sie, das Risiko möglichst gering zu halten. Mehr können Sie nicht tun.«

Ein unaussprechlicher, überwältigender Kummer sprach aus Lauterbachs Zügen.

»Gamal hatte sich verändert, wissen Sie. Als er noch ein Junge war, nahm ich ihn mit in die Wüste. Wir hatten ein Häuschen dort, wenig mehr als eine Hütte. Das waren einfache Zeiten.«

Lauterbach gab ein unverbindliches Grunzen von sich. Er hörte nicht mehr zu; er dachte an etwas anderes, und sein Gesicht drückte ebenso Reue wie Nachdenklichkeit aus.

»Als mein Sohn älter wurde und aus den Staaten nach Hause zu Besuch kam, beobachtete ich, wie er nach und nach seine Einfachheit verlor. Er wurde auch trauriger. Wie ist er gestorben?«

Die Frage riß Lauterbach aus seinem Grübeln. Er schoß einen vorsichtigen Blick zu Sabry hinüber. »Schnell«, sagte er.

Sabry erkannte, daß der Amerikaner log. Also war es ein schrecklicher Tod gewesen. Er richtete die Augen wieder aufs Fenster und sah die Lichter des Hofs durch seine Tränen tanzen.

»Wissen Sie, ich bin durch und durch Moslem ...«

»Sagen Sie mir, welche Anordnungen Sie wegen der sterblichen Überreste treffen wollen. Er ist beerdigt worden, aber ich werde dafür sorgen, daß ...«

»Hören Sie mir zu!« schrie Sabry. Sein Ton war so aggressiv, so barsch, daß ein Posten die Tür öffnete und hereinschaute. Lauterbach scheuchte ihn mit einem Wink hinaus.

Der Soldat schloß die Tür wieder. Sabry sah den Amerikaner zornig an. »Unterbrechen Sie mich nicht mit ihrer verdammten kalten Vernunft! Sie wissen nicht, was ich sagen wollte.«

»Nein, Sir«, entgegnete der Amerikaner. »Sie haben ganz recht. Es tut mir leid.« Und er lehnte sich auf seinem Stuhl zurück.

»Die Mullahs versprechen denjenigen, die im Kampf fallen, das Paradies, aber es muß ein heiliger Krieg sein, und ich bin mir nicht sicher, ob dieser Krieg es war. Wie dem auch sei, ich kann nicht mehr mit Gamal sprechen. Was nützt da das Paradies, frage ich Sie?«

Erstaunlicherweise lächelte Lauterbach, Ironie in den Augen. »Ich bin mir sicher, daß ich es nicht weiß, General. Ich habe eine Ehefrau durch Scheidung und eine Tochter durch Krebs verloren, und ich glaube, seinerzeit habe ich mir die gleiche Frage gestellt.«

»Hat Oberst Wasef überlebt?«

»Verzeihung?« fragte der Amerikaner verwirrt.

»Oberst Qasim Abdel Wasef. Er war auch in den Pyrenäen.«

»Ach ja. Der kommandierende Offizier. Nein, Sir. Er hat die Kampfhandlung nicht überlebt.«

»Und wie ist er gestorben?«

Lauterbachs Gesicht verschloß sich, und er schwieg lange Zeit. Konnte es ein so gräßlicher Tod gewesen sein, fragte sich Sabry, daß es sogar den Amerikaner erschütterte?

Schließlich holte Lauterbach tief Atem. »Durch Beschuß von der eigenen Seite«, sagte er.

Warschau, Polen

Baranjk stellte seine Tasse hin und zuckte zusammen. Er versuchte, das Feuer zu ignorieren, das der Kaffee in seiner Kehle von neuem entzündet hatte. Sgurski stand an der Bunkerwand und aß hungrig ein süßes Brötchen. Sein Gesicht zeigte den Ausdruck höchsten Vergnügens.

»Nun, Herr Oberst«, wandte Baranjk sich an Jastrun. »Heute wird es keine Bombenangriffe geben, weil das Wetter die Flieger am Start hindert. Diese arabischen Piloten können ihren Schwanz nicht einmal mit beiden Händen finden.«

Einer der Spezialisten an der hochmodernen Reihe deutscher Radarschirme kicherte. Jastruns Lippen kräuselten sich zu einem nachsichtigen Lächeln.

»Warschau ist ein großes Ziel«, gab der Oberst zu bedenken. Baranjk sah Fragen in dem erzwungen toleranten Blick des Polen. Jastrun hätte gern gewußt, was der Ukrainer hier zu suchen hatte.

»Vielleicht schicken die Araber Scud-Raketen.« Baranjk sah zu den grünen Radarschirmen hin.

»Ja. Vielleicht Scud-Raketen.« Der Oberst trat voller Unbehagen von einem Fuß auf den anderen. Baranjk war nicht sicher, was den Mann so nervös machte: Die Möglichkeit eines Raketenangriffs oder die Anwesenheit eines Ukrainers. »Möchte der Herr Generalleutnant gern noch etwas sehen?« fragte Jastrun schließlich.

Eine höfliche Art, ihm beizubringen, daß die Besichtigung zu Ende war. Baranjk ignorierte ihn. »Sagen Sie mir, Herr Oberst, wenn Sie bei dem Geist Kasimirs des Großen einen Wunsch frei hätten, was würden Sie sich wünschen?«

Das Lächeln des Obersten verschwand. Baranjk hatte einen armseligen Witz gemacht.

»Zielobjekte?« schlug Baranjk vor.

Der Pole kniff die Augen zusammen. Jetzt dachte er angestrengt nach; er wägte seine Situation ab.

»Verzeihen Sie mir meine Unwissenheit über dieses Wunder deutscher Technik.« Baranjk zeigte ein träges, schlaues Lächeln. »Aber stimmt es nicht, daß diese Radaranlage den Weg einer sich nähernden arabischen Granate zurückverfolgen und die arabische Stellung finden kann, noch bevor das Geschoß hier einschlägt?«

Der Pole hielt seinen Rücken steif, als erwarte er einen Schlag. »Ja.« Er zog das Wort zu drei vorsichtigen Silben in die Länge.

»Also fliegen die Araber statt dessen Bombenangriffe.«

Eine Pause. Jastruns Augen stellten die Fragen so schnell, so wütend, daß es Baranjk war, als blicke er durch sie in die arbeitenden Innereien eines Computers. »Ja.«

»Ich denke, wenn ich einen kleinen Angriff durchführen würde, einen kleinen, verstehen Sie, könnten wir sie provozieren, daß sie Granaten abfeuern.«

Jastrun beugte sich interessiert vor. »Haben Sie das mit General Tschajowski besprochen?«

»Der Gedanke ist mir eben erst gekommen.« Baranjk hob seine Hand zu einer trägen, das Thema verabschiedenden Geste. »Ich dachte, ich könnte es Ihnen zuerst sagen und sehen, wie Ihnen die Idee gefällt.«

Jastrun schürzte nachdenklich die Lippen. »Vielleicht sollten Sie erst mit ihm und dann mit mir reden.«

»Ah, ja. Befehlskette.« Baranjk grinste ironisch. »Ich weiß noch, wie wichtig das in der Roten Armee war. Guten Tag«, sagte er fröhlich zu dem beleidigten Polen, bevor der Mann eine Erwiderung hatte anbringen können.

Sgurski folgte ihm aus der Bunkertür. »Alliierte!« lachte Baranjk und klopfte dem Adjutanten mit dem Handrücken auf den Bauch. »Gott schütze uns vor Alliierten.« Er wies auf den stillen, schimmernden Osten. »Nicht einmal die Araber hassen mich so sehr.«

Immer noch vor sich hin lachend, ging Baranjk an den Sandsäcken neben dem Bunker vorbei und über den Hof mit dem gestampften Lehmboden zu den überdachten Panzern. Gutzmann war bei einem der

Hämmer und vollführte ein geheimnisvolles Wartungsritual. Er hörte sie kommen und blickte hoch, einen Öllappen in der Hand.

»Ist der Herr Generalleutnant zu einer weiteren Unterrichtsstunde im Hammer zurückgekommen?« fragte der Leutnant.

Baranjk sah Gutzmann an, der sich anscheinend freute, und dann Sgurski, der es entschieden nicht tat. »Ich denke, heute mache ich den Fahrer. Der Unteroffizier wird der Richtschütze sein. Und Sie, der Sie mehr Erfahrung haben, sind unser Panzerkommandant. Wählen Sie unser Fahrzeug aus. Ich stehe unter Ihrem Befehl, Herr Leutnant.«

Gutzmann kletterte auf den Panzer. Baranjk stieg zur Luke des Fahrers hoch, schlängelte sich in den gepolsterten Sitz mit der verstellbaren Rückenlehne und schloß die Luke hinter sich. Bevor er die Brille aufsetzte, drehte Baranjk sich um und sah, daß Sgurski ihn in aufdämmerndem Entsetzen anstarrte.

»Wir sind einsatzbereit?« fragte der Generalleutnant und stülpte sich seine Geräte über den Kopf.

In seinem Ohr erklang Gutzmanns ruhige Stimme: »Einsatzbereit, Herr Generalleutnant.«

Baranjk ließ den Motor an und legte die Hände um das Steuer-T. Seine Handflächen, stellte er geistesabwesend fest, hatten zu schwitzen begonnen.

Auf einer Seite seines Gesichtsfeldes leuchteten die Anzeigen in fröhlichen Farben: Rot für die Reaktor-Temperatur, Blau für die Kilometer pro Stunde, Gelb, eine vorsichtige, feige Farbe, für die Richtungen.

Er lenkte den Tank südwärts, eine vorsichtige, feige Route. Im Ohr hörte er einen erleichterten Seufzer. Sgurski.

Der Hammer bewegte sich wie ein großer, dicker Luxuswagen, ein russischer Zil oder ein amerikanischer Cadillac. Mit zwölf Kilometern die Stunde fuhr er an den versenkten Munitionsbunkern vorbei.

»Wohin, Herr Generalleutnant?« hörte er Gutzmann fragen.

»Ich dachte, wir könnten heute einmal etwas anderes ausprobieren.«

Ein Keuchen. Sgurski wußte Bescheid. Er hatte es von dem Augenblick an gewußt, als Baranjk den Plan vor Jastrun erwähnte.

Zehn Meter, zwanzig, zählte Baranjk und hoffte, richtig kalkuliert zu haben. »Festhalten!« rief er, trat den Gashebel durch und lenkte den großen Panzer nach links. Er ließ ihn über die Barrikaden fahren.

»Herr Generalleutnant!« Gutzmanns Stimme war so laut, daß Baranjk die Ohren schmerzten. »Herr Generalleutnant! Was haben wir getroffen?«

»Halten Sie die Augen auf Ihre Instrumente, Gutzmann«, gab Baranjk ruhig zurück. »Wir täuschen den Feind, um Artillerie-Beschuß auf uns zu ziehen.«

Aus dem Kopfhörer kam ein Ächzen. Diesmal von Gutzmann.

Draußen auf dem verminten Feld rief sich Baranjk die Karte ihres Weges ins Gedächtnis zurück. Er erhöhte die Geschwindigkeit auf 80 km/h und hielt auf die Straße zu. In seinem Ohr war das Knistern von Statik, dann die wütende Stimme Jastruns: »Wer, zum Teufel, ist in Hammer 8?«

»Sagen Sie es ihm«, befahl Baranjk.

Panik schraubte Gutzmanns Stimme in die Höhe. »Generalleutnant Baranjk, Leutnant Gutzmann, Unteroffizier Sgurski.«

Der Panzer gewann die Straße. Baranjk beschleunigte und sah die Kilometer auf der Anzeige vorbeiflitzen. Er stellte den Knopf auf dem Steuer-T auf teleskopische Sicht ein und erkannte Wegweiser: Die Gruppe von Kiefern, das zerstörte, verbrannte Bauernhaus.

Drei Kilometer, dreieinhalb, zählte er.

Nach langem Schweigen fragte Jastrun: »Wer ist das am Funkgerät?«

»Leutnant Gutzmann.«

»Sie sind der Panzerkommandant?« bellte Jastrun.

»Jawohl, Herr Oberst.«

»Dann fahren Sie diesen Panzer auf der Stelle zurück!«

»Aber, Herr Oberst«, wandte Gutzmann kläglich ein, »Herr Generalleutnant Baranjk fährt.«

»Zur Hölle mit Generalleutnant Baranjk!« schrie Jastrun. Offenbar war seine Wut stärker als seine religiöse Ehrfurcht vor Dienstgraden. »Weiß er nicht, daß da draußen Minen liegen? Und vierhunderttausend Araber? Ich werde General Tschajowski anrufen! Sagen Sie ihm das! Meine Hand liegt jetzt auf dem Telefon, Herr Generalleutnant Baranjk! Hören Sie mich? Ich mache den Anruf sofort!«

Sie fuhren über einen Krater in der Straße. Die Federung brachte sie so glatt hindurch wie ein Bauernmädchen, das Eier trägt.

»Herr Leutnant?« fragte Baranjk. »Unteroffizier Sgurski?«

»Herr Generalleutnant?« antworteten beide in nervösem Chor.

»Es ist noch nicht zu spät. Wenn Sie umkehren wollen, sagen Sie es mir jetzt.«

»Herr Generalleutnant«, erklärte Sgurski mit bebender Stimme, »ich vertraue Ihnen.«

Eine Pause. Dann kam Gutzmanns zögerndes: »Ich will nicht umkehren.«

»Dann los, Gutzmann! Sagen Sie diesem Sodomiten, diesem faulen Polen, er soll seinen Radarschirmen mehr Aufmerksamkeit widmen als seinem Telefon. Zehn Kilometer vor der Stadt werden wir das Feuer eröffnen. Ich vermute, die Araber sind nicht mehr als sechzehn Kilometer vom Stadtrand entfernt.

Jastrun soll mit den Vorbereitungen für die Erwiderung beginnen.«

»Feuer eröffnen in...«, setzte Gutzmann an und brach ab, um seine eigenen Anzeigen zu Rate zu ziehen.»O mein Gott!« schrie er. »In zwei Minuten! Herr Oberst! Bereiten Sie die Erwiderung vor!«

Sie fuhren einen kleinen Hügel hinauf. Der Hammer schwebte einen Augenblick lang in der Luft, bevor er mit einem Krach herunterkam, vor dem auch die Federung ihre Hintern nicht schützen konnte. Eine grasbewachsene Ebene, hier und da mit Inseln aus Birken und Kiefern bestanden, breitete sich vor ihnen aus.

Heiliger Vater, dachte Baranjk mit Grausen. Er hatte sich verfahren. Nervös kontrollierte er seine Anzeigen, stellte sich in ihrem Weg liegende Minen vor, stellte sich alles mögliche vor. Vielleicht hatten die Araber die altbewährten Kanonen gar nicht mehr, die 2S5er und die 2S3er. Wenn sie die weiterreichenden BM-27er besaßen, waren die Stellungen zu weit entfernt, als daß sie ihnen etwas anhaben konnten. Waren es 2S1ner, saß Baranjk praktisch schon auf ihnen drauf.

»Richtschütze, halten Sie sich schußbereit«, sagte der Generalleutnant.

»Aber – wohin soll ich schießen?« platzte Sgurski heraus.

Baranjk steuerte den Panzer vom Asphalt hinunter und fuhr parallel zu der noch nicht sichtbaren arabischen Artillerie. War dies der richtige Weg oder nicht? »Feuer! Sechs Kilometer genau nach Osten!«

Baranjk hörte, wie der Turm sich auf seinem gutgeölten Getriebe drehte. Die Computer des Panzers brauchten einen Augenblick, um Windrichtung und -geschwindigkeit zu berechnen. Dann brüllte die 120-mm-Kanone los und ließ den Panzer schaukeln. Baranjk wäre beinahe aus seinem Sitz geschleudert worden. *Eine Mine,* dachte er, dann wurde ihm klar, was das für ein Geräusch gewesen war.

»Feuer!« rief Baranjk. »Schießen Sie weiter, Sgurski!«

Der Rückstoß riß dem Generalleutnant das Steuer-T für einen Augenblick aus den Händen. Am östlichen Horizont begann es zu blitzen.

»Erwiderung! Sechs Komma fünf Kilometer!« rief Gutzmann.

Eine Granate schlug so nahe ein, daß Baranjk nach Luft schnappte. Auf der Stelle war er nüchtern. *Heilige Mutter Gottes,* dachte er. *Meine besoffene Dummheit wird uns alle umbringen.* Er riß das Steuer-T verzweifelt rechts herum und fuhr auf die Stadt zu, ohne noch an Minen zu denken. Direkt vor ihm brach ein Bahnhof auf. Eingeweide aus Rauch quollen hervor.

Er raste um ein prärevolutionäres Gebäude, um sich zu verstecken, um Sgurski von neuem schießen zu lassen. Es war nicht notwendig. In der Luft über dem Artillerie-Bombardement blitzte es auf. Die explodierende alliierte Granate entließ Submunition, die ein Trauerweiden-Muster an Feuer über den Himmel zog. Einen Herzschlag später explodierten die Bömbchen. Die nach unten gerichteten Entladungen trafen so plötzlich und so hart auf wie Pfahlrammen.

Auf der ganzen Länge der funkelnden Randstellung explodierten alliierte Granaten, eine Grenzlinie aus weißglühenden Blüten. Vom Boden schossen Flammen empor und trafen sich mit dem Feuer vom Himmel. Baranjks Pulsschlag verlangsamte sich wieder. Die Beklemmung seiner Brust ließ nach. *Nicht schlecht für einen alten Kommunisten, der seinen Mut in einer Flasche Wodka findet.*

Das Sperrfeuer aus dem Osten schrumpfte zu sporadischem Mörserbeschuß zusammen. Immer noch grinsend, wendete Baranjk den Panzer nach Westen. Vorsichtig seinen eigenen Raupenspuren folgend, eilte er nach Warschau zurück.

Als er über die Barrikaden rollte und den Panzer anhielt, hatten beide Sperrfeuer geendet. Jastrun stand, die Hände auf den Hüften, vor dem Bunker, seine Offiziere und Mannschaft um ihn. Baranjk nahm die Brille ab, kämpfte sich aus dem Fahrerabteil und nach draußen. Der östliche Horizont war dunkel vor Rauch.

Er stieß einen Freudenschrei aus. »Seht doch!« rief er und hob die Hand. »Und da nennt man den amerikanischen General einen Irren!«

Gutzmann und Sgurski gesellten sich zu ihm. Sgurskis Augen waren geschwollen, als ob er geweint habe, und ein nasser Fleck zeigte sich vorn auf Gutzmanns Hose.

Baranjk spürte, daß sein Lächeln ins Wanken geriet.

»Herr Generalleutnant?« sprach Jastrun ihn an.

Baranjk sah zu ihm hinunter.

»Kommandeur Tschajowski ist am Telefon. Und er möchte sofort mit Ihnen sprechen.«

Im Licht

Jerry freute sich gar nicht, daß der Soldat zurückkam. Es war ganz klar, daß sein Pa diesen Soldaten liebte, und Jerry konnte sich eine Zeit vorstellen, in der die Liebe seines Pas von ihm weichen würde wie ein abgelenkter Blick.

Sie saßen auf dem Gras und sahen die Sterne am Himmel herauskommen. Neben Jerrys Hüfte verlagerte sein Pa das Gewicht und legte eine feuchte, beruhigende Hand auf seinen Arm.

»Schulden, Jerry«, sagte sein Pa mit Andy Griffith-Stimme.

»Ja, Sir.«

Die Hand drückte die seine, die weichen Finger formten sich um sein Fleisch. »Niemand darf jemals seine Schulden vergessen.«

Der Soldat saß neben dem Jungen namens Mike, und er sah zu den klappernden Binsen hin. Er sprach niemals viel, der Soldat. Sagte nicht Hallo, nicht auf Wiedersehen.

Jerry mochte den Piloten nicht. Mochte die Art nicht, wie er über den Krieg dachte. Aber Gordon fand, der Pilot habe recht. Der Soldat war ein Waschlappen. Ein zweitrangiges Ziel in einer Schießbude.

»Sieh mal«, sagte Mike.

Eins der blauen Lichter kam über den See, ein aufgehender tiefblauer Mond.

Mike zeigte mit seinem knochenlosen Finger. »Siehst du das, Gordon?«

»Ja«, antwortete der Soldat.

»Ich lebe in dem Licht«, erzählte Mike ihm. In der matten Beleuchtung des Piers konnte Jerry sehen, daß Mike die Augen vor grimmigem Verlagen aus dem Kopf traten. »Wir alle leben in dem Licht. Wir lassen es kommen. Wir lassen es gehen.« Er schwenkte die Hand. Die blaue Lichtkugel tanzte vor und zurück, als sei sie ein Papierdrache und Mike halte die Schnur.

»Es stellt unsere Augen dar«, sagte Mike.

Aber das war eine Lüge, dachte Jerry. Mikes Augen sickerten ihm die Wangen hinunter.

»Von da, wo das Licht ist, kann ich die andere Seite des Sees sehen. Verstehst du das?« fragte Mike den Soldaten.

Der Waschlappen runzelte verwirrt die Stirn.

»Wir fliegen damit.«

Die Bestürzung des Soldaten schwand, wurde von Überraschung ersetzt.

»Möchtest du gern mit einem fliegen?« fragte Mike und lehnte sich an den Soldaten, so daß sich ihre Körper aneinanderpreßten. Mikes weiche Knochen gaben nach. Seine Brust verschluckte die rechte Seite des Soldaten. »Möchtest du?«

»Ich möchte, Pa!« fiel Jerry schnell ein, bevor der Soldat antworten konnte. »Ich würde zu gern die andere Seite des Sees in dem Ding sehen.«

»Schsch«, sagte Pa.

»Aber ich möchte es so gern, Pa. Bitte, darf ich nicht?«

»Es ist nicht für dich, Jerry«, wies ihn sein Pa ab. »Es ist für Gordon. Wir haben dieses Angebot für Gordon gemacht.«

Aber es würde ein wundervoller Flug sein, dachte Jerry. Besser als Auto-Skooter. Wenn sein Pa ihm alles schenkte, was er sich nur wünschte, sollte er ihn auch in einem von diesen Lichtern fliegen lassen.

»Ich möchte in einem fliegen, Pa«, wiederholte er.

Pa schlang seinen Arm um ihn, und zum erstenmal merkte Jerry, wie schwer dieser Arm sein konnte. Mit einem zornigen Ruck befreite Jerry sich von seinem Pa und hielt Umschau.

Mike betrachtete nachdenklich das blaue Licht. Der Soldat war gegangen.

Warschau, Polen

Baranjk holte tief Atem und betrat das Büro. Tschajowski saß hinter seinem Schreibtisch, eine Spinne mit schläfrigen Augen. »Bitte, schließe die Tür«, sagte er.

Baranjk zog die Tür zu. Tschajowski stand auf. »Valentin, Valentin.« Er schüttelte den Kopf. »Da draußen war ein Minenfeld. Und vierhunderttausend Araber.«

»Ja, Andre. Und keiner von ihnen hat mich getötet.«

»An dir hat es nicht gelegen.«

»Irgendwer mußte einmal etwas versuchen, habe ich gedacht.«

Der Pole sah aus, als sei er entweder krank oder erschöpft. Er hinkte zu einem Polstersessel und ließ sich hineinfallen. Er massierte sich das Bein. »Meine Arthritis macht mir wieder Kummer.«

»Es tut mir leid, das zu hören.«

»*Du* machst mir Kummer.« Taschjowski konzentrierte sich auf sein Knie.

Baranjk sah zu dem dekorativen Kreuz hoch, das über dem Schreibtisch des Polen hing, und der Statue der Heiligen Jungfrau in Blau und Weiß daneben. Die Mutter Gottes hatte ihr Gesicht gesenkt, die Hände ausgebreitet, als wolle sie ein Kind oder einen Schoßhund an ihren Busen drücken.

»Wir müssen unsere Munition sparen«, betonte Tschajowski.

»Ja. Wir können Ringe daraus machen. Armbänder und so etwas.«

Bei Baranjks scharfem Ton blickte der Pole auf. »Ich könnte dir dein Kommando abnehmen. Weißt du das?«

»Wenn wir dir gehorchen, Andre, werden wir zulassen, daß ganz Warschau in Schutt und Asche gelegt wird. Hast du vergessen, was während des Patriotischen Krieges passiert ist?«

Tschajowskis Gesicht wurde rot. Er sprang auf die Füße, fiel beinahe zurück, faßte nach seinem Oberschenkel. »Gottverdammt«, knurrte er. »Soll mein Bein zur Hölle fahren. Ja, Valentin, du sollst verdammt sein. Ich weiß, die Rote Armee hat Daumen gedreht und zugelassen, daß die Deutschen Warschau dem Erdboden gleich machten.« Schwer atmend – mehr aus Schmerz, vermutete Baranjk, als aus Zorn – ließ sich der Pole wieder in den Sessel sinken. »General Lauterbach schickt eine Division. Wenn er mit den Deutschen eintrifft, werden wir jede Granate brauchen, die wir haben.«

Baranjk musterte den Kommandeur. Die Wangen des Polen waren blaß, sein Unterkiefer war verkrampft vor Schmerz. Er war ein so kriegsmüder

Mann, daß er bereit zu sein schien, in die empfindungslosen Arme der Porzellanjungfrau zu sinken. Tschajowski hatte da einen gefährlichen Glauben. Einen tödlichen. »O Gott, Andre«, flüsterte Baranjk. »Merkst du das denn nicht? Lauterbach belügt uns.«

»Er wird kommen«, erklärte Tschjowski. »Die Deutschen werden kommen. Warschau ist zu wichtig, als daß es fallen dürfte.«

»Die Deutschen hoffen, die Araber werden sich mit Polen zufriedengeben, und wahrscheinlich haben sie recht. Sie werden einen Friedensvertrag über unseren Leichen aushandeln.«

Als Tschajowski nicht antwortete, ging Baranjk zu dem ihm gegenüberstehenden Sessel und setzte sich. Das Büro war kleiner als das Pankovs, aber auf seine Weise ebenso luxuriös.

»Sieh mich an«, forderte Baranjk. »Willst du mich nicht ansehen?«

Der Pole hielt die Augen auf sein schmerzendes Knie gerichtet. »Ich bin wütend. Wenn ich dich ansehe, werde ich noch wütender werden.«

»Dann sieh mich nicht an. Hör mir zu. Lauterbach hat keinen Treibstoff. Wie kann er eine Division so weit verlegen? Und wenn er hier ankäme, was würde uns eine Division nützen? Vierhunderttausend Araber haben uns eingekreist, und arabische Flugzeuge beherrschen den Himmel.«

Tschajowskis Haar war flachsfarben und silbern. Oben sah die rosa Kopfhaut durch die spärlichen Strähnen.

»Ich kenne Lauterbach«, sagte Baranjk. »Ich verstehe seine Gedankengänge. Er ist hinterlistig und kein Narr. Es ist leichter, zu lügen. Eine Lüge gewinnt ihm Zeit. Er läßt uns in dem Glauben, es käme Hilfe, und ... o Andre. Begreifst du denn nicht?« Das kleine Büro war voll von der Ruhe der Resignation, dem sauren Gestank der Niederlage. »Lauterbach läßt uns eine Mohrrübe vor der Nase baumeln.«

Baranjk sah zu der bronzenen Gestalt Christi am Kreuz hoch. Die Muskeln und Sehnen der Statue waren realistisch dargestellt, das Gesicht verzerrte sich wie das Tschajowskis vor Schmerz. Jesus Christus, dachte Baranjk bitter, hat auch eine Mohrrübe baumeln lassen.

Der Pole massierte sein Knie. Er sprach mit der leisen, ruhigen Stimme eines Heiligen, der sich dem Märtyrertum gegenübersieht. »Lauterbach wird kommen«, sagte er.

16. Kapitel

CRAF-Kommando, Trás-os-Montes, Portugal

»Ich bin gekommen, um auf Wiedersehen zu sagen«, sagte Toshio.

Gordon, der im Schlafanzug in einem Sessel kauerte, ließ seinen Blick auf Toshios Gesicht ruhen. Offenbar war dies eine Szene kurz vor dem Ende des Films, der traurige Teil. Aber Gordon konnte sich an den Rest des Films nicht erinnern und wußte nicht, warum er unglücklich sein sollte.

»Sie werden in die Heimat geschickt«, teilte Toshio ihm mit. »Colonel Pelham hat die Papiere heute morgen gebracht.«

Jemand starb. Das geschah immer in den traurigen Teilen der Filme. Aber wer? Dann kam Gordon zu Bewußtsein, daß er selbst der tote Mann war.

Toshio wandte das Gesicht zur Seite, weil niemand einen Toten sehr lange ansieht. »Er wird gleich kommen und Sie besuchen.«

Stille senkte sich über den Raum, luftig und leicht wie das Licht von den Fenstern. Gordon schloß die Augen. Mike stand am Strand, knöcheltief in den Wellen.

»Bist du soweit?« fragte Mike. Er streckte die Hand aus, und Gordon ergriff sie. Die kleinen Münder von Mikes Nägeln saugten an seiner Handfläche.

»Keine Familie«, sagte Toshio.

Gordon öffnete die Augen. Der Mann beobachtete ihn, seine schwarzen Augen waren wie warmes Obsidian.

»Sie haben irgendwo eine Mutter, aber Sie waren Ihrer Familie niemals eng verbunden. Keine Freundin. Ich habe Ihr psychiatrisches Dossier gelesen. Da ist niemand, dem etwas an Ihnen liegt. Ich finde, der Colonel macht einen Fehler, wenn er Sie nach Hause schickt.«

Nach Hause. Gordon wußte plötzlich, daß Mike kam, um ihn nach Hause zu bringen. Er setzte sich gerader hin, hörte genau zu, sah aus dem Fenster.

»Gordon?« fragte Toshio neugierig.

Alle in diesem Film waren tot. Darum war der Film traurig. Die Welt war voll von Mumien und Vampiren und Zombies. Die Toten lugten aus Bildschirmen. Irgendwo lachte Bela Lugosi ein träges Heroin-Gekicher. Und der hochgewachsene Geist von Christopher Lee schritt dahin.

»Gordon? Was ist los?«

Mike kam.

Neben ihm war Toshio so neblig wie ein Fernsehapparat mit schlechtem Empfang.

Gordon sprang auf die Füße.

»Was haben Sie?« fragte Toshio und stand ebenfalls auf.

Ganz hinten in seinem Kopf hörte Gordon das Prasseln von Graupeln, geflüsterte Eide, die kombinierten Treuegelöbnisse der Gemeinschaft. Er spürte ein Sehnen, als werde ihm das Herz aus der Brust gesaugt. Mike war ganz nahe, ritt auf Luftwirbeln, auf Windstößen, trieb über die fremdartigen grünen Felder.

Gordon rannte los, um ihn zu begrüßen, stieß einen Tisch um, schubste eine Krankenschwester zur Seite. Am Eingang zum Lazarett sah ihn Pelham und erschrak.

Gordon stolperte die Stufen hinunter und über den Kies des Hofes, er schwebte wie ein Freiballon, keine Familie, keine Bande, die ihn hielten. Ein bewaffneter MP und seine Gruppe von Gefangenen blieben stehen und sahen ihm nach.

»Verdammt noch mal, Gordon!« hörte er Pelham rufen.

Gordon hielt auf dem Kiesplatz an, holte krampfhaft Atem. Mike war da. Das blaue Licht segelte in den Hof. Arabische Gefangene verstreuten sich; der MP schrie ihnen zu, sie sollten stehenbleiben.

Starke, verzweifelte Arme packten seinen Schlafanzug, umklammerten seinen Hals. »Nein!« rief der Colonel. »Nein, Sohn! Das Ding wird Sie töten!«

Dann wurden Pelhams Arme weggezogen. Verblüfft drehte Gordon sich um und sah Toshio und den Colonel miteinander ringen.

»Lassen Sie ihn!« sagte Toshio. »Lassen Sie ihn gehen! Gordon braucht jetzt jemanden. Lassen Sie ihn gehen.«

Gordon fuhr herum. Mike war neben ihm, kalt und wintrig blau. Er schloß die Augen und stürzte sich in den azurblauen Atlantik, in den salzigen Geruch der Wellen, in die scharfen, heiseren Schreie der Möwen.

Warschau, Polen

Baranjk wurde von dem Heulen der Sirenen geweckt. Es war finster im Zimmer, und dem Generalleutnant, der noch halb im Schlaf war, kam das Steigen und Fallen des Tons wie langsame Meereswellen vor, die ihn in die Dunkelheit trugen.

Er drehte sich im Bett um. Das billige Army-Gestell quietschte. Er rieb sich das Gesicht, und schließlich setzte er sich hoch und ließ die Wärme der Decke von sich abfallen. Ein Schatten stand in der Tür.

»Herr Generalleutnant«, sagte Sgurski. »Möchten Sie nicht in den Keller gehen?«

Die Flak hatte noch nicht zu schießen begonnen. Also eine Scud, keine Bomber. Baranjk blinzelte zu

Sgurski hin, einem menschenförmigen Klecks in der Nacht.

»Nein«, sagte Baranjk. Hatte er wieder geträumt? Das Bettzeug hatte sich zu einem verschwitzten Knoten verknäult. Durch das offene Fenster wehten ein kühler Wind und das trommelnde Geräusch des Novemberregens.

Auf der Platte des Nachttischs herumtastend, fand er seine Wodkaflasche, schraubte sie auf, nahm einen Schluck. Der Alkohol zog eine heiße Spur seine Kehle hinunter.

»Ihre Gasmaske, Herr Generalleutnant?«

»Nein. Gehen Sie vor«, befahl er seinem Adjutanten. »Holen Sie Ihre Maske. Gehen Sie in den Keller. Ich werde in einer Minute nachkommen.«

Der Schatten im Eingang rührte sich nicht. Sgurski wußte wahrscheinlich, daß er log. »Eine Minute«, mahnte der Adjutant.

»Ich verstehe.« Sgurski zählte. Sie hatten drei Minuten vom ersten Ton der Sirenen bis zum Aufschlag; zwei Minuten waren bereits vergangen. Der Adjutant blieb, ein die Uhr beobachtender Todesengel.

Bis auf die Sirenen und den Regen war Warschau still. Keine Hunde bellten. Keine Wagen fuhren durch die im Schutt erstickenden Straßen.

Dann bewegte der Schatten sich. Sgurski hob den Kopf, lauschte.

Eine den Magen umdrehende Explosion – viel zu nahe. Der Fußboden bebte. Trübes rotes Licht entlud sich vor dem Fenster. Das Donnern ging weiter, eine unglaubliche, niemals aussetzende Kesselpauke. Baranjks kleine Tensor-Lampe schlitterte über den Nachttisch und stürzte krachend über die Kante.

Baranjk stand in dem matten orangefarbenen Licht und tastete nach seiner Hose herum. »Schließen Sie die Vorhänge«, keuchte der Generalleutnant. »Schalten Sie das Licht ein.« Der Boden unter seinen bloßen Füßen zitterte immer noch.

»Herr Generalleutnant?« rief Sgurski.

Die Hose in einer Hand haltend, eilte Baranjk zum Fenster. Im Osten erhob sich eine Feuersäule. Von neuem bebte die Erde. Die Vorhangstangen rasselten, die Federn des Eisenbettes sangen.

Während Baranjk sich hastig ankleidete, hörte er ein trockenes Klicken.

»Der Strom ist weg, Herr Generalleutnant«, informierte Sgurski ihn.

Baranjk knöpfte seine Uniformbluse zu, so gut es mit zitternden blinden Fingern ging. Die Tür zum Flur schwang quietschend auf.

»Herr Generalleutnant?« flüsterte Major Schcheribitski.

»Sie kommen mit mir, Herr Major. Ich möchte die östlichen Stellungen inspizieren. Und, Unteroffizier, sorgen Sie bitte dafür, daß der Humvee vorgefahren wird.«

Baranjk zog seinen wadenlangen Wollmantel an, suchte im Dunkeln nach dem Nachttisch, fand die Flasche und nahm einen tiefen, beruhigenden Zug.

Sgurski wartete vor der Offiziersunterkunft. Baranjk lief geduckt durch den Regen und kletterte in den Schutz des Humvees. Die warnenden Sirenen waren verstummt, aber aus einer nahegelegenen Straße kam das Tenor-Heulen der Feuerwehr.

Zwei Blocks von dem Feuer entfernt hielt Sgurski an. In dem unaufhörlichen Regen stand Jastrun mit ein paar polnischen Offizieren und besah sich das Inferno. Auf der anderen Straßenseite parkten drei Feuerwehrautos in einer Reihe, die Männer standen um sie herum, verwirrt und nutzlos.

»Haben Sie die Panzer hergerufen?« rief Baranjk zu Jastrun hinüber.

Auch der Pole war, wie Baranjk feststellte, aus dem

Bett geworfen worden. Seine nasse Uniform saß unordentlich. »Was?« schnauzte der Oberst, der in seiner scheußlichen Stimmung Förmlichkeiten übersah.

»Lassen Sie die Panzer herkommen, Mann! Schicken Sie Beobachter auf die Dächer! Wenn die Araber ihren Vorteil zu nutzen verstehen, werden sie an dieser Stelle angreifen!«

Eine Folge wütender Baßdonnerschläge erklang, als die Flammen weitere gehortete Granaten erfaßten. Jastrun und seine Männer zuckten zusammen. Die Feuerwehrleute rannten in Deckung. Einen Augenblick später regnete heißer Schutt hernieder, zischte durch den Nebel, sprang klingelnd von Helmen und von dem Humvee ab.

»Oberst Jastrun!« brüllte Baranjk.

Geduckt rannte der Pole zu dem Humvee hin. Selbst in dem düsterroten Glühen des Feuers sah das Gesicht des Mannes blaß aus. »Ja?«

»Welche Munition ist das, Oberst?«

Jastrun blinzelte. »Die denkenden Granaten. Ich ...«

»Weiß Tschajowski es?«

»Natürlich. Ich habe ihn sofort informiert. Ich glaube, er hat die Amerikaner angerufen und plant ...«

»Scheiße!« schrie Baranjk. »Heilige Mutter Gottes! Er würde es den Amerikanern sagen?«

Der Pole war völlig verwirrt. »Warum denn nicht?«

»Ihnen tropft das Gehirn aus dem Arschloch heraus, Jastrun! Weil, Towaritsch ...« – Baranjk fiel in alte Gewohnheiten, in einen älteren Argwohn zurück – »Lauterbach jetzt mit Entwürfen für die Kapitulation Polens beginnen wird.«

Er klopfte auf den Türrahmen des Humvees. »Fahren Sie uns zum Büro des Kommandeurs, Unteroffizier. Und zwar schnell, bevor Tschajowski diesen Fehler macht.«

Sie brauchten beinahe fünfzehn Minuten bis zum Kommandozentrum. Noch bevor der Humvee zum

Halten kam, war Baranjk hinausgesprungen und sprintete die Stufen hoch. Der Strom war wieder da; der Flur, den er hinunterraste, war hell erleuchtet. Im Laufschritt erreichte er Tschajowskis Büro und riß die Tür auf. Der Pole legte gerade den Hörer des sicheren Telefons hin. Sein Gesicht trug einen betäubten, ängstlichen Ausdruck.

»Hast du es ihnen gesagt?« brüllte Baranjk. »Hast du Lauterbach von unserer Situation erzählt?«

Tschajowski starrte das Telefon an. »Weißt du, was er gesagt hat?« fragte er leise.

Baranjk atmete immer noch schwer von seinem Lauf. Er hatte das Gefühl, seine enge Kehle wolle ihn erwürgen.

»Er sagte, er werde zurückrufen«, berichtete Tschajowski mit einem ängstlich zuckenden Lächeln. »Ich teile ihm mit, daß wir die Hälfte unserer Munition verloren haben, und er sagt, er werde mich zurückrufen. Heilige Mutter Gottes«, keuchte der Pole. Sein groteskes Lächeln verschwand. »Ist ihm nicht klar, daß niemand da sein wird, um den Hörer abzunehmen?«

Centcom-West, Badajoz, Spanien

Hämmern und Rufe an der Tür des Vorzimmers. Aus dem Schlaf gerissen, setzte Mrs. Parisi sich auf und sah mit verklebten Augen nach der Uhr. Großer Gott. Mitternacht, und man weckte sie auf! Die Army besaß einfach keinen Sinn für Anstand.

Es war kalt in ihrem Zimmer, und das erboste sie noch mehr. Sie schaltete die Lampe auf dem Nachttisch an, doch bevor sie ihren Morgenrock überziehen konnte, hörte sie Schritte, und da stand Lauterbach im Eingang. Er sah entsetzlich aus. Das Haar zerzaust, das Gesicht blaß, die Augen weit aufgerissen.

»Das Haupt-Munitionslager in Warschau ist soeben vernichtet worden«, teilte er ihr mit. »Raus aus dem Bett. Wir müssen Kontakt mit den Aliens herstellen.«

Plötzlich wurde sich Mrs. Parisi bewußt, daß sie nichts weiter anhatte als ihr hauchdünnes Nachtgewand, das ganz mit rosa und blauen Blümchen bedruckte.

»Gestatten Sie mir, mich anzuziehen.« Sie zog sich die Decke über die Schultern.

Sehr zu ihrem Erstaunen stürmte der General durchs Zimmer an ihr Bett und packte ihren Oberarm so fest, daß sie davon bestimmt blaue Flecken bekommen würde. Er schüttelte sie, und wie peinlich war es ihr, daß ihre ungestützten Brüste wie Wasserballons schaukelten!

»Hören Sie mir zu, Lady!«

Wütender Speichel flog, besprühte ihre Wangen.

»Ich habe diesen ganzen New Age-Blödsinn, mit dem Sie mich gefüttert haben, satt!« Er stieß sein Gesicht gegen ihres vor. »Damit ist jetzt Schluß, klar? Jetzt geht es um Leben und Tod. Sie haben in Ihren Büchern behauptet, Sie könnten die Aliens kontaktieren. Also, Gott verdammt noch mal! Tun Sie es!«

»Nicht jeder gehorcht Ihrem leisesten Wink.« Sie überwand ihre Furcht vor ihm und gab ihm seinen finsteren Blick zurück. »Die Eridaner sind nicht Ihre lächerlichen Spielzeug-Soldaten.«

Einen Augenblick lang sah es so aus, als wolle er sie tatsächlich schlagen. Er atmete so schwer, daß seine Brust wogte.

»Sie lügen, nicht wahr?« Er gab einen Laut von sich, der zwischen einem Stöhnen und einem Keuchen lag. »O Gott. Sie haben mich angelogen.«

Ihr Herz hämmerte jetzt so laut, daß sie überzeugt war, er könne es hören. Sein Griff um ihren Arm ließ ihre Finger prickeln.

»Sie sind nur nicht imstande gewesen, tief genug

zu schlafen, um sie zu erreichen«, setzte sie ihm auseinander. »Geben Sie daran nicht mir die Schuld.«

Seine Augen nahmen einen geistesabwesenden Ausdruck an, der ihr nicht gefiel.

»Ich kenne Sie doch!« Ihre Stimme stieg in die Höhe, wurde schneidend vor Verzweiflung. »Sie stehlen sich ein paar Stunden hier und da. Ich sehe die Folgen des Schlafmangels in Ihrem Gesicht. Wirklich. Sie sehen einfach schrecklich aus. Wie können Sie erwarten ...«

Er ließ ihren Arm los, trat zurück. »Ich nehme Schlaftabletten. Das ist es nicht.« Er sah sich im Zimmer um, betrachtete den Toilettentisch, das Bett, wie ein Kind, das sich in der geschäftigen Verwirrung einer Einkaufsstraße von seiner Mutter entfernt hat. »Sie haben gelogen.«

Mrs. Parisi stand auf, die Unzulänglichkeit ihres Nachtgewandes ignorierend. »Sie dummer, egoistischer kleiner Mann!« schalt sie. »Sie können nicht mit den Eridanern sprechen, wenn Sie Schlaftabletten genommen haben.«

Ihre Augen funkelten in erneutem Zorn. Der Glaube braucht lange Zeit, um zu sterben, das wußte sie. Er wird krank und zerfällt zu einem verlängerten Halbleben. In diesem Augenblick sehnte Lauterbach sich immer noch danach, zu glauben.

»Haben Sie heute abend Schlaftabletten genommen?« forschte sie.

»Nein, ich habe nur ...«

»Gehen Sie sofort zu Bett«, befahl sie kurz. »Sie leben mittels Drogen, das ist es, was Sie tun.« Sie hatte das Spiel nie so kühn und so gut gespielt. Ihre Geschicklichkeit erfüllte sie mit schwindelerregendem Stolz. »Kein Wunder, daß die Eridaner nicht verstehen können.«

Seine Schultern sanken herab. »Um Christi willen, Lady. Ich kann nicht schlafen.«

»Das sollten Sie aber, stimmt's? Am besten versuchen Sie es noch einmal.«

Er richtete sich auf. Sein Blick bekam etwas Machiavellistisches. Sie hatte diese Schläue lange Zeit nicht mehr in seinem Gesicht gesehen. »Sie lügen«, sagte er zu ihr.

»Wie können Sie das jemals sicher wissen?« höhnte sie.

Einen Augenblick lang stand er da und betrachtete sie skeptisch. Dann machte er kehrt und stolzierte hinaus.

»Sir?« fragte ein wartender Adjutant. »Wollen Sie jetzt General Brown anrufen, Sir? Wegen der Geschütze für die B-2er?«

Die Tür knallte vor Lauterbachs Antwort zu.

Im Licht

Rita bog um die Ecke der Regale und sah Lauterbach. Seine Augen waren rotgerändert, sein Gesicht zeigte ein kränkliches Grau.

»Ich habe eine Botschaft«, teilte er ihr mit angespanntem Gesicht mit.

»Hauen Sie ab«, gab sie zurück. »Was erwarten Sie von mir? Daß ich salutiere? Daß ich sage: ›Jawohl, Sir, wie lautet die Botschaft, Sir‹? Stecken Sie sich Ihre Botschaft in Ihren Vier-Sterne-Arsch, Sir. Ich habe nicht darum gebeten, hierhergeschickt zu werden.«

»Es ist nicht viel Zeit«, flehte er. »Sie müssen sie bitten, uns zu helfen.«

»Wen, die Aliens?« Sie lachte. »Womit helfen?«

Er rieb sich das Gesicht, kniff sich in den Nasenrücken. »Helfen. Ja. Helfen.«

»Fragen Sie sie selbst.« Sie wandte sich zum Gehen.

»Gott verdammt noch mal!« Sein Zorn ließ sie stehenbleiben. Sein Körper, sah sie, war bis zum Zerreißen gespannt.

»*Sie* müssen es ihnen sagen, Rita. Sie *mögen* Sie. Ich finde mich in der Bibliothek nicht zurecht. Die Treppen führen nirgendwohin, und die Aufzüge bringen mich dahin, wo ich eingestiegen bin. Ganz gleich, welche Richtung ich einschlage, ich ende immer an diesem Tisch. Sie wollen nicht zu mir kommen. Sie wollen mir nicht zuhören. Sie müssen es tun.«

»Ich verstehe nicht.«

Er warf wilde Blicke um sich, begann, Bücher aus den Regalen zu reißen. Sie landeten mit lautem Klatschen auf dem Marmorfußboden.

»Was machen Sie da?« fragte Rita.

»Ich will ihre Aufmerksamkeit erregen!« Er nahm *Die gesammelten Werke von Alfred Lord Tennyson* und schleuderte sie gegen das Fenster. Es gab einen Ton wie von einem Glockenspiel.

»Hören Sie auf!« rief Rita.

Er hörte nicht auf. Bücher, die Deckel offen wie Flügel, klatschten gegen die Fenster, eins nach dem anderen, Vögel, die in den Tod flogen.

Lauterbach würde die ganze Bibliothek in Stücke zerlegen. Was geschah dann? Welche Schrecken enthüllten sich, wenn alle Illusionen verschwunden waren?

Ein gewichtiger Shakespeare-Wälzer traf die Glasscheibe mit dem Prasseln von Eisschloßen. »Ich muß ihre Aufmerksamkeit erregen« rief der General. »Schnell!« Er stürzte sich auf sie. »Geben Sie mir einen Kugelschreiber!«

Rita wich zurück. Er drehte sich um und watete durch die am Boden liegenden Bücher zum Tisch.

»Einen Kugelschreiber!« rief er in die zinnerne Luft. »Um Christi willen, ich habe Ihnen gesagt, daß es mir leid tut. Was kann ich sonst noch machen? Geben Sie mir einen gottverdammten Kugelschreiber!«

»Es steckt einer in Ihrer Tasche«, informierte Rita ihn.

Überrascht blickte er nach unten, klopfte seine Uniform ab. Er nahm den Kugelschreiber, dann warf er verzweifelte Blicke um sich.

»Was, zum Teufel, tun Sie? Und was suchen Sie jetzt?«

»Papier! Ich brauche Papier!«

Entnervt wies Rita auf den Fußboden. Sie standen beide knöcheltief in Büchern. »Jesus. Sehen Sie das nicht? Überall liegt hier Papier.«

Er blickte mit rührender Dankbarkeit zu ihr hoch, bückte sich, nahm den Shakespeare und kritzelte etwas auf das Vorsatzblatt. »Hier.« Er reichte ihr das Buch.

Rita nahm es.

»Bitte. Bitte. Geben Sie es ihnen. Sagen Sie ihnen … Sagen Sie ihnen, wieviel sie mir bedeuten. Sagen Sie ihnen, wie ich alle meine Hoffnungen auf sie …«

Die Stimme versagte ihm. Er sah sie beschwörend an. Nach einigem Zögern stieg sie durch die Bücher und verließ das Labyrinth der Regale. Dr. Gladdings wartete auf sie am Schreibtisch des Bibliothekars.

»Ich habe eine Botschaft«, verkündete Rita.

Er blickte auf. Seine teerigen Augen schmolzen ihm die Wangen hinunter.

Das Buch beim Vorsatzblatt aufschlagend, reichte Rita es ihm und betrachtete das bedeutungslose Gekritzel, das Lauterbach dort hinterlassen hatte.

Dr. Gladdings lächelte sie an. »Oh, die Botschaft.« Er schloß das Buch mit einem Knall und sah aus dem Fenster auf die kahlen Bäume. »Wir haben die Botschaft. Wir kennen sie schon eine ganze Weile.«

Warschau, Polen

Baranjk wurde von der Kälte wach. Er öffnete die Augen und sah aschfarbenes Licht. Die Decke um sich gewickelt, trat er ans Fenster. Kunstvolle Eisblumen ätzten das Glas. Ganz Warschau lag unter weißgrauem Eis.

Mit klappernden Zähnen und krummem Rücken stieg er in seine Uniform. Den Mantel über die Schultern geworfen, ging er in Sgurskis Zimmer. Der Adjutant schlief noch, zitterte unter seiner Decke. Baranjk nahm seine eigene Decke vom Bett und warf sie über den schlafenden Jungen.

Im Gemeinschaftsraum saß Schcheribitski im Mantel gebückt am Tisch, ein Glas Tee in den behandschuhten Händen.

»Was für ein Wetter, Herr Generalleutnant«, stellte der Major voller Staunen fest. Sein Gesicht war blaß bis auf zwei Flecken winterlicher Röte auf den Wangen. Er schnüffelte und wischte sich mit dem Handschuh die Nase. »Frühstück?«

Baranjk winkte ihm, sitzenzubleiben, und durchstöberte die leeren Schränke. »Irgendwelche Neuigkeiten?«

»Jastrun hat Panzer an den Stadtrand geschickt. Anscheinend haben wir vier von unseren neun Munitionsdepots verloren.«

Baranjk griff nach einem Krug mit Salzheringen, zögerte, stellte ihn zurück. Feigenmarmelade war da, wie er sah, aber kein Brot. »Polnische Idiotie, die Depots so dicht beieinander anzulegen.«

»Jawohl, Herr Generalleutnant.«

Baranjk nahm sich die Feigenmarmelade und einen Löffel. Er goß sich ein Glas Tee aus der Kanne ein, die der Major aufgebrüht hatte. Sein Frühstück in den Händen balancierend, setzte er sich.

»Es ist ruhig, Herr Generalleutnant«, bemerkte Schcherititski mit unsicherer Stimme.

Baranjk löffelte sich ein bißchen Marmelade in den Mund. »Zu ruhig«, stimmte er zu. »Ich kann es kaum glauben, daß die Araber immer noch nicht ...«

Ein Geräusch. Baranjk drehte sich um. Sgurski stand im Eingang, die Augen weit aufgerissen.

»Sehen Sie nach draußen, Herr Generalleutnant!« rief er. »Sehen Sie aus dem Fenster!«

Schcheribitski sprang auf. Sein Stuhl kippte um und fiel mit einem 20-mm-Knall zu Boden.

Auch Baranjk war auf den Füßen, fürchtete sich jedoch, hinauszusehen. Er fürchtete, daß Warschau ohne sein Wissen gefallen war, daß er arabische Soldaten zwischen den Gebäuden sehen würde, BTR-80er voll von Truppen und Kolonnen von T-72ern.

»Es schneit!« rief Sgurski.

Ungläubig stellte sich Baranjk neben Schcheribitski und spähte durch die vernebelte Fensterscheibe. November. Ein Treibhaus-November, und doch rieselte Schnee auf die Straßen hernieder wie das sanfte Fallen von Engeln.

17. Kapitel

Zentral-Lazarett der Army, Badajoz, Spanien

Sabry öffnete die Augen und entdeckte, daß er die Operation überlebt hatte. Auch war er offensichtlich schon aus dem Aufwachraum heraus und wieder in seinem eigenen Zimmer. Aber andererseits mochte er träumen, weil nämlich Lauterbach da war. Der amerikanische General stand mit dem Chirurgen beisammen.

Sabry bekam gerade noch das Ende von dem Satz des Generals mit. »... nur für ein paar Minuten.«

Und die Antwort des Arztes: »Bleiben Sie nicht zu lange. Wir hatten da eine kleine chirurgische Komplikation, und ich denke, daß er müde ist.«

Chirurgische Komplikation. Sabrys betäubter Verstand spielte mit dem Ausdruck. Er rollte die Wörter so herum und so herum, bis sie zu schwer wurden und sein Gehirn zu erschöpft war, um sie festzuhalten.

Etwas stubste ihn wach. Er sah, daß sich Lauterbach über ihn beugte. Der Amerikaner wirkte krank. Ob er ebenfalls eine chirurgische Komplikation gehabt hatte?

»Wie schnell können Sie Vergeltung durch einen Atomangriff üben, Sir?«

Die Frage amüsierte Sabry. Er wollte den Amerikaner angrinsen, aber seine Lippen funktionierten nicht. Das Zimmer, Lauterbachs Gesicht verblaßten zu Grau.

Der Amerikaner schüttelte ihn. Sein Ton verriet Ungeduld. »General Sabry! Wie schnell können die Araber Vergeltung durch einen Atomangriff üben?«

Es mußte ein Traum sein, dachte Sabry. Sich selbst überlassen, schlossen seine Augenlider sich. Ein Schlag auf die Wange weckte ihn. Er träumte immer noch von Lauterbach.

»Ich werde Sie aus diesem verdammten Bett reißen, Sir, wenn Sie meine Frage nicht beantworten. Wir haben keine Zeit mehr.«

Ein unsinniger Traum. Sabry drehte den Kopf, um aus dem Fenster zu sehen. Durch die Schlitze in der Jalousie sah er, daß es regnete.

Lauterbach ohrfeigte ihn wieder, diesmal härter. Der Schlag hätte weh tun müssen, tat es aber nicht. Nichts tat weh, nicht der Stumpf seines Knies, nicht seine Hüfte.

»Antworten Sie mir!«

»Ich werde Ihnen mit Kugeln antworten.« Sabrys anästhesierte Zunge wälzte sich in seinem Mund. Er lachte. Es klang seltsam.

Drei schnelle Ohrfeigen wie ungeduldiger Applaus: Klatsch-klatsch-klatsch. Sabrys Kopf wurde jedesmal zur Seite geschleudert. Kein Traum, dachte er, ein Alptraum. Aber ein Alptraum, der ihn mehr ärgerte als ängstigte.

»Interkontinentale ballistische Raketen!« schrie Lauterbach. »ICBMs!«

Sabry versuchte, den wildäugigen, wütenden Amerikaner durch Willenskraft zu entfernen. »Keine ICBMs«, murmelte er.

»Was ist mit den fünfundzwanzig russischen Atomwissenschaftlern? Haben sie Ihnen nicht geholfen, ein Trägersystem zu bauen?«

Von neuem lachte Sabry. »Russen.« Die Russen waren tot, erinnerte er sich, während einer Hungersnot vom Mob erschossen. Weil sie Ausländer waren. *Gamal hatte recht,* dachte er. *Mein Sohn hatte recht. Wir sind fremdenfeindliche Idioten.* Sabry schloß die Augen. Starke Arme faßten ihn vorn an seinem Krankenhauskittel.

»Hören Sie mir zu!« zischte Lauterbach.

Der heiße Atem des Amerikaners roch nach Pfefferminz und Kaffee.

»Verdammt sollen Sie sein! Sie werden nicht wieder einschlafen! Machen Sie die Augen auf!«

Eine zornige kleine Wespe, das war der Amerikaner. Ein ärgerlicher kleiner Alptraum.

»Ich habe nichts mehr zu verlieren, General Sabry. Und ich will eine gottverdammte Antwort. Was ist mit Ihrem atomaren Trägersystem?«

»Nichts funktioniert«, murmelte Sabry. Seine Armee war zusammengebrochen wie die russischen Panzer. Wenn die Wissenschaftler den Mob überlebt hätten, wäre das, was sie fabrizierten, auch nur Scheiße gewesen.

Wieder schüttelte Lauterbach ihn. »Würden wir also Atomwaffen einsetzen, könnte die ANA keine atomare Vergeltung üben.«

Einen Augenblick, dachte Sabry mit aufflackernder Beunruhigung. Irgend etwas stimmte mit diesem Traum nicht. Doch er konnte den Finger nicht auf das Problem legen.

»Sie könnten keine Vergeltung üben, Sir? Wollten Sie das sagen?«

»Vergeltung?« Sabry blinzelte. Jetzt erkannte er, es war sehr wichtig, daß er aufwachte. Er faßte mit der Hand hinüber, um sich in den Arm zu kneifen, und zog den Tropf mit. Das Kneifen tat auch nicht weh.

»Beantworten Sie die Frage«, blaffte Lauterbach. »Warum haben Sie uns nicht mit Atomwaffen angegriffen?«

»Ich wollte es ja«, stöhnte Sabry. Oh, wie sehr hatte er es sich gewünscht! Er richtete einen Blick voller Haß auf Lauterbach. »Es wäre mir mehr wert als mein eigenes Leben gewesen, Sie zu töten.«

Einen Augenblick später ging der Amerikaner, und Sabry fiel in Schlaf. Er träumte nicht mehr.

Sein Pa holte die Leine ein, und die Rolle schnurrte.

»Kein Fisch heute«, stellte Jerry fest.

»Kein Fisch«, bestätigte Pa. Er montierte die Angel ab. In dem Lichttümpel auf dem Pier liebkosten seine gefleckten Finger die Köder, die Haken, bevor er den Werkzeugkasten schloß.

»Du wirst mich jetzt verlassen«, sagte er zu Jerry. Dann war Pa aufgestanden und ging davon.

Jerry starrte ihm ungläubig nach. Als sein Körper wieder funktionierte, krabbelte er auf die Füße und rannte hinterher. Das Herz schlug ihm bis zum Hals. Am anderen Ende des Piers holte er ihn ein. Seine Finger versanken in Pas Arm.

Pa drehte sich um. Sein Gesicht sah seltsamer aus als je zuvor. Die Augen waren eingesunken, der Mund auch. Seine Nase war ein langer, horniger Schnabel.

»Wovon redest du? Ich werde dich niemals verlassen«, versicherte Jerry.

»Weißt du was, Jerry?« fragte sein Pa mit Ward Cleavers Stimme. »Weißt du, was man mit wilden Tieren tut, wenn man sie fängt?«

Jerry wußte es. Er hatte all diese Programme gesehen. »Man läßt sie wieder laufen, damit sie frei sein können.«

Pas Gummiarm glitt aus Jerrys Griff. Er drehte sich um und ging zum Haus zurück.

»Aber verdammt noch mal, ich bin kein Vogel oder Löwe oder so etwas!« Jerry rannte ihm hinterher.

Auf dem Rasen bückte Pa sich und legte die Rute hin, stellte den Werkzeugkasten daneben. »Du wirst bald erwachsen sein«, meinte er, ohne aufzublicken. Diesmal hörte er sich wie Bill Cosby an. »Jungen entwickeln Interesse für Mädchen, weißt du. Und ihre Väter sind ihnen nicht mehr so wichtig.«

»Ich nicht, Pa.« Gott. Wollte sein Pa ihn nicht ansehen? Wenn er ihn ansah, würde er das Verlangen in seinem Gesicht erkennen. Verlangen war eine Art Leim. Es hatte Jerry an seinem alten Pa festgehalten, auch wenn er sich betrunken und ihn geschlagen hatte. Jetzt hielt es ihn an seinem neuen Pa fest wie eine Fliege im Honig.

»Ich werde brav sein«, jammerte er. »Ich werde es nie wieder tun. Was es auch war, das ich getan habe, Pa, ich werde es nie wieder tun.«

Er hatte den Eindruck, daß sein Pa gar nicht zuhörte. Der schreckliche Gedanke kam ihm, daß sein Pa ihn nicht mehr liebte. Vielleicht liebte er den Soldaten.

Pa stand da und betrachtete den roten Werkzeugkasten. »Du wirst eines Tages nach Hause gehen wollen, und wir werden nicht imstande sein, dich zurückzubringen.«

»Nein, werde ich nicht. Wirklich nicht. Pa, sieh mich an. Warum siehst du mich nicht an?«

Da blickte Pa hoch. Sein Gesicht war noch seltsamer. Die schwarzen Augen hatten einen Schimmer wie von vielen Facetten. »Wir haben von dir alles gelernt, was wir konnten.« Er hörte sich jetzt nicht mehr wie ein Fernseh-Dad an. Er hörte sich nicht einmal mehr wie ein Mensch an.

»Nein, Pa. Nein. Bitte. Ich kann dir eine Menge Dinge zeigen. Feuerwerk ...« Sein Verstand wollte auf einem Dutzend verschiedener Wege davongaloppieren, all seine Gedanken hatten sich in der furchterregenden Vorstellung, verlassen zu werden, zusammengeknäult. »Du hast noch nie ein Feuerwerk gesehen.«

Ein dumpfer Knall in seinem Rücken. Jerry drehte sich um. Eine rote Chrysantheme schleuderte lange, flatternde Streifen in den Nachthimmel. Als nächstes stieg ein Pfeifer auf, ritt auf einem welligen Lichtband. Er explodierte zu Blau und dann Orange und dann Grün. Die Funken rasten so schnell auf Jerry zu, daß er überrascht zurücktrat.

Plop. Am Himmel blühten purpurne Blumen auf, ihre fallenden Samenkörner glitzerten karmesinrot.

»Du wirst es sehen. Ich verspreche es dir«, beteuerte Jerry. »Ich kann dir eine Menge Dinge zeigen.«

Plop. Noch eine Chrysantheme schwoll an, bis sie den halben Himmel füllte. Plötzlich umfaßten ihn Pas kalte Arme. Pa preßte seinen schwammigen Körper gegen Jerrys Rücken.

»Erzähle es mir«, flüsterte Pa ihm ins Ohr.

Etwas Scharfes und Hartes grub sich in das Fleisch über Jerrys Schlüsselbein. Er hielt den Atem an und zwang sich, ganz still zu stehen.

»Pferde beschlagen.« In seiner Hast stolperte seine Zunge über die Wörter. »Autos reparieren.«

Das scharfe Ding drückte fester zu, stach ein bißchen. Das kalte, klitschige Gesicht seines Pas war dicht an seinem, ruhte auf seinem Nacken.

Dann ließ Pa ihn los. Jerry drehte sich um, rieb sich die Schulter. Dort war ein kleines Loch wie ein erkundender Biß.

»Wir benutzen dich, Jerry.« Die Stimme seines Pas war ein pulsierender Baß wie das heiße Vibrieren eines großen Motors.

»Das geht in Ordnung«, beruhigte Jerry ihn.

»Und wir sind nicht das, was wir zu sein scheinen.«

»Auch das ist okay.«

»Solange du nur verstehst, was geschieht.«

Jerry wußte, was geschah. Es hatte mit Liebe und so zu tun. Es hatte mit dem klebrigen Verlangen zu tun.

Sein Pa bückte sich, um die Angelausrüstung aufzuheben. »Was hättest du gern zum Dinner?« erkundigte er sich.

Jerry betrachtete die geliebten und sich ständig verändernden Kurven von Pas Rücken. »Ich liebe dich«, flüsterte er leidenschaftlich.

Pa blickte überrascht auf. »Ich liebe dich auch«, antwortete er mit Bill Cosbys Stimme.

Warschau, Polen

Baranjk stieg aus dem Humvee und stapfte durch den Schnee, Schcheribitski und Sgurski folgten ihm auf den Fersen. Der Wind war bitterkalt, und die Temperatur, falls Baranjk sich das nicht nur einbildete, fiel immer noch.

Am östlichen Stadtrand war die Hauptstraße vollgestopft mit Panzern. Den Verkehrsstau umgehend, bog Baranjk in eine Nebenstraße ein.

»Wie im Januar, Herr Generalleutnant, nicht wahr? So, wie der Januar früher war.« Schcheribitskis Atem kam in Nebelwolken.

Baranjk fiel etwas Grünes tief im Schutt auf. Er blieb stehen, bückte sich und sah in eine kleine Höhle. Dort lag ein Mädchen, im Schlaf zusammengerollt wie eine Katze. Eine aus Warschaus Armee von Waisenkindern.

»Herr Generalleutnant?« fragte der Major in seinem Rücken.

»Nur einen Augenblick, Schcheribitski.«

Der General berührte ihr Gesicht. Es war kalt. Das Kind war steif und hart wie die Ziegelsteine um es herum, und das Gesicht war so Grau wie Mörtelstaub.

Schnell richtete Baranjk sich auf und staubte seine Handschuhe ab.

»Herr Generalleutnant?« fragte der Major.

»Nichts«, antwortete Baranjk und ging weiter.

An dem zerstörten Stadtrand angekommen, sah

Baranjk, daß die meisten Feldschanzen verschwunden waren. Wo das Munitionsdepot gestanden hatte, rauchte ein Krater. Vier Blocks von den Trümmern entfernt stand die Radarstation, die Tür aus den Angeln gerissen. Eine Reihe von Soldaten karrte wie Arbeitsameisen Ausrüstungsgegenstände aus dem Gebäude in ein nahegelegenes rußgeschwärztes Wohnhaus.

Baranjk folgte einem beladenen Leutnant die Treppe hinauf. Im Wohnzimmer einer leeren Wohnung brannte ein Feuer im Ofen. Jastrun, umgeben von Computer-Komponenten, murmelte seinen Männern Befehle zu.

Im Schlafzimmer nebenan stand Tschajowski, einen Telefonhörer am Ohr. »Ich warte«, sagte der Kommandeur mit komischem Lächeln.

Es war zu heiß in der Wohnung. Baranjk zog den Mantel aus und legte ihn über einen Drehstuhl.

Jastrun wandte seine gereizte Aufmerksamkeit einem Unteroffizier zu. »Wo bleiben die Kabel? Sie wollten mir doch die Kabel holen.«

Ohne ein Wort machte der Unteroffizier kehrt. Jede seiner Bewegungen verriet Müdigkeit. Er trabte hinaus und hinterließ schneeige Fußabdrücke.

»Nein.« Tschajowski sprach auf englisch in den Hörer, und seine Stimme klang scharf vor Gereiztheit. »Ich werde keine Nachricht hinterlassen.«

Baranjk warf dem Kommandeur einen Blick zu, doch dieser sah nicht mehr in seine Richtung. Er hielt sich gerade wie ein Ladestock, die Augen auf die Schneewehe auf dem Fenstersims des Schlafzimmers gerichtet.

»Hat es irgendwelche Bewegungen von ANA-Truppen gegeben?« erkundigte Baranjk sich bei Jastrun.

Der Oberst unterbrach die Überprüfung einer Tastatur. »Was? Äh, nein. Bisher keine Bewegungen, Herr Generalleutnant. Hauptmann?« Der Hauptmann rutschte auf Händen und Knien herum und suchte nach einem Stecker. »Sie werden darüber bitte eine Analyse schreiben.«

Baranjk fing Schcheribitskis Blick ein. »Vielleicht verwirrt der Schnee die Araber.«

Der Major schüttelte zweifelnd den Kopf. »Das sind Afghanen und Kosaken und Iraner, Herr Generalleutnant. Sie wissen, was Kälte ist.«

Baranjk sah sich den Raum genauer an. Auf der einen Seite standen die schimmernden Computer, die Radarschirme. Die überladenen, häßlichen Möbel, ramponierte Anachronismen, waren an der gegenüberliegenden Wand aufgestapelt.

»Wessen Wohnung ist das?« fragte er Jastrun.

»Wer weiß?« Der Oberst sah nicht von seiner Arbeit auf. »Sind sie tot, sind sie weggegangen? Wer weiß?«

Die meisten Bilder waren abgenommen worden; Baranjk bemerkte ihre hellen, viereckigen Gespenster auf der Tapete. Doch die Polen hatten ein Kreuz hängengelassen, dazu ein zuckersüßes Gemälde, die Heilige Jungfrau darstellend.

Tschajowski stieß plötzlich einen lauten Freudenruf aus. »Herr General Lauterbach!«

Baranjk ging ins Schlafzimmer zurück.

»Sie wollten mich zurückrufen ... Was? Nein, noch nicht. Sind Sie ... Ja, ich weiß, daß es schwierig ist. Sie müssen verstehen, daß auch wir Schwierigkeiten haben.«

Baranjk betrachtete den stummen grauen Plastik-Lautsprecher auf dem Tisch.

»Was soll das heißen?« fragte Tschajowski. »Nein, Herr General. Ich glaube nicht, daß wir einem feindlichen Angriff länger als zwei Stunden standhalten können, vielleicht nicht einmal so lange. Ja? Sie ... Nun ja, ich verstehe, aber ...«

Mit ein paar langen Schritten war Baranjk im Schlafzimmer und drückte den Knopf des Lautsprechers. Lauterbachs ruhige, verstärkte Stimme füllte plötzlich die kleine Wohnung. Die Männer an den Computern blickten auf.

»... wünsche Ihnen alles Glück der Welt«, sagte der Amerikaner.

Baranjks Pulse begannen zu jagen. An seiner Schläfe klopfte eine Ader wie verrückt. »Scheiße!« brüllte er in den Lautsprecher. »Sie geben uns Scheiße zu fressen!«

Eine Pause entstand, dann fragte der Amerikaner: »Valentin Sergejewitsch? Sind Sie das?«

»Ja, T. Williams. Ich bin es.« Er sah in Tschajowskis schmerzlich verzogenes Gesicht und zurück auf den Lautsprecher. »Haben Sie es ihm gesagt?« erkundigte er sich.

Wieder eine Pause von dem grauen Plastikwürfel. »Ihm was gesagt?«

»Daß Amerika plant, für die Araber die Hosen herunterzulassen.«

»Valentin«, mahnte Tschajowski in ebenso zuredendem wie verlegenem Ton.

»Sagen Sie es ihm, T. Williams!« rief Baranjk. »Sagen Sie ihm die Wahrheit! Sie sind in genau diesem Augenblick dabei, Pläne für einen Friedensvertrag zu machen.«

Lauterbachs Antwort war kurz und schnell. »Das tun wir nicht.«

»Sie schicken keine Division«, forderte Baranjk ihn heraus.

Ein winziges Zögern. In diesem kurzen Schweigen hörte Baranjk seine Welt zerbröckeln. »Nein«, gab Lauterbach zu.

»Sie hatten nie die Absicht.«

»Nein.«

»Sie werden den Arabern Polen geben, um Deutschland sicher zu halten. Sagen Sie es ihm, T. Williams. Gestehen Sie es ein.«

Über den Lautsprecher kam Lauterbachs Räuspern. In der Wohnung war es bis auf das Knistern des Feuers ganz still. Soldaten saßen auf dem Fußboden des Wohnzimmers, die entsetzten Augen auf den Lautsprecher gerichtet.

»Ich kann nicht zulassen, daß das geschieht«, sagte Lauterbach.

»Was?« Baranjk riß den Blick von dem erblaßten Gesicht eines polnischen Jungen los. Dabei fiel ihm wieder das tote kleine Mädchen ein.

»Ich sagte, ich kann nicht zulassen, daß die Araber Polen bekommen. Es würde das Gleichgewicht der Weltmächte stören. Man muß in die Zukunft sehen, Valentin Sergejewitsch«, schloß er.

Baranjk versuchte zu begreifen. Die Zukunft? Aber es gab keine Zukunft. Machte der Amerikaner sich das nicht klar? Es gab kein Morgen für Warschau. Es gab nur noch Eventualitäten.

»Ich denke zehn, zwanzig Jahre voraus, wie Amerika es nach dem Zweiten Weltkrieg hätte tun sollen ...«

»Was für ein Scheiß«, flüsterte Baranjk. Seine Augen wanderten zum Fenster und zu dem weich fallenden Schnee. Plötzlich kam ihm eine Idee. Es war eine widerwärtige Idee, und sie bewegte sich in ihm wie ein Wurm durch einen Leichnam. »Wie beabsichtigen Sie, sie aufzuhalten?«

»Sie müssen die Notwendigkeit verstehen«, sagte der Amerikaner.

Baranjk tauschte einen Blick des Grauens mit Tschajowski.

Der Amerikaner fuhr fort: »Ich treffe diese Entscheidung nicht leichtfertig. Ich habe alles versucht. O Gott. Und wie ich es versucht habe. Glauben Sie mir ...«

»Bitten Sie mich nicht, Ihnen zu glauben!« brüllte Baranjk. »Wie kann ich Ihnen glauben? Sie wollen nicht zulassen, daß die Araber Polen bekommen, deshalb soll niemand Polen haben. Sie wollen das Land für tausend Jahre unbewohnbar machen!«

»Es wird ein taktischer Atomschlag sein. Geringe Strahlung.«

Jetzt, wo Lauterbach einmal angefangen hatte zu sprechen, konnte er nicht wieder aufhören. Baranjk hätte am liebsten eine Hand über den Lautsprecher gelegt, als sei es der Mund des Amerikaners.

»Ihnen bleibt eine Chance«, erläuterte Lauterbach. »Es wird eine Warnung geben. Mehr kann ich Ihnen nicht sagen. Gehen Sie in den Keller. Nehmen Sie Lebensmittel und Wasser mit. Vielleicht überleben Sie es. Ich wünsche ...« Seine Stimme schwankte, er zwang sich, weiterzusprechen. »Ich wünsche Ihnen alles Glück ...«

Lauterbach mußte aufgelegt haben, denn Baranjk merkte, daß er nur noch dem Summen der leeren Leitung lauschte.

Er sah von einem zum anderen. Keiner der Soldaten hatte sich bewegt, und einen Augenblick lang hatte er den furchterregenden Gedanken, sie seien tot, alle tot, ihr Inneres zu Schlacke verbrannt.

Im Licht

»Sie müssen jetzt gehen«, sagte Dr. Gladdings.

Rita stand im Eingang vor der schweren Doppeltür, Dr. Gladdings neben ihr.

»Sie kommen. Sie müssen gehen«, wiederholte er.

Ihre Hand fiel auf einen der verschnörkelten Türknäufe. Kalt. Kalt. Er fühlte sich an wie gefrorenes Fleisch. Eis schwitzte aus den Poren der metallenen Haut.

»Nein«, flüsterte sie und riß die Hand zurück.

Aber plötzlich war sie draußen, am Bordstein, in

dem trüben, grauen Tag. Über ihr läuteten die eisumhüllten Zweige leise. Auf dem Boden fingen ein paar tote Blätter den Wind ein und segelten scharrend in kurzen Sätzen den Asphalt entlang.

»Dr. Gladdings?« Rita wandte sich dem geschlossenen, dunklen Gebäude zu.

Um sie begannen Graupelkörner auf dem eisigen Boden zu zischen.

»Dr. Gladdings?«

Etwas Großes kam die wintrige, baumbestandene Straße herab, die Scheinwerfer helle Sterne in dem grauen Nachmittag. Es kroch dahin, wirbelte Wehen von braunen Blättern auf. Über dem dunklen Viereck des Fahrerfensters verkündete ein Zeichen REISEBUS.

Der Bus hielt mit ächzenden Bremsen am Randstein. Das gerippte Metall seiner Flanken war matt von einer Staubschicht.

Ein hydraulischer Seufzer. Die Tür öffnete sich. Auf einem hohen Sitz thronte der Fahrer, ein Klumpen schlechtgeformten Tons.

»Steigen Sie ein«, sagte er.

Rita stolperte davon, den Bürgersteig entlang, auf die Sicherheit der Bibliothek zu. Mit Schultern und Hinterkopf stieß sie von innen gegen die Windschutzscheibe.

Der Bus stank nach schaler Luft und Moder. Die Fenster waren trocken, aber Regen schwatzte und klatschte auf dem Dach. In der Mitte der Sitzreihen schrie ein Mann.

»Werden wir jetzt ficken?« fragte ein Junge.

Rita fuhr herum. In der ersten Reihe saß ein Navy-Pilot. Er lächelte bitter. »He, Fahrer«, sagte er. »Wollen Sie uns auf die hinteren Sitze schicken, damit der Captain und ich ficken können?«

Der Bus fuhr mit einem Ruck an. Rita faßte die kalte Stahlstange des Fahrersitzes und hielt sich fest. Der schreiende Mann war ein Gemeiner der ANA, ein Türke, zu alt für seinen Dienstgrad, zu alt, wie es aussah, um überhaupt noch Dienst zu tun. Er schwadronierte, ein hoffnungsloses, sinnloses Gebabbel. Hinter ihm im Schatten saß ein weiterer ANA-Soldat. Ein junger libyscher Corporal.

»Hör mal, Süße«, sagte der Pilot. »Ich habe gar nichts gegen dunkles Fleisch, aber könntest du deine Brüste ein bißchen größer machen?«

Argwöhnisch setzte Rita sich auf die andere Seite des Mittelganges, während der Bus in die Nacht hineinfuhr. *Gib keinen Laut von dir,* dachte sie. *Bewege dich nicht. Lenke ja keine Aufmerksamkeit auf dich.* Sie saß wie ein Kind in der Kirche da, die Hände im Schoß gefaltet, und sie dachte, wenn sie sich ganz still verhallte, werde die Gefahr vielleicht an ihr vorüberziehen.

Das Geräusch des Regens auf dem Dach wurde lauter. Der Fahrer stellte die Scheibenwischer an.

»He!« Der Pilot beugte sich zu dem Fahrer vor. »Wo ist meine F-14? Oder habe ich diese Lektion bereits gelernt?«

Rita schielte aus dem Augenwinkel nach draußen und sah, daß sie in einer Wüste waren. Zu beiden Seiten der Straße duckten sich schwarze Sanddünen wie wartende Meuchelmörder in der Dunkelheit.

»O Mann, Leute«, sagte der junge dunkelhaarige Pilot. »Ihr habt mir bereits beigebracht, daß ich ein Feigling bin. Ich kann es kaum erwarten, was ihr mich als nächstes lehren werdet.«

Die Stimme des schreienden Mannes hinter Rita stieg zu einem scharfen, dünnen, erstickten Jammern an, senkte sich dann zu einem abgestumpften Stöhnen. Es war ein unaufhörlicher Lärmangriff.

Der Bus hielt an einem gobelingeschmückten Zelt, das unter Fackellicht schimmerte. Die Tür glitt auf. Ein Saudi-Offizier, ein Mann mit einem scharfgeschnittenen, grausamen Gesicht, stieg ein. Er streifte den Piloten und Rita mit einem neugierigen Blick, bevor er den Mittelgang hinunterging. Ganz langsam, ganz vorsichtig drehte Rita sich um und lugte über die Sitze. Der Saudi ging an dem Schreier vorbei und setzte sich neben den Corporal.

Jetzt schlug der jammernde Mann seinen Kopf gegen die Fensterscheibe. Zu dem unaufhörlichen Regen kam jetzt noch das Trommeln einer hohlen Melone auf Glas.

»Bitte. Wohin bringen Sie uns?« fragte Rita den Fahrer höflich in einem Ton, wie man ihn benutzt, um die Mächtigen anzusprechen: einen Priester, einen Präsidenten, einen Mörder.

Er antwortete nicht. Sie fuhren aus der Wüste in die kühlen wartenden Sterne hinein.

»Es ist alles eine Illusion«, erklärte der Pilot lachend.

Die Sterne sammelten sich, als suchten sie Wärme, im Mittelpunkt der Windschutzscheibe. Einen Augenblick später sprangen sie davon. Rita sah, daß der Bus landete. Er ging in einem mondbeschienenen Wald nieder.

Mit herrischem Schnappen öffnete sich die Tür. Ein kalter Wind fuhr herein, brachte Schneeflocken wie Konfetti mit. Jetzt war kein Ton mehr zu hören, ausgenommen das Geheul des alten Mannes.

»Endstation. Aussteigen«, befahl der Fahrer.

Der Pilot stand auf.

In der Angst, zurückgelassen zu werden, erhob sich auch Rita. »Ich glaube, wir sind zu Hause«, flüsterte sie dem Piloten zu.

Die Lippen des Jungen verzogen sich zu einem gönnerhaften Lächeln. »Gehen Sie auf sie ein«, riet er ihr. »Auf die Weise ist es leichter.« Er stieg die Stufen hinunter. Dann verließen die beiden Araber den Bus, ohne sich um den hysterischen alten Mann zu kümmern.

Der Fahrer drehte sich in seinem Sitz um. Seine Augen wanderten an Rita vorbei und blieben auf dem Schreier haften. Die Nase unter diesen erbarmungslosen, hervorquellenden Augen war ein dolchscharfer Schnabel.

Der Fahrer wollte aufstehen, doch Rita hielt ihn zurück. »Bitte. Ich werde ihn holen.«

Der Fahrer ließ sich wie ein großer Klumpen khakifarbener Eiscrème wieder sinken. Es herrschte Totenstille. Rita schob sich den Mittelgang hinunter.

»Schsch«, sagte Rita. Sie faßte das Handgelenk des alten Türken. Sein Fleisch war fest, seine Haut fieberheiß. Seine Augen waren groß und leer.

»Jetzt kommt alles wieder in Ordnung. Sie haben uns nach Hause gebracht«, teilte sie ihm freundlich mit, obwohl sie wußte, er verstand kein Wort.

Zentral-Lazarett der Army, Badajoz, Spanien

Sabry hörte, daß die Tür sich öffnete, und drehte den Kopf matt zur Seite. Hoffentlich war das der Arzt mit einer Demerol-Spritze. Seine Hüfte fing an zu schmerzen, und er spürte den Vorgeschmack von Qualen in seinem Oberschenkel.

Es war nicht der Arzt, es war Lauterbach.

Dem Amerikaner folgte ein blonder Mann in einem Straßenanzug. Sabry ertappte sich dabei, daß er glotzte. Wie lange war es her, daß er einen Anzug mit Weste gesehen hatte? Fünf Jahre? Sechs?

»General Sabry«, stellte Lauterbach vor, »dies ist Mr. Thornson vom Internationalen Roten Kreuz. Er ist hier, um die Behandlung von Gefangenen zu beobachten, und ich habe ihm gesagt, Sie wünschten eine Aussage zu machen.«

Die Augenbrauen des Mannes waren wie Watte, seine Augen ein verblaßtes Blau. Er zog einen kleinen Bandrekorder aus der Tasche und stellte ihn auf den Nachttisch.

»Mir ist gesagt worden, man habe Sie geschlagen«, begann Thornson. »In Verletzung der Genfer Konvention. Ist das richtig?«

Sabry sah zu Lauterbach hinüber. Der General war stehengeblieben, er hielt die Hände auf dem Rücken verschränkt und kehrte das Gesicht dem nachtdunklen Fenster zu.

Thornson richtete den Blick ebenfalls auf Lauterbach. »Sie haben mir gesagt, Sie hätten ihn geschlagen.«

»Wiederholt«, bestätigte der Amerikaner.

Das Aufnahmegerät lief, wie Sabry ungläubig bemerkte.

»Warum?« Der Mann vom Roten Kreuz machte einen leicht irritierten Eindruck.

»Ich war zornig«, erwiderte der Amerikaner. »Er wollte meine Fragen nicht beantworten.«

»Der Mann wachte eben aus einer Narkose auf.«

»Das ist richtig, Sir. Ich habe ihn geschlagen, um ihn aufzuwecken.«

»Ich verstehe«, nickte Thornson. »Möchten Sie sich beschweren, General Sabry?«

Die Reue, die sich auf Lauterbachs Gesicht zeigte, konnte nicht allein von der Art der Befragung herrühren. Nein, Lauterbach fühlte sich schuldig für das, was er erfahren hatte.

Ich habe ihm zuviel erzählt. Eingedenk seiner eigenen Schuld wurde Sabry rot. Er forschte in den Zügen des Mannes vom Roten Kreuz, ob er etwas von der geteilten Sünde mitbekommen habe. Aber Thornson sah mitleidig auf den Tropf mit dem Schlauch zu Sabrys Arm. »Vielleicht wäre es am besten, wenn Sie den Raum verließen, General Lauterbach.«

Lauterbach schrak zusammen. »Was?« fragte er schwach, und nun sah Sabry, daß unter der Kruste von Lauterbachs Schuld ein weicher, unerträglicher Schmerz lag.

Was treibt einen Mann zur Verzweiflung? fragte Sabry sich. Schande natürlich, aber das war eine arabische Antwort. Die gefühlsduseligen Amerikaner trauerten meistens über unerwiderte Liebe.

Thornson sagte: »Offensichtlich hat er Angst vor Ihnen. Ich bezweifele, daß er die Beschwerde vorbringen wird, solange Sie sich mit ihm im Zimmer aufhalten.«

»Ich verstehe.« Der Amerikaner nickte, machte auf dem Absatz kehrt und ging hinaus.

Als die Tür sich geschlossen hatte, fragte Sabry: »Hat er Ihnen gesagt, er habe mich geschlagen?«

»Ja, Sir.«

»Hat er Ihnen gesagt, welche Fragen er gestellt hat?«

»Nein, Sir. Er teilte mir mit, er betrachte Ihr Gespräch als geheim.«

Sabry winkte Thornson näher zu sich heran. Listig kniff er die Augen zusammen; sein Lächeln wurde verschlagen. Lauterbach wollte eine Art von Selbstmord begehen und forderte Sabry auf, die Waffe zu sein. Aber manchmal zielt ein Gewehr nicht richtig. Manchmal tötet die Kugel nicht; sie verstümmelt.

»Er hat mich nie auch nur berührt. Wir haben über das Wetter, über mein Bein gesprochen. Ganz unter uns?« flüsterte Sabry. »Ich denke, der Mann ist geisteskrank.«

18. Kapitel

Östliche Radar-Stellung, Warschau-Polen

Im Haus war es dunkel. Draußen hatten sich die Wolken verzogen. Sgurski stand am Fenster der Kommandozentrale, gefangen in einem Schaft Mondschein.

Baranjk dachte daran, daß das Blitzlicht der Hiroshima-Kamera rußige Schatten auf die Wände geworfen hatte, Porträts der Sterbenden. Er sah sich im Raum um und überlegte, welche Schnappschüsse das Blitzlicht von Warschau aufnehmen würde.

Vor den Radarschirmen hockten die Techniker, eine Reihe von Trollen im grünen Licht ihrer Monitore. Neben Sgurski saß Major Schcheribitski, und ein Trick der miteinander kämpfenden Lichter – grün und mondbleich – ließ sein pockennarbiges Gesicht jung erscheinen.

Hinter der geschlossenen Schlafzimmertür hoben sich Stimmen im Streit. Es waren Tschajowski und Jastrun. Ob das Gleißen der Atombombe auch ihre Kaspertheater-Silhouetten einfangen würde?

Leise wandte Baranjk sich an Sgurski. »Erinnern Sie sich noch, wie ich Ihnen Ihre Streifen gab?«

Sgurski drehte sich im Mondschein um, der verzauberte Erbe eines zum Untergang verurteilten Königreichs.

»Erinnern Sie sich, Unteroffizier? Ich ließ Sie vom Major rufen. Wissen Sie das noch, Gennady Iwanowitsch?«

Schcheribitski hob langsam den Kopf.

»Der Major wollte Sie aufziehen und stellte sich sehr bekümmert, und nach dem Gesicht, das Sie schnitten, fürchteten Sie wohl, ich wolle Sie für alles verantwortlich machen, für den Fall von Kiew, vielleicht sogar für die Kreuzigung Christi. Sie zitterten am ganzen Körper, und ich hatte keine Ahnung, warum.« Baranjk lachte leise. Schcheribitski stimmte ein.

Sgurski brachte ein Lächeln zustande.

»Wir haben gute Zeiten zusammen gehabt«, sagte Baranjk zu beiden. »Nicht wahr? Trotz des Krieges.«

»Jawohl, Herr Generalleutnant«, flüsterte Sgurski.

Baranjk wußte, welche Porträts die sengende Kamera von ihnen machen würde: Drei resignierte Gestalten, das Bild guter Freunde.

»Sollen wir in den Keller gehen, Herr Generalleutnant?« fragte Sgurski.

Schcheribitski schüttelte den Kopf. Ein Mondstrahl spielte mit seinem kastanienfarbenen Haar. »Auf diese Weise geht es schneller«, meinte er.

Sehr schnell: ein Blitzlicht. Baranjk stellte sich vor, wie der Winter innerhalb einer Sekunde zu einem Augenblicksfrühling schmolz. Die tote kleine Waise würde in ihrer Eiszelle erst auftauen und dann verbrennen.

»Wissen Sie noch, wie Korporal Lozhovskas Team den T-80 wegfahren sollte?« fragte Baranjk. »Und wie die Leute die Luken schlossen, weil es regnete? Und der tatarische Fahrer den Wagen des Innenministers plattwalzte, weil er nichts sehen konnte? Es war ein schweres Stück Arbeit, die Polen zu überzeugen, daß der Moslem ein loyaler Ukrainer war und die Zerstörung des neuen Minister-Volvos ein Unfall.«

Ein Grinsen zog die eine Seite von Sgurskis Mund hoch.

»Denken Sie an die guten Zeiten«, empfahl ihm Baranjk.

Der Streit hinter der Tür steigerte sich. Schcheribitski hob den Kopf wie ein Fuchs, der prüfend die

Luft einschnüffelt. Jastrun platzte herein, außer sich vor Zorn.

»Wir müssen kapitulieren!« rief er.

Tschajowski folgte ihm auf dem Fuß. »Ich werde Lauterbach noch einmal anrufen. Ich werde mit ihm reden. Er wird auf die Stimme der Vernunft hören.«

Der Oberst fuhr zu seinem Kommandeur herum. Sein Gesicht war so verzerrt, daß er im grünen Licht der Radarschirme einem gequälten Dämon glich. »Er meldet sich nicht am *Telefon!*« schrie Jastrun. »Verdammt sollen Sie sein! Er meldet sich nicht am *Telefon!* Wir werden jetzt kapitulieren. Verstehen Sie nicht? Leutnant ...« Er schnippte mit den Fingern. »Leutnant ...«

Ein Offizier stand auf, wartete auf einen Befehl. Es war offensichtlich, daß Jastrun den Namen des Mannes vergessen hatte.

»Leutnant. Gehen Sie sofort zum Radiosender. Schicken Sie den Arabern eine Botschaft, daß wir ihnen Bedingungen für eine Kapitulation anbieten. Und informieren Sie die Einwohner Warschaus, sie sollen die Keller aufsuchen ...«

»Ignorieren Sie diesen Befehl.« Tschajowski hielt den Leutnant zurück, der schon einen zögernden Schritt zur Tür machte.

»Sie werden sie umbringen!« schrie Jastrun. »Wenn Sie ihnen nicht sagen, was kommt, werden sie alle ermorden!«

Die Männer an den Radarschirmen sahen ängstlich zu, ungewiß, welcher Offizier siegen werde und wessen Befehlen sie gehorchen sollten.

»Ich werde noch einmal versuchen, Lauterbach zu erreichen«, sagte Tschajowski.

»Sie haben dem Amerikaner den Schwanz gelutscht!« schrie Jastrun. »Und jetzt treten die Amis Sie als Hure!«

Schcheribitski brüllte: »Halten Sie den Mund!«

Baranjk erschrak über die Heftigkeit seines Adjutanten. Für Schcheribitski gab es offensichtlich Unterschiede in den Sünden. Wenn die Amerikaner Warschau bombardierten, war das natürlich schlecht, aber wenn der Oberst seinen eigenen Kommandeur beschimpfte – das war eine Beleidigung vor dem Angesicht Gottes.

»Seien Sie vernünftig, Herr Oberst«, mahnte Baranjk. »Mit einer Kapitulation ist nichts zu gewinnen. Die Amerikaner werden die Bombe auf jeden Fall abwerfen.«

»Verstehen Sie denn nicht?« Jastrun breitete die Arme aus, als wolle er sie alle in die Meuterei mit hineinziehen. »Wenn die Araber wissen, was kommt, schießen sie die Flugzeuge vielleicht ab.«

Baranjk drehte sich der Magen um. Heiliger Vater. Sie sollten den Arabern helfen, die Amerikaner zu erledigen? Die Vorstellung hatte eine gewisse häßliche Verführungskraft.

Plötzlich kam ihm der Gedanke, daß er sich nichts in der Welt so sehr wünschte, wie etwas zu trinken. Ob Sgurski Zeit dazu hatte, eine Flasche für ihn aufzutreiben? Und konnte er es wagen, dem Jungen einen solchen Befehl zu geben?

»Ein guter Soldat weiß, wann er zu kämpfen hat. Er weiß auch, wann es sinnlos ist, zu kämpfen«, sagte Baranjk.

»*Sie* wagen es, *mir* zu sagen, was ein guter Soldat wissen muß?« ging Jastrun jetzt auf Baranjk los. »Sie mit Ihrem ukrainischen Fatalismus? Wollen Sie zulassen, daß Warschau fällt, ebenso, wie Sie es bei Kiew gemacht haben, mit dem Kopf in einer Flasche Wodka?«

Am Rand von Baranjks Gesichtsfeld bewegte sich etwas. Schcheribitski war von seinem Stuhl aufgesprungen. Mit gesenktem Kopf boxte der kleinere Major den großen, dünnen Polen in den Magen und trieb ihn zurück. Die Luft entwich aus den Lungen des Oberst mit einem lauten *Uff*.

Sich umklammernd taumelten die beiden Männer gegen einen Tisch und dann in einen Stapel von Helmen. Sie stürzten. Die Helme klapperten und rollten wie Schädel.

Wütende Grunzlaute von den Kämpfenden. Fäuste trafen auf Fleisch. Die hölzernen Fußbodendielen knarrten. Jastrun, der Sieger, sprang auf und rannte zur Tür.

»Herr Oberst? Ich werde Sie erschießen«, erklärte Tschajowski milde.

Jastrun machte kehrt, eine Hand auf dem Türknauf. Der polnische Kommandeur hatte seine Waffe gezogen, eine blaustählerne Makarov, und zielte auf Jastruns Brust. Auf dem Fußboden rappelte Schcheribitski sich auf, bedeckte sein blutendes Gesicht mit den Händen.

»Ich bitte Sie, sich hinzusetzen«, sagte Tschajowski zu dem Oberst. »Es ist eine Kugel in der Kammer, und die Arthritis macht meine Finger steif. Ich habe nicht die Kontrolle über den Abzug, die ich gern hätte.«

Jastrun erstarrte. Den Kopf vorsichtig unten haltend, kroch Schcheribitski davon.

»Herr Oberst?« fragte Tschajowski.

»Bitte«, flüsterte Jastrun. Tränen glitzerten auf seinen Wangen. »Bitte. Wir werden es uns niemals verzeihen können, wenn wir sie nicht warnen.«

Würde das Blitzlicht sie auf diese Weise erwischen? fragte sich Baranjk. Sollte dies ihr Testament sein? Würden Touristen, Jahre später, die Silhouetten sterbender Männer bestaunen, die sich gegenseitig an der Kehle gefaßt hielten?

»Ziel erfaßt«, meldete ein Techniker.

Tschajowskis Waffenhand fiel schlaff herunter.

»Ziel erfaßt, wird jetzt verfolgt, Herr Generalleutnant.«

Baranjk trat zu dem Techniker. »Eines?« fragte er.

»Eines, Herr Generalleutnant.« In der Stimme des Mannes lag ein bißchen Hoffnung. »Keine Freund-oder-Feind-Kennung. Zu langsam, um eine Rakete zu sein. Also ein Flugzeug. In fünfundfünfzigtausend Fuß Höhe. Zu hoch für einen Bomber, finden Sie nicht, Herr Generalleutnant? Vielleicht ist es ein arabischer Aufklärer.«

Baranjk meinte: »Eine Schwerkraftbombe. In einer alten B-52.«

In sechzehn Kilometern Entfernung begann die arabische Flak zu knattern.

»Lassen Sie uns unsere letzten Raketen abschießen!« flehte Jastrun. »Bitte, lassen Sie uns unsere letzten Raketen dazu benutzen, das Flugzeug abzuschießen.«

»Nein«, sagte Tschajowski.

Der weiße Punkt auf dem Schirm schob sich immer näher heran. Er folgte der polaren Route.

Plötzlich drehte Tschajowski sich um und ging zum Schlafzimmer. »Ich werde Lauterbach noch einmal anrufen«, verkündete er. »Ich werde mit den Amerikanern sprechen, und sie werden auf die Stimme der Vernunft hören.«

Der Pole knallte die Tür zu. Baranjk zuckte zusammen, obwohl er den Knall erwartet hatte, obwohl er wußte, daß das nicht das letzte Geräusch war, das er hören würde.

»Als ich ein Junge war«, erzählte Sgurski, »hatten wir eine Kuh, die es nicht mochte, gemolken zu werden. Sie pißte einen an, ist das nicht komisch? Wenn man an ihre Flanke herankam, pißte sie los.« Sein Lachen flatterte hoch, höher, verschwand taumelnd außer Reichweite. »Ich weiß noch …«

»Zwölf Kilometer Entfernung«, meldete der Techniker.

Baranjk hielt den Atem an. Draußen vor dem Fenster ratterte wütend die arabische Flak.

»Ich bin einmal nach St. Petersburg gefahren.« Sgurskis Worte überstürzten sich. »Mein Vater wurde böse, weil wir uns verlaufen hatten. So eine große Stadt. Meine Mutter lachte ihn aus. Ich weiß noch …«

Schneller als ein Herzschlag, dachte Baranjk. Ein blendender Blitz, und sie alle würden Ruß auf einer nackten, senkrechten Wand sein.

»Meine Schwester war allergisch gegen Orangen«, plapperte Sgurski. »Und was schenkte ihr neuer Freund ihr? Aber sie aß sie trotzdem. Überall hatte sie Quaddeln, aber sie aß sie trotzdem.«

Nicht verbrannt. Verdampft. Baranjk rollte die Idee in seinem Gehirn herum wie eine bittere Kirsche.

Die Stimme des Technikers wurde lauter. »Es dreht jetzt ab! Herr Generalleutnant! Es dreht ab!«

Ein scharfer Knall. Die Männer im Wohnzimmer keuchten auf. Baranjk sah zu der stummen Schlafzimmertür hin. Mit drei Schritten war er dort, die Hand auf dem kühlen Knauf, das Herz in der Kehle.

Blauer Rauch zog in Schwaden durch die Luft des hell erleuchteten Zimmers. Tschajowski stand da, die Pistole in der Hand.

Das Telefon lag in Stücken, sein Plastikgehäuse war zerschmettert. »Er wollte nicht mit mir sprechen.« Tschajowski zuckte entschuldigend die Achseln. »Lauterbach wollte nicht an den Apparat kommen.«

Kampineska-Wald, in der Nähe von Warschau

Die Welt bestand aus Schattierungen von Filmnegativ-Grau. Der Mond warf Schatten wie Gitterwerk auf den Schnee. Die Schreie des alten Mannes hallten zwischen den Kiefern wider.

»Warum bringt ihn niemand zum Schweigen?« murmelte der Pilot.

Die beiden Araber sprangen mit übergeschlagenen Armen in einem Kältetanz umher.

»He!« rief der Pilot. »Ich möchte jetzt nach Florida! Hört ihr mich, ihr Arschlöcher?«

Ein scharfes Rattern. Rita drehte sich um. Zwei Soldaten in wadenlangen Mänteln traten unter den dichtstehenden Bäumen hervor, AK-47er in den Händen.

»Oh, he«, sagte der Pilot. »Das ist gut. Das ist kreativ.«

Die verängstigten Blicke der Soldaten streiften Rita und blieben an dem schreienden Mann hängen. Der Schreiende fiel auf die Knie. Gutturale Befehle von den Soldaten. Eine slawische Sprache. Russisch? Tschechisch?

»Nein, wirklich«, kommentierte der Pilot. »Das ist wirklich großartig.«

Der Saudi-Offizier schlängelte sich davon. Jede Minute konnte er anfangen zu rennen, und dann würden die Soldaten sie alle töten. Die Stimmen der Soldaten wurden schriller, nervöser. Der Saudi erstarrte, aber der alte Türke stellte sich auf die Füße. Mit ausgebreiteten Armen und eingezogenem Kopf näherte er sich den Soldaten wie ein Hund, der zu seinem Herrn kommt.

Ein Ruf. Eine Warnung? Dann ein Ende-der-Welt-Krachen. Ein AK spie Flammen. Der Kopf des Schreienden explodierte. Er fiel. Der Pilot stolperte wimmernd zurück, seine Wangen waren vom Gehirn des Erschossenen gesprenkelt.

Tanzende Lichter eilten wie eine Masse von Glühwürmchen durch den Wald. Eine Stimme rief auf englisch mit slawischem Akzent: »Amerikaner? Seid ihr Amerikaner?«

Die gezielten Strahlen von Taschenlampen ließen farbige Flecken aufleuchten, das Schulterabzeichen des Piloten in Aqua, die erdbeerroten Blutspritzer in seinem Gesicht.

Ein Offizier bahnte sich einen Weg in das Sperrfeuer aus Licht. Zwei zornige Linien rahmten seinen Mund ein. Die Muskeln in seinem Unterkiefer arbeiteten.

Der Pilot hopste herum wie ein aufgezogenes Spielzeug. Er stolperte über die Leiche des Erschossenen und fiel in eine Schneewehe.

Der Offizier trat über die Leiche und zog seine Waffe aus dem Halfter. Er griff in das Haar des Piloten und setzte dem Jungen die 9-mm-Pistole an die Kehle. »Amerikanischer Pilot!« Die Worte kamen in Sprechblasen aus Nebel. »Was haben Sie bei Arabern zu suchen? Wollen Sie uns töten und uns dann auch noch an den Feind verraten? Wie lauten Ihre Befehle?«

»Ich erinnere mich nicht«, plapperte der Pilot. »Ich kann mich nicht erinnern… Vielleicht sollte ich einen Aufklärungsflug für die Bomber machen. Vielleicht…«

»Wo sind Ihre Bomben? Wo ist Ihr Flugzeug?«

»Ich bin ausgestiegen! O Jesus! Ich bin ausgestiegen. Das wollte ich nicht. Und ich habe ihnen etwas erzählt. Ich habe ihnen alles erzählt! Es tut mir leid, wenn ich…«

»General Lauterbach wird uns sprechen wollen«, erklärte Ria.

Der Offizier drehte sich um.

»Sie sind Alliierte, nicht wahr?« fragte sie.

»Einmal habe ich geglaubt, wir seien es.« Seine Augen waren von einem arktischen Blau.

Rita ging auf ihn zu und stolperte. Ihre tauben Füße schienen mit ihren Stiefeln verschmolzen zu sein, so daß sie nicht mehr sagen konnte, wo das Leder endete und die Haut begann. »Helfen Sie uns«, bat sie ihn. »Wir werden erfrieren.«

»Wir werden alle in wenigen Minuten tot sein.« Einen Bogen um den Toten machend, trat der Offizier in den Kreis blendenden Lichts. »Stellen Sie ihn auf die Füße, Captain! Stellen Sie den Piloten auf die Füße.«

Der Junge von der Navy war, erschöpft von der Aufregung, mit dem Gesicht nach unten in den Schnee gefallen.

»Wenn wir ihn erschießen, während er auf dem Boden liegt, werden wir es versauen.«

»Warten Sie!« keuchte Rita.

Ein gebellter Befehl. Das trockene Knacken, mit dem Gewehrhähne gespannt werden. Der Saudi-Offizier, von Licht umstrahlt, als sei er bereits in den Himmel aufgestiegen, bedeckte sein Gesicht mit den Händen und stöhnte.

»Warten Sie einen Augenblick!« rief Rita. »Um Christi willen, warten Sie einen Augenblick! Was ist denn nur los mit Ihnen?«

Es mußte ein Trick sein, ganz bestimmt. Gleich würde Dr. Gladdings aus dem dunstigen, monochromen Mondlicht herausspazieren und sie fragen, was sie vom Tod halte.

Er saugt, würde sie ihm antworten. Der Tod ist ein Säufer.

Ihre Nase lief, der Schleim gefror ihr auf den Lippen. Sie öffnete den Mund, um eine Bitte auszusprechen. Der eisige Wind raubte ihr den Atem.

Aus dem Schirm der Bäume kam ein lautes *Tschak-tschak*. Feuer stichelte eine rote Naht durch die Nacht.

Der Wald war lichter, als Rita gedacht hatte. Hinter dem Kiefernstreifen zeichneten sich im Licht des Sperrfeuers Gebäude ab.

Die Strahlen der Taschenlampen senkten sich, warfen ein Punktmuster auf den Schnee. Die Soldaten standen im vollen Mondlicht, ihre Gewehre zeigten nach unten, die Gesichter hoben sich zum blitzenden Himmel empor.

»Was ist das?« fragte Rita. »Was geschieht da?«

Der Offizier lachte bitter. »Der Fall von Warschau«, sagte er.

Östliche Radar-Stellung, Warschau, Polen

»Herr Generalleutnant?« fragte ein Techniker. »Wir empfangen Radarsignale.«

Baranjk wischte sich das Gesicht. Seine Handflächen wurden naß vom Schweiß. Tschajowski unterbrach sein unaufhörliches stilles Beten, um sich über die Schulter des Technikers zu beugen. Auf dem Schirm erschienen und verschwanden viel zu viele nicht zu identifizierende Punkte. Ein grünes Goldfischglas voller Glühwürmchen, die kamen und gingen.

»Es war mir ein Vergnügen, mit Ihnen beiden zu dienen«, sagte Baranjk zu seinen Adjutanten.

Der Major nickte. Sein Gesicht war geschwollen und voll blauer Flecken, aus seinen rötlichen Augen sprach Resignation.

Im Zimmer herrschte Totenstille, alle Menschen darin waren wie erstarrt, als erwarteten sie das Gleißen des Blitzlichts.

Die arabische Flak ballerte wieder los, diesmal wütend. Ihr Flackern erhellte den Raum. In seiner Ecke saß Jastrun zusammengekauert, das Gesicht in den Händen, ein Kind, das Verstecken spielt.

»Herr Generalleutnant?« Sgurski faßte Baranjks Arm. »Denken Sie, es wird schnell gehen, Herr Generalleutnant?«

Baranjk legte seine Hand auf die des Adjutanten. »Sehr schnell. Nein. Sehen Sie jetzt nicht aus dem Fenster. Sehen Sie an die Wand dort. Bemerken Sie die Stellen, wo die Bilder gehangen haben? Diese hellen Vierecke?«

»Ja, Herr Generalleutnant.«

»Ich möchte, daß Sie sie ganz genau ansehen, Yuri Wassilewitsch. Stellen Sie sich neben mich und betrachten Sie sie. Ich möchte, daß Sie mir erzählen, welche Art von Bildern es Ihrer Meinung nach gewesen sind. Schcheribitski?« Die Stimme bis zum Punkt zögernder Zärtlichkeit senkend, bat er: »Genja? Wollen Sie mir nicht sagen, was für Bilder Sie sehen?«

»Blumen, Herr Generalleutnant«, antwortete der Major mit gepreßter Stimme. »Ich glaube, ein Bild zeigte wahrscheinlich Blumen auf einer Wiese.«

»Yuri?« fragte Baranjk sanft. »Was sind das für Gemälde?«

Der Adjutant sprach in einem Stakkato-Keuchen. »Ich weiß es nicht, Herr Generalleutnant.«

»Sehen Sie hin!« Baranjks eigenes Entsetzen machte seine Stimme so barsch, so laut, daß Tschajowski aufblickte. »Sehen Sie sich die Wand an, Yuri, und stellen Sie sich die Gemälde vor. Eins zeigt eine Troika im Schnee, erkennen Sie das nicht? Sehen Sie nicht, wie die Frau lacht, wie der Mann seinen Pferden zuruft? Und da! Da ist ein Bild von einer Familie, ist Ihnen das noch nicht aufgefallen? Der Rahmen ist mit Blattgold belegt. Da ist der Vater, da die hübsche Mutter mit Zöpfen, und da ...«

Seine verzweifelte Rede starb durchs Herz geschossen. Von draußen kam ein tiefer Baßknall.

Der Adjutant wollte sich befreien, doch Baranjk hielt seine Finger fest. »Schnell! Sehen Sie hin, Yuri. Sehen Sie an die Wand. Sehen Sie die Blumen? Die lachenden Menschen? Neben ihnen ist ein Hund, haben Sie ihn entdeckt? Ein gefleckter Hund, ein kleiner. Das Kind streckt die Hand zu ihm hinunter ...«

Ein Knall so laut, daß es das Fundament des Hauses erschütterte. Das Kreuz schwankte auf seinem Sockel und fiel herunter.

»Wir können das gar nicht hören!« rief Baranjk. »Warum hören wir die Bomben?« Er ließ Sgurskis

Arm fallen und drehte sich um. Schcheribitski griff nach ihm, konnte ihn aber nicht aufhalten. Baranjk machte sich darauf gefaßt, von dem Blitzlicht geblendet zu werden.

Der Horizont stand in Flammen. Bomben fielen, bluteten Feuer in die Nacht.

»Oh, seht doch«, flüsterte Baranjk.

Kein Blitzlicht. Kein blendendes Gleißen.

Überwältigt von Staunen hauchte er: »Seht. Lauterbach hat schon wieder gelogen.«

Trás-os-Montes, Portugal

Momma wird böse auf mich sein. Es tut weh. Wenn Momma es herausfindet, wird sie böse werden.

Schmerz streifte die blauen Lichter. Tod parfümierte den Wind.

Faß nichts an, hat Momma mir gesagt, aber dann habe ich den komischen grünen Ball aufgehoben, und er hat mich gebissen. Er hat mich gebissen, weil ich nicht brav war.

Das Verlangen der blauen Lichter wurde stärker, während sie durch den frühmorgendlichen Nebel und die Bäume trieben. Das Gras auf der Lichtung war leer bis auf ein kleines Mädchen, und es starb.

Es tut weh, dachte das kleine Mädchen.

Blutende Stümpfe waren da, wo ihre Hände hätten sein sollen. Die roten Fetzen einer Brust unter runden, kindlichen Wangen. Das kleine Mädchen spürte ihr Kommen und drehte das Gesicht, ihr Blau spiegelte sich in seinen Augen wider.

Sie hofften, sie würde jetzt an etwas anderes denken, etwas anderes als ihren Schrecken bei ihrem Anblick. Gemischt mit Erinnerungen, hat der Tod einen feinen Geschmack, gemischt mit Furcht, einen bitteren.

Zart wie Luft, leicht wie ein letzter Atemzug ließen sie sich nieder. Ein scharfer Geschmack nach Furcht, und dann …

Ich sehe die Ziegen auf der Wiese übereinanderspringen. Sie hüpfen wie Bälle. Wie Fellbälle. Zu komisch. Wenn Ziegen lachen könnten, würden sie es tun …

Ihre Gedanken waren bei den Ziegen, als die blauen Lichter sie holten. Ein Kräuseln lief durch die Versammlung, eine Schockwelle der Sättigung. Einen Augenblick später erhoben sie sich von der leeren Hülle und schwebten über ihr, genossen den süßen Nachgeschmack. Eine kleine, beinahe vergessene Aufgabe drängte sich in ihre Gedanken.

Jetzt flogen sie hinunter, durch die im Nebel erstickenden Berge. Kein schmackhafter Tod zog sie an, sondern etwas beinahe ebenso Mächtiges. Etwas Fremdartiges.

Schneller. Das Verlangen baute sich zum Schmerz auf. Sie flogen über Felder und Kiefern und Wiesen voller Kühe.

Exotische Dinge. Vertraute Dinge. Gebäude, die Unterkünfte waren. Männer, die Gefangene waren, und Männer, die keine waren.

Sie erinnerten sich – er erinnerte sich plötzlich, wer er gewesen war.

Die Sehnsucht schüttelte ihn wie ein Krampf. Er sah Gesichter wie Monde hinter den Fenstern der Kantine. Er hörte Schreie von den arabischen Gefangenen und Rufe von den Militärpolizisten.

Zwei Männer auf der Veranda: Ein großer Mann in der Farbe von Schokolade, ein kleiner Mann mit Onyx-Augen. Da gab es etwas, an das er sich erinnern mußte, aber die Erinnerung kehrte nur langsam zurück.

Toshio kam ihm über den Hof entgegen, obwohl Pelham die Hand ausstreckte, um ihn zurückzuhalten.

»Gordon?« flüsterte Toshio und legte die Hand in Gordons blaues, glühendes Fleisch.

Gordon scheute vor der Berührung von Toshios Sehnsucht zurück.

Ich will dir sagen, wonach du schmecken würdest, dachte Gordon. *Nach Sushi und Weihrauch und ruhigen Flüssen. Pelham würde halbbitter schmecken.*

Nun stieg der Colonel die Stufen hinunter, schritt hinaus zu dem Kiesplatz, wo Toshio stand. Gordon empfand ein namenloses, lähmendes Verlangen, ebenso stark wie der Durst, den er lernte.

»Es ist Gordon«, sagte der Japaner zu Pelham. »Er ist gekommen, um Lebewohl zu sagen.«

Das war es, dachte Gordon. Ja. Das war es, was ihn hergezogen hatte. Er war gekommen, um Lebewohl zu sagen.

Befriedigt glitt er in die Reihen der Gemeinschaft zurück. Die kleine Aufgabe war erledigt, die Lichter entfernten sich, wurden über dem Kiesplatz schneller, eilten durch den Drahtverhau und schwangen sich in den wartenden Himmel.

Warschau, Polen

Keiner sprach. In der Stille des Raums verloren Baranjks Gedanken die Richtung, kehrten um und liefen in die Irre.

Gegen Morgen hörte die Bombardierung auf. Grauer Rauch fiederte den pfirsichfarbenen Horizont.

Baranjk sah zu Sgurski hin, der sich immerzu mit der Handfläche das Bein hinauf- und hinunterfuhr, hinauf und hinunter und die warme, lebendige Braille-Schrift seines eigenen Körpers las.

»Wer sind sie?« fragte Sgurski.

Er bekam keine Antwort.

»Sind wir jetzt gerettet?« fragte Sgurski.

Ein flatterndes Knattern lenkte Baranjks Aufmerksamkeit zurück auf das Fenster. Als er einen Blick auf den Hubschrauber erhaschte, der sich ihnen näherte, fuhr er zusammen. Er nahm seinen Mantel und rannte die Treppe hinunter, Tschajowski ihm nach.

In der kalten Morgenluft blieb er stehen. Kein Chinook, sah er beunruhigt und verwirrt. Ein Hind.

Der große Hubschrauber ließ sich auf seinen Landekufen wie eine braune Libelle nieder. Durch den Blizzard, den die Rotoren erzeugten, erspähte Baranjk eine gehende Gestalt. Sie hielt den Kopf geduckt, ihr Mantel flatterte. Baranjk kniff die Augen zusammen, wischte wütend den angeblasenen Schnee von seinen Wimpern und sah noch einmal hin. Ein russischer General tauchte aus dem Mahlstrom auf, wischte an seinem Mantel herum.

»Oleg Tolmatschov zu Ihren Diensten«, stellte er sich in passablem Polnisch vor. Sein schweres Bauerngesicht war hochrot vor Aufregung und Kälte. Er zog die Handschuhe aus, steckte sie in die Tasche und streckte Tschajowski die Hand entgegen.

Geistesabwesend wanderte der Blick des Polen zu dem Hubschrauber, zu den von den arabischen Stellungen aufsteigenden Rauchspiralen hin. Nach einem peinlichen Augenblick ließ der Russe seine Hand sinken.

»Wir haben die Araber über dem Scheißloch hockend erwischt, mit nacktem Arsch und offenem Mund«, sagte Tolmatschov. »Der frühe Schnee machte ihnen anscheinend Angst. Die Gefangenen berichten uns, es habe seit dem Kälteeinbruch Massendesertierungen gegeben. Sie werden noch jahrelang Araber aus den Wäldern pflücken wie Flöhe von einem Hund.«

»Haben Sie keine anderen Flugzeuge gesehen?« fragte Tschajowski.

»Andere Flugzeuge?« Der russische General neigte

den Kopf auf die Seite und blies in die zusammengelegten, sich rötenden Handflächen. »Wir haben vor dem Luftangriff einen Aufklärer in großer Höhe durchgeschickt. Meinen Sie den?«

»Andere Bomber«, flüsterte der Pole.

Tolmatschov streifte Baranjk mit einem Seitenblick und sah den Polen neugierig an. »Ein Pilot meldete, eine B-2 über sich gesichtet zu haben, zwischen sich und dem Mond. Aber wenn eine da war, ist sie während der Bombardierung verschwunden.«

»Ich verstehe.« Tschajowski nickte vage. »Danke.«

Der Russe stampfte mit den Füßen, um die Blutzirkulation anzuregen. »Eine lange Nacht«, meinte er mit gedämpfter Stimme. »Ich hätte nichts gegen ein Glas von irgend etwas. Tee. Wodka wäre noch besser. Ich werde Sie in unser Hauptquartier bringen. Dort wartet eine Überraschung auf Sie. Wir können feiern.«

»Ja«, sagte Tschajowski gedankenverloren. »Vielleicht können wir feiern.« Keinen der beiden anderen ansehend, stapfte der Pole auf den Hubschrauber zu.

Tolmatschov faßte Baranjks Arm. »Jetzt ist alles in Ordnung. Sie verstehen?« sagte er, zum Russischen übergehend.

Das Russisch machte die Worte beinahe glaubwürdig. Der Klang der Sprache war so gemütlich wie Baranjks altes Federbett, das mit Gänsedaunen gefüllte. Er sah Tschajowski, bucklig vor Erschöpfung, in den Hind klettern. Baranjk holte tief Atem und schmeckte Asche.

Plötzlich spürte er Hunger und erinnerte sich, daß er kein Frühstück bekommen hatte. Und gestern auch kein Abendessen. So viele Monate mit kärglichen Mahlzeiten! Die Uniform hing an ihm, ganz anders als die erstklassig geschneiderte Uniform des Russen. Er fühlte sich gleichzeitig in Verlegenheit gesetzt und gerührt, als habe ihn seine wohlhabende, ihm entfremdete Mutter aus dem Waisenhaus zu einem schönen Tag auf dem Land abgeholt.

Denke an die guten Zeiten, ermahnte er sich.

»Glaubt der Pole, wir machten eine Invasion?« fragte Tolmatschov. »Wir haben nicht die Absicht.« Er schüttelte Baranjks Arm. »Was ist mit euch allen los? Hören Sie mir zu. Der Krieg ist vorbei.«

Nein, dachte Baranjk. *So leicht kann es nicht sein.*

»Sie sind Generalleutnant Baranjk, nicht wahr?«

Baranjk ertappte sich dabei, daß er heftig an seinem Ohr zupfte, als wolle er Glauben aus seinem skeptischen Körper melken. Er ließ es sein und nickte.

»Präsident Pankov schickt Ihnen eine Botschaft.«

Die Epauletten des Russen waren von einem lebhaften Blau. Seine Messingknöpfe glänzten. Auf seinem Mantel lag nicht ein Körnchen Staub, er hatte keinen Riß, keine abgeschabte Stelle. Nirgendwo sah man einen Tropfen Blut.

»Ich soll Ihnen sagen, er habe in den Himmel hochgeblickt, wie Sie es ihm geraten hatten. Er sagt, er habe den frühen Schnee gesehen, und er läßt fragen, ob der amerikanische General jetzt ein gutes Wort für ihn einlegen werde. Wissen Sie, was er meint?«

Baranjks Lippen zuckten. »Ich werde erstmal diesen Wodka trinken«, gab er zurück.

Sie wateten durch den Schnee und stiegen in den Hind. Der Hubschrauber hob mit kreischenden Turbinen ab und wandte sich ostwärts. Baranjk sah unten qualmende Stellungen, durchsetzt von schwarzen Kratern. Daneben standen Araber knietief im Schnee, auf einer Wiese zurückgelassene schmutzige Schafe. Ihre Tarnanzüge waren grau vor Rauhreif, und sie drängten sich der Wärme wegen zusammen. Tausende und Abertausende von ihnen warteten bewegungslos, hatten die Arme, die keine Gewehre mehr hielten, um sich geschlagen und die leeren Gesichter nach oben gerichtet.

Der Hind landete vor einem einsam liegenden Landhaus. Baranjk folgte Tolmatschov hinaus in den stechenden Schneewirbel.

»Die Nachschubverbindungen und die Logistik der Araber waren Scheiße!« triumphierte der Russe. »Ihre Lastwagen brachen in dem Schnee Meilen vor dem Ziel zusammen. Dumme Araber. Sie hatten keine Pläne für einen plötzlichen Wintereinbruch gemacht. Sie benutzten das falsche Frostschutzmittel, die falsche Ölsorte.«

Im Hof stapelten russische Soldaten Leichen auf. Die toten Araber waren in unwahrscheinlichen, rätselhaften Stellungen erstarrt: Hier hob sich eine steife Hand in die Höhe, da war ein Knie angezogen wie im Schlaf, ein offener Mund hatte sich mit Schnee gefüllt. Ein paar hatten gefrorenes Blut auf ihren papierdünnen Sachen wie verschüttete Kirschmarmelade. Die meisten waren ohne irgendwelche Male, nichts verriet, was sie getötet hatte, falls es nicht der Frost gewesen war, der ihr blaumarmoriertes Fleisch äderte.

»Wo sind ihre Mäntel?« fragte Baranjk.

Tolmatschov legte die Hand ans Ohr. »Was? Ja. Ein großer Sieg.«

»Nein. Ich habe nach den Mänteln der Araber gefragt. Nach ihren Handschuhen.«

Vor den Leichenhaufen lachten russische Jungen. Gefühllos wie Kinder, schwenkten sie niemals abgefeuerte Gewehre und posierten für Heldenbilder, die sie nach Hause schicken konnten.

»Oh«, antwortete Tolmatschov schroff. »Das. Die Mäntel sind den Weg ihrer Lebensmittel gegangen, unterwegs liegengeblieben, wie ich Ihnen schon sagte. Wenn wir noch ein paar Tage warten, wird die arabische Frage gelöst sein, glauben Sie nicht auch?«

Sollte er es ihm sagen? Überlegte Baranjk. War es möglich, daß er es nicht wußte? Was war das für ein großartiger Sieg! Tolmatschov hatte Tote bombardiert.

Nach einem letzten Blick auf die Leichen flüchtete Baranjk in die Wärme des Hauses. In einem ruhigen Hinterzimmer knisterte ein Feuer im Kamin. Auf dem Tisch stand ein Tablett voll mit Mohnkuchen, eine Platte mit einem Haufen aufgeschnittener Wurst.

»Also Wodka?« Tolmatschov zog seinen Mantel aus.

Baranjk sah, wie Tschajowski überwältigt vor dem Tisch stehenblieb, wie seine behandschuhte Hand sich ausstreckte und sich die Platte mit der Wurst schnappte. Mechanisch, ohne eine Spur von Freude schob sich der Pole Scheibe auf Scheibe in den Mund.

Ein Ausdruck der Mißbilligung huschte über Tolmatschovs Gesicht. »Wodka!« rief er.

Ein Adjutant kam herein. Er schleppte ein schweres Silbertablett. Baranjk stürzte das ihm dargebotene Schnapsglas hinunter und wartete, bis der Russe die Flasche auf den Tisch stellte. Mit zitternden Händen griff Baranjk sie sich und setzte sie an den Mund.

»Ich hatte einen Toast beabsichtigt«, erklärte der Russe mit leiser Mißbilligung.

»Einen Toast!« rief Baranjk. Ihm war schwindelig. Er hielt die Flasche ans Licht und sah, daß er beinahe ein Viertel ausgetrunken hatte. »Einen Toast, Andre«, wiederholte er lachend und knuffte den Polen so fest in die Rippen, daß Tschajowski aufhörte zu kauen.

Der Pole nahm sein Glas und trank. Dann machte er sich wieder über die Wurst her.

Tolmatschov wandte sich ab. »Nun ja«, murmelte er, als ob Baranjk und Tschajowski die Party verdorben hätten. Er rief zu der geschlossenen Tür hin: »Bringen Sie die Überraschung für den Herrn Generalleutnant!«

Scharfes Klicken von gewienerten Stiefeln auf einem gewienerten Fußboden. Die Tür schwang auf, und zwei schneidig gekleidete Offiziere führten eine bärtigen, schniefenden Mann in Lumpen herein.

Seine Wangen glühten vor Fieber, seine Füße waren mit schmutzigem Stoff umwickelt. Eine russische Armeedecke hing ihm um die Schultern. Baranjk erkannte die Uniform unter den Falten olivfarbener Wolle und hielt den Atem an.

Zum Englischen überwechselnd, fragte Tolmatschov den abgerissenen Mann: »Haben Sie diesen Leuten nichts zu sagen?«

Der Mann erschauerte, richtete einen feindseligen Blick auf Tolmatschov, wischte sich wütend die Nase.

Der Russe informierte Baranjk: »Er spricht. Ich weiß, daß er spricht. Sagen Sie es ihnen, General Shuqairi. Sagen Sie ihnen, wie sehr Sie es bereuen.«

Das Wiedererkennen durchzuckte Baranjk wie ein Stromstoß. *Ich kenne ihn,* dachte er. *Ein Afghane?* Im Geist ging er alle Araber durch, die er je kennengelernt hatte, alle Araber, gegen die er gekämpft hatte.

Nein, sagte er sich endlich. Der Mann kam ihm nur deswegen bekannt vor, weil seine Augen wie die aller anderen waren. Den gleichen gehetzten Blick sah er im Gesicht Sgurskis, im Gesicht Tschajowskis und in seinem eigenen, wenn er sich rasierte.

»Sagen Sie es ihnen«, drängte Tolmatschov. »Sagen Sie es ihnen, wie Sie es mir gesagt haben, als Sie mich anflehten, Sie nicht zu erschießen, als Sie weinend auf Händen und Knien krochen. Sagen Sie es ihnen!« forderte er heftig.

Baranjk sah zu Tschajowski hin. Der Pole kaute immer noch, den Blick in die Ferne gerichtet, als warte er auf Engel, die den Sieg verkünden würden.

Plötzlich fanden die dunklen Augen des Arabers Baranjk und musterten ihn von den abgestoßenen Stiefeln über den beschmutzten Mantel und die angelaufenen Knöpfe hoch bis zu diesen allzu vertrauten Augen.

Sind wir uns nicht schon einmal begegnet? fragte dieser hohle, erschöpfte Blick. *Kenne ich Sie nicht?*

Im Kamin knallte das Feuer und füllte den Raum mit Holzrauch. Der Schnee auf dem verfilzten Haar des Arabers schmolz, und Wasser lief wie Regen seine fiebernde Stirn, seine Schläfen hinunter.

»Es tut mir leid«, murmelte der Araber auf englisch.

Nach einem Augenblick erwiderte Baranjk: »Mir auch.«

19. Kapitel

Libanon, zehn Jahre später

Schnaufend kletterte Raschid Aziz Sabry die weißen Kalksteinstufen zu seinem Garten hinauf. Eine steife Brise, die vom Mittelmeer herkam, stupste ihn in den Rücken. Irací rief ihm vom Patio des Hauses aus etwas zu. Er blieb stehen, beschattete die Augen mit der Hand und blickte zurück.

Seine junge brasilianische Frau stand unter dem blauen Fiberglas-Vordach und wurde mit Unterwasserfarben gesprenkelt. Sie klopfte sich auf den Kopf, womit sie ihn erinnern wollte, er solle seinen Hut aufsetzen.

Er ignorierte sie, ignorierte den Schmerz in seinem Beinstumpf. Er stieg höher. Die Moosröschen blühten, sah er.

»Dein Hut!« rief sie.

Er winkte ab. Das war jetzt eine kühle Sonne, sagten die Wissenschaftler. Ein glückhaftes Nachlassen der Protuberanzen. Sabry sah keinen Unterschied. Ein Schweißtropfen rollte von seinem kahl werdenden Kopf und rann ihm in die Augen. Es brannte.

»Dann zieh dich wenigstens für unseren Besuch um!«

Irací trug ein ziemlich kurzes rotes Kleid. Ihre Schultern waren bloß, ebenso wie ihre langen, straffen Beine. Er zuckte zusammen, stellte sich vor, was die alten Mullahs dazu sagen würden.

Aber jetzt hieß es: Heiratet unbedingt, und heiratet eine Ausländerin. Zu viele arabische Frauen waren gestorben.

»Ja, ja«, antwortete er unverbindlich.

So ließ sich Irací nicht abspeisen. »Sie können jede Minute hier sein. Ich will sie zum Essen einladen – denke du an deine Diät! – und werde nicht zulassen, daß du dich mit deinen schmutzigen Gartenklamotten an den Tisch setzt.«

»Bitte, lade sie nicht zum Essen ein«, stöhnte er. Doch sie wandte sich bereits ab.

Torheit war es in seinem Alter, dem Gebot seiner Lenden zu gehorchen und sich so selbst zum Gefangenen zu machen. Er betrachtete den Hüftschwung seiner Frau und kam mit einem Seufzer zu dem Schluß, daß die Gefangenschaft der Mühe wert war.

Das Geräusch eines Autos lenkte seine Aufmerksamkeit zum Fuß der Klippe. Auf der am Meer entlangführenden Straße fuhr ein Saab vor und parkte. Ein Flimmern von Braun und Rot vor weißen Stufen: Irací stieg hinunter, um die Gäste zu begrüßen.

Sabry stand da mit vorgeschobenem Kinn. Eine hochgewachsene Frau, deren Hautfarbe wie Kaffee mit Sahne war, verließ den Fahrersitz. Sie ging auf die andere Seite herum und half einem kleinen, schwachen Mann beim Aussteigen.

Der Amerikaner hatte ein gestreiftes Hemd und Jeans an. Vielleicht lag es daran, daß er keine Uniform trug, dachte Sabry, wenn er machtlos wirkte. Sabry kehrte den Besuchern den Rücken und begann mit dem Unkrautjäten. Die Käfer waren schon wieder hinter den Strohblumen her, stellte er fest. Und die purpurnen Lupinen saßen voll von Blattläusen.

»Danke, daß Sie mich empfangen.«

Die Stimme erklang dicht hinter ihm. Lauterbach war die Treppe so verstohlen heraufgestiegen, daß Sabry ihn nicht gehört hatte. Was sich auch sonst alles verändert haben mochte, der Amerikaner war immer noch ein Heimlichtuer.

Sabry drehte sich um und sah, daß sich die Haut

des Mannes dünn wie Seidenpapier über die Knochen seines Schädels spannte.

Sehe ich auch so alt aus? fragte Sabry sich. Er glaubte es nicht. Das gleiche fette Gesicht sah jeden Morgen aus dem Rasierspiegel auf ihn zurück.

Lauterbach ist krank, durchfuhr es ihn.

Nein. Er stirbt.

»Die Frauen sind ins Haus gegangen.« Offenbar wußte Lauterbach nicht recht, was er sagen sollte. Er hielt inne, wartete auf eine Einladung. An seinen knotigen Händen, in den Beugen seiner knochigen Arme bemerkte Sabry Einstiche von Transfusionen und Spritzen.

Das kahle Schädeldach des Amerikaners hatte sich schon rot verfärbt von der Hitze, und er schwitzte. Er sah ganz so aus, als gehe es ihm elend. Widerwillig deutete Sabry auf den überdachten Patio. »Kommen Sie. Setzen wir uns.«

Lauterbach folgte ihm; er ging langsamer als der hinkende Sabry. Sie nahmen auf Korbsesseln unter dem blaugetönten Vordach Platz. Über dem Meer sammelten sich die Nachmittagswolken.

»Ein schönes Fleckchen haben Sie sich ausgesucht«, stellte Lauterbach fest. »Es ist natürlich kahler, aber es erinnert mich an unsere Farm im Hügelland von Texas. Warum der Libanon, General?«

»Zu viele Erinnerungen in Ägypten. Menschen sollten ihr Leben wechseln, wie sie ihre Kleider wechseln, finde ich«, antwortete Sabry.

Hatte Lauterbach seine Kleider gewechselt? fragte Sabry sich. Oder war die Erinnerung an ihn festgenäht? Waren die Nadelspuren auf Lauterbachs Armen die Eispickel-Narben der Geschichte?

»Ihre Frau ist reizend«, sagte Lauterbach. Sein Korbsessel knisterte. »Und sehr attraktiv.«

Sabry zuckte die Achseln. »Sie ist jung. Es überrascht mich, daß auch Sie wieder geheiratet haben.«

Irací war zehn gewesen, als der Krieg zu Ende ging, und kannte seine Schrecken nur aus Rückblicken im Fernsehen. Ob Lauterbach seine Frau während des Krieges kennengelernt hatte? Und wenn ja, welch trauriges, nostalgisches Gefängnis war die Ehe dann für sie beide geworden!

Lauterbach berichtete leise: »Vier Amerikaner sind von den Aliens gefangengenommen worden. Zwei sind bei ihnen geblieben. Einer beging nach seiner Rückkehr Selbstmord. Meine Frau ist die einzige Überlebende.«

Sabry verlagerte bei der Erwähnung der Aliens voller Unbehagen sein Gewicht. Kurze Zeit hatte sogar er an sie geglaubt, aber dann waren die Parisi-Bücher als Fälschungen entlarvt und die blauen Lichter als ein Phänomen des Treibhaus-Effekts erklärt worden.

»Man hat alles vertuscht«, sagte der Amerikaner kläglich. »Erstaunlich, welche Mühe man sich gegeben hat. Wußten Sie, daß die Reporter mich sogar beschuldigten, mit der Parisi geschlafen zu haben? Jesus Christus.« Sein Lachen erstarb in einem erstickten Husten. »Aber ich weiß genau, daß der Leichnam von jemand anders in Sergeant Gordon Means Grab bestattet wurde.« Lauterbachs krankes Gesicht leuchtete von der gleichen Verschwörer-Theorie, an die sich Sabry aus Interviews im Fernsehen erinnerte. »Und wie wollen Sie sonst die letzten Worte von Lieutenant Justin Searles erklären, der, bevor er sprang, sagte: ›Das Licht war besser als dies‹?«

Sabry wünschte, der Amerikaner würde das Thema wechseln. Er sah in die von Sonnenstrahlen durchsetzten Wolken hoch, auf die fernen grauen Schleier fallenden Regens.

»Ganz gleich, wie gefährlich es war, ich wollte, daß die Aliens auch mich interessant fanden«, vertraute Lauterbach ihm an. »Ich wollte, daß sie mit mir redeten. Ich wollte, daß der Krieg endete. Ich wollte so vieles, daß mein Verlangen sie wahrscheinlich überwältigte. Vielleicht dachten sie, ich hätte darum gebeten, daß sie die Sonne abkühlten und dem Treibhaus-Effekt ein Ende bereiteten.«

Mitleid erfaßte Sabry, als ihm bewußt wurde, einen wie hohen Preis Lauterbach bezahlt hatte. Erst Mrs. Parisi und die blauen Lichter, dann war durchgesickert, daß er ursprünglich vorgehabt hatte, eine Atombombe über Warschau abzuwerfen. Niemand hatte ihm beigestanden, nicht der Präsident und auch sonst niemand. Auch Sabry hatte von seinem Rotkreuz-Lazarett in den Chor mit eingestimmt, der Mann sei geisteskrank.

»Man hätte Sie zum Fünf-Sterne-General machen müssen«, erklärte Sabry. »Sie hätten etwas Besseres verdient.« *Ob er im Recht oder im Unrecht war,* dachte er, *der Mann hat es nicht verdient, lächerlich gemacht zu werden.* Seinen Kopf der erfrischenden Brise entgegenhebend, trank er den Geruch des kommenden Regens in sich ein. Im Westen ballten sich die Wolken; ihre schwangeren Bäuche waren grau.

»Ich danke Ihnen«, flüsterte Lauterbach.

Allah lenkt das Schicksal auf seltsame Weise. Lauterbach hatte den Krieg gewonnen, Sabry den Frieden. Während Lauterbach noch um seine Rehabilitierung kämpfte, hatte Sabry hier im Libanon mit Irací, mit seinen Blumen einen stillen Friedensvertrag abgeschlossen.

»Sie bleiben natürlich zum Essen«, sagte er. Den dunklen Schrank der Vergangenheit durchstöbernd, fand er die alten Kleider seiner Demütigung. Sie paßten ihm nicht mehr, und es war Zeit, sie wegzuwerfen.

Mit heiserer, zögernder Stimme antwortete Lauterbach: »Das würde mich sehr freuen.«

Der Himmel verdunkelte sich, Wolken zogen über

die neue, kühlere Sonne. Die ersten dicken Regentropfen platschten auf das Fiberglas.

»Wissen Sie was? Bevor Menschen sterben, versuchen Sie, die Dinge in die richtige Perspektive zu rücken.« Lauterbachs Ton war so intim, daß Sabry das Gefühl hatte, die erbärmlichsten, die schrecklichsten Geheimnisse des Amerikaners würden vor ihm ausgebreitet. »Ich meine – ich wünsche mir … Ich habe mir immer wieder Fragen über mein Leben gestellt. Aber ob ich recht hatte oder nicht oder ob es auch nur der Mühe wert gewesen ist, ich würde alles noch einmal genauso machen müssen. Jeden Befehl, jede falsche Annahme, jede verdammte Lüge. Ich würde das Vertrauen der Aliens von neuem enttäuschen. Ich würde sie mehr über den Krieg lehren, als sie wissen wollten. Und ganz gleich, wie heftig es mich danach verlangte, sie hier zu behalten, ich würde sie wiederum verscheuchen.«

»Wir haben unser Bestes getan«, versicherte Sabry ihm. »Mehr konnten wir nicht tun. Das bürdet uns keine Schuld auf. Erinnern Sie sich? Erinnern Sie sich, daß Sie mir das gepredigt haben?«

Lauterbach hörte nicht zu. »Wünsche, verstehen Sie. Meine Frau sagt, sie habe von den Aliens die Lektion gelernt, daß Wünsche einen aussaugen. Aber, mein Gott, war das alles? Diese Weisheit. Ein Universum voller Wissen. Warum ist Justin Searles mit dem Aufschrei gestorben, das Licht sei besser gewesen? Was hat Sergeant Means bloß entdeckt, daß er bei den Aliens bleiben wollte? Ich kann mir nicht einmal vorstellen, welche Wunder …«

Als Lauterbach mitten im Satz abbrach, drehte Sabry sich zu ihm um. Der Amerikaner weinte, das Gesicht dem blauen Dach und dem unaufhörlichen Prasseln des Regens zugewandt.

HEYNE BÜCHER

ALAN BURT AKERS

Die Saga von Dray Prescot -
der größte Zyklus im Programm
HEYNE SCIENCE FICTION & FANTASY

Dray Prescot, Offizier und Zeitgenosse Napoleons, verschlug es einst auf den tödlichen Planeten Kregen. Da tauchen gegen Ende des 20. Jahrhunderts geheimnisvolle Kassetten auf, und es gibt keinen Zweifel: Dray Prescot lebt...

... und wird weitere unglaubliche Abenteuer zu bestehen haben, bis sein tausendjähriges Leben abgelaufen ist.

Die Intrige von Antares
06/4807

Die Banditen von Antares
06/5137

Als Originalausgaben bei Heyne

Wilhelm Heyne Verlag
München

HEYNE
BÜCHER

David Brin

»Wie Schriftsteller so sind, glaube ich, als eine Art Optimist zu gelten. Daher scheint es nur natürlich, daß dieser Roman eine Zukunft entwirft, in der es etwas mehr Weisheit gibt als Torheit ... Vielleicht etwas mehr Hoffnung als Verzweiflung.

Tatsächlich ist er wohl das ermutigendste Zukunftsbild, das ich mir gerade jetzt vorstellen kann.
Welch ernüchternder Gedanke!«

06/5145

Wilhelm Heyne Verlag
München

HEYNE BÜCHER

JAMES WHITE

Orbit Hospital

Ob Sie Methan atmen oder Sauerstoff, sich bei 200 Grad plus oder bei 200 Grad minus wohl fühlen: Das Orbit Hospital ist für alle Geschöpfe der Galaxis da und bietet die optimale medizinische Versorgung.

Hospital Station
06/4974

Star Chirurg
06/4975

Großoperation
06/4976

Ambulanzschiff
06/4977

Sector General
06/4978

Notfall Code Blau
06/4979

Weitere Bände in Vorbereitung

Wilhelm Heyne Verlag
München